L'intrigante

ROSEMARY ROGERS

L'intrigante

Roman

MOSAÏC
poche

Collection : MOSAÏC POCHE

Titre original : BOUND BY LOVE

Traduction française de MARIE-JOSE LAMORLETTE

ÉDITIONS HARLEQUIN
83-85, boulevard Vincent Auriol, 75646 PARIS CEDEX 13.
Service Lectrices — Tél. : 01 45 82 47 47

www.harlequin.fr

ISBN 978-2-2803-1539-5

Lecteurs et amateurs de livres du monde entier,
je vous salue !

1

1821
Saint-Pétersbourg, Russie

La résidence de la comtesse Nadia Karkoff, en bordure de la Perspective Nevsky, n'était pas la plus grande demeure du voisinage. En revanche, elle était de loin la plus luxueuse.

La façade, dotée de nombreuses fenêtres ainsi que d'une large terrasse à colonnade, était élaborée dans la plus belle tradition, offrant des lignes pures et classiques. Sur le toit, des statues grecques dominaient la balustrade, offrant leurs visages empreints de froide supériorité aux jardins. Peut-être indiquaient-elles d'ailleurs leur désapprobation de ces grands jardins qui entouraient la maison : rien de classique, en effet, dans l'éclatante profusion de fleurs, d'arbustes d'ornement et de fontaines de marbre qu'adorait l'aristocratie russe et dont les pourtours de la maison étaient envahis.

L'intérieur était tout aussi élégant, avec de grandes pièces et de hauts plafonds décorés de riches tons or, rubis et saphir. Des couleurs vives qui prodiguaient une impression de chaleur durant les longs et mornes mois d'hiver.

Le mobilier offrait un mélange de bois de citronnier et de merisier, d'un style plus français que russe conformément au goût actuel de la comtesse, et il contrastait agréablement avec les sombres toiles de maîtres flamands. Seuls les bibelots incrustés de pierres précieuses et les figurines de jade éparpillés à travers les pièces étaient typiquement russes.

Mais le clou de la maison, c'était la vue…

Des fenêtres du haut, on pouvait admirer les flèches brillantes et les dômes dorés des églises et des palais opulents qui illuminaient Saint-Pétersbourg de leur magie. Ce fabuleux panorama permettait d'apprécier la beauté de la ville sans percevoir les tensions et les crispations qui couvaient dans les rues animées.

Ayant passé les vingt-deux années de sa vie dans ce cadre enchanteur, Leonida Karkoff ne jeta qu'un bref regard satisfait par la fenêtre de sa chambre, trouvant plus de plaisir au soleil de fin de printemps qu'à ce paysage familier.

Elle alla s'asseoir devant le miroir de sa coiffeuse et laissa sa femme de chambre, Sophy, arranger ses longues mèches dorées en un chignon élaboré sur sa tête, dont quelques boucles retombaient sur ses tempes. Ce style de coiffure seyait à l'ovale parfait de son visage d'albâtre, mettant en valeur son ossature délicate et le bleu surprenant de ses yeux frangés de cils épais.

Elle ne posséderait jamais la beauté sombre et aguichante de sa mère, mais on l'avait toujours considérée comme très jolie et, plus important encore peut-être, sa blondeur et ses yeux bleu clair rappelaient tellement son père qu'ils ne laissaient aucun doute sur sa filiation.

Un état de choses assez étrange si l'on considérait que, d'un point de vue pratique, elle était une bâtarde.

Oh, le comte Karkoff la revendiquait de bon gré comme sa fille. Et de fait, il était marié à sa mère lorsqu'elle était née, ce qui rendait Leonida parfaitement légitime aux yeux de la société. Mais peu de monde dans toute la Russie, et peut-être au-delà, ignorait que sa mère avait une liaison torride avec Alexandre Pavlovich, l'empereur, quand elle avait été précipitamment mariée au comte. Ni que ce dernier avait soudain eu assez de roubles pour restaurer son domaine en ruine à la périphérie de Moscou. Un domaine qu'il quittait d'ailleurs rarement, alors que la comtesse jouissait de cette belle maison en ville et d'une allocation suffisante pour vivre avec élégance.

C'était l'un de ces secrets que tout le monde connaissait, mais dont personne ne parlait et, même si Alexandre Pavlovich invitait de temps en temps Leonida à lui rendre visite quand il se trouvait à Saint-Pétersbourg, il était plus pour elle un personnage bienveillant qui faisait de rares incursions dans sa vie qu'une véritable figure paternelle.

Non qu'elle désire d'autres figures parentales, pensa-t-elle sombrement quand sa mère entra d'une façon cavalière dans sa chambre, ses formes plantureuses moulées dans de la gaze cerise portée sur un fourreau de satin argenté, des rubans assortis jaillissant de ses boucles noires et brillantes.

Sa beauté était aussi théâtrale que son entrée, malgré la grimace qui avait un instant altéré ses traits fins lorsqu'elle avait franchi le seuil de la pièce. Elle laissa errer ses yeux noirs sur le pâle damas bleu clair et ivoire dont Leonida avait tenu à décorer ses pièces privées.

Nadia Karkoff ne comprendrait jamais la préférence de sa fille pour la simplicité et la discrétion.

— Mère.

Leonida se tourna sur son pouf pour regarder la comtesse avec une surprise méfiante. Il ne faisait aucun doute qu'elles s'aimaient profondément, mais Nadia était dotée d'une volonté implacable et bien trop habituée à écraser tout ce qui se trouvait sur son passage. Y compris sa fille.

— Que faites-vous ici ?

— Sophy, je veux parler en privé à ma fille, annonça Nadia.

La soubrette bien en chair, qui était elle-même la fille de la nourrice anglaise de Leonida, fit une courbette avant de lui décocher un clin d'œil en douce. Elle connaissait trop la tendance de la comtesse pour le mélodrame pour se sentir offensée.

— Certainement.

Attendant que Sophy ait quitté la pièce et refermé la porte derrière elle, Leonida se leva et redressa les épaules.

Il valait toujours mieux affronter la comtesse debout. Non pas que cela l'empêche d'être tout autant bousculée, en fin de compte.

— Quelque chose est-il arrivé ? demanda-t-elle tout à trac.

Maintenant qu'elle était seule avec sa fille, Nadia paraissait étrangement réticente à en venir au fait. A la place, elle alla vers le grand lit à baldaquin ceint de soie ivoire.

— Ne puis-je simplement désirer une conversation privée avec ma fille ?

— C'est rare, murmura Leonida. Et jamais de si bonne heure.

Nadia gloussa.

— Dites-moi, ma petite, suis-je réprimandée pour mes habitudes indolentes, ou parce que je ne suis pas une mère assez dévouée ?

— Ni l'un ni l'autre. Je cherche simplement une explication à cette visite inattendue.

— Mon Dieu !

La comtesse souleva la délicate robe en mousseline fauve posée sur le lit, étudiant la double rangée de grenats cousus le long du modeste décolleté.

— J'aimerais que vous laissiez ma couturière coudre vos robes. On pourrait aisément être pardonné de vous prendre pour une bourgeoise ennuyeuse plutôt que pour une riche et belle jeune fille de la noblesse russe. Vous devez penser à votre position, Leonida.

C'était une discussion assez fréquente entre elles, et pas vraiment du genre à faire sortir sa mère de son lit de si bon matin.

— Comme si on me laissait l'oublier, marmonna Leonida.

Nadia tourna son regard sombre dans sa direction.

— Qu'avez-vous dit ?

— Je préfère ma couturière, mère, déclara Leonida d'une voix ferme.

Elle ne céderait pas sur ce point.

— Elle comprend que mes goûts sont plus modestes que ceux des autres femmes.

— Modestes.

Nadia poussa un soupir d'impatience, parcourant des yeux la mince silhouette de sa fille, qui ne posséderait jamais la douceur pulpeuse et séduisante que la plupart des hommes préféraient.

— Combien de fois devrai-je vous rappeler qu'une femme du monde n'a aucun pouvoir, à moins qu'elle ne soit assez sage pour utiliser les quelques armes que Dieu lui a données ?

— Ma robe devrait être une arme ?

— Quand elle est conçue pour attiser la convoitise d'un homme, oui.

— Je préfère avoir chaud que séduire, rétorqua Leonida avec franchise, et sans s'excuser.

Malgré le temps printanier qui était arrivé en retard, elle avait toujours froid. D'ailleurs, un grand feu flambait dans la cheminée blanche veinée d'or.

Nadia jeta la robe en secouant la tête.

— Sotte enfant. J'ai fait tout ce qui était possible pour assurer votre avenir. Vous pourriez choisir parmi les gentilshommes les plus influents du royaume. Vous pourriez devenir une princesse, si seulement vous suiviez mes conseils.

— Je vous ai dit que je n'ai aucun désir de devenir princesse. C'est votre ambition, pas la mienne.

Sans prévenir, la comtesse traversa la pièce pour venir se placer juste devant Leonida, l'expression dure.

— C'est parce que vous n'avez jamais su ce que c'est que d'être sans fortune ou sans une position établie dans la société, Leonida. Vous pouvez condamner mon ambition, mais je vous assure que votre précieuse fierté sera vite oubliée si vous êtes assez impétueuse pour croire que vous pouvez vivre d'amour. Il n'y a rien de charmant à avoir froid l'hiver ou à raccommoder ses robes pour cacher des ourlets élimés…

Ses yeux s'obscurcirent à ces paroles, reflétant la douleur intime qu'elle se remémorait.

— Ou à être exclue de la société.

— Pardonnez-moi, mère, dit doucement Leonida. Ce n'est pas que je n'apprécie pas les sacrifices que vous avez consentis pour moi, mais…

— Vraiment ?

Leonida battit des cils, désorientée par cette abrupte interruption.

— Je vous demande pardon ?

— Appréciez-vous réellement tout ce que j'ai fait ?

— Bien sûr.

Nadia lui prit les mains et les serra fortement.

— Alors, vous accepterez de faire ce que je dois vous demander maintenant.

Leonida s'empressa de libérer ses mains.

— Je vous aime, mère, mais mon appréciation n'est pas sans limites. Je vous ai dit que je n'accepterais pas la demande en mariage du prince Orvoleski. Il est non seulement assez âgé pour être mon père, mais il empeste l'oignon.

— Ceci n'a rien à voir avec le prince.

La méfiance de Leonida se transforma en véritable anxiété. Quelque chose dans l'expression de sa mère l'avertissait que cet entretien allait au-delà des habituelles scènes théâtrales que Nadia adorait.

— Quelque chose s'est produit, devina-t-elle.

Nadia noua ses mains, ses bagues ornées de pierres précieuses étincelant dans la lumière du matin.

— Oui.

— Dites-moi ce que c'est.

Au lieu de répondre, la comtesse alla à la fenêtre, laissant dans son sillage les effluves d'un parfum coûteux.

— Vous connaissez une petite partie de mon enfance.

En proie à la confusion, Leonida se tourna pour étudier le dos raide de sa mère. La comtesse Karkoff ne parlait jamais de ses humbles débuts.

Jamais.

— Vous m'avez dit que vous avez été élevée à Yaroslavl avant de venir à Saint-Pétersbourg, dit-elle, hésitante.

— Mon père avait de distantes attaches avec les Romanov, mais après s'être disputé avec l'empereur Paul il était trop empli de fierté obstinée pour s'excuser et il a été définitivement banni de la Cour.

Le rire dédaigneux de Nadia résonna dans la pièce.

— Homme stupide. Nous vivions dans une maison qui était une monstruosité glacée, à des lieues du village le plus proche, avec seulement une poignée de serfs pour l'empêcher de tomber en ruine. J'étais enterrée au milieu de sauvages, avec seulement ma nourrice pour me tenir compagnie.

Le cœur de Leonida s'attendrit de sympathie. Cette femme pleine de vivacité, extravertie, à la pointe de la mode, enfermée seule dans une lugubre vieille maison ? Cela avait dû lui paraître un enfer.

— Je ne peux pas vous imaginer dans un tel cadre, murmura-t-elle dans un souffle.

Nadia frissonna, levant une main pour caresser son collier de diamants, comme pour s'assurer que ses sinistres souvenirs ne l'avaient pas fait disparaître.

— C'était une misère, mais cela m'a appris que je ferais n'importe quoi pour m'échapper, déclara-t-elle âprement. Quand ma tante a décidé qu'il était de son devoir de m'inviter chez elle, j'ai ignoré la menace de mon père de me déshonorer. Qu'avait-il à m'offrir à part des années d'isolement et de solitude ? A la place, j'ai vendu mes quelques bijoux et je me suis rendue seule à Saint-Pétersbourg.

Leonida gloussa, admirative. Evidemment, qu'elle l'avait fait. Rien n'était autorisé à s'interposer entre Nadia et ses rêves.

— Vous êtes vraiment stupéfiante, mère, dit-elle. Peu de femmes auraient fait preuve d'un tel courage.

Nadia se tourna lentement, un sourire contraint sur les lèvres.

— C'était plus du désespoir que du courage et, si j'avais su que je devais être davantage une domestique qu'un hôte sous le toit de ma tante, je ne suis pas entièrement certaine que j'aurais été aussi impatiente d'endurer ce voyage exténuant.

— Moi, j'en suis certaine. Vous n'avez jamais laissé quoi que ce soit faire obstacle à vos désirs.

La comtesse haussa les épaules.

— C'est vrai, mais pas même ma formidable détermination ne m'aurait donné l'occasion d'entrer dans le monde sans l'assistance de Mira Toryski.

Il fallut un instant à Leonida pour situer ce nom.

— La duchesse d'Huntley ?

— Sa famille était des voisins de ma tante, expliqua Nadia. Mira était déjà une favorite de la haute société, bien sûr. Comment aurait-il pu en être autrement ? Elle était belle, riche et pourtant étonnamment aimable. Je ne comprendrai jamais pourquoi elle a eu pitié de moi au point de convaincre ma tante de me laisser assister à quelques petites réunions, mais je lui en serai éternellement reconnaissante.

On ne pouvait se méprendre sur la profonde affection de la comtesse pour son amie de jeunesse. C'était étrange, vu que Nadia préférait s'entourer de jeunes et beaux officiers plutôt que de grandes dames.

— C'est alors que vous avez rencontré Alexandre Pavlovich ?

— Oui.

Les yeux noirs de Nadia s'adoucirent comme ils le faisaient toujours quand on mentionnait le tsar.

— Il était si beau et si charmant. Je n'ai eu qu'à lui jeter un coup d'œil pour savoir que c'était un homme destiné à la grandeur.

Leonida résista à l'envie de demander plus de détails sur la relation de sa mère avec l'empereur : il valait mieux ne pas poser certaines questions.

— Tout ceci est fascinant, mère, mais je ne comprends pas vraiment ce qui vous trouble.

Les mains de Nadia tremblaient quand elle les passa sur sa robe de gaze.

— J'ai besoin que vous compreniez mon vif attachement pour Mira.

— Pourquoi ?

— Peu de temps après mon arrivée à Saint-Pétersbourg, elle a été présentée au duc d'Huntley. Comme la plupart des femmes de la haute société, elle a donné son cœur au bel Anglais, mais elle, elle est partie à Londres avec lui pour l'épouser.

Nadia fit une grimace.

— J'ai été dévastée par la perte de ma meilleure amie. Elle était… Bon, disons simplement que ma seule consolation a été d'échanger des lettres avec elle afin que nous puissions continuer à participer à la vie l'une de l'autre.

— Cela se comprend tout à fait, dit gentiment Leonida.

— Peut-être, mais j'étais encore jeune et imprudente et, quand Alexandre Pavlovich a commencé à montrer de l'intérêt pour moi, j'étais avide de partager tous les détails avec Mira.

Leonida était de plus en plus perplexe à mesure que sa mère poursuivait son récit.

— D'après ce que j'ai entendu dire, votre liaison avec le tsar n'était pas précisément un secret bien gardé.

— Non.

La comtesse haussa les épaules, ne montrant comme toujours aucun remords au sujet de la relation intime qu'elle avait liée avec l'empereur.

— Notre relation était une source de ragots sans fin, mais nos conversations privées n'étaient pas censées être répétées. Pas même à une amie proche dont la loyauté envers les Romanov n'avait jamais pu être mise en doute.

Leonida se raidit.

— Vous avez révélé à la duchesse d'Huntley ce qu'Alexandre Pavlovich vous disait en privé ?

Sa mère se mit sur la défensive.

— Je savais que je pouvais lui faire confiance et, d'un autre côté, je n'avais personne à qui confier mes pensées les plus intimes. Il n'y avait pas une femme dans la haute société qui n'était pas consumée de jalousie par ma relation avec le tsar.

— Comme elles le sont toujours.

Leonida s'empressa d'apaiser la comtesse. Elle n'en tirerait rien si elle boudait. Et elle avait le terrible pressentiment qu'elle avait besoin de savoir exactement ce qui se passait.

— Mais vous êtes rarement aussi indiscrète.

Nadia fut loin d'être apaisée.

— Comment pouvais-je suspecter que quiconque en dehors de la duchesse verrait mes lettres ?

Le cœur de Leonida chavira.

— Quelqu'un d'autre les a vues ?

— Inutile de me faire remarquer que j'ai été une idiote et une imprudente. Je suis péniblement consciente de mes erreurs.

— Très bien.

Leonida inspira pour se calmer.

— Je présume que ces lettres contiennent des informations qui pourraient être gênantes pour le tsar ?

— C'est bien pire que cela. Dans les mains de ses ennemis, elles pourraient fort bien le détruire.

— Le détruire ?

Leonida battit des cils, choquée.

— Vous exagérez sûrement ?

— J'aimerais bien.

— Mère ?

D'un mouvement gracieux, Nadia s'assit sur la banquette de brocart dans l'embrasure de la fenêtre, le soleil matinal révélant les ombres sous ses yeux et les rides qui cernaient ses lèvres pleines.

C'était la première fois qu'elle paraissait son âge.

C'était plus effrayant que toutes les insinuations mélodramatiques d'un danger imminent.

— Etre le chef de l'empire russe n'a jamais été une tâche simple, dit Nadia à voix basse. L'agitation couve tout le temps parmi le peuple, tandis que la traîtrise est un jeu obligatoire pour la noblesse, mais les choses sont devenues encore plus périlleuses ces dernières années. Alexandre passe trop de temps loin de son trône pour voyager à travers le monde. Cela encourage ses ennemis à comploter contre lui.

— Ils n'ont guère besoin d'encouragement.

— Peut-être pas, en effet, mais ils deviennent de plus en plus hardis à chaque jour qui passe.

Leonida humecta ses lèvres sèches.

— Et il y a dans les lettres quelque chose qui offrirait aux ennemis d'Alexandre Pavlovich les moyens de lui causer du tort ?

— Oui.

— Qu'est-ce que…

Sa mère leva une main impérieuse.

— Ne me le demandez pas, Leonida.

Le premier instinct de Leonida fut d'exiger une réponse. Si elle devait être impliquée dans la situation fâcheuse que sa mère avait créée, elle méritait la vérité.

Puis elle ravala sagement les mots qu'elle avait sur la langue.

Elle avait beaucoup d'amour et de respect pour Alexandre Pavlovich, mais, plus que quiconque, elle comprenait qu'il n'était qu'un homme, avec tous les défauts et les fragilités que cela impliquait. Et, en vérité, un air de mélancolie enveloppait toujours l'empereur, comme s'il portait un secret profond et douloureux.

Voulait-elle vraiment savoir ce qui lui causait une telle peine ?

— Alors, vous devez écrire au tsar et le prévenir des dangers, déclara-t-elle d'un ton bref. Il voudra sûrement rentrer à Saint-Pétersbourg.

— Non, répondit vivement sa mère.

— Vous ne pouvez cacher la vérité, mère.

— C'est exactement ce que je dois faire.

Leonida fronça les sourcils, incapable de croire que sa mère pouvait se montrer aussi égoïste.

— Vous allez mettre Alexandre Pavlovich en danger parce que vous ne voulez pas confesser votre indiscrétion ?

Les yeux noirs de la comtesse étincelèrent d'agacement.

— Mon Dieu, n'avez-vous fait attention à rien ces derniers mois ?

— Vous voulez dire l'insurrection ?

— Alexandre est dévasté.

Nadia arpenta le parquet ciré, les traits crispés par le souci.

— Il considérait le régiment Semyonoffski comme le plus fidèle de toute son armée, et sa trahison a été pour lui comme un coup de couteau dans le cœur. Je crains pour lui, Leonida. Il est si fragile. Je ne suis pas certaine qu'il pourrait supporter ce qu'il prendra à coup sûr pour une autre trahison.

— Nous nous soucions tous de son bien, mais il est l'empereur, observa doucement Leonida. Il doit être au courant de toute menace à l'encontre de son trône.

Nadia se tourna alors pour regarder sa fille, la tête haute.

— J'ai l'intention de m'assurer que toute menace soit écartée avant qu'Alexandre ne revienne.

— Comment ? Si quelqu'un a réussi à mettre la main sur les lettres que vous avez écrites…

— Je ne suis pas convaincue que quiconque les a réellement vues.

Leonida leva les mains pour masser ses tempes qui la lançaient.

— Vous me donnez la migraine, mère. Vous devriez peut-être commencer par le début.

La comtesse inspira profondément et pressa ses mains sur son front en cherchant à reprendre son calme.

— La semaine dernière, un homme masqué se présentant comme la Voix de la Vérité m'a abordée à la mascarade du comte Bernaski. Ce ridicule individu a prétendu qu'il possédait les lettres que j'ai écrites à Mira et qu'il les rendrait publiques à moins que je n'accepte de lui verser cent mille roubles.

— Cent mille ! répéta Leonida, choquée.

C'était pire, bien pire que ce qu'elle avait cru possible.

— Doux Jésus ! Nous ne pourrions jamais payer une telle somme !

— Je n'ai pas l'intention de verser un seul rouble, déclara Nadia d'un ton coupant. Pas avant d'être convaincue que ce scélérat possède réellement les lettres, et je vous assure que je ne le suis pas.

— Pourquoi ?

— Parce que dès que l'homme a tourné les talons, j'ai demandé à Herrick Gerhardt de le faire suivre.

Leonida fit une grimace. Herrick Gerhardt était le plus proche conseiller du tsar et l'homme le plus inquiétant qu'elle ait jamais rencontré. Rien n'échappait à son regard sombre et pénétrant. Et sa farouche dévotion à l'empereur signifiait qu'il serait prêt à supprimer toute menace sans une trace de remords.

Il était impossible d'être en sa compagnie sans redouter d'être traîné dans le cachot le plus proche à la moindre parole de travers.

— Bien sûr, marmonna-t-elle.

Sa mère haussa les épaules, loin de se montrer aussi effrayée par Gerhardt qu'elle aurait dû l'être.

— Ce n'est pas la première menace que j'ai essuyée. Ma position attire souvent ceux qui espèrent influencer Alexandre Pavlovich en m'utilisant.

La comtesse n'était pas la seule dans ce cas. Leonida était choquée par le nombre de fois où des membres de la haute société l'approchaient dans l'espoir qu'elle puisse influer sur le tsar.

Comme si elle avait quelque pouvoir que ce soit. C'était ridicule.

— Je suppose qu'Herrick a réussi à faire suivre l'homme ?

— Oui. Son nom est Nikolas Babevich. Son père est un officier russe et sa mère est… française, précisa Nadia avec un délicat frisson. Des gens déplorables. On ne peut jamais leur faire confiance.

Leonida ignora les préjugés de sa mère. Celle-ci gardait un souvenir vivace de l'invasion de Napoléon et de la coûteuse guerre qui avait suivi.

— A-t-il été arrêté ?

— Herrick a décidé qu'il valait mieux ne pas laisser deviner à ce gredin que nous avions découvert son identité.

Leonida secoua la tête. Sa mère avait-elle perdu l'esprit ?

— Je serai la première à admettre que je connais très peu les affaires du gouvernement, mais si vous savez qui est ce malfaiteur et où on peut le trouver, pourquoi ne le feriez-vous pas arrêter ? demanda Leonida, perplexe.

— Parce que nous ne sommes pas certains qu'il agit seul.

— Herrick a-t-il au moins mis la main sur vos lettres ?

— Il a fait fouiller la maison de Babevich, mais aucune lettre n'a été trouvée.

Leonida émit un son frustré.

— Elles pourraient être n'importe où.

— Il est surveillé en permanence, aussi, s'il les cache, il finira par y conduire les gardes.

Leonida se rendit compte qu'il ne servirait à rien d'insister pour faire arrêter cet horrible maître chanteur. Si Herrick avait décidé de le laisser libre, rien de ce qu'elle dirait ne modifierait la situation.

A la place, elle se concentra sur des questions plus pressantes.

— Pourquoi pensez-vous qu'il ment en disant qu'il a les lettres ?

Nadia se remit à faire les cent pas, ses doigts jouant fébrilement avec les pendentifs en diamant de son collier. Un signe évident qu'elle était loin d'être aussi calme qu'elle voulait le faire penser à sa fille.

— Lorsqu'il m'a abordée, j'ai exigé qu'il me les montre. Il a prétendu qu'il ne les avait pas sur lui, alors je lui ai demandé de me dire exactement ce qu'elles contenaient. Il a de nouveau refusé, déclarant qu'il ne fournirait aucune preuve tant que je n'aurais pas payé cette somme exorbitante.

— Voilà qui paraît étrange. Il doit sûrement se rendre compte que n'importe qui doté d'un peu de bon sens demanderait des preuves avant de payer ?

— La plupart des hommes sous-estiment les femmes. Il a sans doute supposé que je serais si paniquée que j'accéderais à ses demandes sans réfléchir.

La voix de Nadia exprimait son mépris pour une telle pensée.

— Et il y a autre chose.

— Quoi ?

— Mira et moi échangions souvent des secrets, alors nous avions mis au point un code quand nous nous écrivions, au cas où nos lettres tomberaient entre de mauvaises mains. C'était un peu sot et sans doute puérilement facile à déchiffrer, mais Babevich n'a rien dit sur le fait qu'il avait réussi à traduire les lettres.

Leonida devait reconnaître que cela semblait suspect. Même en supposant que l'homme pensait pouvoir facilement extorquer à une femme une aussi grosse somme d'argent, il se serait sûrement senti poussé à se vanter de sa capacité à avoir déchiffré le code.

D'après son expérience, les hommes ne manquaient jamais l'occasion de prouver leur supériorité sur les femmes.

— Alors, s'il n'a pas les lettres, comment a-t-il découvert qu'elles existent ? Et comment savait-il qu'elles pourraient causer du tort à Alexandre Pavlovich ?

— C'est pour cela qu'Herrick lui a laissé croire que nous ignorions son identité, expliqua Nadia. Il pense que Nikolas Babevich n'est qu'un pion utilisé par d'autres.

Leonida frissonna d'appréhension. La pensée qu'il existait d'autres ennemis cherchant à causer du tort à sa mère n'était pas précisément rassurante.

— Alors, il semble qu'il n'y ait rien à faire à part attendre que l'homme vous conduise à ses associés.

Il y eut un silence tendu avant que sa mère ne s'arrête pour la transpercer du regard, les paupières plissées.

— De fait, une tâche très importante doit être menée à bien.

Leonida fit instinctivement un pas en arrière. Elle connaissait ce ton. Et il n'augurait jamais rien de bon.

En tout cas pas pour elle.

— Je ne suis pas certaine de vouloir savoir laquelle.

— Quelqu'un doit se rendre en Angleterre et fouiller la propriété du duc d'Huntley pour trouver les lettres, dit Nadia, ignorant la réticence de sa fille.

C'était bien d'elle.

— Si elles y sont encore, alors nous pourrons être certains que Nikolas Babevich n'est qu'un escroc.

Le malaise de Leonida se changea en véritable panique.

Bonté divine ! Elle n'avait pas prévu cette annonce ! Quelle idiotie ! Nadia ne se privait pas de faire les demandes les plus outrancières à sa seule enfant.

— Mais…

Elle lutta pour reprendre son souffle.

— Si les lettres sont toujours cachées en Angleterre, comment quelqu'un aurait-il appris leur existence ?

Nadia haussa les épaules.

— Peut-être que l'actuel duc d'Huntley ou son frère, lord Summerville, ont dit à quelqu'un qu'ils les avaient vues. Après tout, Edmond était à Saint-Pétersbourg voilà quelques mois.

Leonida s'empara de ces paroles comme si elles étaient sa planche de salut.

— Dans ce cas, pourquoi ne pas simplement leur écrire et leur demander de les renvoyer ? La duchesse est morte depuis des années, ils ne peuvent pas avoir d'intérêt pour votre correspondance.

Nadia fit un geste impatient de la main.

— Parce qu'ils sont avant tout des gentlemen anglais loyaux au prince régent… Oh, je suppose que ce hideux personnage est devenu roi, maintenant.

Elle fit une grimace.

— Quoi qu'il en soit, il est bien connu que le pompeux monarque n'a pas du tout apprécié la dernière visite d'Alexandre Pavlovich pour célébrer la fin de la guerre. Si le roi savait que ces lettres contiennent des informations qui pourraient causer du tort au tsar, je ne doute pas qu'il exigerait qu'elles lui soient remises.

Leonida avait envie d'argumenter, mais elle avait entendu les rumeurs concernant le ressentiment du roi George vis-à-vis des manières distantes d'Alexandre Pavlovich lors de sa brève visite à Londres. Ce n'était guère surprenant. Les deux souverains ne pouvaient être plus différents. L'empereur détestait les démonstrations tapageuses et la vantardise.

Elle chercha promptement une autre excuse pour éviter l'atterrante mission en Angleterre.

— On ne peut guère fouiller la propriété Huntley sans permission. Un duc anglais doit posséder un bataillon de domestiques. Je ne pourrais passer la porte sans être prise.

Nadia sourit.

— Vous le pourriez si vous étiez une invitée accueillie de plein gré.

— Mère…

— Les arrangements pour votre voyage sont faits pendant que nous parlons, coupa la comtesse d'un ton résolu. Vous partirez d'ici la fin de la semaine.

Ce fut au tour de Leonida d'arpenter la pièce, sa panique croissante lui rendant difficile de penser clairement.

— Même si j'étais encline à accepter ce plan absurde, ce qui, je vous l'assure, n'est pas le cas, je ne pourrais absolument pas m'introduire chez le duc d'Huntley. Non seulement ce serait extrêmement grossier, mais il est célibataire.

— J'ai déjà écrit à lord Summerville et à sa jeune épouse pour les informer qu'Alexandre Pavlovich a décidé de vous faire présenter convenablement à la haute société anglaise. Ils ne pourraient refuser de vous recevoir.

Dieu du ciel, c'était de pire en pire.

— Lord Summerville vit-il chez son frère ?

— Non, mais le roi a donné au couple l'ancienne maison de lady Summerville, qui se trouve à moins d'un mile de Meadowland. Nul doute que vous rendrez souvent visite au duc.

Leonida secoua la tête, incrédule.

— Ainsi, vous avez simplement imposé une complète étrangère à des jeunes mariés sans tenir compte de la gêne que cela nous causera à tous ?

L'expression de la comtesse se durcit. Elle avait pris

sa décision et rien de ce que Leonida pourrait dire ne la ferait changer d'avis.

— Leonida, non seulement je serais perdue si ces lettres sont réellement dans les mains de mes ennemis, mais Alexandre ne pourrait jamais résister au scandale, dit-elle, la voix dure et menaçante. Pas une nouvelle fois.

Pas une nouvelle fois ? Au nom du ciel, qu'est-ce que cela signifiait ?

L'humeur de Leonida s'échauffa. Ce n'était guère la première fois que sa mère concoctait un plan extravagant, mais ceci…

— Ainsi, vous voulez que j'aille en Angleterre, que je m'impose à un couple de jeunes mariés qui ne m'a jamais vue, que je m'infiltre chez un duc et que je cherche des lettres qui n'y sont peut-être pas cachées ?

Nadia ne cilla pas.

— Oui.

Leonida souffla.

— Et ensuite, en supposant que j'accomplisse cette prouesse improbable, que devrai-je faire ? Brûler les preuves ?

Les yeux de Nadia s'élargirent sous le choc à cette seule idée.

— Non. Je veux que vous me rapportiez les lettres.

— Juste ciel, mère ! N'ont-elles pas causé déjà assez d'ennuis ? Elles doivent être détruites.

Dans un froufrou de gaze et de soie, la comtesse vint se placer devant sa fille.

— Ne soyez pas sotte, Leonida. J'en ai besoin.

Déroutée par l'insistance de sa mère, Leonida fronça les sourcils.

— Pourquoi ?

Nadia fit une pause, cherchant visiblement ses mots avec soin.

— Alexandre Pavlovich m'a toujours adorée, et au fil des années il s'est montré très généreux avec nous. Mais nous savons que les frères de l'empereur ne m'ont jamais approuvée, pas plus que le soutien constant d'Alexandre à notre maisonnée. Si quelque chose devait arriver au tsar, Dieu nous en préserve, je crains que nous puissions nous retrouver privées de tout l'héritage qui devrait justement nous revenir.

— Je ne…

Leonida étouffa une exclamation choquée quand elle comprit.

— Oh, non ! Vous avez l'intention d'utiliser ces lettres pour extorquer de l'argent au prochain tsar ? Avez-vous complètement perdu l'esprit ?

Nadia pinça les lèvres avec agacement.

— L'une de nous doit penser à l'avenir, Leonida.

— J'y pense, mère.

Pivotant sur ses talons, Leonida alla d'un pas raide à la fenêtre mais elle était si bouleversée qu'elle ne discernait rien du paysage.

— J'espère simplement que vous apprécierez la cellule de prison humide dans laquelle nous finirons sans doute…

2

Surrey, Angleterre

A première vue, les deux gentlemen qui se promenaient dans le jardin anglais traditionnel paraissaient étonnamment semblables.

Tous deux avaient des cheveux d'un noir de jais qui tombaient sur leur large front en un charmant désordre. Tous deux possédaient les traits slaves et anguleux de leur mère russe. Tous deux étaient dotés d'yeux bleu foncé qui avaient fait se pâmer les femmes depuis qu'ils avaient quitté le berceau. Et tous deux arboraient le genre de corps mince et musclé qui était parfaitement mis en valeur par leur redingote et leurs culottes bien coupées.

En y regardant de plus près, toutefois, on pouvait voir que l'aîné des jumeaux, Stefan, actuel duc d'Huntley, avait la peau plus mate que son frère Edmond, lord Summerville. Et ses épaules étaient un peu plus larges. Le résultat des heures qu'il passait à inspecter à cheval ses nombreuses fermes, sans doute. Les traits de Stefan étaient aussi légèrement plus délicats que ceux d'Edmond. Elégants plutôt que puissants.

Néanmoins, leurs différences physiques n'étaient rien comparées aux divergences de leurs personnalités.

Edmond avait toujours été un homme remuant, ou du moins l'avait-il été jusqu'à ce qu'il épouse Brianna Quinn quelques mois plus tôt, alors que Stefan était profondément dévoué à son domaine et au grand nombre de personnes qui dépendaient de lui. Edmond était charmant, prompt à se mettre en colère et intrépidement courageux. Il avait volontairement risqué sa peau à plusieurs reprises durant la période où il avait été le conseiller d'Alexandre Pavlovich.

Stefan, d'un autre côté, était beaucoup plus réservé, préférant rester à l'arrière-plan plutôt que d'attirer l'attention sur lui. Il était également enclin à dire la vérité au lieu d'offrir des flatteries, ce qui expliquait peut-être pourquoi il était plus à l'aise en compagnie de ses fermiers que parmi les aristocrates qui habitaient le voisinage.

Tous deux, cependant, partageaient une intelligence acérée et une loyauté farouche l'un vis-à-vis de l'autre, ainsi qu'envers ceux qui dépendaient d'eux.

C'était cette loyauté qui avait conduit Stefan à Hillside par cette matinée de fin de printemps.

En se promenant dans les jardins de la propriété, qui étaient impeccablement entretenus après quinze ans de négligence, il jeta un regard de côté à son frère, qui marchait en silence près de lui.

— Alors, ton invitée est arrivée ? murmura-t-il.

Les lèvres d'Edmond frémirent ; il pressentait sans aucun doute le sermon à venir.

— Oui.

Stefan écarta toute notion de subtilité. Ce n'avait jamais été son talent.

— Je ne comprends pas pourquoi tu laisses Alexandre Pavlovich profiter de toi, grommela-t-il en contournant un tas de branches qui avaient été élaguées de la haie maintenant bien taillée. Tu n'es plus son conseiller.

— Je n'ai jamais été non plus un conseiller du roi George, mais cela ne l'empêche pas de profiter de nous, fit remarquer Edmond.

Stefan ignora l'allusion aux exigences incessantes du souverain. A la place, il se concentra sur les deux femmes qui pénétraient dans le jardin, venant de la grande maison de style palladien.

Brianna était aisément reconnaissable à ses vibrants cheveux roux et à sa démarche rapide, qui ne convenait pas vraiment à une dame. De maintes façons, elle était aussi impulsive et intrépide qu'Edmond.

Une chaleur familière, pleine d'affection, emplit le cœur de Stefan avant qu'il ne porte son attention sur la petite femme menue qui s'efforçait de rester à la hauteur de lady Summerville.

— C'est elle ? demanda-t-il.

— Oui. Miss Leonida Karkoff.

A ce moment-là, la jeune femme tourna la tête et Stefan s'arrêta, saisi.

Ce n'était pas la beauté de cette créature qui le frappait à ce point. Enfin, pas entièrement.

Elle *était* délicieuse. Des cheveux aussi dorés qu'un lever de soleil, une peau d'albâtre, et une silhouette svelte mise en valeur par sa robe vert mousse au modeste décolleté, avec de petites manches ballon.

Non, c'était la ligne remarquable de son profil et la courbe suave de ses lèvres.

Il aurait parié son dernier penny que ses yeux étaient de la couleur d'un ciel d'été.

— Bonté divine !

Edmond gloussa.

— Charmante, n'est-ce pas ?

— Charmante et étonnamment familière.

— Oui. On ne peut se méprendre sur son père, convint Edmond. Dommage qu'il ait déjà été marié à Elizabeth avant de rencontrer la mère de Leonida. Nadia aurait fait une formidable tsarine, qui aurait pu donner à Alexandre Pavlovich le courage qu'il lui fallait pour défier les nobles et imposer les réformes qu'il désirait quand il était jeune.

— Sa grand-mère ne l'aurait jamais laissé épouser une

jeune provinciale ne pouvant se recommander que de sa beauté et de sa finesse.

Edmond décocha un coup d'œil ironique à son frère.

— Ne sous-estime jamais une femme déterminée.

— C'est pourquoi je préfère une femme plus timide, rétorqua Stefan d'un ton lisse. La vie est beaucoup plus paisible ainsi.

Son frère fit une grimace.

— Ennuyeuse, veux-tu dire.

Stefan reporta son attention sur les femmes qui approchaient.

— Combien de temps miss Karkoff pense-t-elle rester ?

— Elle n'a pas dévoilé ses plans.

Non, bien sûr, elle ne l'avait pas fait. Et elle ne le ferait probablement pas…

— Cela n'a guère de sens de la part de l'empereur de l'envoyer dans ce coin perdu du Surrey s'il désire qu'elle se mêle à la société anglaise.

— La Saison londonienne touche à sa fin, ajouta Edmond avec un air soudain amusé. En outre, pourquoi jeter la charmante Leonida dans une foule de charmantes dames quand elle pourrait être la seule femme convenable dans les environs d'un riche duc célibataire ?

— Tu penses…

Stefan secoua la tête, pas prêt à admettre un complot aussi évident.

— Non. Alexandre Pavlovich lui-même ne manque pas assez de finesse pour agiter sa fille sous mon nez d'une manière aussi manifeste.

— Peut-être pas, mais sa mère le ferait.

— Non.

Edmond haussa les sourcils.

— Pourquoi en es-tu aussi certain ?

— Je ne suis pas isolé au point de ne pas avoir entendu les ragots en provenance de Londres. Selon toutes les sources, la comtesse Karkoff est décidée à trouver rien moins qu'un prince pour sa fille.

Edmond haussa les épaules.

— Un duc anglais fortuné l'emporterait sûrement sur un prince indigent d'une principauté qui n'est guère qu'un point sur la carte.

— Pas si cette principauté possédait des soldats qu'Alexandre Pavlovich jugerait loyaux à son trône, rétorqua Stefan. Je possède maintes choses, mais pas une armée pouvant servir de renfort.

— Non, mais tu as l'oreille du roi d'Angleterre. Un allié très puissant.

— Un roi qui a mesquinement proclamé sa réprobation du tsar.

Edmond gloussa de nouveau, s'amusant visiblement. Lui, mieux que quiconque, comprenait la répulsion de Stefan à la pensée d'être épousé pour son titre.

— C'est peut-être la façon d'Alexandre Pavlovich de faire la paix.

— Alors, cette fille devrait être à Londres, grommela Stefan. Je ne doute pas qu'elle pourrait aisément enrouler le roi autour de son petit doigt.

Edmond plissa les paupières.

— Pourquoi es-tu si suspicieux à l'égard de cette pauvre petite ?

— Je n'ai pas oublié la dernière fois où tu as été impliqué dans les affaires russes.

Stefan fronça les sourcils.

— Brianna et toi avez presque été tués.

— Ce n'était pas vraiment la faute du tsar.

Stefan ne put le contredire. Il s'était agi d'un autre complot pour renverser Alexandre Pavlovich, mais, évidemment, c'était Edmond qui avait été jeté directement au milieu du danger.

— Peut-être pas, mais il n'hésite jamais à te faire

courir des risques pour sa propre cause. Je ne veux pas te voir mêlé de nouveau à tout cela.

Edmond lui passa un bras autour des épaules.

— Ne t'inquiète pas, Stefan. A ma grande surprise, Leonida est non seulement charmante, mais elle manque totalement de l'ambition de sa mère et de l'esprit machiavélique de son père.

— Hmm.

Stefan ne se laisserait pas convaincre si facilement, toutefois il était évident qu'Edmond n'était pas disposé à tenir compte de ses avertissements. Ce serait donc à lui de tenir l'intrigante à l'œil.

— Se rend-elle au moins compte qu'elle interfère dans l'intimité de jeunes mariés ?

Un humour coquin brilla dans les yeux d'Edmond.

— Tu me connais sûrement assez, Stefan, pour savoir que lorsque je désire passer du temps seul avec mon exquise épouse, je ne laisse rien ni personne m'en empêcher.

— C'est exact, fut forcé d'agréer Stefan. Je ne puis me rappeler à combien de dîners j'ai assisté à Hillside pour me retrouver reconduit à la porte avant même d'avoir fini mon porto.

— Un jour, mon cher frère, tu comprendras.

— Je crois qu'un Summerville aveuglé par les tourments de l'amour est suffisant, trancha le duc.

Son ton était coupant, et masquait le mal sourd de la solitude qui l'affectait depuis l'année passée. C'était un secret qu'il avait l'intention de garder pour lui-même.

— Pense à notre réputation, insista-t-il.

— Dois-je penser à ma réputation de débauché frivole, ou à la tienne de morne fermier qui accorde plus d'attention à ses vaches qu'à la société ? le taquina Edmond.

— Sûrement pas morne ! protesta Stefan. J'ai toujours pensé que je possédais une petite dose d'esprit.

— Une très grande dose d'esprit. Hélas, elle se manifeste rarement hors de Meadowland. Je crains que tu ne deviennes aussi moisi que tes livres.

Stefan se dégagea du bras de son frère, déconfit par le tour de la conversation. Il se plongerait un poignard dans le cœur avant de laisser Edmond deviner à quel point il était jaloux du bonheur qu'il avait découvert.

Nul ne le méritait plus que lui.

— Mes livres ne sont pas moisis, et moi non plus.

Le regard d'Edmond était scrutateur. Peut-être percevait-il que son frère était mal à l'aise.

— Cela ne te ferait pas de mal de pratiquer tes qualités mondaines.

— Ah, je commence à comprendre ton plan pervers.

Stefan détourna délibérément la conversation de sa personne.

— Tu veux que je distraie miss Karkoff pour pouvoir passer plus de temps seul avec ta jeune épouse.

— Ma seule pensée est pour toi, mon très cher Stefan.

Riant au ton pénétré de son frère, Stefan s'aperçut brusquement qu'ils n'étaient plus seuls. Un curieux picotement lui parcourut l'échine quand il se tourna pour sourire aux étonnants yeux verts de Brianna, ne portant son attention qu'avec réticence sur la jeune femme qui l'accompagnait.

Sans prévenir, son souffle se coinça dans sa gorge lorsqu'il rencontra le clair regard bleu qui brillait d'une innocence candide.

Sapristi ! Il n'était pas étonnant qu'Alexandre Pavlovich ait envoyé cette femme pour servir ses intérêts. Leonida Karkoff était le rêve de tout homme. Une pureté suave et intacte combinée à une beauté dorée qui suscitait un désir primitif de l'emporter dans un tourbillon. Qui ne serait pas ébloui par une telle vision ?

Pas lui en tout cas.

Ce fut le délicat toussotement de Brianna qui le fit se rendre compte qu'il fixait la jeune femme comme un idiot. Il jura silencieusement à la pensée de s'être laissé distraire ne fût-ce qu'un instant par la dangereuse sirène. Enfin, il ramena son regard sur lady Summerville.

— Bonjour, Stefan, murmura-t-elle avec un sourire malicieux.

— Délicieuse Brianna.

D'un geste délibéré, il lui prit la main et la porta à ses lèvres. Il adorait provoquer son jumeau.

— Comme toujours, vous illuminez ma journée.

Aussitôt, Edmond se déplaça pour enrouler un bras possessif autour de la taille de sa femme. Ils savaient tous les deux que Stefan considérait Brianna comme une sœur tendrement aimée, mais certaines réactions étaient trop instinctives pour être réprimées.

C'était peut-être également ça qui expliquait la réaction du duc à l'innocent regard bleu posé sur son profil, et au séduisant parfum de jasmin qui emplissait l'air.

L'instinct.

Ignorant la tentative de distraction de Stefan, Edmond désigna son invitée de la main.

— Stefan, puis-je te présenter miss Karkoff ? Leonida, mon frère, le duc d'Huntley.

N'ayant pas le choix, Stefan s'efforça d'oublier les battements singuliers de son cœur et se tourna pour regarder miss Karkoff exécuter une élégante révérence.

— Votre Grâce.

Sa voix était basse, avec juste une trace d'accent pour épicer son anglais parfait.

Le hochement de tête de Stefan fut presque grossier. Il n'oublierait pas aussi aisément ses suspicions.

Pas même si Leonida Karkoff avait le visage d'un ange.

— J'espère que vous appréciez votre visite dans le Surrey ?

Son sourire fut éblouissant. Naturellement. Tout en elle était éblouissant.

— Beaucoup, merci. Lord et lady Summerville se sont

montrés très accueillants et je trouve que les paysages anglais sont d'une grande beauté.

— Ce doit être un peu ennuyeux comparé à Saint-Pétersbourg. D'après mes souvenirs, il y a là-bas une variété constante de divertissements pour les jeunes et belles dames comme vous.

Elle haussa les épaules, attirant l'attention sur leur ligne gracile et sur son cou mince ceint d'une parfaite rangée de perles.

— Je préfère la tranquillité, répondit-elle, une pointe de curiosité dans les yeux, comme si elle percevait sa méfiance. Et pour être honnête, je suis heureuse d'être à la campagne où je peux savourer pleinement la chaleur de votre été.

Stefan esquissa un sourire et lui prit le bras pour la guider fermement sur l'allée dallée. Manifestement, il devrait se montrer plus prudent s'il ne voulait pas la mettre sur ses gardes.

— Savourer la chaleur, vous dites ?

Elle se raidit, comme si elle était déconcertée par son geste, puis, avec un sourire aussi faux que le sien, elle avança à son côté.

— Oui, c'est cela, dit-elle, levant son visage comme si elle était fascinée par le chaud soleil. Chez moi, je sors rarement sans être drapée dans un châle.

— Quel dommage de cacher une si jolie peau.

Malgré lui, Stefan promena son regard sur ses traits délicats. Sapristi, elle était magnifique !

— Elle miroite avec la beauté de l'albâtre, au soleil.

— Vous m'emplissez de confusion, Votre Grâce.

— Pourquoi donc ?

Elle tourna la tête pour le transpercer d'un regard pénétrant.

— J'avais cru comprendre que votre frère était le séducteur patenté, tandis que vous préfériez la profondeur au charme.

— Il semble que l'on me décrive comme un homme ennuyeux et indigeste avec une fréquence déprimante, dernièrement. Je ne m'étais jamais avisé que j'étais aussi morne.

— La profondeur n'est pas morne.

Il haussa un sourcil à son ton véhément.

— Non ?

— Tout au contraire.

Elle afficha de nouveau un sourire un peu contraint.

— Lady Summerville a mentionné que vous possédez la plus belle bibliothèque du Surrey.

— Les livres vous intéressent ?

— Beaucoup plus que ma mère ne l'approuve, j'en ai peur. Si l'on me laissait en faire à ma tête, je passerais mes soirées pelotonnée devant un feu avec un bon livre, plutôt que d'assister aux réunions sans fin que la société russe adore.

Le cœur de Stefan manqua un battement. Elle préférait les livres au monde ? Non. Ce devait être un mensonge. Juste une partie de la comédie qu'elle jouait si bien.

— Une préférence inhabituelle chez une jeune dame.

— Je ne suis pas d'accord.

— Vraiment ?

— En réalité, on demande rarement aux jeunes dames ce qu'elles préfèrent.

Il plissa les paupières. Belle et intelligente. Dangereuse.

— Touché, murmura-t-il.

— Pardonnez-moi.

Elle baissa modestement la tête.

— Je suis encline à dire trop franchement ce que je pense.

— Il n'y a rien à pardonner. Je préfère *l'honnêteté*.

Il insista délibérément sur le mot.

— Et pour vous prouver ma propre sincérité, je vous offre une invitation permanente à profiter de ma bibliothèque durant votre séjour.

Elle vacilla, une légère rougeur teintant ses joues.

— C'est très aimable, Votre Grâce. Merci.

Une réaction assez étrange à son invitation désinvolte.

— Pas aimable, simplement compatissant. Malgré votre préférence avouée pour la tranquillité, il ne peut être particulièrement enthousiasmant d'avoir seulement mon frère et sa femme pour compagnie. J'ai passé assez de temps avec les jeunes mariés pour savoir qu'ils ont tendance à oublier que quelqu'un d'autre se trouve dans la pièce lorsqu'ils sont ensemble. Vous, au moins, devriez avoir d'autres moyens de passer les heures.

— Ils sont très attachés l'un à l'autre.

— Dites plutôt qu'ils sont complètement entichés l'un de l'autre.

S'arrêtant, Stefan se tourna pour découvrir qu'Edmond et Brianna se tenaient près d'une fontaine. Ils incarnaient la parfaite vision de félicité conjugale, la tête de Brianna appuyée contre l'épaule de son mari tandis que ce dernier lui caressait tendrement le dos. Toutefois, l'expression soucieuse de son frère n'échappa pas au duc.

— Je les envie beaucoup, murmura miss Karkoff. Ce n'est pas souvent qu'une femme est autorisée à faire un mariage d'amour.

— Et un gentleman encore moins.

— Vraiment ?

Stefan reporta son attention sur elle et vit son expression incrédule.

— Pourquoi en êtes-vous surprise ?

— Je pensais qu'un gentleman doté de votre fortune et de votre position pouvait épouser n'importe quelle femme de son choix.

— Vous avez vécu parmi les familles les plus puissantes de Saint-Pétersbourg, miss Karkoff, et devez comprendre combien la cour faite à une femme peut être traîtresse.

— Traîtresse ?

Il haussa les épaules.

— Acceptez une invitation à un bal et refusez-en une autre et vous offensez la moitié de la Chambre des Lords. Parlez à une jeune fille un peu plus longtemps qu'à une autre et la pièce bruisse de rumeurs. Et Dieu me préserve d'inviter quelques amis à Meadowland sans inclure toutes les sœurs, cousines célibataires ou connaissances à marier qu'ils possèdent. Pour les maintenir dans l'espoir que je demande la main de l'une d'elles.

— Oui, cette décision causerait sans doute une autre guerre des Roses, observa-t-elle, la voix si lisse qu'il eût été facile d'ignorer sa pointe de raillerie. Il est très sage de rester célibataire et de laisser tous les pères ambitieux et les mères avides de titres continuer à rêver de vous capturer pour leur fille.

Le sourire de Stefan se fit sincère. Malgré ses suspicions, il appréciait l'esprit vif et sincère de Leonida. Ses remarques étaient dénuées de toute flatterie.

— C'est exactement ma pensée.

— Et probablement la raison pour laquelle vous préférez éviter la société ?

Ah, manifestement, Brianna avait confié son agacement face à son refus d'accepter les invitations sans fin qui arrivaient chaque matin.

— Une parmi tant d'autres.

Il marqua une pause.

— Mais je devrais peut-être garder pour moi mon opinion moins que favorable du monde.

— Pourquoi ?

— C'est pour cela que vous êtes venue en Angleterre, n'est-ce pas ? Pour être introduite dans la haute société anglaise ?

— Je… Ma mère pensait que cela pourrait être bénéfique.

— Et pas vous ?

— Je suis ici, non ? rétorqua-t-elle, son ton léger démenti par son expression stoïque.

Etrange. L'avait-on forcée à venir en Angleterre ?

Non que cela importe vraiment. Si elle avait l'intention d'impliquer Edmond dans l'une des manigances du tsar, Stefan comptait bien lui faire quitter le Surrey dans les meilleurs délais.

— En effet. Ce qui est assez surprenant.

— Et qu'est-ce qui est surprenant ?

— Il y a de nombreux diplomates russes à Londres. J'aurais pensé que votre mère préférerait que vous soyez lancée dans la société par le biais d'une présentation plus formelle.

Cette fois, elle était préparée. Son sourire ne flancha pas tandis qu'elle le regardait bien en face.

— Ma mère est obstinée, mais elle n'est pas stupide. Hélas, pour ma part, je n'ai pas hérité de son aisance parmi les étrangers. Elle espère sans doute qu'en m'envoyant chez lord et lady Summerville, je pourrai faire quelques connaissances sans créer trop d'embarras.

— Hmm.

Elle haussa les sourcils.

— Oui ?

— Je me disais que c'est une chance qu'Edmond ait décidé de se marier à un moment aussi opportun. Sinon, votre visite aurait pu n'avoir jamais lieu.

Ses yeux magnifiques étincelèrent d'agacement à ses paroles pleines de sous-entendus. Ridiculement, il se sentit satisfait d'avoir provoqué une réaction chez elle, la première émotion sincère qu'elle manifestait depuis le début de leur conversation.

— Vous n'avez pas besoin de souligner que ma visite est… gênante étant donné que lord et lady Summerville se sont mariés voilà quelques mois seulement, rétorqua-t-elle d'un ton acerbe.

— Je suis certain que vous êtes la bienvenue, miss Karkoff.

— Vraiment ?

— Bien sûr.

Elle pinça les lèvres.

— J'ai bien essayé de convaincre ma mère qu'il n'était pas complètement approprié de m'imposer ainsi à lord Summerville, mais elle a insisté.

— Et faites-vous toujours ce que votre mère ordonne ?

Elle se tourna pour contempler un buisson de roses, le soleil découpant les lignes pures de son profil.

— Pas toujours, mais la loyauté familiale est une chose étrange et puissante, Votre Grâce. Même pour une femme qui se considère comme un être sensé et rationnel.

Il fronça les sourcils, frappé par ses mots prononcés à voix basse. Avouait-elle qu'elle avait été envoyée par l'empereur ?

— La loyauté familiale ?

— Ah, vous voilà, les interrompit Edmond en se plaçant à côté de Stefan avec un sourire mystérieux. J'ai convaincu Brianna de rentrer à la maison, et je suis certain qu'elle apprécierait votre compagnie, Leonida.

— Bien sûr.

On ne pouvait se méprendre sur le soulagement de miss Karkoff à quitter Stefan quand elle fit une courbette hâtive.

— Votre Grâce.

— Miss Karkoff.

Attendant à peine qu'il lui réponde d'un signe de tête, elle tourna les talons et s'empressa de regagner la maison.

Stefan la regarda partir en silence, toujours en proie à un étrange mélange d'émotions.

La colère, la suspicion et, surtout, une puissante fascination.

Par tous les diables, qui était miss Leonida Karkoff ?

Et pourquoi le doux parfum du jasmin lui manquait-il, brusquement ?

— Ne pouvais-tu faire un effort pour charmer la pauvre petite ? demanda Edmond d'un ton traînant.

— Je n'ai pas confiance en elle, répondit Stefan, sans ajouter qu'il était aussi, bien malgré lui, captivé par l'intelligente jeune femme. Je pense qu'elle a été délibérément envoyée ici par le tsar pour servir ses desseins pervers.

— Même si elle l'était, je suis tout à fait capable de protéger ce qui m'appartient.

La voix d'Edmond contenait une dure pointe d'avertissement.

— Quels que soient les défauts d'Alexandre Pavlovich, il est assez sage pour savoir ce qui se passerait si du tort était causé à Brianna.

— Mais as-tu le bon sens de te protéger toi-même ?

Edmond haussa les épaules.

— J'apprends.

Stefan sourit et croisa les bras sur sa poitrine.

— Alors, as-tu l'intention de faire ton annonce ?

— Quelle annonce ?

— Je suis peut-être terne et peu sociable, mais je suis capable de remarquer que tu te montres encore plus protecteur que d'habitude vis-à-vis de ta femme.

Les yeux d'Edmond s'élargirent de surprise.

— Mon Dieu ! J'oublie que derrière ta façade de fermier rassis, tu es beaucoup plus perspicace que n'importe quelle personne que j'aie jamais connue. Rien ne t'échappe, n'est-ce pas ?

— Très peu de choses, en effet.

Edmond souffla et secoua la tête.

— Tu as de la chance que ni le roi ni Alexandre Pavlovich ne connaissent ton talent. Ils ne te laisseraient jamais quitter leur côté.

— Et tu es très doué pour esquiver une réponse, répliqua Stefan.

Edmond grimaça, une lueur d'inquiétude brillant dans ses yeux.

— Brianna pourrait être enceinte, mais c'est encore très tôt. Nous ne pouvons en être certains.

Stefan comprit le malaise de son frère. Brianna avait

déjà été enceinte une fois, mais elle avait perdu l'enfant. Ce serait atroce pour elle d'endurer une autre perte.

Néanmoins, elle était jeune et en bonne santé. Il paraissait raisonnable de penser qu'elle soit capable de mener sa grossesse à terme.

Stefan saisit l'épaule d'Edmond.

— Toutes mes félicitations, mon frère.

Edmond hocha la tête, mais son regard était scrutateur.

— Vraiment ?

Il fallut un moment à Stefan pour s'aviser que son jumeau se référait à la demande en mariage qu'il avait faite à Brianna des mois auparavant.

A l'époque, il avait été mû par le constat qu'il avait failli vis-à-vis de son amie d'enfance et qu'il pouvait se racheter en protégeant son avenir. Il y avait eu, également, le confort de la familiarité.

Maintenant, il ne pouvait qu'être soulagé qu'elle ait eu le bon sens de choisir Edmond.

— Ne pense jamais autrement, assura-t-il à son frère. Brianna et toi étiez destinés l'un à l'autre. En outre, je peux désormais espérer être débarrassé de l'obligation de me marier et d'avoir un héritier. Essaie simplement de faire en sorte que Brianna ait un fils.

— Je crains de ne pas avoir beaucoup de pouvoir sur ce genre de choses.

L'inquiétude d'Edmond sembla se dissiper et ses lèvres formèrent un sourire malicieux.

— Qui plus est, tu serais bien sot de te complaire douillettement dans ton état de célibataire.

Stefan haussa un sourcil.

— Pourquoi donc ?

Edmond rit.

— Je doute fortement que je sois le seul destiné à tomber entre les griffes d'une femme. Ce n'est qu'une question de temps, mon cher frère.

3

Il fallut trois jours à Leonida pour rassembler le courage nécessaire à parcourir le mile qui séparait Hillside de Meadowland.

C'était stupide, vraiment. Elle avait appris par Brianna, le jour de son arrivée dans le Surrey, que le duc d'Huntley avait l'habitude de passer ses après-midi à visiter ses fermiers et à inspecter son vaste domaine. De fait, il n'y avait eu aucune raison d'hésiter aussi longtemps.

Après tout, le plus tôt elle trouverait ces maudites lettres, le plus vite elle pourrait rentrer en Russie.

Sa réticence, en réalité, n'était rien de plus que de la répulsion. Elle n'était pas prude — comment pourrait-elle l'être avec Nadia pour mère ? —, mais elle répugnait à se conduire comme une vulgaire voleuse.

Au fond d'elle-même, cependant, elle savait que ce n'était pas seulement sa moralité outragée qui la conduisait à repousser l'inévitable. Non, cela avait beaucoup plus à voir avec les sentiments que le duc d'Huntley éveillait en elle.

Elle ne parvenait pas à oublier le frisson d'excitation qui l'avait parcourue lorsque le duc avait posé son regard sur elle. Il était superbe, bien sûr. Mais son frère aussi et pourtant, elle n'éprouvait rien d'autre que de la gratitude pour lord Summerville. Enfin, de la gratitude et une horrible culpabilité.

Ce qui était sûr, c'était que son cœur ne s'emballait pas et que ses jambes ne tremblaient pas en présence d'Edmond.

Et Edmond ne lui donnait pas non plus la désagréable impression de pouvoir discerner de son regard pénétrant les véritables raisons de sa venue dans le Surrey. Alors que Stefan, lui, ne semblait pas dupe des prétextes futiles qu'elle avait avancés.

Peu importait ! Elle ne pouvait retarder plus longtemps son devoir.

Ayant attendu que Brianna s'excuse pour aller se reposer après le déjeuner, Leonida se glissa discrètement par une porte latérale et se promena sans but apparent à travers les jardins. Seulement lorsqu'elle fut sûre qu'on ne pouvait plus la voir de la maison, elle se faufila par le portillon le plus proche et entreprit de traverser les prairies.

A quelque distance d'Hillside, elle se permit de ralentir le pas, savourant la chaleur du soleil qui avait fait une apparition après la matinée humide. Sa nourrice lui avait raconté des histoires fascinantes sur l'Angleterre, lui parlant de sa propre enfance dans un petit village du Derbyshire et des jolis paysages. Mais c'était encore plus charmant que Leonida ne s'y était attendue.

Tout était si… vert.

Evitant les divers cottages, Leonida pénétra dans les bois au lieu de couper à travers champs. Même si elle n'avait pas l'intention de s'introduire en douce dans Meadowland, elle préférait que la nouvelle de son arrivée ne se répande pas dans tout le voisinage. Elle ne tenait pas à ce que le duc d'Huntley s'empresse de rentrer chez lui plus tôt pour l'accueillir.

Attentive à suivre le sentier, elle émergea bientôt des arbres, et ses yeux s'élargirent lorsqu'elle aperçut la demeure du duc pour la première fois.

Loin d'être aussi vaste ou grandiose que les palais russes, le manoir aux lignes biscornues paraissait quelque peu usé par le temps. Et pourtant, d'emblée, Leonida se trouva attirée par cette étrange demeure.

Il y avait un côté intemporel et réconfortant dans le

robuste bâtiment de pierre, décida-t-elle. Avec ses ouvertures massives, ses fenêtres à guillotine et sa balustrade de pierre sculptée, il donnait l'impression d'avoir surgi naturellement du parc qui l'entourait au lieu d'avoir été édifié par l'homme.

Elle s'accorda un bref instant d'appréciation silencieuse avant de forcer ses pieds réticents à se remettre en marche. Il serait bien trop facile de céder à la panique qui menaçait de s'emparer d'elle et de retourner en courant à Hillside.

Non, elle ne se montrerait pas lâche. Elle se montrerait digne de son père.

Feignant une assurance qu'elle était loin de ressentir, elle suivit l'allée sinueuse et bordée d'arbres qui conduisait au-delà de la poterne couverte de lierre, et gravit enfin les marches du perron. Un battant de la double porte en chêne s'ouvrit dès qu'elle traversa la terrasse, ce qui ne la surprit pas. Le duc d'Huntley lui semblait être le genre de gentleman à inspirer une obéissance de tous les instants de la part de son personnel.

Son courage chancela brièvement sous le regard sévère du mince majordome vêtu d'une livrée noire et or. Le domestique d'un certain âge ne fit aucun effort pour cacher son déplaisir devant son intrusion, mais ayant visiblement été averti par son maître que Leonida avait reçu une invitation permanente, il la conduisit de mauvais gré à travers le vestibule de marbre dominé par un escalier impressionnant, puis dans un couloir lambrissé qui menait à la bibliothèque.

Après avoir ouvert la porte avec une courbette, il disparut dans les profondeurs de la maison, laissant Leonida entrer seule dans la grande pièce.

Elle poussa un soupir de plaisir en voyant les hauts rayonnages qui s'élevaient sur deux étages vers un plafond peint d'un étonnant panorama du paysage local. Le long d'un mur, une rangée de hautes fenêtres donnait sur un joli parc empli d'arbres et de fleurs sauvages. Au fond de la pièce, se dressait une massive cheminée de marbre devant laquelle trônaient deux fauteuils à oreillettes autour d'une table basse.

Pour finir, son regard se porta vers le lourd bureau en noyer et son fauteuil assorti installés près des fenêtres.

Elle hésita brièvement. Oserait-elle prendre le risque de se faufiler à l'étage pour chercher les pièces privées de la duchesse, ou commencerait-elle par la bibliothèque ?

Finalement, la peur l'emporta. La seule pensée d'avoir à se glisser devant une armée de domestiques pour s'introduire dans l'intimité d'une femme décédée lui inspirait une telle terreur qu'elle en eut l'estomac noué.

En outre, il était tout à fait possible que la duchesse se soit servie de cette belle pièce pour rédiger sa correspondance.

Sa décision prise, elle alla au bureau et, se penchant dessus, tira un des tiroirs supérieurs. Elle fit une grimace à la vue de l'épaisse pile de documents qu'il contenait, s'avisant que sa tâche pourrait lui prendre plus de temps qu'elle ne l'avait pensé.

Partageant son attention entre le meuble et la porte qui donnait sur le couloir, elle atteignait le dernier tiroir quand un bruit de pas la fit le refermer brusquement. Elle se précipita vers les rayonnages les plus proches, le cœur battant d'anxiété.

Elle étudiait sans les voir les volumes, parcourant leurs reliures de cuir d'un doigt nerveux, lorsque quelqu'un entra dans la pièce. Feignant l'indifférence, elle jeta un coup d'œil de côté, s'attendant que le lugubre majordome vienne lui demander de partir. A la place, ce fut le duc qui franchit le seuil, l'expression dure tandis qu'il l'examinait avec une intensité agaçante.

Leonida se figea. Juste ciel, il était irrésistible ! D'une beauté troublante avec ses traits sombres parfaitement ciselés et son corps musclé mis en valeur par sa redingote bleue et ses culottes grises.

Ses cheveux noirs décoiffés par le vent, son écharpe desserrée révélant sa gorge hâlée, qui attestait des heures passées dans les champs, ne faisaient qu'ajouter à son charme puissant.

Néanmoins, ce fut son regard bleu pénétrant qui fit naître un frisson sur la peau de Leonida.

Cet homme n'était pas sot et elle sentait qu'il avait déjà des soupçons sur son arrivée dans le Surrey.

Il représentait une sérieuse menace pour sa mission.

Le silence se prolongea quelques secondes tandis que son cœur battait péniblement puis, avec un sourire forcé, le duc s'avança souplement et prit sa main pour la porter à ses lèvres.

— Miss Karkoff, murmura-t-il. Mon majordome m'a informé que je vous trouverais ici.

Elle retira sa main de son emprise, troublée par les picotements de plaisir qui remontaient le long de son bras.

— Je…

Elle s'arrêta pour s'éclaircir la gorge, la peur altérant sa voix.

— Je ne vous attendais pas.

Il haussa un sourcil.

— Non ?

— Lady Summerville m'a dit que vous passiez la plupart des après-midi dans vos champs.

Quelque chose brilla dans son regard. De la curiosité ? De la méfiance ?

— En règle générale, oui, agréa-t-il, même si, à l'occasion, je passe aussi du temps sur mes comptes.

Leonida se crispa. Cela lui apprendrait à compter sur sa chance ! Elle ne referait pas cette erreur.

— J'espère que vous ne voyez pas d'inconvénient à ma visite, Votre Grâce ?

— Bien sûr que non.

Il appuya nonchalamment une épaule contre une robuste étagère, sa présence puissante emplissant la pièce tandis que son regard glissait d'une manière détachée sur sa robe de mousseline fleurie, s'attardant avec nonchalance sur les petites roses en satin cousues le long du décolleté échancré. Finalement, il ramena son attention sur son visage enflammé.

— J'étais sincère lorsque je vous ai invitée à profiter de ma bibliothèque. Vous n'avez rien découvert d'intéressant ?

Leonida parvint à esquisser un vague sourire. Elle n'avait pas passé des années au sein de la traîtresse haute société russe sans avoir acquis une certaine adresse pour la comédie.

— Je m'adonnais à ma passion : regarder. Votre collection est magnifique.

— En toute honnêteté, je dois confesser que j'en ai hérité une grande partie de mes ancêtres, même si j'ajoute de temps en temps quelques livres.

Leonida jeta un coup d'œil aux paquets enveloppés qui s'empilaient sur la table de bois de citronnier près de la porte. Elle aurait parié son collier de perles favori qu'ils contenaient des livres récemment arrivés.

— A quel rythme ?

— « De temps en temps » n'est peut-être pas l'expression juste, reconnut-il, et l'humour qui pétilla dans ses yeux fit fondre le cœur de Leonida.

Son estomac se noua de nouveau. Elle était bien trop sensible à son charme ravageur.

— Je ne voudrais pas vous déranger. Je vais rentrer…

Sans prévenir, il lui prit le bras et la guida vers les fauteuils à oreillettes.

— Je vous en prie, asseyez-vous, miss Karkoff. J'ai demandé à ma cuisinière, Mme Slater, de nous préparer du thé. Vous trouverez, je crois, que son gâteau au carvi est le meilleur d'Angleterre.

Elle débattit brièvement de la possibilité d'atteindre la porte avant qu'il ne la rattrape, mais écarta très vite cette pensée ridicule.

Elle avait bel et bien été acculée, et il n'y avait rien d'autre à faire que de braver la situation.

Elle s'assit gracieusement dans l'un des fauteuils et croisa les mains sur ses genoux, espérant que les pénétrants yeux bleus de son hôte ne remarqueraient pas qu'elles tremblaient.

— Merci.

S'asseyant à son tour, le duc étendit les jambes, croisant les chevilles au risque de ternir le bel éclat de ses hautes bottes.

— Dites-moi ce que vous avez vu de la maison.

Leonida se raidit. Vu de la maison ? Grands dieux ! Suspectait-il qu'elle était venue fouiller Meadowland ?

— Je vous demande pardon ?

— Je pensais que Goodson vous avait peut-être fait faire le tour du propriétaire. Il est incroyablement fier de ce vieil endroit plein de recoins et enclin à traîner des hôtes sans méfiance d'une pièce à l'autre quel que soit leur ennui.

— Non, il n'en a rien fait.

Leonida poussa en elle-même un soupir de soulagement.

— Bien sûr, j'ai eu l'occasion d'admirer le vestibule et votre très bel escalier de marbre. Je comprends très bien la fierté de votre majordome.

— Edmond prétend que ce sera bientôt une ruine si je n'entreprends pas des rénovations.

— C'est loin d'être une ruine ! protesta-t-elle, souriant légèrement lorsqu'il haussa les sourcils. Néanmoins, il est parfaitement compréhensible que vous soyez réticent à la modifier.

— Et pourquoi pensez-vous que j'y suis réticent ?

— Si je me souviens bien, vous avez perdu vos parents alors que vous étiez encore très jeune. Il est normal que vous chérissiez leur souvenir, en particulier chez vous.

Stefan inspira vivement, comme s'il était surpris par ses paroles. Après les discrètes enquêtes qu'elle avait menées sur lui, Leonida était convaincue qu'il portait encore le deuil de ses parents. Croyait-il que les autres n'étaient pas conscients de son chagrin ?

Toutefois, quoi qu'il ait pu vouloir en dire, ils furent interrompus par la porte qui s'ouvrait devant une jeune soubrette portant un grand plateau.

— Ah, le thé, murmura-t-il, faisant signe à la domestique de poser le plateau sur la table basse près du fauteuil de Leonida.

Cela fait, la jolie soubrette aux boucles châtaines et aux grands yeux bruns fit une révérence.

— Avez-vous besoin d'autre chose, Votre Grâce ?

Le regard du duc ne se détacha pas de Leonida.

— Ce sera tout, Maggie. Merci.

La jeune fille sortit et ferma la porte derrière elle.

— Si vous voulez servir, miss Karkoff ? demanda-t-il.

— Certainement.

Elle tendit la main pour disposer les belles tasses en porcelaine de Wedgwood.

— Du sucre ?

— Juste du lait.

Heureuse d'avoir quelque chose à faire pour se distraire de son regard insistant, Leonida servit le thé et emplit deux assiettes de minuscules sandwichs et de gâteau au carvi.

Hélas, il mit simplement la tasse et l'assiette de côté, continuant à l'étudier comme si elle était une mauvaise herbe qui avait osé pousser dans ses champs bien soignés.

Buvant son thé, Leonida s'efforça de paraître indifférente à son examen grossier, laissant son propre regard dériver de la cheminée au grand portrait accroché au-dessus.

— Est-ce un portrait de vos parents ?

— Oui, il a été peint peu après leur mariage.

Elle étudia le couple, pas surprise de constater que l'ancien duc était un grand gentleman aux cheveux noirs dont le beau visage reflétait la puissance et la loyauté, tandis que la duchesse était une petite beauté mince dotée de brillants yeux bleus qu'elle avait légués à ses deux fils.

— La duchesse était aussi ravissante que ma mère me l'a dit, murmura-t-elle. Elles étaient de très proches amies, vous savez.

— C'est ce que j'ai entendu dire.

Leonida continua à boire son thé, réprimant sa farouche envie de fuir. A la place, elle raidit son échine. Pour l'amour du ciel, ceci était la parfaite occasion de découvrir les informations dont elle avait besoin ! Pourquoi hésitait-elle ?

— Je ne suis pas sûre que ma mère ait jamais pardonné au duc de lui avoir enlevé sa Mira bien-aimée, dit-elle, s'obligeant à rencontrer le regard bleu acéré de Stefan. De fait, elle m'a avoué que son seul réconfort était d'écrire des lettres sans fin à la duchesse.

— Elle n'était pas la seule. Je me souviens que ma mère passait plusieurs heures chaque matin à répondre aux lettres qu'elle recevait.

— Eh bien, c'est une très belle pièce pour ce genre d'occupation.

Il plissa les paupières.

— De fait, ma mère préférait le boudoir situé à côté de sa chambre. Il est orienté à l'est, pour bénéficier du soleil du matin, et elle y jouissait d'une très belle vue sur le lac, qu'elle a toujours adorée.

Leonida engrangea ce renseignement en silence. Au moins, elle savait maintenant qu'elle devrait trouver le moyen de fouiller le boudoir de la duchesse, situé du côté est de la maison.

C'était suffisant pour l'instant.

— Je ne puis imaginer une pièce du manoir qui n'ait pas une vue ravissante, reprit-elle d'un ton léger. Votre parc est magnifique.

— Un peu moins formel que vos jardins russes, même si ma mère a insisté pour que sa roseraie soit conçue en souvenir du palais d'Eté. Il y a de nombreuses statues et fontaines de marbre.

Leonida jeta un coup d'œil aux fenêtres qui donnaient sur le parc.

— Alors que vous préférez un paysage moins policé ?

Il joignit ses doigts sous son menton.

— La nature est une artiste suffisante pour moi.

— Et pourtant, vous passez des heures à la dompter dans vos champs.

Elle se tourna juste à temps pour apercevoir l'amusement qui adoucissait ses traits.

— En effet, mais pas par vocation artistique, je dois le faire remarquer.

— Non, votre travail est bien plus important.

Il abaissa son regard sur ses lèvres.

— Prenez garde, miss Karkoff, ou vous allez complètement me tourner la tête.

Le cœur de Leonida manqua un battement. Elle s'empressa de poser sa tasse et de mettre un morceau de gâteau dans sa bouche. N'importe quoi pour la distraire de la chaleur intense qui envahissait subitement son corps.

— D'une manière quelconque, je doute que quelqu'un ou quelque chose puisse aisément vous tourner la tête, Votre Grâce, marmonna-t-elle enfin. Vous me semblez très…

— Quoi ?

— Pragmatique.

— Jusqu'ici, je suis pragmatique et profond.

Il sourit, mais elle détecta une légère trace de vexation dans sa voix.

— Des traits de caractère que l'on souhaite davantage trouver chez un homme d'affaires que chez un gentleman. Peut-être que ma tête ne sera pas tournée, finalement.

Elle haussa les sourcils, surprise.

— Vous préféreriez que je vous trouve superficiel et influençable ?

Il soutint son regard.

— Je me contenterais de beau et charmant.

Pendant un moment troublant, Leonida se perdit dans ses beaux yeux, oubliant un instant les supplications de sa mère, ces maudites lettres et même la suspicion que cet homme jouait avec elle comme un chat avec une souris prisonnière.

Sa seule pensée était que ce gentleman suscitait en elle des sensations qui étaient aussi choquantes que délicieuses. S'ils s'étaient rencontrés dans un salon russe, elle aurait fait tout ce qui était en son pouvoir pour essayer de le captiver.

S'avisant brusquement que son expression s'était faite spéculative, tandis qu'elle le fixait en silence, elle posa son assiette.

— Vous aviez raison, Votre Grâce.

— Pardon ?

— C'est le meilleur gâteau au carvi que j'aie jamais mangé.

— Ah.

Ses lèvres frémirent.

— Dites-moi, miss Karkoff, comment vont les choses en Russie ?

Elle battit des cils, déconcertée par cette question inattendue.

— Je ne suis pas certaine de comprendre ce que vous voulez dire.

— Quand mon frère a quitté Saint-Pétersbourg, il venait d'aider à étouffer une rébellion.

Leonida pinça les lèvres au souvenir désagréable du soulèvement des gardes du tsar. Comme sa mère l'avait fait remarquer si récemment, la politique en Russie était toujours une affaire trouble, avec une douzaine de sociétés secrètes et de pouvoirs étrangers complotant pour renverser l'empereur. Mais le complot érigé au sein de sa propre armée avait été conçu pour frapper Alexandre Pavlovich en plein cœur.

— Oui, c'était un incident regrettable.

— Plus qu'un incident, me semble-t-il, lâcha Stefan d'un ton traînant.

Elle haussa le menton, blessée dans son orgueil.

— L'Angleterre n'est pas exempte de quelques révoltes populaires, que je sache.

Le sourire de Stefan s'élargit à son ton acerbe.

— C'est vrai. J'étais seulement curieux de l'atmosphère qui règne à Saint-Pétersbourg en ce moment.

— La même que d'habitude, je suppose.

— Le tsar est-il rentré de ses voyages ?

Leonida soupesa ses mots, se demandant si la question de Stefan était motivée par une simple curiosité ou par autre chose de plus grave.

— Il n'était pas rentré quand je suis partie, mais je crois qu'on l'attendait sous peu. L'empereur ne me tient pas informée de ses déplacements.

Et il lui arrivait d'en souffrir.

— Vous intéressez-vous particulièrement au tsar Alexandre ?

Les beaux traits du duc se durcirent en un avertissement sur lequel on ne pouvait se tromper.

— J'aime beaucoup Alexandre Pavlovich, mais il a l'habitude de mettre mon frère en danger quand cela convient à ses desseins.

Leonida battit des cils, perplexe.

— Je croyais que lord Summerville avait résilié sa position auprès du tsar ?

— Oui, il l'a fait.

Etait-ce ce qu'il soupçonnait ? Qu'elle était venue dans le Surrey pour attirer lord Summerville en Russie ?

Elle se leva hâtivement, espérant cacher la vague de soulagement qui la submergeait.

— Je devrais rentrer à Hillside avant que lady Summerville ne commence à s'inquiéter.

— Mais vous n'avez même pas encore choisi un livre, protesta-t-il, se levant à son tour pour se placer près d'elle.

— Un autre jour peut-être. Une femme dans l'état de lady Summerville ne doit pas être sujette à l'anxiété.

— Son état ?

Il haussa les sourcils.

— Brianna vous a-t-elle dit qu'elle était enceinte ?

— Pas précisément, mais ce n'était pas difficile à deviner considérant…

Elle s'interrompit, s'avisant soudain que ce n'était pas à elle de révéler que la pauvre Brianna passait la plupart de ses matinées à combattre sa nausée.

— Ainsi, je ne suis pas le seul à être judicieux.

— Je ne le suis guère, réfuta-t-elle.

Si elle avait le moindre bon sens, elle n'aurait jamais consenti au plan fou de sa mère.

— Au revoir, Votre Grâce.

Après une révérence hâtive, elle se dirigea vers la porte, pas surprise le moins du monde d'entendre la voix du duc s'élever derrière elle avant qu'elle n'ait pu la franchir.

Rien n'était simple quand cet homme était dans les parages.

— Je vous verrai au dîner, naturellement.

Elle se retourna avec réticence, assez troublée de constater qu'il était allé se poster derrière son bureau.

— Au dîner ?

— Mon frère m'a aimablement invité à Hillside.

Le cœur de Leonida manqua un battement. Et elle était parfaitement consciente que son trouble n'était pas seulement dû à l'appréhension.

— Je vois. Alors, à tout à l'heure, Votre Grâce.

— Un instant, miss Karkoff, murmura-t-il, l'empêchant de nouveau de s'en aller.

Il se pencha pour ramasser quelque chose par terre.

— Oui ?

Il se redressa, la main tendue.

— Une de vos épingles à cheveux, je crois.

Cette fois, ce fut la peur qui fit tressauter son cœur et

gela son sang dans ses veines. Sapristi ! Comment avait-elle pu être aussi négligente ?

— Je… Elle a dû tomber pendant que j'admirais la vue de la fenêtre, parvint-elle à articuler, la gorge sèche, tandis qu'elle croisait son regard troublant.

— Sans doute.

Priant que sa main ne tremble pas, elle prit l'épingle ornée d'un diamant posée sur sa paume.

— Merci.

— L'avez-vous appréciée ?

Elle sursauta à cette question.

— Pardon ?

— La vue.

— Oui, je… Beaucoup.

Oh, Seigneur, elle devait s'éloigner de cet homme qui en savait trop et de son regard qui semblait la transpercer ! Elle avait l'impression qu'il pouvait lire dans son âme.

— Au revoir, Votre Grâce.

Avec rapidité, il lui prit la main, la porta à ses lèvres et caressa ses articulations d'un baiser lent et intime, mettant ses nerfs à rude épreuve.

— A bientôt, mon ange.

Appuyé au chambranle de la porte, Stefan écouta le bruissement de mousseline qui diminuait tandis que miss Karkoff s'empressait de longer le couloir. Juste un instant, il s'autorisa à savourer le parfum de jasmin qui flottait encore dans l'air et le souvenir de sa chair chaude sous ses lèvres.

Bonté divine ! Il n'avait jamais été aussi attiré par une femme. La ligne délicate de son profil, la courbe pulpeuse de sa bouche, les doux globes de ses seins qui appelaient la main d'un homme.

Son corps se moquait bien de savoir pourquoi elle était

dans le Surrey. Il se souciait seulement de la mettre dans son lit, le plus vite possible.

Ecartant ces pensées dangereuses, Stefan attendit l'arrivée inévitable de son majordome. Goodson n'avait pas apprécié l'invitation de Stefan à laisser miss Karkoff profiter à volonté de la bibliothèque. Le domestique avait consacré sa vie à s'assurer que le duc soit protégé du moindre dérangement.

Mais, même s'il appréciait son dévouement, Stefan avait l'intention de faire en sorte que le serviteur mette quelque temps de côté son penchant protecteur. Au moins jusqu'à ce qu'il découvre ce que miss Karkoff pouvait bien comploter.

Quand il avait suggéré que la jeune femme visite sa bibliothèque, cela avait été avec le vague espoir de gagner sa gratitude, et peut-être de l'amener à révéler un indice quelconque sur ses véritables desseins dans le Surrey. Il ne s'était pas vraiment attendu qu'elle accepte son offre. Elle avait mieux à faire si elle était ici pour amener Edmond à participer à quelque plan insensé du tsar.

Maintenant, il se demandait s'il s'était trompé.

Oh, il était toujours suspicieux vis-à-vis de la belle Russe. Elle cachait quelque chose. Il en était aussi sûr qu'il était certain qu'elle avait fouillé son bureau avant qu'il ne rentre chez lui de manière impromptue.

Mais que cachait-elle ?

Il réfléchissait à ce mystère quand le mince majordome aux cheveux gris longea silencieusement le couloir pour venir se placer devant lui.

— Ah, Goodson.

Le domestique fit une courbette.

— Votre Grâce ?

— Quand miss Karkoff est-elle arrivée ?

Une expression acide se peignit sur le visage plein de dignité.

— Précisément à 1 h 15.

Stefan hocha lentement la tête. Lui-même était rentré à 2 heures.

— Ainsi, elle était ici un bon moment avant mon retour.

— Vous avez dit que vous l'aviez invitée à utiliser la bibliothèque. J'espère que je n'ai pas mal fait en l'autorisant à rester ?

— Pas du tout.

Stefan joua distraitement avec la chevalière en or que tout duc d'Huntley portait depuis l'époque d'Henry VIII.

— Je dois dire que j'ai lancé cette invitation dans l'espoir d'en apprendre plus sur la jouvencelle, mais je ne m'attendais pas vraiment qu'elle vienne. A présent, je dois reconsidérer toute ma théorie.

Goodson fronça les sourcils.

— Je vous demande pardon, monsieur ?

— Je supposais qu'elle était venue dans le Surrey avec le dessein d'entraîner mon frère dans les manigances d'Alexandre Pavlovich. Maintenant, je dois me demander...

Stefan secoua la tête, irrité. Il n'était pas habitué à ce que quelqu'un le prenne pour un benêt.

Miss Leonida Karkoff lui paierait cet affront.

Et il songeait à la plus suave des punitions.

— Je m'assurerai qu'elle ne puisse plus franchir le seuil, jura Goodson, heureusement inconscient des pensées érotiques de son maître.

— Non, Goodson. Je souhaite au contraire qu'elle se sente la bienvenue chaque fois qu'elle viendra.

Le majordome prit un air sombre.

— Vous en êtes certain, Votre Grâce ?

— Tout à fait certain.

— Si vous ne lui faites pas confiance, on ne devrait sûrement pas lui fournir l'occasion de causer du grabuge ?

Les lèvres de Stefan s'incurvèrent.

— Je n'ai aucune raison véritable de ne pas lui faire confiance, pour être honnête. Elle est très probablement exactement ce qu'elle semble être : une jeune aristocrate russe impatiente de faire connaissance avec la haute société anglaise.

— Mais ?

— Mais, dans le cas où elle ne le serait pas, alors je désire savoir précisément ce qu'elle fait ici. Et le seul moyen de le faire est de la tenir à l'œil.

Goodson fit claquer sa langue d'un air réprobateur.

— Ainsi, je dois la laisser se promener librement dans la maison ?

— Laissez-la se promener, mais je veux qu'elle soit étroitement surveillée. Assurez-vous simplement qu'elle n'ait pas conscience d'être observée.

— Comme vous voudrez.

Le domestique poussa un profond soupir, lourd de réprobation, mais Stefan savait que son serviteur dévoué obéirait à cet ordre avec son efficacité habituelle.

Bien sûr, l'efficacité n'était pas tout ce que cette délicate situation requérait.

— Autre chose, Goodson…

— Oui, Votre Grâce ?

Stefan se redressa, une expression d'avertissement sur le visage.

— Assurez-vous que miss Karkoff n'ait aucune raison de suspecter qu'elle est autre chose qu'une invitée appréciée.

Le majordome inclina la tête.

— Très bien.

4

Leonida mit de côté sa fierté et même sa dignité lorsqu'elle sortit précipitamment de Meadowland, pour rentrer à Hillside à une allure qui ne seyait pas vraiment à une dame convenable.

Elle n'avait qu'une envie : retourner à Saint-Pétersbourg au plus vite.

Quelle sotte elle avait été de venir en Angleterre ! Après tout, ce n'était pas comme si elle avait vraiment cru sa mère lorsqu'elle lui avait allègrement assuré qu'il serait simple de se faufiler dans la grande maison d'un duc emplie de quelques douzaines de domestiques et d'en sortir en dansant avec un paquet de lettres qui avait été caché depuis vingt ou trente ans. Alors maintenant qu'elle avait rencontré le duc d'Huntley…

Pourquoi fallait-il que cet homme soit aussi ennuyeusement perspicace ?

Dès l'instant où ils avaient été présentés, il l'avait regardée avec une suspicion pensive qu'il s'était à peine soucié de cacher sous son charme lisse. Et après ce qui s'était passé aujourd'hui…

Elle s'arrêta seulement une fois qu'elle fut arrivée devant le portail donnant sur le jardin privé de lady Summerville et baissa les yeux sur l'épingle de diamant qu'elle serrait dans sa main. Inutile de dire qu'elle n'avait rien fait pour dissiper la méfiance du duc concernant sa présence dans le Surrey.

Et pire, cette irritante fascination qu'elle ressentait chaque fois qu'il était près d'elle refusait de se laisser étouffer, même si elle se mettait désespérément en garde contre cette réaction qui risquait de tout gâcher.

Pour le moment, le duc d'Huntley se trouvait entre elle et ces lettres dont elle avait tant besoin. Elle devait penser à lui comme à un ennemi. Pas comme à un gentleman qui lui emballait le cœur et l'emplissait tout entière d'une pénible excitation.

Secouant la tête avec colère, Leonida tendit la main pour ouvrir le portail, puis s'arrêta en entendant un bruit de pas derrière elle. Elle se retourna, s'attendant à découvrir l'un des innombrables domestiques ou fermiers du domaine. Contrairement aux vastes étendues vides de la Russie, la campagne anglaise lui semblait surpeuplée.

Bizarrement, cependant, elle ne vit personne. C'était comme si l'individu qui était là, quel qu'il soit, s'était hâtivement caché derrière l'un des nombreux arbres.

— Ohé ! appela-t-elle, troublée par la sensation d'être observée par des yeux invisibles. Il y a quelqu'un ? Ohé !

— Mademoiselle Leonida, que faites-vous donc ?

Poussant un cri étranglé, Leonida pirouetta vers le portail et découvrit sa soubrette qui se tenait là, les sourcils froncés.

Elle pressa une main sur son cœur qui tambourinait et inspira pour se calmer.

— J'étais certaine d'avoir entendu quelqu'un me suivre.

— Le duc ?

— Je…

Elle secoua la tête et ouvrit le portail. Elle ne pensait pas que Stefan s'abaisserait à la suivre en douce, mais elle le blâmait certainement de l'avoir rendue si nerveuse qu'elle sursautait à des ombres.

— Ce n'était probablement que mon imagination. Mes nerfs sont assez malmenés, en ce moment.

— Et ce n'est pas étonnant.

Passant un bras protecteur sur les épaules de sa maîtresse, Sophy la conduisit vers la maison.

— Votre mère n'avait pas le droit de vous impliquer dans une telle folie.

Leonida jeta un coup d'œil circulaire sur le jardin désert.

— Chut, Sophy, vous devez être prudente.

La soubrette souffla. Leonida avait été obligée de lui révéler que sa mère l'avait envoyée en Angleterre pour retrouver un objet caché à Meadowland, mais rien de plus. Ce n'était pas qu'elle se méfiait de Sophy, mais moins il y aurait de personnes au courant, mieux ce serait.

— Avez-vous trouvé ce que vous cherchiez ?

— Non.

Leonida tendit la main pour cueillir une rose pâle.

— Je devrai y retourner.

— Pas aujourd'hui, pas question ! marmonna la soubrette. Vous avez l'air d'avoir besoin d'une bonne sieste.

— J'espère que vous avez apporté mes poudres contre la migraine.

Sophy eut un sourire rusé.

— Non, mais j'ai réussi à mettre la main sur une bouteille de vodka. La meilleure du cellier de votre mère.

Comme d'habitude, Stefan choisit de parcourir à pied la courte distance jusqu'à Hillside plutôt que de faire appeler sa voiture. Non qu'il soit assez imprudent pour se déplacer seul. Sa position de duc lui assurait une certaine protection, mais un voleur aux abois pouvait lui mettre une balle dans le cœur comme s'il était n'importe qui.

En outre, ses domestiques seraient horrifiés s'il parcourait la campagne sans escorte dans l'obscurité. Ils escomptaient qu'il se conduise d'une manière convenant à un duc, même si Stefan avait l'impression d'être lentement étranglé par ces règles rigides.

Quand il atteignit les jardins d'Hillside, il commanda

aux deux valets qui l'accompagnaient d'aller dîner dans la cuisine et franchit le portail. Une fois seul, il suivit l'allée éclairée par des torches jusqu'à ce qu'un faible bruit le fasse mettre la main dans sa poche pour prendre son pistolet chargé et prêt à tirer.

Une ombre se dressait derrière une fontaine, mais la tension de Stefan se relâcha quand la clarté vacillante des flammes révéla les traits familiers de son frère.

Retirant la main de sa poche, il leva les sourcils.

— Edmond. Tu faisais le guet ?

Edmond haussa les épaules, plissant les paupières tandis qu'il parcourait du regard l'élégante jaquette gris tourterelle de son frère, associée à un gilet noir brodé au fil d'or. Stefan remua, mal à l'aise. Il n'avait aucune envie d'expliquer pourquoi il avait soudain ressenti le besoin de faire appeler le tailleur local.

— Je voulais te parler avant que tu n'entres, répondit lord Summerville avec un sourire mystérieux.

— Quelque chose est arrivé ?

Stefan fronça les sourcils.

— Est-ce Brianna ?

Son frère leva une main rassurante.

— Tout va bien, Stefan.

— Alors, pourquoi voulais-tu me parler ?

— Le roi a envoyé un messager pour exiger que je me rende à la Cour.

— Sapristi !

Stefan fit une grimace. George se montrait plus exigeant que jamais avec ses loyaux sujets depuis la mort de son père.

— Que veut-il, cette fois ?

Edmond fit un geste évasif.

— Il prétend vouloir discuter des détails de son couronnement.

— Et quel est son vrai dessein ?

— A mon avis, il désire que je fasse comprendre à

la reine Caroline que sa présence à la cérémonie n'est absolument pas souhaitée.

C'était prévisible. Après le ridicule procès où le roi avait échoué à faire dissoudre son mariage, il avait fait tout ce qui était en son pouvoir pour humilier son épouse.

— Ne dispose-t-il pas d'une douzaine de flagorneurs empressés pour négocier les querelles domestiques du couple royal ?

Edmond passa les doigts dans ses boucles noires. Une sûre indication qu'il n'était pas aussi calme qu'il voulait le paraître.

— Aucun doté du moindre talent diplomatique.

— Comme si la diplomatie avait jamais détourné la reine de sa conduite outrageuse.

— Oui, il est bien dommage qu'elle ne soit pas restée à l'étranger, marmonna Edmond. Toutefois, je ne suis pas totalement dénué de pitié vis-à-vis d'elle. Le mariage aurait pu être moins tragique si elle n'avait pas été traitée avec un tel mépris par son mari et ceux qui l'entourent.

C'était assez vrai. Le roi avait non seulement paradé avec sa maîtresse en affichant un complet manque d'égards, mais il n'avait fait aucun effort pour cacher son dégoût vis-à-vis de la reine.

— Je suis d'accord, néanmoins on ne peut guérir les blessures de toutes ces années. Elle fera tout pour avoir sa revanche. Et qu'est-ce qui pourrait être plus tentant que d'embarrasser le roi lors d'une cérémonie aussi officielle ?

Edmond poussa un soupir.

— Je dois au moins essayer de l'en empêcher.

— Quand pars-tu ?

— Demain matin.

Stefan battit des cils, surpris.

— J'ai toujours su que Brianna était efficace, mais même elle ne peut sûrement pas se préparer si rapidement à un voyage à Londres ?

Les traits d'Edmond se durcirent.

— Brianna va rester dans le Surrey.

— Bonté divine ! Tu le lui as dit ?

Le rire bref du jeune marié résonna dans le jardin plein d'ombres.

— Elle n'a pas été contente, c'est le moins que l'on puisse dire, mais finalement elle a dû convenir qu'un voyage en voiture n'est pas fait pour elle en ce moment.

Cela n'allégea pas l'inquiétude de Stefan.

— Je suis heureux de savoir qu'elle se montre raisonnable, mais penses-tu réellement qu'elle devrait rester seule ici avec miss Karkoff ?

— Grands dieux, Stefan, tu ne crois quand même pas que cette femme est ici pour faire du mal à mon épouse ? riposta Edmond d'un ton exaspéré.

Stefan se rappela son violent mélange d'émotions lorsqu'il était entré dans sa bibliothèque pour y découvrir Leonida : la suspicion, la colère et un désir brut à la vue de sa simple beauté qui semblait rayonner dans les rayons obliques du soleil.

— Je n'ai aucune idée de la raison pour laquelle elle est ici, et c'est ce qui me perturbe, marmonna-t-il.

Il y eut une pause, puis Edmond croisa les bras sur sa poitrine.

— Alors, tu seras satisfait de savoir que Leonida se soucie autant que toi du bien-être de Brianna.

— Que veux-tu dire ?

— Elle semble croire que tu ferais un chaperon convenable.

— Moi ?

— Elle a laissé entendre que Brianna et elle, bien sûr, pourraient rester à Meadowland jusqu'à mon retour.

Stefan se figea.

— Miss Karkoff a suggéré qu'elles séjournent chez moi ?

— Oui.

— Voilà qui est troublant.

— Et pas entièrement désagréable, n'est-ce pas, Stefan ?

Désagréable ? Ses lèvres s'étirèrent légèrement. Une chaleur intense traversait son corps à la seule pensée d'avoir Leonida à sa portée.

— Il sera certes beaucoup plus facile de la tenir à l'œil si elle est sous mon toit.

— Et ton œil est-il la seule chose que tu désires poser sur elle ? demanda Edmond d'un ton traînant.

Stefan considéra son frère avec un sourire.

— Je ne puis imaginer ce que tu sous-entends.

— J'ai vu la manière dont tu regardes Leonida.

— Quelle manière ?

— Celle dont je regarde Brianna.

Stefan secoua la tête. Non. Edmond était captivé par sa femme au-delà de toute raison. Ce qu'il éprouvait pour Leonida était seulement un mélange explosif de suspicion et de désir brûlant.

— Je ne nierai pas que c'est une très belle femme.

— Et tu la veux dans ton lit ?

Stefan inspira vivement, imaginant aisément Leonida étendue sur ses draps, sa peau d'albâtre baignée de lune et de jasmin.

— Mon lit et les femmes qui peuvent le réchauffer ne sont pas un sujet dont je discute avec quiconque, rétorqua-t-il d'un ton d'avertissement. Toi compris, Edmond.

Ce dernier gloussa.

— Je suis juste content de savoir que tu n'es pas complètement déterminé à vivre comme un moine.

Stefan haussa un sourcil. Il existait plusieurs charmantes veuves dans le Surrey qui seraient choquées à cette simple suggestion.

— Je n'ai rien d'un moine.

— Alors toi ! Espèce de renard ! Qui est-elle ?

— Dois-je venir demain matin chercher Brianna et miss Karkoff ? demanda-t-il fermement pour mettre un terme à la conversation.

Edmond affichait un sourire provocant, mais il se laissa détourner de bon gré.

— Si tu ne vois pas d'inconvénient à l'intrusion ?

— Au contraire.

Stefan jeta un coup d'œil vers la maison brillamment illuminée et aperçut la mince silhouette d'une femme debout derrière une fenêtre. Leonida.

— J'ai rarement attendu quelque chose avec une telle impatience.

Les appartements privés de Meadowland s'avéraient aussi charmants que le reste de la propriété, même s'ils étaient eux aussi un peu vieillots.

Laissée seule dans sa suite, Leonida se promenait dans le petit boudoir décoré de tons apaisants ivoire et or, caressant légèrement de la main le dos d'une bergère de bois de citronnier avant de se rendre dans la chambre assortie. Un lit à baldaquin drapé de satin crème était disposé au centre d'un tapis persan, et le plafond était peint d'un ciel bleu avec de petits chérubins. Au fond de la pièce, une grande armoire était placée à côté d'une baie qui surplombait le lac d'ornement.

Un lac.

Ainsi… sa suite devait être située près de celle de la duchesse, s'avisa-t-elle, humectant inconsciemment ses lèvres sèches. Un autre coup de chance.

Pourtant, curieusement, Leonida ne se sentait pas particulièrement chanceuse.

Elle avait passé la nuit à se tourner et se retourner dans son lit après sa suggestion impétueuse que Brianna et elle s'installent à Meadowland. Ce serait peut-être l'occasion parfaite de découvrir les lettres, mais elle était assez sage pour sentir qu'elle se dirigeait droit dans un piège.

Contrairement à la plupart des aristocrates, le duc d'Huntley n'était pas un sot. S'il admettait une femme dont il se méfiait chez lui, c'était seulement parce qu'il avait son propre plan retors à l'esprit.

Leonida n'avait donc plus qu'à espérer qu'elle serait assez intelligente pour le battre à son propre jeu.

Elle frissonna malgré la chaleur de la pièce puis, haussant le menton, elle se força à écarter ses pensées couardes et à entreprendre une fouille en règle de l'armoire. Il semblait peu probable que les lettres soient cachées dans une chambre d'hôte, mais elle ne négligerait aucun détail.

En outre, elle n'osait pas se rendre dans la suite de la duchesse avant d'être certaine qu'elle ne serait pas vue.

Ne trouvant rien dans la penderie à part les vêtements que Sophy avait déballés un moment auparavant, Leonida porta son attention sur la coiffeuse. Elle ouvrit les tiroirs et découvrit un miroir en argent et une brosse assortie, ainsi que plusieurs coûteux flacons de parfum. Elle venait juste de tirer le tiroir du bas lorsqu'un picotement familier passa sur sa peau, l'avertissant qu'elle n'était plus seule.

Refermant le tiroir avec un claquement, elle se redressa en sursaut et se tourna pour découvrir Stefan appuyé au chambranle de la porte, les bras croisés sur sa poitrine.

Même si elle l'avait vu moins d'une heure plus tôt, son cœur fit un bond lorsqu'elle rencontra son éblouissant regard bleu.

Il était si beau que c'en était inquiétant. Même s'il était vêtu d'une simple redingote verte et de culottes fauves, sa beauté ténébreuse était propre à couper le souffle de n'importe quelle femme.

— Votre Grâce, murmura-t-elle.

Elle se refusa à baisser les yeux sur sa robe de mousseline blanche au corselet orné d'un ruban de satin noir, avec des perles fines cousues le long de l'ourlet, pour s'assurer qu'elle n'était pas froissée par le court trajet. Il était déjà assez ennuyeux que sa main se soit levée machinalement pour toucher ses boucles, ramassées en un chignon compliqué au sommet de sa tête.

— Je voulais m'assurer que vous étiez bien installée. J'espère que ces chambres vous conviennent ?

— Absolument, merci.

Le regard de Stefan passa par-dessus son épaule pour se poser sur la coiffeuse.

— Vous sembliez chercher quelque chose. Si vous avez besoin de quoi que ce soit…

— Non, je m'assurais simplement que Sophy avait apporté tout ce que j'ai demandé, coupa-t-elle précipitamment.

— Ah.

Son expression était indéchiffrable.

— Et l'a-t-elle fait ?

— Oui, je crois.

— Sinon, il suffit que vous me le fassiez savoir et j'enverrai un domestique le chercher.

— C'est très aimable à vous.

Un lent sourire tentateur incurva les lèvres du duc.

— Je désire que vous vous sentiez la bienvenue à Meadowland.

La bouche de Leonida s'assécha, lui rappelant qu'il existait plus d'un danger à résider sous le même toit que le duc d'Huntley.

— Où est Brianna ? demanda-t-elle.

— Elle dit au revoir à mon frère.

— Je vois. Peut-être devrais-je lui dire au revoir, moi aussi.

Son rire coquin passa sur sa peau comme une caresse.

— Je doute qu'ils apprécieraient l'interruption à ce moment précis.

Elle se mordit la lèvre inférieure.

— Oh.

— Hmm.

Sans prévenir, il tendit la main et passa un doigt le long de sa joue.

— Je me demande si cette rougeur est authentique. Etes-vous vraiment aussi innocente que vous semblez l'être ?

Leonida recula hâtivement, ne s'arrêtant que lorsque son dos se pressa contre un montant sculpté du lit. Un simple contact comme celui-ci n'aurait jamais dû déchaîner une telle excitation en elle.

— Votre Grâce !

Le duc s'avança tel un félin, venant se placer assez près d'elle pour qu'elle perçoive la chaleur de son corps à travers sa robe.

— Mon nom est Stefan.

Il saisit le montant au-dessus de sa tête, son regard pensif posé sur ses lèvres.

— Dites-le.

La voix de la conscience susurrait à Leonida de souffleter ce beau visage. Ce serait un désastre de laisser cet homme mesurer à quel point elle était sensible à sa puissante virilité.

Mais ladite voix resta sans effet tandis que son corps faiblissait et que son pouls s'emballait. Comment était-elle censée réfléchir alors que son parfum mâle et épicé embrumait ses sens ?

— Stefan, dit-elle dans un souffle.

Il courba la tête pour poser ses lèvres sur la veine qui battait à la base de son cou.

— Encore.

Elle trembla.

— Stefan.

— Magnifique.

Il mordilla doucement sa peau, sa main remontant sur la courbe de sa taille.

— Vous êtes tellement belle.

Les genoux de Leonida flanchèrent et elle fut obligée de s'agripper aux revers de sa redingote pour rester debout.

— Pourquoi faites-vous ceci ? demanda-t-elle d'une voix altérée.

Ses doigts bougèrent pour suivre le bord de son corselet,

cette légère caresse faisant naître en elle une sensation exaltante d'euphorie.

— Parce que je dois savoir.

— Savoir quoi ?

— Si votre peau est aussi lisse que je l'ai imaginé.

Il taquina le creux sensible sous son oreille.

— Si vos cheveux sentent le jasmin.

Il explora la peau échauffée de sa joue avant de s'arrêter juste au-dessus de sa bouche.

— Si vos lèvres ont un goût aussi suave qu'elles en ont l'air.

— Vous ne devez pas…

Il l'interrompit en couvrant sa bouche d'un baiser farouche, à la hardiesse choquante.

Le souffle de Leonida se coinça dans sa gorge et son cœur oublia de battre tandis que ses lèvres s'entrouvraient sous sa demande insistante. Au fil des années, elle avait été embrassée à l'occasion par des gentlemen pleins d'espoir. Certains avaient même été très habiles. Mais jamais une caresse aussi simple ne l'avait pénétrée de cette façon, faisant fondre sa résistance avec une aisance terrifiante.

Les lèvres de Stefan avaient un goût de cognac, comme s'il en avait bu avant d'entrer dans la pièce, et sa langue taquinait la sienne en une danse étrangement érotique. Elle se sentait étourdie, son odeur mâle troublant ses sens aussi sûrement que les doigts agiles qui recouvraient son sein d'un geste possessif.

Elle frissonna, ses lèvres répondant à celles de Stefan sans qu'elle ne puisse rien y faire. C'était précisément ce qu'elle avait désiré depuis qu'elle avait posé les yeux sur le magnifique duc d'Huntley.

Finalement, ce fut la suave excitation qui s'épanouissait au creux de son ventre qui fit passer un cri d'alarme dans son esprit.

Mon Dieu ! Que faisait-elle ?

Elle avait passé toute la matinée à se préparer à

ignorer la présence enivrante de Stefan. N'avait-elle pas arpenté sa chambre à Hillside, faisant la liste de toutes les raisons pour lesquelles son attirance pour le duc était aussi épouvantable qu'inenvisageable ? Et le risque d'être détournée du véritable but qui l'amenait à Meadowland n'en était pas la moindre.

Or voilà qu'elle était là, fondant dans ses bras, quelques minutes seulement après que ses bagages avaient été déballés.

Pressant les mains contre son torse, elle détourna le visage de son baiser dévastateur.

— Non… Ceci est…

— Quoi ? demanda-t-il d'une voix rauque, en promenant les lèvres sur la ligne de sa mâchoire.

— Dangereux.

Il s'écarta pour la regarder avec des yeux brûlants.

— Etes-vous effrayée ?

Effrayée ? Son cœur tambourinait et ses genoux chancelaient, mais ce n'était certainement pas de peur.

— Je le serais si j'avais le moindre bon sens, marmonna-t-elle.

Il scruta ses yeux, enveloppant son visage du regard.

— Avez-vous un amant qui vous attend en Russie ?

Elle se raidit à cette question abrupte.

— Bien sûr que non.

— Ce ne serait pas si choquant, ma colombe. Vous êtes une tentation exquise à laquelle peu d'hommes pourraient résister.

— Ce n'est pas parce que ma mère…

Il fronça les sourcils quand elle laissa mourir ses paroles de défense.

— Ceci n'a rien à voir avec votre mère.

Elle se tortilla pour se dégager de ses bras, la main pressée sur son torse tandis qu'elle le considérait d'un œil méfiant.

— Je vous en prie, Votre Grâce. Sophy pourrait revenir à tout moment.

L'expression du duc se durcit.

— Je vous ai demandé de m'appeler Stefan.

— Bien.

Elle poussa un soupir exaspéré.

— Stefan.

— A plus tard.

Avec une courbette pleine de raideur, il tourna les talons pour rejoindre la porte. Brusquement, Leonida s'avisa qu'elle allait laisser une parfaite occasion lui glisser entre les doigts.

— Votre…

Elle se corrigea promptement quand il se tourna pour lui jeter un regard d'avertissement.

— Stefan.

— Oui ?

— J'espère que vous ne verrez pas d'inconvénient à ce que j'explore votre belle maison pendant que je suis ici ?

Malgré son ton délibérément détaché, il se figea à sa requête. Il avait l'air… de quoi ? D'un prédateur face à une proie ?

— Je serai heureux de vous en faire faire le tour avant le dîner.

— Non, je…

Elle s'arrêta pour s'éclaircir la gorge.

— Je ne voudrais pas vous détourner de vos devoirs. Je suis tout à fait capable de la visiter toute seule.

Il hocha lentement la tête.

— Comme vous voudrez.

Leonida attendit qu'il ait quitté ses appartements, puis se précipita vers le lit sur lequel elle se laissa choir, prenant son visage dans ses mains. Son corps tremblait encore de frustration.

— Mère, dans quel piège m'avez-vous envoyée ? murmura-t-elle avec rancœur.

*
* *

En sortant de la suite ivoire, Stefan fut forcé de s'arrêter pour combattre le désir qui faisait rage en lui comme un brasier.

Sapristi !

Il s'était délibérément rendu dans la chambre de Leonida pour la prendre par surprise. Un plan pas particulièrement admirable, mais qui avait réussi. Le seul fait de la voir fouiller dans les tiroirs de la coiffeuse avait prouvé qu'elle cherchait bien quelque chose. Une chose qu'elle pensait visiblement cachée à Meadowland.

Il ne pouvait imaginer ce que c'était.

Et après quelques instants en sa compagnie, il n'y avait même plus pensé.

A la vue de Leonida debout près du lit, son parfum de jasmin emplissant ses sens, il avait été perdu.

Si elle ne l'avait pas repoussé, il l'aurait prise sur-le-champ.

Bonté divine, il souhaitait l'avoir possédée. Alors, au moins, son corps ne serait pas tendu à un point presque douloureux.

— Monsieur.

La voix familière de son majordome fut presque aussi efficace que d'être jeté au milieu d'un lac glacé.

Le besoin sauvage diminua — même s'il suspectait qu'il ne disparaîtrait jamais vraiment, du moins tant qu'il n'aurait pas obtenu ce qu'il voulait de Leonida —, et il put se tourner face au domestique avec un semblant de calme.

— Oui, Goodson ?

— Ce n'est peut-être rien, mais j'ai pensé que vous devriez le savoir.

— Quoi ?

— Benjamin a surpris deux gredins dans le bosquet au sud de la maison.

Stefan fronça les sourcils.

— Des braconniers ?

Goodson leva les mains.

— Ils ont prétendu qu'ils séjournaient au village et ne faisaient qu'admirer la propriété.

— Etaient-ils armés ?

— Oui, et Benjamin a déclaré qu'ils parlaient avec un accent étranger.

Le majordome marqua une pause.

— Il est certain qu'ils n'étaient pas français.

Stefan serra les poings. Des étrangers. Avaient-ils une relation avec Leonida ?

Il n'y avait qu'un moyen de découvrir la vérité.

— Dites à Benjamin de se rendre au village et de voir s'il peut retrouver ces intrus. Je serais très intéressé de savoir où ils séjournent.

Goodson hocha la tête, son regard se portant sur la porte que Stefan avait refermée peu de temps auparavant.

— Qu'en est-il de miss Karkoff ?

— Vous pouvez la laisser à mes soins.

Le domestique souffla d'un air réprobateur.

— A votre guise.

5

Deux jours plus tard, Leonida rejoignit Brianna pour une promenade à travers le jardin classique du manoir.

C'était une magnifique création.

L'allée principale était dallée de pierre rose pâle et bordée de fontaines ornées de sirènes de chaque côté. Au bout de l'allée, un bassin était entouré de bancs en marbre, avec au centre une grande sculpture dorée d'Apollon parmi des lions qui crachaient de l'eau.

Plusieurs allées plus étroites menaient aux massifs de fleurs ceints de buissons bien taillés, et juste au-delà du bassin se trouvait une jolie grotte voûtée qui offrait une vue superbe sur le paysage alentour.

Absorbant la chaleur bienvenue du soleil d'après-midi, Leonida sentit ses muscles crispés se détendre lentement.

Les derniers jours avaient été stressants, c'était le moins que l'on pouvait dire.

Juste ciel, elle avait imaginé que Stefan employait un bataillon de domestiques, mais elle n'aurait pas pensé qu'il serait impossible de sortir de sa suite sans tomber sur une demi-douzaine d'entre eux. Des femmes de chambre, des soubrettes, des valets, des pages, une gouvernante, un majordome…

Même la fois où elle avait tenté de se glisser vers le boudoir de la duchesse au milieu de la nuit, elle avait presque été surprise par un domestique en livrée qui semblait n'avoir d'autre tâche que de surveiller les bougies brûlant le long du couloir.

Elle aurait aussi bien pu essayer de voler les Joyaux de la Couronne.

Et pour rendre les choses plus difficiles, elle ne pouvait couper au temps qu'elle était forcée de passer en compagnie de Stefan.

Oh, il était toujours très poli, et même charmant. Comment en aurait-il été autrement quand Brianna se trouvait toujours à proximité ? Mais Leonida avait pleinement conscience du regard pensif qu'il posait constamment sur elle et qui contenait un mélange terrifiant de méfiance et de pur désir charnel.

A cette pensée, elle s'était arrêtée sans s'en rendre compte et elle sursauta lorsque Brianna lui toucha le bras.

— Eh bien ?

Tournant la tête vers la jeune femme, Leonida vit, à l'expression pleine d'attente de sa compagne, qu'elle avait attribué son attitude figée à la beauté de ce qui les entourait.

— C'est aussi spectaculaire que vous l'aviez promis, dit-elle, heureuse d'être distraite de ses agaçantes inquiétudes. Cela me rappelle la Russie.

Brianna sourit, sa chevelure brillant comme du feu au soleil. Si Leonida avait été une personne envieuse, elle aurait détesté la mince jeune femme aux yeux verts en amande et aux traits parfaits. Même simplement vêtue d'une robe du matin en serge, elle semblait resplendir de beauté et de féminité. De son côté, Leonida se savait assez jolie elle-même dans sa robe à rayures roses et ivoire, avec des fleurs en satin cousues le long de l'ourlet, mais elle savait également qu'elle ne posséderait jamais le charme envoûtant de Brianna.

Grâce au ciel, elle n'avait jamais été mesquine et était enchantée par le charme naturel de lady Summerville.

— Oui, la duchesse a insisté pour que cela ressemble au jardin de son enfance à Saint-Pétersbourg, expliqua

Brianna. Elle adorait Meadowland, mais elle n'a jamais oublié sa dévotion envers la Russie. C'est sans doute pourquoi Edmond s'est senti obligé d'offrir ses services au tsar à sa majorité.

— Le duc actuel ne semble pas être aussi dévoué que son frère à la Russie.

— Non, Stefan est très anglais, comme il se doit, accorda volontiers Brianna. Sa dévotion va avant tout à ses domaines et à la couronne d'Angleterre. Beaucoup de gens dépendent de lui.

— Je l'ai remarqué, déclara sèchement Leonida, en se rappelant les serviteurs malvenus qui emplissaient la maison.

— C'est un très bon duc. Tout comme son père.

Leonida feignit de s'intéresser à une rose voisine. Brianna était sans aucun doute consciente de beaucoup plus de choses qu'elle ne le laissait penser.

— Avez-vous bien connu le duc précédent ?

— Oui.

Avec un léger soupir, Brianna alla s'asseoir sur un banc.

— J'étais à Londres quand la duchesse et lui sont morts, mais j'ai passé une grande partie de mon enfance ici. Mes propres parents… eh bien, disons qu'ils n'étaient pas faits pour se marier et encore moins faits pour avoir un enfant. Mon seul réconfort était de venir à Meadowland où j'étais accueillie comme quelqu'un de la famille.

Elle jeta un coup d'œil vers la grande maison.

— C'était un lieu empli de joie et d'amour.

Leonida hocha la tête. Elle avait perçu elle-même le bonheur passé qui semblait s'être infiltré dans les pierres de Meadowland, comme s'il n'attendait qu'une occasion pour emplir de nouveau l'atmosphère.

— Saviez-vous à l'époque que vous épouseriez Edmond ?

— Grands dieux, non !

Le gloussement de Brianna emplit l'air chargé du parfum des roses.

— Il me terrifiait. J'étais beaucoup plus proche de Stefan.

Leonida éprouva un ridicule pincement au cœur. La jeune femme était entièrement vouée à lord Summerville, certes, mais on ne pouvait nier qu'elle occupait une place spéciale dans le cœur de Stefan.

— Je vois.

— Il était comme un frère pour moi, ajouta Brianna avec de l'amusement dans la voix. Et maintenant, il est réellement mon frère. Je ne pourrais être plus ravie.

Leonida caressa le pétale velouté, comparant mentalement Stefan et Edmond.

— Je ne peux prétendre connaître les deux frères comme vous, mais je dois admettre que je trouve le duc beaucoup plus…

Elle chercha le mot qui convenait.

— Intimidant que votre mari.

— Vous êtes très perspicace.

Leonida se tourna et rencontra le regard étonné de Brianna.

— Pourquoi dites-vous cela ?

— La plupart des gens se laissent abuser par les manières tranquilles de Stefan et son peu de goût pour la futilité de la société, mais sous son calme apparent, il cache une formidable intelligence et une volonté implacable.

Elle marqua une pause.

— Je n'aimerais pas avoir à l'affronter.

Leonida ne put réprimer un frisson.

— Moi non plus.

— D'un autre côté, il est profondément loyal et ferait n'importe quoi pour protéger ceux qu'il aime.

Leonida ramena son attention sur les roses, incapable d'écarter son insatiable fascination pour le duc d'Huntley.

— Il est étrange qu'il ne soit pas encore marié.

— Vous devez vous rappeler qu'Edmond et lui ont été élevés par des parents qui s'adoraient l'un l'autre. Ni l'un ni l'autre ne pourraient se satisfaire de moins dans leur mariage.

Le cœur de Leonida sombra aux paroles de Brianna. C'était stupide. Bien sûr, un gentleman comme Stefan choisirait une femme qu'il pourrait aimer sans réserve. Une femme dotée de beauté, de grâce et de charme. Une femme à la moralité inébranlable en qui il pourrait avoir toujours confiance.

Elle s'empressa d'étouffer ces dangereuses pensées. L'identité de la prochaine duchesse d'Huntley n'était pas son affaire.

Absolument pas.

— Edmond a certainement trouvé ce genre de dévotion mutuelle, murmura-t-elle.

— Oui, et cela pourrait ne pas être aussi simple pour Stefan.

Brianna eut un petit rire ironique.

— Non pas que la cour que m'a faite Edmond ait été exempte de difficultés, mais Stefan est dévoré par ses devoirs de duc. Je pense qu'il craint en permanence de faillir vis-à-vis de son père. Une idée ridicule, mais…

— Mais il ressent le poids de ses responsabilités ? acheva Leonida pour elle.

— Bien trop. Il ne se donne jamais l'occasion de rencontrer une femme qui puisse emporter son cœur. Je m'inquiète pour lui.

Leonida haussa les épaules.

— Il est encore jeune.

— Et extraordinairement séduisant, précisa Brianna, comme si sa compagne n'était pas déjà péniblement consciente de la beauté fatale de Stefan.

Se redressant, Leonida se rappela avec sévérité qu'elle avait un objectif à remplir à Meadowland, et fantasmer au sujet du duc d'Huntley n'en faisait définitivement pas partie.

— Etiez-vous proche de la duchesse ? s'enquit-elle avec une innocence calculée.

— Elle a toujours été très aimable avec moi.

— Comme avec ma mère. Elles étaient de grandes amies. De fait, elle m'a dit qu'elle se sentait si seule après le départ de Mira pour l'Angleterre qu'elle lui écrivait des lettres sans fin.

Elle jeta un regard en douce à Brianna, observant son expression.

— Vous est-il jamais arrivé de les voir ?

— Pas que je me souvienne.

Brianna fronça les sourcils.

— Attendez, il me semble… Oh, bien sûr.

— Oui ?

— Je me souviens d'avoir demandé à Edmond pourquoi Stefan et lui ont un tel mépris pour leur cousin Howard Summerville.

Elle fit une grimace.

— Il vivait non loin d'ici et je le croisais de temps en temps, si bien que je savais qu'il était un pétulant petit bêcheur qui adorait gâcher le plaisir des autres, mais la haine violente que Stefan et Edmond lui vouaient me semblait un peu extrême.

Leonida afficha un sourire, bien qu'elle ne pût imaginer ce qu'Howard Summerville avait à voir avec les lettres de sa mère.

— Qu'a-t-il dit ?

— Qu'Howard était toujours en train de leur demander de l'argent et, pire, qu'ils l'avaient surpris plus d'une fois à chaparder à Meadowland des objets qu'il revendait ensuite à Londres.

Leonida battit des cils, choquée.

— Mon Dieu !

— D'après Edmond, il s'agissait généralement de petites choses, des tabatières ou des statuettes, mais une fois il a surpris Howard dans la suite de la duchesse, à essayer de fourrer un paquet de vieilles lettres dans ses poches.

— Des lettres ?

Les doigts de Leonida se crispèrent sur la rose, faisant pleuvoir des pétales écarlates dans l'allée. Howard Summerville avait-il réussi à lire les lettres ? Etait-il l'homme à l'origine du chantage exercé sur sa mère ?

— Vous en êtes certaine ?

— Je crois que c'est ce qu'Edmond a dit. Pourquoi ?

— Cela semble être une chose curieuse à voler.

— Et dangereuse ! précisa Brianna en riant. Stefan avait déjà mis le nez d'Howard en sang et lui avait fêlé trois côtes avant qu'Edmond ne puisse l'écarter de lui.

Leonida se figea.

— Je vois…

— Je ne veux pas insinuer que Stefan est un homme violent, mais il devient intensément protecteur lorsqu'il s'agit de protéger les souvenirs de ses parents.

La terreur qui s'était accrue depuis le début de son séjour enveloppa le cœur de Leonida d'une main froide.

Stefan ne s'en prendrait sûrement pas physiquement à elle s'il apprenait la vérité sur sa quête, se dit-elle pour se rassurer. Il avait été élevé comme un gentleman. Mais il pourrait très bien la haïr.

Et elle ne pourrait l'en blâmer.

— Cela se comprend tout à fait, marmonna-t-elle.

— Stefan n'a jamais pardonné à son cousin, continua Brianna, sans remarquer le frisson de regret de Leonida.

Leonida s'efforça de se concentrer sur le fait qu'il y avait bien eu des lettres dans la suite de la duchesse, même si elle ne pouvait être certaine que c'étaient celles qu'elle cherchait. Perdue dans ses pensées, elle fut surprise de voir soudain bondir un grand chien aux oreilles tombantes à travers la haie voisine. Excité, l'animal se mit à danser autour d'elle, la langue pendante.

— Oh ! fit-elle.

Brianna rit.

— N'ayez pas peur. Puck ne vous fera pas de mal, n'est-ce pas, mon vieux ?

— Puck ?

— Puck II, de fait, déclara une voix grave d'un ton nonchalant.

Leonida tourna vivement la tête et vit Stefan qui sortait de derrière la fontaine.

— Stefan, vous êtes rentré de bonne heure.

Avec un sourire de bienvenue, Brianna se leva.

— Nous ne vous attendions pas avant le dîner.

Le regard du duc ne se détacha pas un instant de l'expression réservée de Leonida.

— J'ai découvert que je ne pouvais me concentrer sur des canaux de drainage quand j'ai deux invitées aussi charmantes sous mon toit.

Brianna gloussa.

— Ce doit être votre charme qui l'a attiré loin de ses champs bien-aimés, Leonida, étant donné qu'en plus d'une occasion il a oublié qu'il devait venir prendre le thé à Hillside.

Les lèvres de Stefan frémirent.

— Seulement parce que je savais que votre agaçant époux me tournerait autour, ruinant mon appétit pour le gâteau de Savoie.

— Vous êtes un terrible menteur et il est temps que j'aille me reposer, dit Brianna, en jetant un coup d'œil satisfait à Stefan et Leonida. Il est excessivement inconfortable de se sentir toujours si lasse.

Se rappelant les règles de courtoisie, Stefan s'avança pour prendre sa main et la porter à ses lèvres.

— Inconfortable, mais merveilleux.

— Oui.

— S'il vous faut quoi que ce soit, n'hésitez pas à m'appeler.

— Tout ce dont j'ai besoin est de repos. Je vous verrai tous les deux au dîner.

Leonida observa Brianna qui remontait l'allée vers la maison, ne s'avisant que trop tard qu'elle restait seule avec

Stefan. Son cœur se serra tandis qu'une alarme s'allumait dans son esprit. Elle avait fait de gros efforts pour éviter cette situation précise. Elle se leva alors pour tenter de fuir vers le manoir.

— Peut-être…

Sans prévenir, Stefan la prit par le bras.

— Non.

Le duc d'Huntley baissa les yeux sur le visage qui avait hanté ses dernières nuits. Ces yeux bleu clair et innocents. Ces traits délicats. La ligne obstinée de ces sourcils.

Les lèvres pulpeuses qui appelaient ses baisers.

Bon sang ! Il était fatigué d'attendre qu'elle révèle les sombres mobiles de son séjour à Meadowland, et encore plus las de jouer le rôle de l'hôte convenable.

Il la voulait dans son lit. Au diable tout le reste.

Comme si elle percevait sa tension brûlante, Leonida humecta ses lèvres, ses yeux s'assombrissant d'un désir qu'elle ne pouvait entièrement dissimuler.

— Non quoi ?

— Vous alliez suggérer que vous feriez mieux de suivre Brianna pour vous assurer qu'elle va bien. Ou peut-être vous êtes-vous découvert un besoin soudain de changer de robe, ou n'importe laquelle des autres excuses que vous avez utilisées ces deux derniers jours pour éviter d'être seule avec moi.

Leonida pinça les lèvres à son ton railleur.

— Si vous êtes à ce point persuadé que j'essaie de vous éviter, alors il semblerait étrange que vous m'obligiez à rester.

Faisant descendre ses mains sur ses bras nus en une caresse lente et sensuelle, il la prit par la main et l'entraîna fermement le long de l'allée.

— Vu que j'ai fait tout ce qui était en mon pouvoir pour que vous vous sentiez bien accueillie à Meadowland, je pense que je mérite une explication : pourquoi avez-vous soudain si peu de goût pour ma compagnie ?

Elle inclina la tête, dissimulant ainsi l'expression de son visage.

— Votre compagnie ne m'est pas désagréable.

— Alors pourquoi m'évitez-vous ? Est-ce parce que je vous ai embrassée ?

— Vous n'auriez pas dû le faire.

Il eut un rire bref, dénué d'humour. Pensait-elle qu'il avait le choix en la matière ?

— Peut-être pas, mais cela ne m'empêchera pas de recommencer.

Il la sentit frissonner et, accélérant le pas, il lui fit contourner le bassin pour gravir les marches de la grotte. Bonté divine, il fallait qu'il embrasse cette femme avant de devenir fou furieux !

Elle étouffa une exclamation lorsqu'il l'attira dans l'ombre de la grotte peinte de jolies fresques à la grecque, l'enlaçant de ses deux bras pour la tenir solidement contre lui.

— Est-ce pour cela que vous êtes rentré plus tôt ? demanda-t-elle, son regard sévère contredit par le pouls rapide qui battait à la base de son cou.

Miss Karkoff pouvait prétendre l'indifférence, mais elle le désirait. Ses paroles pouvaient mentir, mais son corps en revanche…

— Je suis rentré parce que je ne pouvais pas rester loin de vous.

Courbant la tête, il enfouit son visage au creux de son cou.

— Du jasmin.

— Pardon ?

— Vous sentez le jasmin.

Elle frissonna, levant les mains pour s'agripper à ses épaules.

— Stefan, que voulez-vous de moi ?

— Cela me semble évident.

Il s'écarta pour la regarder avec une sombre détermination, détachant de ses doigts agiles les rubans de son bonnet noués sous son menton.

— Mais si vous le souhaitez, je vous révélerai exactement ce que je veux de vous.

Elle émit un son contrarié lorsqu'il jeta négligemment le bonnet sur les dalles de pierre.

— C'est mon bonnet préféré.

Une vague de chaleur intense, concentrée sur son bas-ventre, déferla en lui dans l'attente de ce qui allait se produire.

— Une coiffure charmante, mais comme vous l'avez sûrement deviné, je préfère une beauté plus naturelle.

En quelques gestes adroits il retira les épingles serties de perles fines de ses cheveux, laissant ses boucles dorées s'écrouler sur ses épaules. Avec un grognement sourd, il plongea ses doigts dans sa chevelure.

— Du soleil et de la soie.

Elle resserra les doigts sur ses épaules.

— Vous essayez de me distraire.

Il effleura son front de ses lèvres, s'attardant sur le pouls qui palpitait sur sa tempe.

— Est-ce que j'y parviens ?

— Soyez damné, dit-elle d'une voix altérée.

— Quel langage, ma colombe ! Ces lèvres sont faites pour un dessein bien plus suave.

Prenant son menton dans sa main, il releva son visage et s'empara de sa bouche en un baiser de pure possession. Leonida Karkoff était sienne. Ecartant ses lèvres de sa langue, il goûta profondément sa tendre innocence, une faim sauvage bourdonnant dans son corps. Pendant un moment elle se crispa, comme si elle se refusait à son intrusion, puis, avec un soupir, elle s'arqua vers lui et mêla ses doigts à ses cheveux noirs.

— Oui, marmonna-t-il contre sa bouche, ses mains se

promenant dans son dos tandis qu'il défaisait habilement les boutons de perles de sa robe.

Il caressa de ses lèvres ses yeux, la ligne parfaite de son nez, avant de revenir à sa bouche implorante. En même temps, il fit glisser ses manches sur ses bras et tira sur sa robe jusqu'à ce qu'elle tombe à ses pieds.

Leonida protesta doucement, s'écartant pour le regarder de ses yeux troubles.

— Les domestiques…

— Ils ne nous dérangeront pas ici, promit-il en taquinant ce point sensible à la base de sa gorge qui la faisait toujours frissonner.

— Savent-ils que c'est ici que vous attirez d'impuissantes jeunes femmes pour les séduire ? demanda-t-elle d'une voix enrouée, en renversant la tête en arrière pour mieux se livrer à lui.

— Impuissantes ?

Il rit tout en avançant pour la presser contre le mur, ses doigts suivant le décolleté de sa camisole. Sa peau était aussi douce que la soie la plus fine.

— Vous êtes la femme la plus dangereuse que j'aie jamais rencontrée, miss Karkoff. Le tsar est plus rusé que je ne le suspectais.

Elle retint son souffle à cette accusation.

— Que voulez-vous dire ?

— C'est vous qui avez les réponses, pas moi, marmonna-t-il, s'intéressant plus à ôter son corset de dentelle qu'à découvrir la vérité.

Le sous-vêtement glissa à terre, suivi par sa fine camisole. Elle frissonna et il l'enveloppa étroitement de ses bras.

— Et jusqu'à ce que vous me livriez la vérité, j'ai l'intention de savourer ce qui m'est offert.

— Stefan…

Elle poussa un petit cri surpris lorsqu'il courba la tête pour saisir un téton durci entre les lèvres.

— Oh !

— Chut, ma colombe, murmura-t-il en goûtant la saveur suave de sa peau tandis qu'il explorait la courbe d'un sein, ses doigts caressant le bas de son dos et la ligne arrondie de ses hanches.

Elle était menue, mais avec des formes parfaites, et si délicieusement douce. Sans défaut. Marmonnant un juron, Stefan se débarrassa de son écharpe et de sa redingote, son gilet suivant rapidement. Puis, faisant passer sa chemise par-dessus sa tête, il lui prit les mains et les pressa sur son torse nu.

— Touchez-moi, ordonna-t-il d'un ton rauque.

Avec un petit grognement, elle s'arqua en arrière pour lui décocher un regard rendu confus par le désir.

— Je vous ai dit que je n'étais pas comme ma mère.

Il fronça les sourcils, saisissant ses hanches pour les plaquer fermement contre sa virilité tendue. Ce n'était guère le moment de parler de sa mère.

— C'est ce que vous avez dit, bien que je n'aie aucune idée de ce que ceci a à voir avec la comtesse, déclara-t-il d'une voix sourde.

Les mains de Leonida tremblaient, mais elle ne les écarta pas de son torse.

— Vous n'êtes pas le premier gentleman à présumer que je suis avide d'aventures, juste parce que ma mère a entretenu une liaison aussi ostentatoire avec l'empereur.

Un instant, le cœur de Stefan se contracta à la vue de la vulnérabilité qui brillait dans ses grands yeux. Elle paraissait si fichtrement innocente, avec ses joues échauffées et ses boucles blondes tombant autour de son visage ! Cela éveillait en lui un instinct protecteur qui fit naître un frisson d'inquiétude sur son dos.

Il plissa les paupières pour étudier ce visage angélique qui pouvait fort bien dissimuler un cœur de vipère. Il serait sot de l'oublier ne fût-ce qu'un moment.

— Et vous ne seriez pas la première femme à me rendre

mes baisers dans l'espoir de forcer un duc au mariage, répliqua-t-il d'un ton lisse.

Elle battit des cils, comme choquée par ses propos.

— Jamais je ne…

— Moi non plus, coupa-t-il, l'embrassant avec ferveur.

Il fit descendre sa bouche avide sur sa clavicule.

— Je vous désire. Je brûle de vous posséder. C'est aussi simple que cela.

— Seigneur Dieu, gémit-elle, promenant les doigts sur son torse tandis qu'il reprenait la pointe d'un sein dans sa bouche pour la sucer avec une insistance croissante. Il n'y a rien de simple là-dedans !

Elle avait raison.

La concupiscence pure et dure était simple, mais ceci…

Faisant taire la voix de la raison qui l'avertissait de l'imminence d'un danger, Stefan lui écarta les jambes de son genou, glissant une main sur sa hanche jusqu'à ce qu'il puisse taquiner l'intérieur de sa cuisse.

Elle poussa un petit cri de plaisir et il couvrit hâtivement sa bouche d'un baiser brûlant. Ce n'était pas la crainte d'être découvert qui le tourmentait ; c'était celle qu'il pourrait fort bien tuer le premier qui serait assez stupide pour les interrompre en cet instant.

Lui rendant son baiser avec un enthousiasme naïf, Leonida enfonça ses ongles dans son dos. Il grogna de plaisir, cherchant de sa main la fente intime de sa féminité. Elle était déjà moite et il glissa un doigt dans ses replis secrets, une tentation suave qui le fit palpiter d'un furieux besoin d'assouvissement.

Guidé par ses gémissements et son souffle haché, Stefan la caressa avec une urgence de plus en plus grande, lui procurant un plaisir plus vif encore. Elle se mit à se trémousser nerveusement dans ses bras, cherchant à soulager la tension qui nouait son ventre.

— Doucement, murmura-t-il, prenant une de ses mains vagabondes pour la presser sur son sexe dur.

Il poussa un grognement de pure volupté. Même à travers ses culottes, il pouvait sentir la chaleur de ses doigts qui se resserraient avec hésitation sur sa virilité.

Se servant d'une main pour guider la sienne sur son excitation, il continua à lui prodiguer du plaisir de l'autre, leur respiration entrecoupée étant le seul bruit qui rompait le silence de la grotte.

— Stefan… J'ai besoin…

— Je sais, ma colombe, faites-moi confiance, marmonna-t-il, s'avisant à peine de l'ironie de ses paroles.

En cet instant, il ne pouvait penser à rien d'autre qu'au magnifique visage de Leonida, tandis que ses yeux s'élargissaient et que sa bouche s'entrouvrait sur un cri de plaisir muet.

Son premier aperçu de la passion, mais pas le dernier, se jura-t-il en silence.

Frappé par sa beauté en ce délicieux moment d'abandon, Stefan fut pris de court lorsqu'elle serra instinctivement les doigts autour de lui. Avec un gémissement étranglé, il se sentit ébranlé par les spasmes de la volupté.

Au nom du ciel, que lui avait fait cette femme pour provoquer en lui des émotions aussi violentes ?

6

Attendant que le gong du dîner ait résonné dans la vaste demeure, Leonida suivit le couloir heureusement désert pour se glisser dans la suite de la duchesse.

Elle prenait un risque, elle le savait. Même si un grand nombre des domestiques étaient occupés dans la cuisine, aidant à préparer le repas ou profitant du leur, il y en avait toujours quelques-uns qui se promenaient dans la maison, leur regard acéré ne ratant aucun détail.

Mais quel choix avait-elle ? Elle avait beau essayer de se convaincre que s'abandonner à l'experte séduction de Stefan était le moyen parfait de le distraire des véritables raisons qui l'avaient amenée dans le Surrey, elle ne se leurrait pas.

Le plaisir intense qu'elle lui avait permis de lui prodiguer n'avait rien à voir avec les complots, les manigances de sa mère ou sa propre loyauté envers la Russie. Elle était tout simplement incapable de résister au beau duc d'Huntley. Et chaque moment qu'elle passait avec lui ne faisait qu'accroître sa fascination.

Elle devait trouver ces lettres et s'enfuir avant que sa répugnance à tromper Stefan ne surpasse son dévouement à sa mère.

Sa décision prise, Leonida avait fait prévenir la cuisine qu'elle préférait un plateau dans sa chambre et, attendant d'être certaine que Stefan et Brianna étaient descendus dîner, elle avait posté Sophy près de l'escalier et s'était précipitée dans l'ombre vers les pièces qui l'intéressaient.

Une bougie à la main, elle pénétra dans la chambre de la duchesse, jetant un coup d'œil rapide sur la vaste pièce.

Contrairement au reste de la demeure, la mère de Stefan avait choisi d'enlever les lambris vieillissants et de les remplacer par des panneaux de damas cramoisi. Le plafond était mouluré et garni de dorures et, au centre, un lustre en cristal reflétait la lumière de la bougie en miroitant. Installé près de la cheminée de marbre blanc, le lit à baldaquin était drapé d'un velours émeraude assorti aux coussins des fauteuils de bois doré.

Malgré son air déserté, la chambre était d'une propreté immaculée, rappelant à Leonida qu'un domestique pouvait entrer à tout moment. Plus vite elle finirait ses recherches, mieux ce serait.

La question était : par où commencer ?

A part les fabuleuses toiles de Gainsborough et de Reynolds dans leurs cadres dorés, qui pouvaient toutes dissimuler un coffre-fort caché, il y avait une paire de cabinets en acajou, un secrétaire de bois de rose et une coiffeuse en marqueterie française.

Et elle n'était pas encore entrée dans le boudoir qui se trouvait derrière la porte de communication.

Avec un soupir, elle se dirigea vers le secrétaire. C'était sûrement l'endroit le plus évident où ranger des lettres ?

Trop évident justement, découvrit-elle bientôt en ne trouvant dans les tiroirs que les articles habituels : du parchemin, des plumes, de l'encre, de la cire à cacheter et le sceau de la duchesse.

— Mon Dieu, où peuvent-elles être ? marmonna-t-elle.

Elle s'approchait juste de la coiffeuse quand la porte de la chambre s'ouvrit en coup de vent et que Sophy agita une main frénétique.

— Le duc monte l'escalier ! annonça-t-elle d'une voix sifflante. Vous devez vous dépêcher.

Laissant échapper un juron, Leonida traversa la pièce en courant et referma vivement la porte derrière elle. Puis, prenant le bras de Sophy, elle l'entraîna vers leur suite.

— Pourquoi cet homme irritant ne me laisse-t-il pas tranquille ? dit-elle entre ses dents, aussi contrariée par le bond joyeux de son cœur que par la venue malencontreuse du duc.

Sophy souffla et lui jeta un coup d'œil entendu.

— Oui, je me le demande.

Leonida rougit.

— Il a des soupçons sur ma présence dans le Surrey.

— Pourquoi vous soupçonnerait-il ?

— Il semble croire que je suis ici pour entraîner son frère dans quelque plan conçu par l'empereur.

— Ah.

Sophy hocha la tête.

— Eh bien, d'après les rumeurs, lord Summerville s'est bel et bien mis en danger un certain nombre de fois pour le tsar Alexandre. Le duc a peut-être des raisons de s'inquiéter.

Les lèvres de Leonida se pincèrent.

— Si Alexandre Pavlovich souhaitait l'assistance de lord Summerville, je serais la dernière personne qu'il enverrait le chercher. Il se rappelle rarement que j'existe.

— Un homme comme lui a beaucoup de choses à l'esprit, murmura la soubrette.

En effet. Le tsar portait le poids d'un vaste empire sur ses épaules. Mais cela n'atténuait pas l'impression d'abandon de Leonida quand des mois, parfois même des années, passaient sans que l'empereur ne lui adresse même un mot.

Peut-être aurait-elle été moins touchée par ce manque d'attentions si sa mère avait été… plus affectueuse.

Oh, Nadia aimait sa fille, mais prendre soin d'une enfant ne l'intéressait pas. Pas lorsqu'elle pouvait consacrer son attention à assurer sa position de meneuse dans la haute société ou à se mêler aux jeux dangereux de la politique, tandis qu'elle cherchait à protéger le trône d'Alexandre Pavlovich par tous les moyens nécessaires.

En conséquence, Leonida avait été élevée par sa nurse anglaise et une série de gouvernantes qui restaient rarement plus de quelques mois.

Etait-il surprenant, alors, qu'elle ne se soit jamais sentie vraiment importante pour quiconque ?

— Oui, eh bien, nous avons tous beaucoup de choses à l'esprit, marmonna-t-elle en tirant Sophy dans son boudoir et en refermant la porte.

Puis, comme si elle pouvait éviter la confrontation à venir, elle alla dans sa chambre, où elle se posta devant la fenêtre, le regard perdu au loin.

— Voulez-vous que j'informe le duc que vous ne recevez pas ? demanda doucement la soubrette.

Leonida enroula ses bras autour de sa taille.

— Essayez toujours…

Elle garda les yeux rivés sur le lac qui reflétait les derniers feux du soleil couchant dans des teintes assourdies de rose et de violet. Elle cessa de prêter attention à la beauté étalée devant elle, cependant, quand la voix haute de Sophy résonna, suivie par la réponse grave et posée de Stefan.

Un sourire lugubre joua sur ses lèvres tandis que la soubrette continuait à parlementer. Elle protégeait férocement Leonida, mais elle ne faisait pas le poids face au duc d'Huntley. Il pouvait cacher son côté implacable sous un charme tranquille, mais cela ne le rendait pas moins dangereux.

De fait, il était de loin le gentleman le plus inquiétant qu'elle avait jamais rencontré.

Finalement, Sophy se tut, vaincue par la détermination calme et inébranlable de Stefan. Il y eut un bruit de pas, puis une porte se ferma. Leonida resta à la fenêtre, un picotement d'excitation lui parcourant la peau quand le parfum viril et épicé du duc emplit la pièce.

— Je pensais que nous avions mis fin à vos petits jeux, ma colombe, dit-il d'un ton traînant, en s'approchant.

— Mes petits jeux ?

Il referma ses longs doigts sur les bras de Leonida, la forçant à pivoter pour rencontrer son regard brûlant.

— Vous ne pouvez m'éviter.

— Manifestement non, rétorqua-t-elle d'une voix coupante, refusant de tenir compte de la bouffée de plaisir qui parcourait son corps. Qu'avez-vous fait de Sophy ?

Le regard de Stefan scruta son expression obstinée.

— Je lui ai demandé de se joindre aux autres domestiques pour profiter de son dîner. Il semble injuste qu'elle souffre de la lâcheté de sa maîtresse.

— Je ne suis pas lâche, je suis simplement fatiguée. Et puisque vous êtes si concerné par le bien-être de ma soubrette, je vous assure que j'ai demandé que l'on nous apporte deux plateaux, il n'y avait donc pas à craindre qu'elle aille se coucher affamée.

Il incurva les lèvres en un sourire sans humour.

— Ah, oui, les plateaux.

— Y a-t-il un problème ?

— Plus maintenant. J'ai informé la cuisinière qu'elle n'a pas besoin de s'en soucier, puisque vous rejoindrez lady Summerville et moi-même à la salle à manger.

— Etes-vous aussi autoritaire avec tous vos invités ?

Il passa les doigts sur les lèvres de Leonida, qui s'étaient pincées d'agacement.

— Seulement avec ceux qui insistent pour se montrer déraisonnables.

— Il n'est guère déraisonnable de souhaiter passer une soirée tranquille.

— Ça l'est quand je désire votre compagnie, rétorqua-t-il, caressant la ligne de sa mâchoire.

— Et parce que vous êtes duc vous obtenez toujours ce que vous voulez ?

Le sourire de Stefan s'élargit, amusé.

— J'obtiens toujours ce que je veux non parce que je suis duc, mais parce que je refuse d'accepter moins.

Elle humecta ses lèvres sèches, puis regretta aussitôt ce geste quand les yeux de Stefan flambèrent d'un désir ardent qui fit bondir son cœur.

— Vous ne pouvez me forcer à descendre dîner.

— De fait, je le pourrais, se moqua-t-il. Mais si vous insistez pour dîner dans votre chambre, je me joindrai simplement à vous.

— Avez-vous perdu l'esprit ? Vous ne pouvez vous joindre à moi !

— Pourquoi pas ?

— Cela causerait un scandale.

— Un scandale pour vous, peut-être, mais comme vous venez de le dire, je suis duc et rares sont les choses qui peuvent ternir mon titre très ancien et très respecté.

Il s'arrêta lorsqu'elle frissonna, et baissa les yeux sur sa robe de soie ambrée portée sur une jupe de dessous argentée. Fronçant les sourcils, il alla prendre un châle assorti qu'elle avait laissé au bord du lit et le posa avec soin sur ses épaules.

— J'avais oublié votre goût pour la chaleur. Je vais demander à une soubrette d'allumer du feu pendant que nous dînerons.

Leonida serra les dents, refusant de se laisser émouvoir par sa sollicitude apparente.

— Ne prétendez pas que vous vous souciez de mon confort.

— Mais je le fais, ma colombe.

Il noua légèrement les mains autour de son cou, caressant de son pouce le pouls qui battait à la base de sa gorge.

— Je suis déterminé à faire tout ce qui est en mon pouvoir pour vous être agréable.

— Sauf me laisser en paix, répliqua-t-elle d'une voix altérée.

— Est-ce vraiment ce que vous souhaitez ?

Il captura son regard, l'expression pensive.

— La paix ?

— Oui, murmura-t-elle, même si ce n'était pas entièrement vrai.

Il le sentit et plissa les paupières.

— Menteuse.

— Que savez-vous de moi ?

— Pas autant que ce que j'ai l'intention d'apprendre. Mais je peux reconnaître la solitude quand elle hante une paire de délicieux yeux bleus.

Alarmée, Leonida le repoussa, se détournant de son regard perspicace.

— Ne me tourmentez pas ainsi.

Il posa les mains sur ses épaules, sans essayer de la ramener face à lui.

— Est-ce que je me trompe ?

— Je… Mon foyer me manque.

— Avez-vous vraiment un foyer, Leonida Karkoff ? murmura-t-il.

La souffrance longtemps enfouie de Leonida lui vrilla le cœur, la faisant se sentir terriblement vulnérable.

Stefan avait déjà séduit son corps ; elle ne pouvait le laisser lui voler son âme.

— Quelle question ridicule ! Il se trouve que je vis dans l'une des plus belles maisons de Saint-Pétersbourg.

Il courba la tête pour lui murmurer à l'oreille :

— Une maison n'est pas nécessairement un foyer, ainsi que je l'ai découvert moi-même.

Les paupières de Leonida se fermèrent en papillonnant tandis qu'une délicieuse chaleur parcourait son corps. Quand Stefan était près d'elle, elle ne craignait jamais le froid.

— Vous n'êtes pas heureux à Meadowland ?

— Je suis satisfait… en grande partie.

— La satisfaction et le bonheur ne sont pas la même chose.

— Non, reconnut-il, la nostalgie qui perçait dans sa voix touchant malgré elle le cœur de Leonida.

Elle se tourna brusquement vers lui avec une expression méfiante. Grands dieux… Que lui arrivait-il ? Le duc d'Huntley était le dernier homme qui avait besoin de sa sympathie ou la méritait.

Il était beau, riche et complètement impitoyable lorsqu'il s'agissait d'obtenir ce qu'il désirait.

S'il était seul, c'était par choix, pas par la faute du destin.

— Je suppose que vous ne partirez pas tant que je n'aurai pas accepté de dîner avec vous ?

Quelque chose qui ressemblait à de la déception passa dans ses yeux bleus, puis ses traits se durcirent.

— Vous êtes aussi intelligente que vous êtes belle, persifla-t-il.

— Et vous, monsieur, êtes un tyran plein d'arrogance.

Il prit son menton entre ses doigts, le regard fixé sur ses lèvres.

— Vous avez un quart d'heure, Leonida. Si vous n'apparaissez pas dans ce délai, je présumerai que vous m'invitez à partager votre dîner au lit.

Dès qu'il fut sorti de la suite de Leonida, Stefan s'appuya contre le mur en inspirant profondément.

Il était stupide.

Stupide d'avoir laissé sa colère le conduire dans la chambre de Leonida, ou stupide de ne pas avoir profité de la situation… Il n'aurait su le dire.

Une chose était sûre, en revanche : il était de nouveau en proie au désir et ne pouvait compter être soulagé rapidement.

En grommelant un juron, il s'écarta du mur et se força

à continuer vers l'escalier de service, où il savait que Goodson l'attendrait.

Effectivement, le majordome en livrée sortit de l'ombre, le regardant d'un air stoïque.

— Votre Grâce.

— Oui ? demanda Stefan d'un ton abrupt.

Sentant la tension de son maître, Goodson alla droit au but.

— Je n'ai pas pu m'approcher d'aussi près que je l'aurais voulu, car la soubrette de miss Karkoff montait la garde comme si elle était un de ces sauvages soldats cosaques.

— Oui, c'est une femme redoutable, agréa sèchement Stefan.

Lorsqu'il était entré chez Leonida, il avait pensé un instant qu'il lui faudrait en venir aux mains pour écarter la protectrice Sophy de son passage.

— Qu'avez-vous réussi à voir ?

Le domestique se racla la gorge.

— Miss Karkoff a quitté sa suite peu de temps après que vous soyez descendu et s'est rendue directement chez la duchesse. Elle y est restée jusqu'à ce que la soubrette coure la prévenir de votre arrivée.

Stefan serra les dents pour tenter de contenir sa fureur.

Il savait bien que Leonida avait un but secret en suggérant que Brianna et elle s'installent à Meadowland. Et il n'était pas assez vaniteux pour supposer qu'elle avait suggéré cette solution guidée par un désir tout-puissant d'être plus près de lui.

Maintenant, son seul objectif était de découvrir ce qu'elle tramait.

— A-t-elle pris quelque chose ? demanda-t-il.

Goodson haussa les épaules.

— Elle n'avait rien dans les mains.

— Faites fouiller sa suite pendant qu'elle dîne.

— Oui, monsieur.

Le domestique tournait les talons quand Stefan l'arrêta.

— Goodson.

— Oui, Votre Grâce ?

— Benjamin a-t-il retrouvé les intrus qu'il a surpris dans la propriété ?

— Je crains que non.

L'expression impassible du majordome se durcit sous l'effet de la frustration.

— L'aubergiste a déclaré qu'il n'avait pas eu de clients étrangers depuis des mois et personne au village n'a reconnu la description des gredins.

— Qu'il continue à faire des recherches dans les environs, mais qu'il soit discret. Je préférerais que personne ne s'avise que j'ai des soupçons sur leur présence.

— Très bien.

Cette fois, Stefan laissa disparaître le domestique dans le couloir, se tournant lentement pour étudier la porte close de la suite de Leonida.

Un moment, il envisagea de retourner dans la suite pour se confronter carrément à cette femme trompeuse.

Contrairement à Edmond, il n'appréciait pas les intrigues politiques et n'aimait pas aiguiser son esprit contre un ennemi plein de ruse. Il était un gentleman franc et direct qui attendait la même chose d'autrui. Ce qui, sans doute, expliquait pourquoi le roi George et Alexandre Pavlovich faisaient rarement appel à lui lorsqu'ils avaient besoin de manigances plutôt que d'une aide pratique.

Ce fut uniquement le fait de savoir que Leonida ne pouvait être contrainte à révéler la vérité qui le fit rester dans l'ombre, les poings serrés.

— Par tous les diables, quel est votre plan, Leonida Karkoff ? marmonna-t-il.

*
* *

Saint-Pétersbourg

Le bordel, coincé entre un café et un entrepôt de meubles, ressemblait à maints autres disséminés dans Saint-Pétersbourg.

L'édifice était un banal bâtiment en brique ceint d'une barrière en fer forgé et gardé par une grande brute qui effrayait même les soldats les plus aguerris. Dans le premier salon, le décor se constituait d'un mélange criard de sofas en velours et de couvertures de fourrure où les gentlemen pouvaient attendre confortablement que leur catin attitrée soit disponible. A moins qu'ils ne préfèrent se joindre aux jeux d'argent aux mises élevées qui se déroulaient dans les salles du fond. A l'étage, les chambres étaient agencées individuellement pour satisfaire n'importe quel vice tentant les membres dépravés de la haute société russe.

Toutefois, ce n'étaient pas le goût douteux de l'endroit ni les expertes et jolies prostituées y exerçant leur métier qui attiraient les riches et les puissants.

C'était la discrétion absolue que Mme Ivanna exigeait de ses clients et de son personnel.

Un gentleman qui franchissait le seuil pouvait être assuré que ni sa présence ni ses penchants sexuels… aussi particuliers qu'ils soient ne seraient révélés.

Une telle promesse valait bien les sommes exorbitantes demandées par la tenancière du bordel.

Montant l'étroit escalier, Nikolas Babevich était déjà dur d'anticipation en pensant à Céleste et à ses chaînes et fouets coquins. Une souffrance aussi suave était coûteuse, mais elle méritait amplement chaque rouble demandé.

Non pas qu'il possède de l'argent en abondance, reconnut-il, une colère amère flambant au creux de son estomac.

Maudite soit la comtesse Karkoff.

C'était entièrement sa faute s'il en était réduit maintenant à emprunter des fonds à son assommante sœur et à esquiver les collecteurs de factures qui refusaient de lui faire crédit, ne fût-ce que pour une paire de bottes neuves.

Grâce au ciel, il avait réussi à délester un Prussien ivre de sa bourse devant l'Opéra la veille au soir, sinon il aurait été forcé d'annuler son rendez-vous au bordel. Une idée quasiment insupportable.

En arrivant au fond du couloir éclairé par des bougies, Nikolas poussa la porte en se léchant les lèvres, s'attendant à voir Céleste debout au milieu de la pièce, un fouet à la main.

Ce qu'il découvrit à la place fut un grand gentleman distingué aux cheveux argentés et à la belle allure, à peine ridé malgré sa cinquantaine d'années.

Sir Charles Richards était arrivé d'Angleterre quelques mois plus tôt seulement, mais il était vite devenu un favori du prince Michel, le frère cadet d'Alexandre Pavlovich. Pour la plupart des gens du monde, c'était un étranger charmant et intelligent connu pour ses manières impeccables et sa sobre élégance, démontrée ce soir-là par sa redingote noire et ses culottes gris tourterelle simples mais parfaitement bien coupées, une sobriété si différente de la flamboyance que les Russes adoraient.

Nikolas était l'une des rares personnes à suspecter que, derrière son sourire affable, se cachait une âme impitoyable capable de faire beaucoup de mal.

— Bonsoir, Nikolas Babevich, lâcha l'Anglais d'un ton traînant, tenant dans ses doigts élégants le petit fouet qui était toujours si séduisant dans les mains de Céleste, mais paraissait terrifiant dans les siennes.

Humectant ses lèvres sèches, Nikolas jeta un regard en coin à la pièce nue, remarquant à peine les divers instruments de torture accrochés aux murs ou le grand lit couvert de satin noir et de chaînes. Ridiculement, il avait espéré que Céleste ou l'un des nombreux domestiques pouvaient être tapis dans un coin sombre.

Comme si leur présence pouvait le protéger de la malveillance qui emplissait l'air dense de la pièce.

— Comment…

Il dut s'arrêter pour se racler la gorge.

— Comment êtes-vous entré ici ?

Les lèvres du noble s'incurvèrent tandis qu'il lançait un regard méprisant à la courte et rondelette silhouette du Russe, attifé d'une redingote vert mousse élimée et de culottes fauves trop serrées.

— Peu de portes me sont fermées, déclara-t-il lentement.

Nikolas serra les poings. Malgré sa terreur, il ne se laisserait pas railler par un maudit étranger.

— Mes compliments. Maintenant, si cela ne vous fait rien, je suis venu ici pour un divertissement particulier qui n'inclut pas de spectateurs.

— Votre divertissement devra attendre que nous ayons eu une petite conversation, dit sir Charles d'un ton caustique, en faisant tourner le fouet dans sa main.

— Je vous ai dit que cette harpie de Karkoff refuse de me donner l'argent sans preuve concernant les lettres. Que voulez-vous que je fasse ?

— Savez-vous que la comtesse a envoyé sa fille en Angleterre ? Dans le Surrey, pour être précis.

Nikolas fronça les sourcils. Pour ce qui était de lui, la comtesse Karkoff pouvait bien rôtir en enfer.

— Pourquoi devrais-je m'en soucier ?

— Et d'un, cela prouve que ces lettres contiennent quelque chose qui vaut la peine d'être découvert. La comtesse n'aurait jamais poussé sa fille à entreprendre un tel voyage, autrement.

— Attendez, gronda le Russe. Je pensais que vous saviez ce qu'il y avait dans ces lettres.

— Howard Summerville a déclaré qu'elles doivent contenir de noirs secrets puisqu'elles étaient non seulement écrites dans un code mystérieux, mais que le duc d'Huntley l'a quasiment battu à mort quand il l'a surpris avec les missives entre les mains. Cela valait la peine de prendre le risque de découvrir si cet imbécile était vraiment tombé sur le moyen d'acquérir une fortune ou s'il ne faisait que se vanter, à son habitude.

Nikolas se raidit, outragé. Il avait risqué sa vie sur une simple intuition ?

— Vous m'avez menti.

— Je vous ai dit ce que vous aviez besoin de savoir.

Richards écarta son accusation d'un haussement d'épaules.

— Maintenant, toutefois, la présence de miss Karkoff dans le Surrey met notre joli petit complot en danger.

— De quelle manière ?

Les yeux noirs se plissèrent de colère froide.

— Parce que c'est là que les lettres ont été vues pour la dernière fois, espèce d'idiot.

— Est-ce qu'elle les a ?

— Comment le saurais-je ?

Richards jeta le fouet sur le lit avec impatience.

— J'ai envoyé mes hommes de main fouiller la maison du duc voilà des semaines, mais la présence de miss Karkoff complique les choses.

Nikolas tira sur son écharpe fanée, regrettant non pour la première fois d'avoir laissé sir Charles Richards l'entraîner dans ce plan dangereux.

Pas qu'il ait vraiment eu le choix…

Le jeu avait toujours été sa faiblesse et, lorsqu'il avait perdu beaucoup plus d'argent qu'il n'en possédait au profit de l'Anglais, il n'avait eu d'autre solution que d'écouter son extravagant projet. En vérité, la pensée de gagner si facilement une petite fortune avait été une tentation à laquelle il n'avait pas pu résister.

Maintenant, il ne pouvait rien faire d'autre que de maudire sa stupidité.

— Nous n'aurions jamais dû approcher la comtesse avant d'avoir mis la main sur ces lettres.

— Vous étiez aussi avide que moi de réclamer cette

fortune. Qui aurait suspecté que la catin du tsar aurait le toupet de mettre notre menace en question ?

Les yeux noirs de l'Anglais brillèrent d'un éclat cruel.

— Manifestement, vous n'avez pas été très convaincant.

Nikolas frissonna, sa peau fourmillant d'une peur indéfinissable.

— J'ai fait ce qui m'était demandé. Ce n'est pas ma faute si la comtesse…

— Taisez-vous, coupa Richards. Je suis las de vos excuses.

Nikolas déglutit, une boule dans la gorge.

— Bon. Nous avons parié et perdu. C'est la vie.

L'Anglais avança vers lui, l'expression sinistre.

— Ceci n'est pas terminé. J'aurai mon argent.

— Comment ? Si la fille réussit à trouver ces lettres, elles sauront que nous ne les avons jamais vues.

— Mes hommes ont l'ordre de tenir cette femme à l'œil. Si elle parvient à les trouver, ils seront capables de les lui prendre.

— Et si elle ne les trouve pas ?

— Alors, elle rentrera en Russie avec l'information que les lettres ont bel et bien disparu.

Nikolas réprima l'envie de faire remarquer les nombreux points faibles du plan. Son existence était peut-être misérable pour l'instant, mais il n'était pas pressé de se confronter à la mort qui couvait dans les yeux de son compagnon.

— Alors, nous attendons ?

— Non, nous ne pouvons laisser la comtesse suspecter que ce chantage est du bluff, répondit Richards d'un ton coupant…

Au ton sinistre qu'il avait employé, Nikolas fut soulagé de ne pas savoir ce qu'il avait à l'esprit. Il sentait que cela lui donnerait des cauchemars pour les semaines à venir.

— Je souhaite que vous approchiez de nouveau la comtesse et l'avertissiez que, pour chaque semaine qui passera, le prix de votre silence augmentera de cinq mille roubles.

Le Russe fit un pas discret en arrière.

— Et si elle refuse ?

— Vous continuerez à la harceler. Cela la tiendra occupée et l'empêchera de consacrer son temps à chercher une façon de se jouer de nous.

Les lèvres de l'Anglais dessinèrent un rictus.

— Les femmes sont incapables de se conduire de façon sensée quand elles sont agitées.

Le rire sec de Nikolas résonna étrangement dans la pièce.

— Vous n'avez jamais rencontré Nadia Karkoff…

— Ce n'est qu'une femme.

Richards écartait un peu trop aisément la comtesse à la forte volonté, ignorant visiblement le pouvoir qu'elle pouvait exercer. Homme stupide, pensa Nikolas.

— Faites en sorte qu'elle soit terrifiée de perdre son amant riche et dévoué, et elle fera ce qu'il faut pour conserver sa vie luxueuse.

— Pourquoi dois-je être celui qui l'approche ?

Nikolas changea de tactique.

— Il me semble que je risque ma tête alors que vous restez dans l'ombre.

Avant qu'il puisse battre des cils, Richards traversa la pièce, lui serrant la gorge dans ses mains avec assez de force pour lui prouver qu'il pouvait lui briser la nuque.

— C'est ce pourquoi vous êtes payé, non ? demanda-t-il d'un ton sourd et mortel. Et croyez-moi, être pris par la police russe devrait être le dernier de vos soucis. Trahissez-moi, et je vous arracherai le cœur pour le donner aux loups. C'est compris ?

Le sang de Nikolas se figea dans ses veines.

— Oui.

— Bien.

D'un geste méprisant, l'Anglais le poussa contre le

mur et sortit un mouchoir de sa poche pour s'essuyer les mains, comme s'il craignait d'avoir été contaminé.

Le scélérat.

S'écartant du mur, Nikolas remit sa redingote en place.

— Et que ferez-vous pendant que je me confronterai à la comtesse ?

— Je me rends à Paris. Ce sera beaucoup plus facile pour rester en contact avec mes hommes en Angleterre.

— Ainsi, vous me laissez seul pour être abattu comme traître ?

— Cela, mon ami, ne dépend que de vous. Faites ce que je commande et nous serons tous deux de très riches gentlemen.

Charles sortit de la chambre de torture, certain que Nikolas ferait ce qui lui était demandé. La vile créature pouvait aspirer à l'envoyer en enfer, mais ils savaient tous les deux que le Russe n'aurait jamais le courage de le défier ouvertement.

Ce qui, bien sûr, était la raison pour laquelle il avait choisi ce sot, pour commencer.

Dommage qu'il n'ait pas été aussi malin pour prévoir le refus obstiné de la comtesse de remettre l'argent dont il avait si désespérément besoin.

Au prix d'un effort, il réprima la fureur noire qui le hantait depuis l'enfance. Trancher la gorge de cette mégère serait certes satisfaisant, mais cela ne réglerait pas ses problèmes.

Il fallait qu'il ait de l'argent s'il voulait garder en sûreté ses méchants petits secrets.

Un frisson le parcourut avant qu'il ne reprenne sa contenance glacée. Non. Il ne serait pas dénoncé par un sale paysan. Même si ce paysan était le Tsar des Mendiants, Dimitri Tipova, qui régnait sur les bas-fonds de Saint-Pétersbourg.

Se glissant dans la chambre située de l'autre côté du couloir, il considéra la femme à qui il avait ordonné de l'attendre.

Mme Ivanna était une femme aux courbes voluptueuses qui avait gardé beaucoup de son ancienne beauté en dépit du gris parsemant ses épais cheveux noirs et des rides marquant ses grands yeux verts. Elle était vêtue d'une robe en velours très décolletée qui exposait ses charmes considérables et était assortie au décor, mais seul un sot n'aurait pas vu l'éclat acéré de son regard.

— Ah, Ivanna, cela a été si aimable à vous de m'accorder quelques instants avec mon associé.

S'avançant, Charles porta ses doigts à ses lèvres, savourant son frisson de dégoût. Ah, elle était perspicace. Contrairement à la plupart des femmes, Ivanna était assez intelligente pour percevoir sa noirceur sous sa belle apparence et son charme exercé.

— Comment pourrai-je vous le rendre ?

Elle lui retira hâtivement sa main.

— Ce n'est rien, je vous assure.

— Vous êtes certaine de ne pas désirer un petit gage de reconnaissance ?

— Non, c'était avec plaisir, monsieur.

— Dommage.

Il la regarda d'un air affamé, son sang fourmillant à la riche odeur de son parfum. Cela faisait bien trop longtemps qu'il ne s'était pas adonné à son petit passe-temps. Avec un signe de tête, il recula.

— Je suppose que ce n'est ni le moment ni l'endroit. J'ai besoin d'un moyen de quitter la maison sans être remarqué.

Ivanna poussa un soupir tremblant de soulagement, comme si elle sentait combien elle avait été proche de voir le vrai visage de sir Charles Richards.

— Bien sûr.

Elle désigna la porte d'un signe de main.

— Je peux vous faire sortir par-derrière.

Il lui saisit rudement le poignet.

— J'ai dit *sans être remarqué.*

— S'il vous plaît, monsieur, je ne sais pas ce que vous voulez, gémit-elle.

— Réfléchissez soigneusement, Ivanna.

Il resserra son emprise, menaçant de lui rompre les os, et elle céda dans un sanglot. D'une voix brisée, elle avoua le secret connu seulement de ses clients de sang royal :

— Il y a un passage secret qui relie mes cuisines au café voisin.

Un sourire froid se peignit sur les lèvres de Charles.

— Vous êtes très intelligente, pour une catin.

7

Herrick Gerhardt tourna au coin, prenant soin de rester hors de la lumière des réverbères qui éclairaient les rues de Saint-Pétersbourg. Bien qu'il fût vêtu d'une redingote et de culottes noires toutes simples, avec un chapeau en castor couvrant ses cheveux gris, trop de gens encore reconnaîtraient ses traits émaciés et ses perçants yeux bruns en le voyant. Même aussi loin du palais.

C'était le prix à payer pour être le plus proche conseiller d'Alexandre Pavlovich.

En règle générale, la peur qu'il inspirait à autrui était un outil dont il était prompt à se servir. Les miracles que sa réputation de scélérat impitoyable pouvait accomplir, c'était remarquable !

Ce soir-là, cependant, il recherchait plus la discrétion que l'intimidation.

S'arrêtant près de Gregor, un robuste soldat prussien qui était son garde le plus fiable, il désigna de la tête le bordel situé de l'autre côté de la rue.

— Notre proie est-elle là ? demanda-t-il dans un murmure, parlant allemand pour ne pas se faire comprendre des piétons qui longeaient la rue.

Les traîtres pouvaient être partout.

— Oui. Son rendez-vous hebdomadaire avec la jolie Céleste.

Gregor appuya son grand corps contre la barrière en fer qui se trouvait derrière lui, ses traits forts exprimant une patience stoïque. Comme tous les soldats, il comprenait que la majeure partie de toute guerre consistait à attendre la prochaine bataille.

— L'homme est très prévisible.

Herrick serra les dents. Il suivait Nikolas Babevich à la trace depuis des semaines, tentant de découvrir pour qui il travaillait. Jusqu'à présent, il n'avait rien obtenu. Sa seule consolation était que l'escroc n'avait encore révélé à personne le contenu des lettres.

— S'il est si prévisible, pourquoi n'avons-nous pas encore découvert qui le manipule ? marmonna-t-il.

— Vous êtes toujours convaincu qu'il a un associé ?

— Nikolas Babevich est un couard pathétique qui peut tricher aux cartes ou voler la bourse de quelqu'un, mais il n'a ni le courage ni l'intelligence de fomenter un plan pour extorquer de l'argent à la comtesse Karkoff.

Herrick haussa les épaules, parcourant instinctivement du regard les environs. Il ne négligeait aucun détail.

— En outre, j'ai fouillé dans son passé et, d'après ce que j'ai découvert, il n'a jamais quitté Saint-Pétersbourg. La personne qui est derrière la manipulation, quelle qu'elle soit, doit avoir des contacts en Angleterre.

Gregor hocha la tête. Il était au courant du chantage exercé sur la comtesse mais il ne savait rien d'autre.

— Je vous ai indiqué toutes les personnes avec qui Babevich a été en contact.

— Je vous fais confiance, Gregor, il est simplement trop difficile de le surveiller en permanence.

Herrick se figea, plissant les yeux à la vue du grand gentleman distingué qui sortait du café voisin du bordel.

— Eh bien, voilà qui est inattendu.

— Quoi ?

— Sir Charles Richards.

— Un Anglais ?

— Oui, et un ami du prince Michel.

Le soldat se redressa, détectant aisément la tension dans la voix du conseiller.

— Quelque chose ne va pas ?

Herrick marqua une pause. Il avait appris depuis longtemps à se fier à son intuition et en ce moment, ses sens étaient en alerte maximale.

— Je me demande seulement pourquoi un gentleman qui est souvent reçu au palais choisirait de fréquenter un café aussi populaire.

Gregor fronça les sourcils.

— Peut-être avait-il besoin de boire un coup après avoir rendu visite à Mme Ivanna.

— Peut-être.

— Vous ne semblez pas convaincu.

Le conseiller baissa la voix tandis qu'un groupe de gentlemen se dirigeaient en chancelant vers le bordel. Des idiots éméchés. Ils auraient de la chance de sortir du quartier sans être assommés et délestés de leur bourse. Seul un sot s'aventurerait dans les rues les plus mal famées de Saint-Pétersbourg sans des domestiques bien armés.

— Quand le prince s'est lié d'amitié avec Richards, j'ai fait quelques enquêtes discrètes parmi mes contacts en Angleterre, révéla-t-il, ramenant son attention sur sir Charles qui avait descendu la rue et attendait impatiemment sa voiture.

— Et vous avez trouvé quelque chose qui vous tracasse ?

Herrick croisa les bras sur sa poitrine.

— D'après la plupart des rapports, il est exactement ce qu'il prétend être, un petit baronet apprécié en société et respecté comme réformateur au Parlement.

— Pourquoi un tel gentleman choisirait-il de quitter son foyer et sa carrière pour vivre dans un pays étranger ?

— C'est exactement ce que je me demande.

— Et ?

Gerhardt considéra ce qu'il avait découvert, son regard pensif notant la façon dont les divers piétons contournaient de loin l'aristocrate anglais. Presque comme s'ils percevaient un danger à s'approcher de trop près de lui.

Curieux.

— Il y a eu des rumeurs, la plupart soigneusement étouffées par les puissants amis de Richards, mais suffisantes pour l'encourager à quitter l'Angleterre et à s'installer assez loin afin de ne pas être atteint par le scandale, murmura-t-il.

— Le scandale devait être important, pour forcer un noble anglais à s'exiler à Saint-Pétersbourg.

— Oui.

Le visage émacié d'Herrick se durcit. Il se sentait personnellement offensé lorsqu'un étranger osait apporter une menace dans sa ville.

— Ces dix dernières années, un certain nombre de prostituées ont été retrouvées flottant dans la Tamise, la gorge tranchée.

Gregor émit un son choqué.

— Richards ?

— Il n'y a jamais eu aucune preuve, mais une tenancière de bordel a dit à qui voulait l'entendre que deux des catins étaient des relations régulières de sir Charles et qu'il avait été le dernier à les voir avant qu'elles ne soient tuées. Malheureusement, la parole d'une simple entremetteuse ne pouvait traduire un noble en justice.

— Mais cela pouvait faire naître des ragots déplaisants, murmura le soldat.

— Exactement.

Gregor serra ses gros poings. Avant d'être remarqué par Herrick, il était un simple soldat, fils de boucher. Son humble extraction lui conférait une compassion bien trop rare pour les classes inférieures.

— Est-ce que des catins de Saint-Pétersbourg ont été trouvées la gorge tranchée ? demanda-t-il.

C'était, bien sûr, la première chose qu'Herrick avait vérifiée.

— Non, mais cela ne veut pas dire qu'elles n'ont pas été assassinées.

Il fit une grimace.

— Dimitri Tipova tient son territoire d'une main de fer et préférerait régler lui-même tout incident déplaisant plutôt que de risquer d'attirer l'attention des autorités.

Gregor émit un grognement dégoûté, pas surpris le moins du monde que même un homme doté du pouvoir d'Herrick ne puisse pénétrer les arcanes des bas-fonds de Saint-Pétersbourg.

Dimitri Tipova, le Tsar des Mendiants, représentait une loi en lui-même.

— Dommage.

— Pas complètement. Dimitri est enclin à infliger sa propre justice à ceux qui menacent ses protégés.

— Si c'est vrai, alors sir Charles semble remarquablement en bonne santé.

Herrick hocha la tête, l'expression pensive.

— Aussi, soit il n'y a pas eu de morts violentes, soit Dimitri a choisi de punir sir Charles par un moyen qui n'inclut pas les tortures habituelles.

— Que voulez-vous dire ?

— L'Anglais paraît être assez riche pour vivre confortablement.

— En effet.

Il fallut un instant à Gregor pour suivre les pensées de son compagnon.

— Ah. Vous pensez que Dimitri réclame de l'argent ?

— Oui.

Le regard du Prussien se reporta vivement sur le bordel quand la porte s'ouvrit et qu'un client satisfait descendit l'escalier.

— Une sale situation, mais sûrement un problème à régler un autre jour ? demanda-t-il quand il se fut assuré que le gentleman n'était pas Nikolas Babevich.

— A moins qu'il ne soit relié d'une façon ou d'une autre à l'affaire qui nous occupe.

— Vous pensez…

Gregor s'interrompit et secoua vivement la tête.

— Non. Je suis là depuis que Babevich est entré chez Mme Ivanna. Richards n'est ni entré ni sorti du bordel pendant qu'il était à l'intérieur. Ils n'ont pas pu se rencontrer.

— Ah, mais vous surveilliez l'entrée principale, pas le couloir secret qui mène du bordel au café, dit Herrick d'un ton traînant.

— Un couloir secret ?

Le conseiller sourit.

— Même les gentlemen les plus puissants profitent des services de Mme Ivanna. Ils préfèrent que leurs visites restent discrètes.

Gregor haussa un sourcil.

— Alors, comment êtes-vous au courant de ce passage ?

— Très peu de choses m'échappent.

— Le savoir m'a évité de commettre maintes bêtises stupides, commenta sèchement le soldat. Croyez-vous réellement que sir Charles était là pour rencontrer Babevich ?

— Après des semaines à suivre ce sot sans aucun résultat hormis des pieds douloureux, je ne sais plus ce que je crois.

Herrick poussa un soupir frustré.

— Néanmoins, poursuivit-il, cela ne peut faire de mal de rendre visite à sir Charles dans les prochains jours. Faute de mieux, cela me permettra de juger s'il est assez intelligent et implacable pour faire chanter la comtesse, ou pas.

Le conseiller tendit la main pour la poser sur l'épaule du soldat.

— Rentrez chez vous, Gregor. Je surveillerai Nikolas Babevich.

*
* *

Surrey, Angleterre

Après d'autres vaines recherches dans la bibliothèque, le salon de derrière et la salle de billard de Meadowland, Leonida se rendit dans le jardin pour profiter du soleil qui avait percé le brouillard matinal.

S'asseyant sur un banc en marbre situé au centre de la roseraie, elle leva son visage vers le ciel, s'efforçant d'apaiser la tension qui l'habitait.

Une part d'elle-même savait fort bien qu'elle perdait un temps précieux. Pour une fois, Stefan était parti juste après le petit déjeuner pour se rendre chez son avoué au village, et Brianna avait pris une voiture pour aller superviser les ouvriers à Hillside.

Elle était seule à l'exception des domestiques. Une occasion parfaite.

Mais elle était lasse de la tâche qu'elle s'était imposée.

Elle détestait tromper Brianna, elle qui avait été si aimable et l'avait accueillie avec tant de chaleur. Elle détestait fureter dans la belle propriété comme si elle était une vulgaire voleuse.

Et surtout, elle détestait les circonstances qui faisaient du duc d'Huntley son ennemi irrémédiable.

Si seulement…

Avec colère, elle coupa court à ses futiles aspirations.

A quoi bon tergiverser ? Quelle que soit sa fascination pour Stefan, son devoir et sa loyauté étaient envers sa mère.

Et envers la Russie.

Rien ne pouvait changer cette situation intenable.

Presque comme si ses pensées avaient fait apparaître l'homme qui en occupait une bien trop grande part, Stefan surgit soudain devant elle, vêtu d'une redingote cannelle et d'un gilet mordoré.

Son cœur se contracta et elle scruta ses traits sombres sans pouvoir s'en empêcher. Juste ciel, il était si beau !

Les lignes élégantes de son visage, la courbe si sensuelle de ses lèvres, la largeur de ses épaules.

Elle frissonna, tout son corps fourmillant de plaisir.

— Je pensais que je vous trouverais en train de savourer le soleil, murmura-t-il, ses yeux s'obscurcissant tandis qu'il parcourait du regard ses cheveux blonds qu'elle avait laissés libres sur ses épaules et sa robe de mousseline fleurie ornée de rubans pêche.

C'était l'une de ses rares robes coupées pour révéler les douces rondeurs de sa poitrine, et son souffle se coinça dans sa gorge pendant que le brûlant regard bleu s'attardait sur le ruban noué entre ses seins.

— Vous êtes seule ? demanda-t-il d'une voix rauque.

Il fallut un moment à Leonida pour retrouver la sienne.

— Brianna est allée à Hillside pour contrôler les ouvriers qui rénovent les salons. Elle est convaincue qu'ils ne choisiront jamais les bons tissus pour les rideaux.

Pendant un bref instant, son regard brilla, laissant entrevoir la volonté implacable qu'il prenait tellement soin de cacher habituellement. Il mit ses mains sur ses hanches.

— Ainsi, elle s'est enfuie avant que je puisse l'en empêcher ?

— Elle a promis qu'elle ne ferait rien d'autre que de s'asseoir sur un canapé et examiner les étoffes qui devaient être livrées ce matin.

— J'espère qu'elle comprend qu'Edmond aura ma tête si quoi que ce soit lui arrive.

— Nul ne désire plus cet enfant que Brianna, fit remarquer Leonida d'un ton raisonnable. Elle ne fera rien pour se mettre en danger.

— Hmm.

Stefan plissa les paupières.

— Dites-moi au moins qu'elle a pris une voiture avec un valet et une escorte à cheval ?

— Je crois.

Elle le regarda en fronçant les sourcils d'un air curieux.

— Vous pensez qu'il existe un danger entre ici et Hillside ?

— Les braconniers représentent toujours un danger. Je préférerais que vous ne quittiez pas le domaine sans escorte.

A sa réponse trop lisse, Leonida se leva. Il mentait. Il voulait tout simplement la tenir à l'œil.

Elle leva le menton d'un geste têtu. Elle méritait peut-être d'être traitée avec une telle méfiance, mais elle n'était pas tenue de l'apprécier.

— Contrairement à Brianna, je n'ai nulle part où aller.

L'expression de Stefan s'adoucit et un lent sourire taquin incurva ses lèvres.

— La routine assez ennuyeuse d'une propriété de campagne anglaise commence-t-elle à vous lasser, ma colombe ?

— Je vous ai dit que je préférais une existence tranquille.

— En effet.

Il s'avança délibérément, son odeur masculine l'enveloppant tout à coup.

— Mais je suis convaincu que vous possédez un esprit plus aventureux que vous ne l'avouez.

L'air parut se charger d'une attraction qu'elle tenta désespérément d'ignorer.

— Ce qui prouve simplement que vous ne savez rien de moi.

— J'en découvre davantage à chaque jour qui passe, murmura-t-il en promenant les doigts sur le bord de son corselet, faisant naître de petites ondes de plaisir qui traversèrent son corps. Je sais maintenant qu'il faut vous tenir au chaud comme une délicate orchidée et que vous avez peu de goût pour l'alcool. Je sais que vous préférez le confort à une mode stupide, ce qui en dit long sur votre bon sens, et que vous pouvez passer des heures plongée dans un livre qui vous plaît. Je sais que vous abritez des secrets que vous tenez cachés du monde et que vous craignez votre nature passionnée.

Elle recula avec un sursaut, aussi troublée par la connaissance intime qu'il avait d'elle que par ses doigts qui s'attardaient sur sa poitrine.

— C'est ridicule.

Le sourire de Stefan s'élargit.

— Allons-nous dans la grotte ? Je pourrai peut-être vous prouver la véracité de mes paroles.

— Vous n'êtes pas aussi irrésistible que vous le pensez, Votre Grâce.

— Menteuse.

Il se rapprocha de nouveau d'elle, prit sa joue dans sa main et caressa doucement de son pouce sa lèvre inférieure.

— Cela apaisera-t-il votre fierté de savoir que je vous trouve tout aussi irrésistible ? Ce qui est très dérangeant, je dois l'admettre. Vous êtes une bien plus grande distraction que je ne l'avais prévu.

— Etre une… distraction n'a jamais été mon souhait, je vous l'assure, marmonna-t-elle, un picotement lui descendant le long de l'échine tandis que son pouce effleurait ses lèvres. De fait, je préférerais de loin que vous rameniez votre attention sur vos champs et vos vaches.

Il parcourut son visage levé d'un regard pensif.

— Vous n'auriez jamais dû venir en Angleterre, Leonida, grommela-t-il.

— Je n'avais pas le choix.

Un long silence tendu bourdonna entre eux, le mélange de colère et de désir presque tangible.

Finalement, il passa un bras autour de sa taille et la conduisit vers un petit édifice en pierre à la lisière du jardin.

— Venez.

Elle essaya de se dégager.

— Non, je…

— Ne craignez rien, Leonida, coupa-t-il d'une voix teintée de frustration. Nous aurions beau apprécier tous les deux une culbute dans les lis, je n'ai pas le temps nécessaire à une séduction en règle. Je veux simplement vous montrer quelque chose.

— Qu'est-ce que c'est ?

— Patience.

Elle pinça les lèvres, sachant qu'il était vain de discuter. Stefan n'était pas le seul à être doté d'une fine perception. Elle avait appris beaucoup de choses sur lui les jours précédents.

Il pouvait être charmant, spirituel et dévoué à ceux qu'il considérait comme relevant de sa responsabilité. Il était aussi obstiné, arrogant et tellement déterminé à être à la hauteur de son père qu'il écraserait n'importe qui ou n'importe quoi menaçant son sens du devoir.

Elle comprise.

Ignorant la douleur sourde au fond de son cœur, elle se laissa entraîner dans le petit édifice couronné par un dôme de verre et dont la porte étroite était gardée par une gargouille.

Stefan lui fit signe d'entrer et, malgré sa méfiance, elle obéit en fronçant les sourcils, bien trop troublée par ce corps dur et viril juste derrière elle. Lorsqu'elle pénétra dans l'unique pièce, elle se figea, ses yeux s'élargissant de plaisir et de surprise.

Elle n'aurait su dire à quoi elle s'attendait, mais ce n'était certainement pas au curieux déploiement de fantaisie qui l'entourait.

En secouant la tête, elle s'avança pour passer la main sur le dragon de marbre qui surgissait du sol dallé, la gueule ouverte comme pour cracher du feu et ses ailes dorées largement étendues.

Le long du mur du fond, il y avait un bateau pirate miniature de bois poli, avec une voile qui pouvait être abaissée et un canon pointé sur une fenêtre arrondie qui donnait sur le lac voisin. Dans un autre coin se dressaient deux statues de chevaux sellés et harnachés.

Cela semblait être une vision sortie d'un rêve d'enfant et Leonida n'eut aucun mal à imaginer une paire de petits garçons aux cheveux noirs et aux yeux bleus courant dans la pièce avec des épées de bois.

Une vive bouffée de nostalgie l'envahit sans prévenir et elle fut surprise de découvrir qu'elle avait involontairement porté une main à son ventre, comme si ses instincts maternels avaient soudain été éveillés.

C'était une pensée affolante, qu'elle prit soin de cacher quand elle se détourna pour rencontrer le regard attentif de Stefan.

— C'est charmant.

— Ma mère a fait construire cette folie quand Edmond et moi étions très jeunes. Je crois qu'elle espérait qu'un tel endroit nous distrairait de creuser la terre pour chercher des trésors dans ses rosiers ou de tomber dans le lac.

Leonida haussa les sourcils. La duchesse n'avait pas seulement été une mère dévouée, elle était sage, également.

— Cela a-t-il marché ?

Stefan haussa les épaules.

— J'ai passé beaucoup de temps à tuer des dragons et à voguer en haute mer, mais Edmond n'était pas satisfait tant que sa vie n'était pas vraiment en péril.

Malgré elle, Leonida sourit à la pointe d'amusement réticent qui perçait dans sa voix.

— Vous êtes très proches, tous les deux.

— Oui.

Il captura son regard, une trace d'avertissement dans ses yeux bleus.

— Il n'y a rien que je ne ferais pas pour lui.

L'amusement de Leonida se dissipa. Stefan était bien un ennemi.

— Et pourtant, il a passé un certain nombre d'années en Russie.

— Sur l'insistance du tsar.

— Vous blâmez Alexandre Pavlovich de l'absence de votre frère ?

— Seulement en partie.

Une ombre passa sur le visage de Stefan.

— Edmond… se reprochait la mort de nos parents, survenue alors qu'ils allaient le voir à Londres. Non seulement son travail pour l'empereur le tenait occupé, mais il lui offrait une excuse raisonnable pour ne pas revenir dans une maison emplie de souvenirs douloureux.

Il secoua la tête, comme pour écarter des regrets persistants.

— Grâce au ciel, il a fini par laisser le passé derrière lui et trouver la paix.

— Et qu'en est-il de vous, Stefan ? demanda Leonida, ne pouvant se retenir.

— Quoi ?

— Quand mettrez-*vous* le passé derrière vous ?

Sa mâchoire se contracta, prouvant que la flèche avait porté, mais il ne détourna pas son regard pensif.

— Nous parlons d'Edmond. Maintenant qu'il a Brianna et le bébé, je ne le laisserais pas aussi facilement retourner en Russie.

Elle poussa un soupir irrité.

— Pour autant que je sache, Alexandre Pavlovich n'a pas l'intention de rappeler lord Summerville.

— Il est rentré à Saint-Pétersbourg.

Leonida se sentit soulagée de savoir que le tsar était de retour dans son palais, en sûreté, mais guère plus. Il avait sa loyauté et sa gratitude de lui assurer une existence confortable, mais il s'était montré trop distant avec elle pour qu'elle pense à lui comme à un père.

— Ses conseillers seront contents. Et ma mère également. Les ennemis de l'empereur deviennent bien trop hardis quand son attention est retenue ailleurs.

— Quels ennemis ?

Elle se tourna pour étudier le dragon, s'avisant qu'elle en avait trop dit.

— Pourquoi m'avez-vous amenée ici ?

— Vous semblez encline à explorer Meadowland de fond en comble. Je ne voulais pas que vous négligiez le paradis de mon enfance.

Leonida refusa de réagir à sa remarque délibérée. La propriété était trop vaste et le personnel trop nombreux pour qu'elle puisse dissimuler complètement ses recherches. Elle devait espérer que feindre une curiosité détachée cacherait son véritable objectif.

— Vous avez dit que je pouvais visiter le domaine, observa-t-elle avec raideur.

— En effet. Bien sûr, je ne pensais pas que vous seriez aussi méticuleuse.

— Vous avez plusieurs belles œuvres d'art.

— Et vous vous intéressez à l'art ?

— J'apprécie la beauté.

Il la fit pivoter pour rencontrer son regard mi-clos. Elle s'attendait à lui voir une expression accusatrice. Après tout, il était dangereusement soupçonneux face à son intérêt pour Meadowland. A la place, elle frissonna devant la violence du désir qui tendait ses beaux traits.

— Comme moi, dit-il d'une voix rauque.

— Stefan…

Elle ne savait plus ce qu'elle voulait dire et cela n'eut plus aucune importance lorsqu'il pencha la tète pour lui prendre la bouche en un baiser sauvage et exigeant.

Une exclamation surprise se coinça dans sa gorge, mais elle ne fit aucun effort pour le repousser quand il l'enveloppa de ses bras et l'attira contre son corps dur.

Elle essaya de se dire qu'il ne servait à rien de lutter. Il était bien plus grand et bien plus fort qu'elle. Hélas, elle était trop honnête pour nier la joie farouche qui bourdonnait à travers son corps, lui faisant entrouvrir les lèvres en un encouragement silencieux et lever les bras pour enlacer son cou tout en s'arquant encore plus contre lui.

Elle avait aspiré à ce moment depuis qu'il l'avait rejointe dans le jardin.

Il marmonna quelque chose à mi-voix, ses lèvres se promenant sur son visage. Leonida enfila les doigts dans les boucles soyeuses de sa nuque tandis que ses caresses impatientes envoyaient des ondes d'excitation dans tout son corps.

Il n'y avait pas d'explication à la réaction explosive que suscitait en elle son toucher, et en cet instant elle ne s'en souciait pas. Tout ce qui comptait étaient les délicieuses sensations qui s'enroulaient au creux de son ventre.

Perdue dans le plaisir de sentir sa bouche taquiner la ligne de son cou, elle n'avait conscience de rien d'autre au-delà des bras de Stefan, et ce fut un choc désagréable pour elle lorsqu'il la repoussa abruptement.

— Bon sang ! grommela-t-il en se dirigeant vers la porte. Qu'y a-t-il, Maggie ?

Leonida pressa une main sur son cœur qui tambourinait en écoutant répondre la soubrette.

— M. Riddle a fait savoir que les ouvriers sont arrivés pour réparer le pont dans l'enclos sud. On leur a dit de ne pas commencer sans vous.

— Merci. J'y serai dans un moment.

Il y eut un bruit de pas qui se retiraient. Stefan inspira profondément, puis se détourna avec une expression sardonique.

— Il semble que le devoir m'appelle. Je vais informer Goodson de ne pas retarder le dîner pour moi.

Son regard s'abaissa sur les lèvres de Leonida, encore gonflées de son baiser.

— Essayez de ne pas faire de sottises en mon absence, ma colombe.

8

Restée seule dans la folie de la duchesse, Leonida alla à la fenêtre qui surplombait le lac.

Une partie d'elle-même comprenait qu'elle devrait retourner à la maison et continuer ses recherches pendant que Stefan était occupé ailleurs, mais une autre partie avait encore le tournis de cette bouffée inattendue de désir qui l'avait envahie quelques minutes plus tôt.

Elle avait besoin d'un moment pour rassembler ses esprits avant de retourner à sa tâche. En outre, elle n'était pas certaine du tout que ses jambes flageolantes la porteraient.

Alors qu'elle contemplait les cygnes qui glissaient sur l'eau, son cœur vacilla quand un léger bruit de pas rompit le silence. Se tournant lentement, elle regarda l'ombre qui tombait sur le seuil.

— Stefan…

Elle s'interrompit, une sensation de malaise et d'alarme l'envahissant lorsqu'un grand homme au visage brutal et aux petits yeux noirs durs comme des agates franchit la porte. Instinctivement, elle se pressa contre le mur, notant sa grossière chemise de toile et ses pantalons de drap.

Etait-ce un domestique de Meadowland ? C'était peu probable. Elle avait rencontré la plupart du personnel au cours des derniers jours et le reconnaîtrait sûrement.

Ce ne pouvait pas non plus être un fermier des environs. Aucun n'oserait regarder une invitée du duc d'Huntley avec un intérêt aussi vulgaire.

Réprimant un frisson, elle calcula désespérément ses chances de passer devant son corps massif pour sortir.

Comme s'il devinait ses pensées, l'étranger avança vers elle, un sourire railleur sur les lèvres.

— Miss Karkoff, dit-il, la voix lourde d'un accent qui lui fit passer un frisson le long du dos.

Un Russe. Et pas un homme de sa mère, elle en était absolument certaine.

— J'attendais une occasion de vous parler seul à seule.

— Qui êtes-vous ?

— Disons juste qu'une connaissance commune m'a envoyé.

Se ressaisissant, Leonida se força à jeter un coup d'œil méprisant sur ses vêtements élimés.

Elle était bel et bien prise au piège. Quel choix avait-elle hormis d'essayer d'échapper au danger en crânant ?

— Je doute que nous ayons des amis communs.

Un vilain sourire tordit les lèvres de l'homme.

— Vous croyez que vous valez mieux que moi ? lança-t-il. Vous avez peut-être de l'argent et de beaux habits, mais vous n'êtes qu'une vulgaire bâtarde. Comme moi.

— Il me suffit de crier et une douzaine de domestiques arrivera en courant. Avez-vous envie de faire face à la potence anglaise ?

— Oh, vous ne crierez pas.

— Comment pouvez-vous en être aussi certain ?

— Parce que, sinon, vous devrez avouer à votre amant la vraie raison de votre venue en Angleterre.

Leonida lutta pour garder une expression dédaigneuse, alors même que la panique lui nouait l'estomac. Il devait avoir un lien avec Nikolas Babevich. Comment, autrement, connaîtrait-il le but de sa visite dans le Surrey ?

Mais pourquoi l'avait-il suivie en Angleterre ? Et, surtout, qu'avait-il l'intention de lui faire ?

— Je suis ici pour rendre visite à lord et lady Summerville, dit-elle d'un ton raide.

— Rien d'aussi gentil. Vous êtes venue voler les lettres.

— J'ignore…

— Je ne suis pas un imbécile, gronda-t-il. Vous êtes ici pour trouver les lettres de la comtesse. Ce qui m'épargnera la peine de les chercher.

Acceptant le fait que sa comédie était sans espoir, Leonida se concentra à la place sur sa révélation involontaire.

— Ainsi, elles sont ici.

Elle haussa le menton.

— Ce qui signifie que la personne qui essaie de faire chanter ma mère a menti en disant qu'elles étaient en sa possession. La comtesse en sera ravie.

— Pas pour longtemps, avertit l'homme, se déplaçant avec une vitesse étonnante pour quelqu'un de sa corpulence.

Avant que Leonida ne puisse réagir, il pressa une dague très aiguisée sur sa gorge.

— Etes-vous fou ? demanda-t-elle dans un souffle, aussi outragée qu'effrayée.

Son haleine était fétide et son regard désespéré.

— Vous allez trouver les lettres et me les remettre.

— Sinon quoi ? Vous me tuerez ?

— Après avoir passé quelques jours à vous faire regretter de m'avoir déçu.

Il contempla en ricanant son expression obstinée.

— Ou peut-être que vous n'aurez pas de regrets. Une femme russe a besoin de plus qu'un bouvillon anglais entre les jambes. Il lui faut un taureau de Sibérie.

Leonida n'eut pas à feindre sa répulsion.

— Vous êtes infâme.

Il appuya plus fortement le poignard.

— Je vous donne jusqu'à demain soir pour m'apporter les lettres. Je vous attendrai derrière les écuries à 10 heures.

— Mais…

Elle lutta contre une vague de panique.

— Je ne sais pas où elles sont.

— Alors, vous feriez mieux de vous concentrer et de les chercher au lieu de jouer avec le duc.

Leonida ignora l'allusion. Plus tard seulement, elle pourrait être horrifiée à la pensée que cet homme horrible l'avait espionnée avec Stefan.

— Et si je ne peux pas les trouver ?

— Alors, je trancherai la gorge de votre soubrette et je vous emmènerai quelque part où nous serons seuls. Ensuite…

Il eut un sourire cruel, plein d'anticipation.

— Eh bien, vous disparaîtrez dans le maudit brouillard qui recouvre ce pays. Une vraie tragédie.

— Si je disparais, l'empereur ne se reposera pas tant que les responsables ne seront pas punis.

— Un risque que je suis prêt à prendre. Trouvez-moi ces lettres.

Leonida déglutit, une boule douloureuse dans la gorge.

— Je ne trahirai pas la Russie.

— Oh, je pense que vous le ferez, lâcha-t-il avec cynisme. La loyauté devient une qualité désuète quand vous avez un couteau sous la gorge.

— Et que savez-vous de la loyauté ? demanda-t-elle d'un ton sifflant.

Les traits de l'homme se contractèrent d'une haine terrifiante.

— Vous pensez que je devrais allégeance à un empereur dont les soldats ont violé ma mère et l'ont laissée mourir dans un caniveau ? Ou peut-être aux catins qui m'ont recueilli et livré aux nobles dépravés qui aiment les jeunes garçons ?

S'il n'avait pas pressé un poignard sur son cou, Leonida aurait éprouvé une certaine compassion pour cet homme.

— Et celui qui vous emploie ? demanda-t-elle. Lui êtes-vous loyal ?

— Tant qu'il paye.

— Je suis riche. Je pourrais vous payer une forte somme.

— C'est tentant, je l'admets. Malheureusement, mon… employeur — ses yeux brillèrent de quelque chose qui ressemblait à de la terreur — n'est pas un gentleman qui accepterait volontiers d'être trahi.

— Vous pourriez disparaître, insista-t-elle désespérément.

En cet instant, elle aurait donné toute sa fortune pour être débarrassée de cet homme.

— Comment vous retrouverait-il ?

— Il me retrouverait. Et alors, il me ferait hurler à la mort.

Il secoua la tête, ses cheveux gras fouettant son visage.

— Non, je ne le trahirai pas.

— Mais…

— Assez, dit-il d'une voix rauque, tournant le couteau de sorte que la pointe se pressa sous le menton de Leonida. Retournez à la maison et trouvez-moi ces lettres.

— Bien, fit-elle dans un souffle, acceptant le fait que pour l'instant elle n'avait d'autre choix que d'accéder à ses demandes.

Il était visiblement aussi fou que violent. Ce n'était pas une combinaison particulièrement rassurante.

— Je vais rentrer à la maison.

Il plissa les paupières.

— Et, miss Karkoff…

— Quoi ?

— Ne vous avisez pas de vous confesser au duc, prévint-il d'un ton menaçant. Sauf si vous voulez qu'on le retrouve flottant dans son lac.

— Vous n'oseriez pas.

Il incurva les lèvres.

— Rien ne me ferait plus plaisir que d'étrangler un noble anglais de son acabit. Qu'est-il sans sa fortune et ses domestiques ?

Il se tourna pour cracher par terre.

— Un crétin pathétique et faible qui mérite de mourir. Gardez cela à l'esprit.

Leonida frémit. Stefan assassiné par ce dégoûtant scélérat ? Sa beauté sombre et puissante éteinte à jamais ?

Non.

Peu importait ce qu'elle devrait faire. Elle ne laisserait jamais du mal arriver au duc.

Poussée au désespoir, Leonida retourna précipitamment à la maison et réussit à trouver Sophy qui badinait avec un jeune et beau valet dans les cuisines.

Traînant la soubrette ahurie dans l'escalier, elle lui révéla en hâte sa confrontation avec l'homme de main russe dans le jardin et la nécessité d'achever sa tâche le plus rapidement possible.

Ce qui signifiait que la discrétion n'était plus de mise.

La jeune femme conduisit directement Sophy dans la suite de la duchesse au lieu de lui demander de monter la garde, et lui commanda de chercher un coffre-fort caché ou n'importe quels papiers ayant été mis hors de vue. Elle pouvait seulement compter sur la douteuse chance que l'armée de domestiques soit occupée dans une autre partie de la maison.

Etonnamment, sa chance ne lui fit pas défaut.

Du moins en ce qui concernait les domestiques.

Hélas, elle fut moins chanceuse pour ce qui était de trouver les lettres.

Après quatre heures de vaines recherches, Sophy poussa un soupir et jeta un coup d'œil autour de la chambre de la duchesse avec autant de frustration qu'en éprouvait Leonida.

— Je maintiens que vous devriez juste me laisser prendre mon pistolet et tirer sur l'odieux personnage qui vous a menacée, marmonna-t-elle.

A genoux à côté du secrétaire de bois de rose où elle cherchait un tiroir secret, Leonida chassa une boucle de sa joue.

— Si je savais où le trouver, je lui tirerais dessus moi-même.

— Et si nous ne parvenons pas…

— Nous le devons, Sophy, coupa sévèrement Leonida. Continuez à chercher.

— Où ?

La soubrette leva les mains d'un geste impuissant.

— Nous avons fouillé les deux pièces de bout en bout.

Leonida fit une grimace. Sa femme de chambre avait raison. Il était difficile d'imaginer qu'elles aient pu ne pas voir même le coffre le plus habilement caché.

— Elles doivent être ici, dit-elle, autant pour se rassurer elle-même que pour rassurer Sophy.

Elle n'avait d'autre choix que de trouver ces maudites lettres. Elle secoua la tête et regarda sa compagne en fronçant les sourcils.

— Où cachez-vous ce à quoi vous tenez ?

La soubrette haussa les épaules, son visage rond tiré par la fatigue.

— Je n'ai pas grand-chose de précieux, mais je garde mes quelques pièces et mes meilleurs bas sous mon lit.

Leonida soupira. Elle avait déjà vérifié une dizaine de fois sous le lit. Et à part découvrir quelques toiles d'araignées sur le tapis de prix…

Soudain, elle se raidit, élargissant les yeux.

— Oh !

— Quoi ?

— Je viens de me rappeler une connaissance de ma mère qui a installé un coffre-fort dans son plancher.

Se levant, elle s'empressa d'aller au bord du tapis et se mit à le soulever.

— Aidez-moi.

A elles deux, elles réussirent à rouler le tapis vers le milieu de la pièce, révélant un parquet usé. Bien sûr, une grande partie du tapis était clouée au sol par des meubles, mais elles parvinrent à l'écarter suffisamment pour dévoiler le contour à peine visible d'une trappe, munie d'une poignée plate en laiton.

— Et voilà ! dit Sophy dans un souffle.

Elles se ruèrent en avant. Leonida se baissa et tira sur la poignée, remarquant la petite serrure encastrée dans le bois quand la trappe refusa de bouger.

— Sapristi ! maugréa-t-elle. Il nous faut la clé.

— Eh bien, elle n'est pas ici, marmonna Sophy.

Leonida se redressa, le cœur serré par l'appréhension. Ces derniers jours, elle avait fouillé toutes les pièces de Meadowland, y compris une brève intrusion dans les appartements de Stefan. Cette fouille avait suscité en elle un étrange mélange d'horreur à enfreindre son intimité et d'une fascination indéniable à examiner ses affaires les plus personnelles.

— Je suppose que je sais où elle est, murmura-t-elle, une sensation de malaise au creux de l'estomac.

— Où ?

— Venez avec moi.

Prenant Sophy par la main, elle la conduisit dans le long couloir.

— J'ai besoin que vous montiez la garde.

— Bien sûr, agréa la soubrette, avant d'étouffer une exclamation de détresse quand Leonida s'arrêta devant la porte de la suite de Stefan. Oh, Seigneur !

— Restez ici et prévenez-moi si quelqu'un approche, commanda-t-elle.

— C'est une très mauvaise idée.

Leonida combattit une envie nerveuse de pouffer. Tout son voyage en Angleterre n'avait été rien d'autre qu'une très mauvaise idée.

— Je suis d'accord, Sophy, mais je dois le faire.

Sa compagne poussa un soupir.

— Je suppose.

— Je ferai aussi vite que possible. Ne bougez pas.

Essuyant ses mains moites sur sa jupe, Leonida se força à ouvrir la porte et à entrer.

Comme lors de sa première visite, elle fut frappée par le côté éminemment masculin de la pièce. Les meubles étaient en lourd chêne anglais et capitonnés d'un satin ocre pâle, avec d'épais rideaux de velours vert. Aux murs était accrochée une splendide collection de Van Dyke et, près de la haute fenêtre, se dressait une bibliothèque allant du sol au plafond, avec des vitres pour protéger des éditions originales hors de prix.

Elle frissonna quand l'odeur de Stefan lui taquina les narines, lui rappelant le contact de ses longs doigts sur sa peau et le goût de ses lèvres sur sa bouche. Elle secoua la tête pour écarter ces pensées qui la distrayaient et se rendit directement au bureau qui disparaissait presque sous des piles de manuels de fermage et de livres de comptes reliés de cuir.

Elle aurait des années pour se rappeler Stefan et les sensations brûlantes qu'il avait éveillées en elle. Ce n'était pas le moment de s'adonner à des fantaisies.

Sans hésiter, elle ouvrit le tiroir supérieur et en sortit le gros trousseau de clés qu'elle avait remarqué la première fois. L'une d'elles devait sûrement correspondre à la serrure de la trappe ?

Elle referma le tiroir, se hâta de quitter la pièce et se pencha vers Sophy pour lui murmurer à l'oreille :

— Restez ici et surveillez l'escalier.

Sans laisser à la soubrette l'occasion de protester, elle releva l'ourlet de sa jupe et retourna vivement au bout du couloir. Une fois dans la chambre de la duchesse, elle se dirigea vers la trappe et, les doigts tremblants, commença à essayer les différentes clés.

Son souffle court emplissait l'air tranquille, ainsi que le cliquètement des clés qu'elle glissait l'une après l'autre dans la serrure. Elle en avait essayé près d'une douzaine quand elle entendit enfin un déclic. Le cœur battant, elle ouvrit la trappe.

Humectant ses lèvres sèches, elle scruta l'intérieur du petit espace carré, incapable au début de voir autre chose qu'un journal intime relié de cuir et couvert de poussière. Elle tendit la main pour le mettre soigneusement de côté, ainsi qu'un coffret incrusté de perles qui contenait des miniatures de jeunes et beaux gentlemen. Sans doute des présents de soupirants passés dont la duchesse avait fait de tendres souvenirs. Lorsqu'elle sortit le coffret, elle inspira vivement en apercevant dessous une liasse de lettres nouées par un ruban rose.

Elle saisit le paquet, le sortit de la cavité et le tendit à la lumière qui tombait de la fenêtre. Son cœur se retourna dans sa poitrine quand elle reconnut l'écriture de sa mère sur la première enveloppe.

Juste ciel, elle avait réussi !

Le soulagement traversa son corps tremblant. Sa mère serait sauvée et, si elle était assez rapide, Stefan le serait aussi.

Pendant un bref instant, son soulagement fut obscurci par une douleur qui lui vrilla le cœur, puis elle secoua la tête, replaça le journal et le coffret dans le trou et referma à clé.

Elle venait juste de remettre le tapis en place quand la porte s'ouvrit sans bruit. Sophy passa la tête dans l'ouverture.

— Vous devez vous hâter. Je viens d'entendre une soubrette dire que le duc était rentré.

— J'ai fini.

Se contentant d'un coup d'œil pour s'assurer que la pièce paraissait intacte, Leonida prit les clés dans une main et, de l'autre, cacha les lettres dans les plis de sa jupe. Puis elle sortit en hâte.

Elle venait juste de se glisser dans sa chambre quand elle entendit la voix de Stefan résonner dans le vestibule. Son cœur se serra de nouveau, empli d'un regret douloureux, avant qu'elle ne ferme la porte et tire le verrou.

C'était fait.

La seule chose qui importait maintenant était d'organiser sa fuite.

— Avez-vous trouvé ce que vous cherchiez ? demanda Sophy, murmurant nerveusement.

Leonida alla à son coffret à bijoux, glissa les lettres parmi ses perles et son collier d'ambre avant de refermer la boîte avec une petite clé. Le coffret ne résisterait pas à une tentative sérieuse de le forcer, mais pour l'instant cela devrait suffire.

— Je crois, répondit-elle, pivotant pour rejoindre sa soubrette.

— Allez-vous le donner à cet homme ?

— Certainement pas.

— Mais…

Leonida prit les mains de Sophy et la regarda d'un air sombre.

— Pendant que je dînerai, je veux que vous fassiez vos bagages. Ensuite, il faudra que vous alliez aux écuries d'Hillside pour y prendre ma voiture.

La soubrette fronça les sourcils d'un air têtu.

— Je ne vous quitterai pas.

— Ce sera seulement pour un petit moment. Nous devons concocter une histoire…

Leonida mordilla sa lèvre inférieure, tout en cherchant un mensonge convenable.

— Vous pouvez dire aux domestiques de lord Summerville que vous avez appris que votre mère était malade et que je vous ai permis de rentrer en Russie pour la soigner. Il faut espérer que cela les empêchera de se montrer soupçonneux sur votre soudain désir de partir.

— Je ne comprends pas.

— Une fois que la voiture aura quitté Hillside, je veux que vous disiez à Piotr d'aller jusqu'à la rangée d'arbres juste au-delà du lac. Assurez-vous qu'on ne puisse la voir de la route.

Sophy continuait à froncer les sourcils.

— Mais… et vous ?

Leonida faisait preuve d'une confiance en elle qu'elle était loin d'éprouver. Si elle prétendait que le plan hâtif qu'elle concoctait en parlant pouvait réussir, peut-être parviendrait-elle à y croire.

— Je dois assister au dîner et attendre que tout le monde soit couché, dit-elle avec une grimace, en concluant à regret qu'elle n'osait simplement pas partir sur-le-champ. Je pourrai m'enfuir seulement quand je serai sûre que personne ne remarquera mon absence. Plus nous aurons de temps avant que l'on s'aperçoive de ma disparition, mieux ce sera.

Sophy fit un brusque pas en arrière, les yeux élargis par l'incrédulité.

— Vous avez l'intention de retourner en Russie cette nuit ?

— Je n'ai pas le choix, Sophy. Une fois que je serai partie, je suis certaine que mes ennemis me suivront et qu'ainsi le duc sera en sécurité.

La soubrette pinça les lèvres avec réprobation.

— Je me soucie plus de *votre* sécurité que de la sienne. Si ce méchant homme surveille la maison ?

Leonida frissonna. La seule pensée de rencontrer cette horrible brute dans le noir lui nouait l'estomac.

— Il la surveille sans doute, marmonna-t-elle. C'est pourquoi je n'ose pas attendre le matin. Nous devons espérer que l'obscurité nous cachera.

Sophy secoua la tête.

— Je n'aime pas cela.

— Moi non plus, mais je dois remettre les…

Elle ravala ses paroles impulsives. Sapristi ! Si elle ne faisait pas attention, elle ne duperait jamais Stefan, et encore moins les ennemis qui la poursuivaient.

— Je dois remettre l'objet à ma mère avant qu'il puisse tomber entre les mains de traîtres.

Elle déglutit fortement en se rappelant le contact de la dague sur sa gorge.

— Ou pire.

La soubrette poussa un soupir et se dirigea vers la porte.

— Très bien.

— Sophy ?

— Oui ?

— Prévenez Piotr qu'il se peut qu'il soit très tard avant que je parvienne à m'échapper. Je ne peux risquer d'être surprise.

— Et vos bagages ?

Leonida haussa les épaules.

— Je prendrai ce que je pourrai et laisserai le reste. Nul doute que le duc sera ravi de jeter mes affaires au feu.

Comme à son habitude, Stefan se retira dans son cabinet de travail après dîner, avec l'intention de vérifier les rapports trimestriels du domaine avant son entretien avec son secrétaire le lendemain matin. La pièce encombrée et vieillotte avait toujours été pour lui un lieu de tranquillité. Entre ces quatre murs, il pouvait savourer son cognac sans être dérangé, entouré de souvenirs touchants. Celui d'être perché sur le genou de son père tandis que l'ancien duc lui apprenait à tenir les comptes. Ou celui de se tenir debout à la fenêtre, pour contempler les vastes terres qui seraient un jour sa responsabilité.

Ce soir-là, cependant, ce n'étaient pas ses souvenirs d'enfance ni même les derniers manuels de fermage arrivés par la poste qui occupaient son esprit.

Non, cet honneur appartenait uniquement à miss Leonida Karkoff.

Et à sa conduite singulière durant le dîner.

Ce n'était pas simplement qu'elle était restée silencieuse.

Même si Leonida pouvait être l'une des femmes les plus charmantes et spirituelles qu'il avait jamais rencontrées, elle était de nature réservée. Comme lui, elle préférait rester à l'arrière-plan plutôt que d'attirer l'attention sur elle.

Mais ce soir-là elle avait à peine prononcé une douzaine de mots, l'air distrait, comme si elle portait un lourd fardeau sur les épaules.

Alors, par tous les diables, qu'avait-elle à l'esprit ? Et pourquoi ne pouvait-il écarter son envie d'aller la voir et de lui demander des explications qu'elle refuserait de donner ? De lui offrir un réconfort qu'elle ne méritait pas ? De la prendre dans son lit et mettre fin à son supplice ?

Avec un grondement sourd, Stefan abattit son verre sur son bureau, indifférent au cognac qui rejaillissait sur le bois ciré tandis qu'il tournait les talons et quittait la pièce. Il était las de l'agitation qui le retenait captif. Et du vague sentiment que son existence ordonnée avait été bouleversée au-delà de toute réparation.

Ce qui était entièrement la faute de Leonida Karkoff.

Cette pensée dominait encore son esprit lorsqu'il poussa la porte de sa chambre pour découvrir la femme qui l'obsédait en train de refermer le tiroir de son secrétaire.

Une chaleur intense, brute et sauvage, le traversa de part en part tandis qu'il buvait des yeux la vision de son corps mince couvert d'une simple chemise de nuit, ses cheveux magnifiques cascadant dans son dos. Elle était à moitié détournée de lui, la lueur de la bougie rendant son vêtement presque transparent, révélant la beauté qu'il dissimulait à peine.

Bonté divine !

Se rendant à peine compte qu'il bougeait, Stefan ferma la porte sans bruit et tourna la clé dans la serrure.

Lorsqu'il était monté dans sa suite, il n'avait pas été certain de ce qu'il avait l'intention de faire.

A présent, il n'avait plus aucun doute.

Il s'avança silencieusement et attendit d'être à côté d'elle pour parler.

— Quelle agréable surprise, ma colombe, lâcha-t-il d'un ton traînant, en savourant pleinement son cri alarmé lorsqu'elle pirouetta pour lui faire face avec de grands yeux. J'aspirais depuis des jours à vous attirer dans ma chambre et vous voilà, m'attendant comme une apparition sortie de mes rêves.

Elle se pressa contre le bureau, comme si cette petite distance pouvait l'empêcher de la dévorer. Quelle idiote !

— Pardonnez mon intrusion, je…

Il haussa un sourcil quand sa voix se brisa et qu'une rougeur charmante aviva ses joues.

— Oui ?

— Je désire écrire à ma mère et j'avais besoin de parchemin.

Il s'approcha plus près. Assez près pour inhaler son délicat parfum de jasmin.

— De parchemin ?

— Oui.

— Pourquoi donc, miss Karkoff, se trouve-t-il que je ne vous croie pas ? murmura-t-il en se penchant pour poser les mains à plat sur le bureau, la coinçant entre ses bras.

Elle humecta ses lèvres en luttant pour soutenir son regard brûlant.

— Je n'en ai pas la moindre idée.

— Sans doute parce que c'est un mensonge.

Il frotta sa joue contre la sienne, savourant la chaleur de sa peau satinée. Son agitation diminua, pour être remplacée par une bouffée d'anticipation.

— Comme tant d'autres qui tombent de ces lèvres délicieuses.

Elle leva les mains pour les presser sur son torse.

— Devez-vous toujours être aussi insultant ?

Il bougea pour taquiner le tendre creux sous son oreille, se servant de son corps pour la clouer contre le bureau tandis qu'il arrachait son écharpe et se débarrassait de sa redingote. Son gilet suivit, ainsi que sa chemise. Si elle voulait toucher son torse, alors, bon sang ! il avait l'intention d'en profiter.

Couvrant ses mains des siennes, il les pressa fermement sur sa peau nue.

— Vous préféreriez des compliments ?

Il lui mordilla le lobe de l'oreille.

— Très bien. Vous dirai-je que vos cheveux ont la couleur du soleil d'été et que vos yeux étaient sûrement destinés à un ange ? Ou peut-être préférez-vous savoir comment je passe mes nuits à rêver que je vous déshabille, pour pouvoir consacrer des heures à explorer votre peau d'albâtre ?

Avec un frisson violent, Leonida tenta de s'arracher à ses tendres caresses.

— Ainsi, vous ne me faites pas confiance et vous ne m'appréciez même pas particulièrement, mais vous voulez coucher avec moi ?

Il pressa sa bouche à la base de son cou, caressant de sa langue son pouls qui palpitait.

— Je n'ai pas dit que je ne vous appréciais pas.

Il fit descendre ses lèvres vers le décolleté de sa chemise.

— J'apprécie beaucoup ceci.

Elle grogna, crispant les doigts jusqu'à ce que ses ongles s'enfoncent dans sa peau. La minuscule douleur ne fit qu'accroître le besoin déchaîné de Stefan.

— Stefan, vous devez arrêter.

— Pourquoi ?

— Parce que…

Elle s'interrompit brusquement quand ses dents capturèrent un téton raidi à travers l'étoffe fine.

— Oui ? murmura-t-il en taquinant le petit bouton durci de sa langue.

— Vous êtes si abominablement content de vous,

maugréa-t-elle, se penchant en avant pour enfouir son visage au creux de son cou.

Des flammes léchèrent le corps de Stefan, durcissant ses muscles et faisant trembler ses mains quand il abaissa les doigts de Leonida sur la ceinture de ses culottes.

— Peut-être…

Ignorant ses protestations, il plaqua ses mains douces sur la fermeture de ses culottes. Il perdit la faculté de penser quand ses doigts minces bataillèrent avec les crochets, effleurant le bout de son érection et envoyant de petites ondes de plaisir le long de son sexe. Il se débarrassa vivement de ses chaussures quand les culottes glissèrent sur ses jambes.

— Par le ciel, que m'avez-vous fait ? grommela-t-il.

Enfin débarrassé de ses vêtements, Stefan la souleva tel un délicieux fardeau dans ses bras et la porta jusqu'au lit. L'asseyant au bord du matelas, il s'agenouilla sur le tapis, entre ses jambes. Pendant un moment, il s'autorisa seulement à boire des yeux la vision de Leonida posée sur son lit, sa chevelure dorée auréolant son visage échauffé. Puis, avec un soin plein de vénération, il se mit à remonter l'ourlet de sa chemise de nuit.

— J'ai beau me dire sans arrêt que je suis un sot de laisser mon désir dominer mon bon sens, je ne peux résister à la tentation que vous m'offrez.

— Stefan…

— Non, dit-il d'une voix rauque, en abaissant la tête pour frôler de ses lèvres l'intérieur de sa cuisse. Ne parlons plus. Il faut que je vous possède, ma colombe, avant de devenir fou.

Elle émit un son étranglé, crispant les mains sur la courtepointe tandis qu'il explorait lentement sa peau aussi douce qu'un pétale. Le parfum de jasmin devint encore plus intense lorsqu'il s'approcha de la jointure de ses jambes, s'insinuant dans son sang jusqu'à ce qu'il se noie dans le désir.

Il glissa les doigts sous ses genoux, les écartant pour pouvoir passer sa langue dans les replis humides de sa féminité. Son petit cri de plaisir résonna dans la pièce, mais heureusement il ne fut pas assez fort pour faire accourir les domestiques. Avec une fierté satisfaite de savoir qu'il était le premier et seul homme à avoir goûté sa tendre innocence, Stefan la lécha et la taquina jusqu'à ce qu'elle s'agite sous lui, enfouissant les mains dans ses cheveux tandis qu'elle montait vers l'extase.

— S'il vous plaît..., supplia-t-elle dans un souffle, en proie aux tourments de la passion.

D'un dernier coup de langue il la précipita dans l'abîme de la volupté, recouvrant vivement son corps du sien alors qu'elle frémissait encore du plus suave des plaisirs.

Ses jambes étaient toujours écartées et il se glissa dans le berceau de ses hanches. Seigneur, c'était comme si elle était née pour le recevoir de cette manière. Et peut-être l'était-elle. Quelle autre explication pouvait-il y avoir au besoin implacable qui le tenait sous son emprise ?

Non qu'il se soucie particulièrement en cet instant du sortilège qu'elle avait utilisé pour le capturer. Tout ce qui comptait était de soulager le brasier infernal qui menaçait de le consumer.

Prenant son visage entre ses mains, il s'empara de sa bouche en un baiser presque sauvage. Elle passa les bras autour de lui, caressant son dos d'un geste hésitant. Stefan n'eut pas besoin de plus d'encouragement. Ils avaient tous les deux désiré ceci dès l'instant où leurs chemins s'étaient croisés.

Il adoucit son baiser, puis laissa glisser sa bouche le long de sa joue et de son cou. De ses mains, il explorait ses épaules, ses bras, puis il finit par se saisir de ses seins afin d'en taquiner la pointe de ses pouces. Leonida grogna de plaisir, enfonçant les ongles dans son dos.

Stefan marmonna un juron en s'avisant tout à coup qu'il était dangereusement proche de l'orgasme. Sapristi, qu'avait-il donc ? Quelques caresses maladroites de cette femme suffisaient à lui donner l'impression d'être un jouvenceau trop pressé.

S'installant plus fermement sur son corps avide, il plaça le bout de son érection contre l'entrée de sa féminité. Il serra les dents, se rappelant désespérément qu'elle était vierge en pénétrant lentement dans sa chaleur.

Elle se raidit à son intrusion, le souffle haché. Stefan s'obligea à rester immobile le temps qu'elle s'habitue à sa présence, le corps tremblant de l'effort qu'il fournissait. Ce fut seulement lorsqu'il sentit diminuer sa tension qu'il commença à se balancer doucement contre elle, prenant la pointe d'un sein dans sa bouche et glissant une main entre eux pour caresser le minuscule bouton de son plaisir tandis qu'il rompait son hymen. Il la sentit se crisper un instant et retenir un petit cri de douleur. Puis, très vite, elle se détendit.

Lui murmurant des encouragements à l'oreille, il accéléra son rythme, la sensation de son ventre qui gainait étroitement sa virilité le traversant d'ondes d'extase.

Il était proche… si proche.

Elle arqua ses hanches vers lui, se haussant pour répondre à ses assauts, puis elle poussa une exclamation étouffée, son ventre se resserrant autour de lui tandis qu'elle plongeait de nouveau dans un océan de plaisir.

Ses petits spasmes furent comme une étincelle embrasant Stefan qui s'abandonna alors à l'extase qui secouait tout son corps.

9

Stefan était rien de moins que furieux lorsqu'il sortit en trombe des écuries d'Hillside.

Ce n'était pas son humeur habituelle après une nuit de passion et d'assouvissement. Mais, après tout, il n'avait jamais possédé une femme sous son propre toit. Il préférait de beaucoup retrouver ses amantes loin de Meadowland. Et il n'avait certainement jamais vu une femme qui avait soupiré de plaisir dans ses bras disparaître comme un panache de fumée au milieu de la nuit.

— Sacrebleu !

Il claqua la porte derrière lui.

— Quand je remettrai la main sur elle…

— J'espère que celle à qui tu te réfères n'est pas ma femme, dit une voix grave et familière derrière lui.

Pivotant sur lui-même, Stefan vit son frère jumeau sauter de la selle de sa monture d'un blanc de neige et lancer les rênes à un valet d'écurie qui accourait pour emmener le cheval.

— Edmond.

Il sourit, notant l'apparence poussiéreuse de ce dernier. Visiblement, il avait galopé depuis Londres. Non pas qu'il ait meilleure apparence que son frère, pensa-t-il sombrement. Même s'il avait pris un bain et s'était habillé de culottes noires et d'une redingote de la couleur du collier d'ambre de Leonida, il savait que ses cheveux noirs étaient ébouriffés du nombre de fois où il avait passé ses doigts dedans, et il avait arraché son écharpe pour la fourrer dans sa poche.

— Je ne m'attendais pas que tu reviennes si vite.

Edmond frotta sa nuque d'un geste las.

— J'ai parlé aux conseillers de la reine et fait de mon mieux pour les persuader qu'il était de son intérêt d'éviter un scandale inutile, mais je n'ai guère d'espoir. Même ses plus proches amis ne sont plus capables de la contrôler.

— Elle est déterminée à assister à la cérémonie ?

— Oui.

Stefan haussa les épaules.

— Tu as fait ton devoir.

Edmond eut un rire bref et sec.

— Espérons que le roi sera d'accord avec toi.

— Elle est sa femme, pas la tienne.

— Grâce au ciel.

L'expression dure d'Edmond s'adoucit, une sûre indication qu'il pensait à Brianna.

— En parlant de ma femme, je suis impatient de la voir. T'a-t-elle accompagné à Hillside ?

— Non, elle a réussi à s'échapper hier pendant que j'étais occupé et est venue ici pour voir les ouvriers, alors j'ai clairement indiqué à mes domestiques qu'elle devait se reposer aujourd'hui.

Edmond haussa les sourcils.

— Tu es un homme courageux.

— Heureusement, tu es rentré pour affronter sa colère, fit remarquer Stefan, pas du tout déçu de laisser son amie d'enfance entre les mains de son époux.

Non seulement Brianna serait furieuse d'apprendre qu'elle n'avait pas le droit de quitter Meadowland, mais il avait d'autres problèmes pour occuper ses pensées.

— Vraiment, dit Edmond d'un ton sec. Si Brianna n'est pas ici, puis-je savoir ce qui t'amène à Hillside ?

— Je croyais que tu étais impatient de retrouver ta femme ?

Comme il fallait s'y attendre, Edmond croisa les bras sur sa poitrine et plissa les paupières. Il pouvait avoir hâte de rejoindre Brianna, mais il ne partirait pas avant de savoir exactement pourquoi Stefan était là. Il était pire qu'une mère poule quand il pensait que son frère avait des ennuis.

— Maintenant, je suis réellement curieux. Ceci a-t-il quelque chose à voir avec ma charmante jeune invitée ?

— Ta charmante jeune invitée s'est évaporée.

— Pardon ?

Stefan serra les poings, se rappelant son incrédulité stupéfaite quand Goodson lui avait annoncé que Leonida avait disparu et que son lit n'avait pas été défait.

Au début, il avait supposé qu'elle avait quitté son côté de bonne heure et était allée marcher dans le jardin pour réfléchir à ce qui lui était arrivé, ou qu'elle fouillait de nouveau la maison pour trouver un mystérieux objet. C'était seulement quand il s'était avisé que sa soubrette n'était plus là non plus qu'il avait examiné sa suite avec plus d'attention et découvert qu'un certain nombre de ses robes et de ses affaires personnelles manquaient.

Son incrédulité s'était changée en fureur tandis qu'il se rendait à Hillside, sachant déjà que sa voiture et son cocher seraient partis.

— Elle a disparu au milieu de la nuit, prenant sa voiture, sa soubrette et Dieu sait quoi d'autre avec elle, expliqua-t-il, les dents serrées.

— A-t-elle laissé un message ?

— Tu crois qu'avant de s'enfuir elle laisserait un billet me remerciant de mon hospitalité ? répliqua Stefan, sarcastique.

Le regard de son frère se fit acéré.

— Je vois.

— Je suis content que l'un de nous y voie quelque chose.

— Dis-moi, Stefan, Leonida aurait-elle eu une raison de partir en pleine nuit ?

Le duc agita une main avec impatience.

— C'est ce que j'essaie de déterminer.

— Je me référais à toi, mon cher frère, dit doucement Edmond. Lui as-tu donné une raison de sentir qu'elle *devait* s'enfuir ?

Stefan se raidit.

Bien sûr, il avait envisagé l'hypothèse déplaisante que Leonida avait pris la fuite à cause de la nuit qu'ils avaient passée ensemble. Pour n'importe quelle femme, la perte de sa virginité pouvait être une expérience bouleversante et elle avait pu réagir de manière outrée. Curieusement, cette pensée lui avait crispé l'estomac de terreur.

Par chance, il s'était vite ressaisi. Leonida avait peut-être été innocente, mais elle l'avait volontiers accueilli en elle. Plus d'une fois. Et vers la fin de la nuit, elle s'était montrée hardie dans ses caresses.

Quelle que soit la raison de son départ, cela n'avait rien à voir avec la passion explosive qu'ils avaient partagée.

— Non.

Edmond ne parut pas convaincu.

— Hmm.

— Prends garde, Edmond, l'avertit Stefan, pas disposé à discuter de son obsession érotique pour Leonida Karkoff.

Son jumeau pinça les lèvres, mais il était assez sage pour se rendre compte que Stefan ne se laisserait pas intimider.

— Elle devait avoir une raison pour partir aussi abruptement, dit-il à la place.

— Je peux seulement supposer qu'elle a achevé la tâche qu'on l'avait envoyée exécuter.

— Quelle tâche ?

— Voler quelque chose à Meadowland.

Naturellement, Edmond le regarda comme s'il avait perdu l'esprit.

— Tu penses que la fille de la comtesse Karkoff est une vulgaire voleuse ?

Stefan souffla.

— Il n'y a rien de vulgaire ni de commun en elle.

— As-tu découvert quelque chose qui manque ? L'argenterie ? Les bijoux de mère ? Les Van Dyke ?

Stefan remua impatiemment. Goodson fouillait la maison, mais jusqu'à présent le regard méticuleux du majordome n'avait rien détecté de manquant ou de déplacé.

Toutefois, cela n'atténuait pas ses suspicions.

— Non.

Son frère l'étudia, l'air sombre.

— Stefan, tu t'es comporté d'une façon très singulière depuis que miss Karkoff est arrivée dans le Surrey. Es-tu certain que ta fascination involontaire pour elle ne t'a pas convaincu à tort de la soupçonner ?

Stefan écarta sombrement l'accusation d'Edmond, haussant les épaules. Il ne pouvait nier sa fascination perverse pour Leonida Karkoff, mais cela n'avait rien à voir avec sa méfiance. Ce sentiment, elle l'avait provoqué elle-même.

— Je la soupçonne parce qu'elle a consacré les derniers jours à fouiller Meadowland comme si elle se livrait à une chasse au trésor, rétorqua-t-il. Elle était particulièrement intéressée par la suite de mère.

— Tu en es sûr ?

— Absolument.

Edmond secoua la tête.

— Que pouvait-elle chercher ?

— Je présumerais que cela a un rapport quelconque avec le lien que notre mère avait avec la Russie, mais les quelques affaires qu'elle a apportées de Saint-Pétersbourg ne sont pas de grande valeur.

Stefan serra les mâchoires.

— Du moins, pour quelqu'un d'autre que nous.

Edmond fronça les sourcils, aussi pointilleux que son frère quand il s'agissait de protéger les souvenirs de leurs parents.

— Et maintenant, elle a disparu, conclut-il platement.

— Oui.

— Qu'as-tu l'intention de faire ?

Stefan n'hésita pas et se tourna vers la voiture qu'il avait laissée dans la cour.

— La poursuivre.

Lui saisissant le bras d'une poigne de fer, Edmond le fit pivoter vers lui, l'expression soucieuse.

— Stefan, attends.

— Qu'y a-t-il ?

— Tu es le duc d'Huntley. Tu ne peux pas simplement sauter sur ton cheval et battre la campagne à la poursuite d'une femme.

Stefan haussa un sourcil devant les mots absurdes de son frère.

— Un sermon sur la responsabilité venant de toi, Edmond ?

— Je reconnais que je n'ai pas toujours été renommé pour ma nature prévisible, concéda ce dernier avec un sourire ironique.

— Tu as été un débauché, un joueur, et tu as souvent disparu des semaines d'affilée sans laisser personne, moi compris, savoir où tu étais.

— C'est vrai, mais j'avais toujours l'assurance que je pouvais compter sur mon frère pour me sauver de toute difficulté. Tout comme tant d'autres comptent sur toi.

Stefan libéra impatiemment son bras.

— Je connais mon devoir.

— Alors, tu sais que tu dois rester à Meadowland. Si tu souhaites prendre contact avec mes associés en Russie…

— Non, coupa sèchement Stefan.

Une part de lui savait qu'il se conduisait de manière irrationnelle. Il avait une centaine de serviteurs qu'il pouvait envoyer à la poursuite de Leonida, sans mentionner une milice locale qui serait enchantée d'obliger le duc d'Huntley. Mais une part beaucoup plus importante refusait de laisser à quiconque hormis lui-même le plaisir de capturer le fléau actuel de son existence.

Il se dit que c'était simplement de la fureur devant la tentative de Leonida de le trahir, mais il savait que c'était bien plus que cela. Elle… lui appartenait. Et tant qu'il ne serait pas prêt à la laisser partir, il ferait tout ce qui serait nécessaire pour la ramener à sa place.

— Miss Karkoff est mon problème et j'ai l'intention de m'occuper personnellement d'elle.

— Ainsi, tu admets que c'est personnel, grommela Edmond.

— Ce n'est pas ton affaire.

— Sapristi !

Ravalant son envie de poursuivre la discussion, Edmond poussa un soupir irrité.

— Au moins, promets-moi que tu prendras des serviteurs.

— Je suis capable d'organiser mon voyage.

Edmond leva les mains en signe de défaite.

— Tu sais que tu as complètement perdu l'esprit ?

Stefan sourit avec ironie. C'était la seule chose dont il était absolument certain.

— Va t'occuper de ta femme, murmura-t-il en se dirigeant vers la voiture qui attendait.

Paris

Leonida avait présumé, à tort, que la partie la plus difficile de son voyage se résumerait à s'échapper de Meadowland sans alerter Stefan et sans se faire trancher la gorge par le dangereux Russe qui guettait dans la propriété.

Une présomption stupide, bien sûr.

Son choix de retourner à Saint-Pétersbourg par les terres plutôt que par la mer avait été sa seule décision raisonnable. Non seulement quiconque la chercherait regarderait vers le nord, mais elle ne pouvait supporter l'idée d'être piégée sur un bateau sans possibilité de s'échapper.

Malheureusement, elle était obligée de voyager déguisée et ne pouvait donc pas tirer sur les comptes de sa mère... Elle dépendait désormais de l'argent qu'elle avait dans sa bourse. Ce qui les avait retardés à Douvres où Piotr s'était évertué à vendre leur voiture, à se procurer de faux passeports et à acheter des billets pour le ferry tandis que Sophy écumait les boutiques pour trouver quelques robes de crêpe noir et des bonnets à voilette qui la cacheraient aux regards curieux. Il y eut un autre délai à Calais où le cocher se procura une voiture convenable pour les conduire sur les routes boueuses menant à Paris.

Il n'était guère étonnant que sa patience soit à bout lorsqu'ils atteignirent les faubourgs de la cité et qu'une ornière particulièrement rude brisa une roue arrière de la voiture. Ses nerfs craquèrent complètement lorsque Piotr l'informa après le deuxième jour d'attente que la réparation n'était toujours pas finie.

Sophy, Piotr et elle se tenaient devant l'hôtel à la façade en calcaire, avec des balustrades en fer forgé et des guirlandes sculptées au-dessus des étroites fenêtres. L'établissement ne pouvait se targuer que de tarifs très raisonnables et d'être proche du faubourg Saint-Honoré, mais c'était tout ce que Leonida pouvait se permettre.

En outre, c'était le dernier endroit où quelqu'un chercherait Leonida Karkoff.

— Le charron assure qu'il devrait avoir fini demain, grommela Piotr.

Irritée au-delà du supportable, Leonida ouvrit d'un geste sec son éventail de dentelle noire. Les rues étroites étouffaient toute brise, laissant la chaleur estivale s'amasser entre les immeubles serrés les uns contre les autres. Cette chaleur désagréable lui donnait, même à elle, l'impression de se flétrir sur pied. Seigneur Dieu ! Elle pouvait à peine respirer derrière le voile épais de son bonnet et sa lourde robe de crêpe noir commençait à irriter sa peau moite.

— Mais il avait promis de finir aujourd'hui ! protesta-t-elle.

Piotr haussa les épaules. Grand homme solide aux cheveux et aux yeux bruns, il possédait un calme stoïque sur lequel Leonida se reposait. De fait, c'était la raison pour laquelle elle avait insisté pour qu'il voyage avec elle depuis Saint-Pétersbourg. Il était son homme de confiance.

— Il semble qu'il ait été appelé d'urgence par le marquis de Savoie qui était au milieu d'une course entre Paris et Boulogne. Il n'est revenu que ce matin.

Leonida poussa un soupir dégoûté.

— Je suppose qu'une simple veuve ne peut se mesurer à un marquis, quelle que soit l'idiotie de ce dernier.

— C'est le cas, apparemment.

— Très bien.

Leonida lutta contre sa frustration. A quoi bon taper du pied et crier comme une folle ? Sans l'argent nécessaire pour acheter une nouvelle voiture, elle devait attendre que la sienne soit réparée.

— Je dois donc dire à l'hôtelier que nous ne partons pas, finalement.

Piotr fit tourner son bonnet dans ses mains calleuses.

— Je suis désolé.

— Ce n'est pas votre faute, Piotr. Ce n'était qu'un malheureux accident.

Leonida tendit la main pour tapoter le bras du cocher.

— Allez déjeuner.

Toujours perturbée par ce retard, elle suivit des yeux le domestique qui disparaissait parmi les piétons, se dirigeant vers un café voisin.

— Qu'allons-nous faire, maintenant ? demanda Sophy debout près d'elle.

Refermant son éventail d'un coup sec, Leonida jeta un coup d'œil vers l'hôtel. La seule idée de retourner dans sa petite chambre la faisait frissonner. Elle était irritée, effrayée et si nerveuse qu'elle tenait à peine en place.

— Apparemment, nous n'avons d'autre choix que de faire ce que font toutes les femmes de Paris, décida-t-elle tout à coup.

— Et qu'est-ce que c'est ?

Leonida haussa les épaules.

— Courir les boutiques.

— Vous êtes folle ? demanda la soubrette, choquée.

Leonida lui enviait son léger bonnet et son ample robe de toile.

— Si l'on vous reconnaît ?

— Ne vous inquiétez pas, je garderai le visage couvert.

— Je pense quand même…

— Sophy, les domestiques de l'hôtel commencent à nous regarder avec suspicion. Même la veuve la plus solitaire ne reste pas en permanence dans sa chambre, déclara-t-elle fermement. En outre, je vais vraiment devenir folle si je ne respire pas un peu d'air frais.

— Bah.

Sophy agita une main potelée.

— L'air est infect.

C'était assez vrai. Il n'y avait pas seulement la puanteur reconnaissable des égouts à ciel ouvert, mais la rue étroite était jonchée de détritus qu'il valait mieux ne pas regarder de près.

Leonida pouvait seulement espérer que les beaux quartiers soient moins atroces.

Passant un bras sous celui de la soubrette, elle s'éloigna de l'hôtel, le long de la rue.

— Venez, tout ira bien.

Au bout d'un moment heureusement assez court, elles atteignirent les boulevards plus larges qui menaient au Palais-Royal.

Les immeubles serrés les uns contre les autres firent place à de riches résidences privées, dont les façades mélangeaient simplicité classique et décors plus ornés avec des nymphes et des divinités joueuses qui dominaient les passants. La circulation devint également plus dense, les rues encombrées de voitures élégantes et de cabriolets qui emmenaient les Parisiens à la mode et les visiteurs vers les divertissements sans fin que l'on trouvait en ville.

Il y avait une atmosphère d'excitation presque frénétique, diminuée de temps en temps par des gardes du roi qui surveillaient de près les groupes d'hommes se promenant sur les trottoirs pavés ou assis aux terrasses des nombreux cafés.

Sous cette gaieté de surface couvait une tension qui picotait la peau de Leonida. L'air était chargé, comme si la foudre était sur le point de frapper.

Elle frissonna en tirant une Sophy réticente vers les arcades les plus proches. Elle avait toujours pensé que Saint-Pétersbourg était sous-tendue par des courants souterrains de sédition. Mais ceci… Juste ciel, on aurait dit que le sang pouvait se mettre à couler à tout moment.

Pénétrant sous les arcades qui étaient constituées d'une structure en fer, avec une verrière courant sur toute la longueur des boutiques, elle réprima un soupir.

C'était un soulagement d'être à l'écart de la circulation mouvementée qui promettait une vilaine mort à tout piéton assez imprudent pour se laisser distraire, mais la foule de gens qui se pressaient dans le passage couvert n'offrait que peu de répit. Cela dit, même si l'on marchait sur ses pantoufles ou si elle était bousculée par des gens allant des aristocrates les plus haut placés aux domestiques les plus simples, c'était infiniment préférable à être renversée par un cheval au galop.

Laissant Sophy s'attarder devant une boutique de jouets, Leonida longea les librairies et les modistes avant de s'arrêter devant une joaillerie qui présentait une bizarre collection d'insectes incrustés de pierreries, montés en broches ou en pendentifs.

Se demandant quel sot pouvait acheter des babioles aussi hideuses, elle remarqua trop tard le jeune garçon aux cheveux roux et au visage semé de taches de son qui s'élança vers elle et tira sur sa bourse jusqu'à ce que les rubans de satin cèdent et qu'il s'enfuie avec son butin.

Leonida maudit son inattention, regardant avec impuissance la petite silhouette qui se glissait entre les passants. Grâce au ciel, elle gardait la majeure partie de son argent dans une poche cachée dans les plis de sa lourde jupe et, surtout, les précieuses lettres de sa mère étaient dissimulées dans la doublure de son sac de voyage.

Néanmoins, la bourse contenait son mouchoir préféré et les pièces dont elle pensait se servir pour acheter un croissant chaud à partager avec Sophy. C'était très agaçant de se l'être fait voler par ce polisson.

Sur le point de renoncer à son bien, elle vit avec surprise un grand gentleman aux cheveux gris et au beau visage attraper le gamin par le dos de sa chemise et le soulever de terre.

Il lui dit quelques mots à l'oreille avant d'arracher fermement le réticule de soie de ses doigts sales, puis, en le secouant, il le remit sur ses pieds et le laissa détaler. A ce moment-là seulement il prêta attention à Leonida, et lui offrit un sourire en venant se placer devant elle.

— Je crois que ceci vous appartient ? demanda-t-il dans un français teinté d'un fort accent anglais, et il lui tendit sa bourse maltraitée.

— Oui, merci.

Reprenant son bien, Leonida fit discrètement un pas en arrière. Le gentleman était impeccablement vêtu d'une redingote et de culottes noires, avec un gilet argenté et des bottes bien cirées. Il était visiblement bien élevé et, à en juger par le gros diamant qui brillait dans les plis de son écharpe nouée avec élégance, riche, aussi. Pourtant, curieusement, son instinct lui disait de se tenir à distance de cet homme. Il y avait quelque chose en lui qui lui faisait deviner une froide menace juste sous cette surface policée.

— Je ne suis pas une proie aussi facile, d'ordinaire. Je crains d'avoir été distraite.

Il bougea pour regarder la vitrine derrière elle.

— Ah. Vous admiriez les bijoux ?

Leonida réprima l'envie de détaler, se rappelant qu'il était venu à son secours. Le moins qu'elle pouvait faire était de se montrer polie.

— En vérité, je me demandais si quelqu'un achetait vraiment ces affreux colifichets.

L'homme sourit de nouveau, d'un sourire qui n'atteignit pas ses yeux sombres.

— Je ne suis plus choqué par ce que les Parisiens considèrent comme à la mode. Très souvent, c'est une compétition à qui se montrera le plus outrageux.

— Bon, eh bien… je devrais me remettre en route.

Avec une rapidité surprenante, il lui saisit la main.

— Ne voulez-vous pas vous joindre à moi pour un café ? Je vous assure que l'établissement qui se trouve juste un peu plus loin sert les meilleures pâtisseries de la ville.

Leonida tenta de libérer sa main de son emprise.

— Merci, mais non.

— Allons, allons, ma chère, vous ne pouvez m'abandonner sans me donner au moins votre nom.

— Mme Marseau, répondit-elle en livrant avec réticence le nom sous lequel elle voyageait.

— Etes-vous mariée ?

— Veuve.

— Je vois.

Il se pencha en avant, comme pour regarder à travers son voile. Leonida sentit un frisson lui parcourir l'échine.

— Et russe, si mes oreilles ne me trompent pas, murmura-t-il.

— Je dois vraiment…

— Je suis sir Charles Richards, à votre service.

Il s'inclina sur sa main, ignorant ses tentatives de se dégager.

— Dites-moi, madame, résidez-vous à Paris ?

— Non, je suis juste de passage.

— Comme c'est charmant, une autre visiteuse.

Il plissa le nez d'un geste joueur. Leonida se demanda s'il s'exerçait devant un miroir.

— Je suis moi-même de Londres et encore assez peu familiarisé avec le dédale des rues, mais je serais ravi de vous servir de guide.

— Mon séjour est bien trop bref pour visiter la ville.

Cette fois, elle tira assez fort pour le forcer à lâcher sa main, à moins d'attirer l'attention des passants.

— Bonne journée.

— Permettez-moi au moins de vous donner ma carte.

Il lui barra adroitement le passage, pressant une carte de visite aux bords dorés dans sa main.

— Je séjourne à l'hôtel Montmacier, rue de Varenne. Si vous décidez de vous attarder à Paris, j'espère que vous m'enverrez un billet.

— Il n'y a aucune chance que je m'attarde.

— Néanmoins, si vous avez besoin de moi pour n'importe quelle raison, je veux que vous sachiez que vous pouvez compter sur mon aide.

Leonida fronça les sourcils. Pourquoi diable se montrait-il aussi insistant ? Pensait-il qu'une veuve sans protection se laisserait aisément séduire ? Peut-être espérait-il qu'elle était assez seule et naïve pour tomber dans les bras du premier homme à lui marquer de l'attention ?

— Ce ne sera pas nécessaire.

— Qui sait ?

Il haussa les épaules.

— Une jeune dame ne peut jamais être trop prudente, à Paris.

Les lèvres de Leonida frémirent en songeant à la série

sans fin d'ennuis qu'elle avait essuyée depuis qu'elle avait quitté la Russie.

— Je suppose que c'est vrai, dit-elle sèchement, éprouvant une bouffée de soulagement quand elle aperçut Sophy qui venait d'un pas décidé dans sa direction.

— Rappelez-vous, dit-il d'une voix sourde et pressante. Vous n'avez qu'à m'avertir et je ferai tout ce qui est en mon pouvoir pour vous aider.

Elle secoua la tête.

— Etes-vous toujours aussi avide d'offrir vos services ?

— Seulement aux belles dames, répondit-il d'un ton lisse.

Sophy arriva à son côté et, sans laisser à la soubrette le temps de reprendre son souffle, Leonida l'entraîna loin de l'indésirable gentleman.

Soudain, sa chambre d'hôtel exiguë ne lui semblait plus aussi odieuse.

— Bonne journée, monsieur.

Charles se tint complètement immobile tandis que sa proie s'éloignait. Il ne frémit pas, ne cilla pas. A la place, il se concentra pour prendre une inspiration après l'autre, comptant ses battements de cœur, forçant la brume rouge qui nimbait son esprit à disparaître.

Elle avait été là. Dans son emprise. Ses mains l'avaient démangé de serrer son cou mince et d'exiger les lettres qu'elle avait certainement cachées, mais il y avait trop de témoins, trop de gardes du roi. Tout ce qu'il avait pu faire avait été d'essayer de l'attirer dans un cadre plus privé, mais la garce avait même fait échouer ce plan.

Maudite soit-elle.

Pendant deux jours, il avait attendu dans l'ombre l'occasion de frapper. Depuis qu'il avait reçu le message de son serviteur l'informant que la Karkoff avait réussi à s'enfuir et n'avait pu être découverte sur aucune des routes menant vers le nord, il avait surveillé celles qui reliaient Calais à Paris.

La chance, pour une fois, avait été de son côté. Il était grand temps. Et il avait reconnu la soubrette de Leonida lorsqu'elles s'étaient arrêtées dans une auberge non loin de la ville. Il avait ordonné à ses hommes de main nouvellement recrutés de rendre la voiture inutilisable pendant qu'il retournait à Paris pour s'assurer que le charron appelé par le cocher comprenne qu'il y aurait une belle récompense à percevoir s'il pouvait prolonger les réparations aussi longtemps que possible.

Il aurait dû être simple, après cela, de récupérer les lettres, mais ce poison de femme avait refusé de quitter sa chambre d'hôtel. Tout aussi agaçant, la soubrette qu'il avait réussi à soudoyer avait déclaré qu'il n'y avait pas de lettres dans les affaires de Mme Marseau.

Inconsciemment, Charles glissa la main dans la poche de ses culottes, passant les doigts sur sa petite dague. Sa soif de sang devenait intolérable.

Il se tenait toujours là quand le petit rouquin qui avait volé la bourse de Leonida revint, son vilain visage fendu d'un large sourire.

— Est-ce que je l'ai bien fait ? demanda-t-il.

— C'était parfait.

Charles lança une pièce que le gamin attrapa adroitement.

— Voici ta récompense.

— Y a-t-il autre chose, monsieur ?

Sur le point de renvoyer le jeune garçon, Richards hésita.

Il avait été forcé de laisser miss Karkoff lui échapper momentanément, mais cela ne signifiait pas qu'il ne pouvait pas assouvir son besoin brûlant.

Il y avait toujours des femmes à combler de son attention particulière.

— De fait, oui.

Le froid qui enveloppait son âme se mit à fondre d'anticipation. Du sang. Du sang exquis.

— Je veux que tu me conduises à ta mère.

10

Tard le lendemain matin, Leonida se tenait dans le salon du fond de l'hôtel, arpentant le tapis usé d'un pas impatient. Le bruissement de sa jupe de crêpe noir était le seul bruit qui rompait le silence, et elle jouait nerveusement avec l'un des rubans noirs qui fermaient sa robe du col haut à l'ourlet lourdement froncé.

Attendant qu'un Piotr abattu soit sorti de la pièce et ait refermé la porte derrière lui, elle se tourna pour regarder Sophy avec une vive frustration.

— Mon Dieu ! Je suis convaincue que nous avons réussi à trouver le charron le plus incompétent de France.

— Un bel idiot, si vous voulez mon avis, marmonna la soubrette. Je serais bien surprise s'il sait seulement comment réparer la roue.

— Je commence à me le demander moi-même. Je lui donne jusqu'à demain matin, et alors j'insisterai pour en prendre un autre.

Leonida massa ses tempes douloureuses. Elle n'avait pas bien dormi depuis son départ de Meadowland et les soucis incessants commençaient à faire sentir leurs effets.

— Juste ciel !

Allant à son côté, Sophy lui passa la main dans le dos pour la réconforter.

— Ah, inutile de nous morfondre sur ce qui ne peut être changé. Nous serons bientôt rentrées à la maison. Et personne ne peut savoir que nous sommes à Paris.

— Non, se força à répondre Leonida, même si elle n'était pas aussi sûre d'elle qu'elle l'aurait voulu.

Comment aurait-elle pu l'être quand elle avait l'impression d'être constamment épiée lorsqu'elle quittait sa chambre ? Et elle était absolument certaine que ses affaires avaient été dérangées plus d'une fois.

Bien sûr, il se pouvait que l'observateur invisible ne soit qu'une invention de son imagination troublée. Et les femmes de chambre avaient très bien pu déplacer certains objets en faisant le ménage chaque jour. Néanmoins, son désir de quitter Paris se faisait plus pressant à chaque moment qui passait.

— Personne ne pourrait le savoir.

Sophy la regarda avec un sourire de sympathie.

— Vous devriez prendre un bain chaud. Vous vous sentiriez mieux.

— Et vous ?

Le sourire de la soubrette s'élargit, une étincelle malicieuse s'allumant dans ses yeux.

— Piotr a mentionné que son manteau est déchiré. Je lui ai dit que j'irais le repriser dans sa chambre.

Leonida battit des cils, surprise.

— Sophy !

— Si nous devons être coincés à Paris pendant des jours, je pourrais au moins savourer quelques heures de badinage sans conséquence.

— Certes.

Le cœur de Leonida se serra d'un sentiment qui ressemblait dangereusement à de l'envie. Un badinage sans conséquence. C'était quelque chose qu'une femme de sa position ne pouvait pas se permettre. La plupart des gentlemen la considéraient comme un trophée à gagner par le biais de manigances politiques, et le seul homme qui l'avait véritablement vue comme une femme désirable en elle-même devait maintenant la mépriser. Elle chassa ces sombres pensées avec détermination et esquissa un faible sourire.

— Amusez-vous bien.

Avec un clin d'œil, Sophy quitta la pièce.

Restée seule, Leonida envisagea brièvement une courte promenade, puis son bon sens la convainquit de monter dans sa chambre. Le délai de réparation de sa voiture ne pouvait s'allonger éternellement. Jusque-là, elle serait une sotte de risquer de se faire remarquer.

Sortant la clé de son réticule de soie, elle entra dans la pièce et ferma la porte derrière elle. Un bain chaud ne serait peut-être pas une si mauvaise idée. Cela lui donnerait au moins l'occasion de quitter sa révoltante robe de deuil.

Elle venait à peine de franchir le seuil quand une main se plaqua durement sur sa bouche, et qu'elle fut attirée brutalement contre un robuste corps d'homme.

Le choc la figea, des échardes de peur lui transperçant le cœur tandis qu'un bras lui enserrait la taille, la coinçant contre des muscles solides. Puis un parfum masculin épicé et familier emplit ses narines alors que l'intrus se penchait pour lui murmurer à l'oreille :

— Pensiez-vous vraiment que vous pourriez me voler et vous échapper, ma colombe ?

Stefan !

Elle frémit, un mélange d'incrédulité, de fureur et de désir se déchaînant en elle.

Non, ce n'était pas possible. Elle se débattit contre son emprise implacable, refusant de penser à la dernière fois où il l'avait tenue dans ses bras.

Naturellement, il ne la laissa pas se libérer, même si sa main descendit de sa bouche sur son cou.

— Lâchez-moi !

— Jamais, répondit-il d'une voix rauque, son souffle chaud caressant sa joue et faisant passer un frisson d'excitation dans son dos. Vous m'avez échappé une fois, cela ne se reproduira pas.

Elle ferma les yeux tandis qu'un regret poignant se logeait au creux de son estomac. Il ne s'était pas passé une nuit sans qu'elle soit restée éveillée, se remémorant chacune de ses caresses, ses baisers exigeants, ses douces paroles de plaisir. Etrangement, elle avait été contente que son dernier souvenir de Stefan soit son beau visage adouci et comblé tandis qu'il dormait près d'elle.

Maintenant, tout cela serait détruit par la fureur qu'elle sentait vibrer dans son corps.

— Comment m'avez-vous trouvée ?

— Un de mes fermiers a aperçu votre voiture sur la route de Douvres.

Sa voix était sourde et dangereuse.

— Il ne fallait pas beaucoup d'imagination pour comprendre que vous essayiez de fuir vers Paris.

— Cela n'explique pas comment vous avez découvert cet hôtel.

— J'ai appris que la voiture d'une jeune veuve avait eu une roue brisée juste aux abords de Paris. J'ai vérifié chez les charrons locaux et aperçu par hasard votre cocher. Je l'ai suivi jusqu'ici.

Maudite soit cette satanée voiture. Sans cette roue stupide, ils seraient loin sur la route de Saint-Pétersbourg et Stefan ne l'aurait jamais rattrapée.

— Très intelligent.

— Pas particulièrement.

Il relâcha son emprise sur son cou et caressa sa peau sensible.

— Si je ne m'étais pas laissé ensorceler par une paire d'yeux angéliques et par un corps fait pour tourmenter le plus sage des hommes, vous n'auriez pas pu vous échapper, pour commencer.

Elle serra les dents, s'intimant de ne pas réagir à sa légère caresse.

— M'échapper ? Je ne suis pas votre prisonnière, Votre Grâce.

Il lui mordilla l'oreille.

— Vous allez m'appeler Stefan, et vous êtes bel et bien ma prisonnière, maintenant.

— Vous n'avez aucun droit sur moi.

— Croyez-vous ? rétorqua-t-il d'un ton coupant. En tant que duc et, par tradition, magistrat local, j'ai tous les droits de retenir captive une voleuse peu recommandable et de la ramener dans le Surrey.

La rougeur de la mortification envahit les joues de Leonida. Juste ciel, comment avait-elle laissé sa mère la convaincre de participer à son plan insensé ?

Nadia Karkoff pouvait être une experte en manipulation et manœuvres politiques mais elle, Leonida, possédait une profonde aversion pour la duperie.

Ce qui expliquait peut-être pourquoi elle était si mauvaise dans ce domaine.

— Comment osez-vous ? protesta-t-elle, ses paroles paraissant faibles même à ses propres oreilles. Je ne suis pas une voleuse.

— Une voleuse, insista-t-il, prenant son menton dans sa main. Et une menteuse également.

L'embarras de Leonida se changea en colère. Quels que soient ses péchés, elle avait seulement fait ce qui était nécessaire pour protéger sa mère et l'empereur.

Stefan aurait fait exactement la même chose dans sa position.

— Je jure que si vous ne me lâchez pas, je…

— Quoi ? la défia-t-il.

Ses nerfs lâchèrent. Elle était fatiguée, terrifiée et elle se sentait maintenant comme une sorte d'animal traqué.

Avant même de pouvoir songer aux conséquences, elle abaissa son menton et planta ses dents dans la peau tendre de Stefan entre son pouce et son index.

Il poussa un grognement surpris puis, avec une facilité humiliante, il la souleva dans ses bras et traversa la pièce à grands pas pour la jeter sur le lit. Avant qu'elle puisse reprendre son souffle, il atterrit sur elle, son corps lourd la pressant dans le matelas.

— Tigresse, maugréa-t-il, les yeux assombris d'une émotion qui la fit frissonner d'alarme.

— Maudit soyez-vous.

Elle pressa ses mains sur son torse, vivement consciente de la délicieuse chaleur qui se répandait déjà dans son ventre.

— Pourquoi ne voulez-vous pas me laisser tranquille ?

— Vous savez pourquoi, marmonna-t-il d'un ton distrait, tandis que son regard pensif étudiait ses traits échauffés. En outre, vous avez quelque chose qui m'appartient.

De toutes ses forces, elle s'interdit de jeter un coup d'œil au sac qu'elle avait rangé dans un coin.

— Et quoi donc ? demanda-t-elle.

Un lent sourire inquiétant incurva les lèvres de Stefan.

— Je ne l'ai pas encore découvert, mais je vous assure que j'apprécierai de le chercher.

— Vous accusez la fille de la comtesse Karkoff sans savoir ce qu'elle est censée avoir volé, et surtout sans preuves ?

— Oui.

Les mains de Leonida glissèrent sur le tissu moelleux de sa redingote gris tourterelle, se posant sur ses épaules. Elle frémit en sentant ses muscles durs sous ses paumes.

Stefan n'était pas un aristocrate mou et trop choyé. C'était un homme qui travaillait dur pour entretenir son domaine et sa force implacable le prouvait.

— Vous êtes outrageant, dit-elle dans un souffle.

— Je ne fais que commencer, répondit-il d'une voix rauque, en baissant la tête pour caresser sa joue brûlante de ses lèvres. Vous n'avez aucune idée de combien j'ai l'intention de me montrer outrageant.

— Stefan, non.

— Pourquoi êtes-vous venue à Meadowland ?

— Je ne suis pas venue chez vous. Je suis venue en Angleterre pour rendre visite à lord et lady Summerville.

Elle retint une exclamation quand ses doigts tirèrent sur le ruban qui fermait son col haut.

— Arrêtez cela.

— Un ruban pour chaque mensonge, ma colombe, l'avertit-il. Pourquoi êtes-vous venue à Meadowland ?

— Je vous l'ai dit, je…

Il défit un autre ruban, la lourde étoffe de la robe s'ouvrant pour révéler la fine camisole qui était tout ce qu'elle portait dessous. Il faisait trop chaud pour supporter un corset et les couches habituelles de jupons.

— La vérité.

Elle se lécha les lèvres, le cœur tambourinant.

— Ma mère m'a demandé de me rendre en Angleterre.

— Et précisément dans le Surrey ?

— Oui.

— Pourquoi ?

Elle abaissa les yeux sur son écharpe nouée simplement, ne voulant pas croiser son regard insistant tandis qu'elle cherchait un mensonge convenable.

— Je crois qu'elle espérait que je pourrais me découvrir de l'intérêt pour un gentleman anglais, puisque j'avais repoussé tous mes soupirants russes.

Il fit claquer sa langue, défaisant les rubans jusqu'à sa taille.

— Une jeune fille de votre lignage et de votre beauté ne se terrerait jamais à la campagne. Pas quand vous auriez pu vous frayer un chemin dans la haute société londonienne par votre charme éblouissant.

Elle émit un son dégoûté à ses paroles ridicules.

— Je ne suis pas le genre de femme à éblouir quiconque.

— Permettez-moi de ne pas être d'accord.

Son regard brûlant descendit vers le décolleté échancré de sa camisole, s'attardant sur la pointe durcie de ses seins qui transparaissait sous la dentelle.

— Je n'ai jamais été aussi ébloui.

Elle remua sous lui, un besoin insistant se nouant dans son corps.

— Vous…

Ses mots moururent en un gémissement surpris lorsqu'il captura un téton entre ses lèvres. La dentelle mouillée moulait son sein, et son souffle chaud fit fourmiller sa peau de ravissement.

— Dites-moi la vérité, Leonida, maugréa-t-il.

Elle mêla ses doigts à ses cheveux, son corps répondant avec impuissance à ses caresses habiles.

— Je ne peux pas.

Il changea de position pour taquiner son autre sein.

— Pourquoi ?

Leonida lutta pour penser à travers la brume de plaisir qui envahissait son esprit.

— Parce que ma mère est en grand danger.

— Quel danger ?

Il la mordilla, et son dos s'arqua vers lui.

— J'ai juré de ne pas le dire.

— Comme c'est commode.

— Vous plaisantez ? marmonna-t-elle. Cela a été tout sauf commode.

— Pauvre Leonida, se moqua-t-il, dénouant adroitement les rubans restants et écartant la lourde robe de son corps frémissant. Dois-je tout arranger ?

— Que faites-vous ? demanda-t-elle stupidement, ses membres fondant sous les longues mains qui se promenaient avec une impatience croissante sur sa peau.

— J'ai décidé que la vérité peut attendre, mais que moi, en revanche, je ne le peux pas, grommela-t-il en semant des baisers sur la rondeur de ses seins.

Le souffle de Leonida se coinça dans sa gorge et son cœur manqua un battement.

— Oh !

Il leva la tête et la considéra avec un regard tourmenté.

— Maudite soyez-vous.
— Moi ?
Elle élargit les yeux à son ton dur.
— Je n'ai rien fait !
— Vous m'avez hanté depuis que vous êtes arrivée dans le Surrey. Je ne peux me concentrer sur rien à part vous. J'ai négligé mes devoirs, mes fermiers et même mon frère.
— Si vous vous en souvenez, j'ai quitté Meadowland. Vous êtes tout à fait libre de vous concentrer sur ce qui vous plaît.
— Je ne connaîtrai pas de paix tant que je ne me serai pas débarrassé de ce désir infernal.
Il prit ses lèvres en un baiser farouche, destiné à punir.
— Je veux que vous sortiez de mes pensées.
— Ceci ne semble guère être le moyen…, commença-t-elle, pour s'étrangler sur ses mots quand il empoigna le corselet de sa camisole et le déchira en deux.
— Au nom du ciel, pourquoi avez-vous fait cela ?
— Je vous en achèterai une autre.
Il grogna en bataillant pour arracher son écharpe, une vive rougeur marquant ses joues.
— Par Dieu, je vous achèterai une garde-robe entière. Embrassez-moi.
Contre tout bon sens et toute raison, Leonida obéit.

Leonida n'avait jamais été frappée par la foudre, mais elle était bel et bien certaine de savoir maintenant quel effet cela faisait.
Frémissant encore de la fureur réprimée avec laquelle Stefan lui avait fait l'amour, elle inspira profondément tandis que son lourd corps masculin roulait à côté d'elle sur le matelas. Des ondes de plaisir s'attardaient dans la partie inférieure de sa personne.
Seigneur Dieu…
Contrairement à la douceur qui avait marqué leur

première nuit ensemble, Stefan avait laissé libre cours à toute la puissance de son désir, la prenant avec une faim formidable qui l'avait submergée de sensations.

Inspirant de nouveau, elle tourna la tête et croisa le brillant regard bleu de son amant.

Un instant, le monde parut s'arrêter. La petite chambre avec ses vieux meubles, le gazouillis des oiseaux qui pénétrait par la fenêtre ouverte sur le jardin de derrière, l'inquiétude d'avoir été rattrapée avant de pouvoir atteindre Saint-Pétersbourg, tout s'estompa.

Une émotion suave et poignante lui serra le cœur.

Une émotion qui lui fit passer un frisson de terreur dans le dos.

Non ! Elle n'était pas assez stupide pour tomber amoureuse de cet homme.

Pour l'amour du ciel, il la considérait comme une voleuse et une menteuse. Et il l'avait menacée de la ramener de force en Angleterre comme sa prisonnière.

Ignorant heureusement ses pensées choquantes, Stefan croisa les bras sous sa tête et la regarda avec un petit sourire satisfait.

— Un délicieux interlude, ma colombe.

— Un interlude ?

D'un élan soudain, elle sortit du lit et, délaissant sa camisole déchirée, enfila la hideuse robe noire. Elle ne savait pas pourquoi ses paroles la blessaient. En ce qui concernait Stefan, elle était juste une femme de plus parmi de nombreuses autres, sans doute, qu'il avait adroitement séduites. Mais après tout, peut-être devrait-elle lui être reconnaissante, se dit-elle sévèrement, en bataillant pour renouer ses rubans. Si elle n'avait pas déjà désiré ardemment lui échapper, elle le souhaitait certainement maintenant.

— J'ai complètement perdu l'esprit, marmonna-t-elle à mi-voix, en enfilant ses pantoufles qui avaient glissé de ses pieds durant… *l'interlude*. Sophy avait raison.

— Raison à quel sujet ? demanda-t-il.

Leonida garda résolument les yeux détournés de son corps nu étendu sur les draps froissés.

— J'aurais dû prendre un pistolet.

Il gloussa doucement.

— Il faudrait plus qu'un pistolet pour me tenir à l'écart de votre lit.

L'arrogant goujat. Elle noua les bras autour de sa taille.

— Voulez-vous vous en aller, s'il vous plaît ?

— Ni vous ni moi n'allons nulle part, Leonida. Pas tant que vous ne m'aurez pas dit pourquoi vous êtes venue à Meadowland et ce que vous m'avez volé.

— Je vous ai dit que je ne le peux pas.

Elle entendit un froissement et, du coin de l'œil, elle le vit se lever et enfiler ses culottes.

— Ah, oui, la terrible menace contre votre mère.

— Ce n'est pas amusant.

Pivotant pour lui faire face, elle le regarda en fronçant les sourcils de frustration.

— Et la menace ne concerne pas seulement ma mère.

— Voulez-vous dire que vous êtes en danger ?

— Moi et tous ceux qui…

Il haussa les sourcils.

— Qui ?

— Ne pourriez-vous simplement me faire confiance, Stefan ?

— Non.

Il secoua la tête et vint se placer juste devant elle, posant les mains sur ses épaules.

— C'est la seule chose que je ne peux pas faire.

— Pourquoi ?

Elle résista à l'envie de se libérer.

— Je ne ferais jamais rien pour causer du tort à vous ou à votre famille. De fait, j'ai fait tout ce qui était en mon pouvoir pour vous protéger. C'est vous qui avez eu l'idée ridicule de me suivre.

Il pinça les lèvres, comme s'il était irrité par sa franchise.

— Vous saviez que je le ferais.

— En vérité, je pensais qu'un duc avait des devoirs plus importants que de poursuivre une invitée indésirable.

— Je ne laisse jamais rien qui m'appartient m'échapper.

Ravalant sa fierté, Leonida ouvrit les lèvres, prête à supplier s'il le fallait. Mais avant qu'elle puisse parler, il y eut une explosion sonore et inattendue juste devant la fenêtre.

Seigneur, pensa-t-elle. Est-ce que quelqu'un venait de tirer un coup de feu ?

Prise par surprise, elle ne sut pas tout de suite d'où venait le danger. Pas avant que Stefan ne chancelle vers l'avant, le torse couvert de sang.

11

Enlaçant la taille de Stefan, Leonida parvint à le maintenir debout tandis qu'il luttait pour garder son équilibre.

— On vous a tiré dessus, dit-elle dans un souffle, encore stupéfaite par l'attaque inattendue.

— Oui, je m'en suis aperçu, merci, rétorqua-t-il sèchement, en réussissant à se raffermir.

Il se tourna pour se diriger vers la fenêtre.

— Que faites-vous ? demanda-t-elle. Vous devez vous allonger.

— Et laisser s'enfuir ce scélérat ? Sûrement pas.

Elle pressa une main sur son estomac noué, tentant d'ignorer les battements sourds de son cœur. On avait tiré sur Stefan. Il aurait pu être tué. Et c'était entièrement sa faute.

— Pour l'amour du ciel, voulez-vous être touché de nouveau ? demanda-t-elle d'un ton sifflant, le regardant se plaquer sur le côté de la fenêtre et jeter un coup d'œil dehors.

— Sapristi ! marmonna-t-il. Qui que ce soit, il s'est enfui.

S'avançant, Leonida le prit par le bras et le ramena vers le lit. En cet instant, elle se souciait beaucoup plus de sa blessure que de l'attaquant en fuite.

— Voulez-vous vous asseoir, par pitié ? Vous perdez beaucoup de sang.

Avec réticence, il la laissa l'installer au bord du matelas, remarquablement indifférent pour un homme qui venait d'essuyer un coup de feu.

— Ce n'est qu'une éraflure.

— Je dois appeler un médecin.

Avec une rapidité surprenante, il lui saisit le poignet.

— Non.

— Ne soyez pas stupide, Stefan. Vous devez laisser soigner votre blessure. Elle pourrait s'infecter.

— Et voir tout Paris bourdonner de la nouvelle que le duc d'Huntley s'est fait tirer dessus dans la chambre d'hôtel de la fille de la comtesse Karkoff ?

— Personne à Paris ne sait qui je suis. Nous pourrions dire…

— Leonida, il n'y aurait aucun moyen d'éviter une enquête. Les autorités françaises insisteraient pour en mener une.

— Et vous croyez qu'il n'y aura pas d'enquête si le duc d'Huntley saigne à mort dans un hôtel parisien ?

Il incurva les lèvres.

— Vous ne vous débarrasserez pas si aisément de moi. J'ai reçu de pires blessures en coupant du bois. Si vous vouliez être assez bonne pour me donner ma redingote ?

Elle se baissa pour la ramasser sur le tapis, son cœur chavirant légèrement lorsqu'elle sentit la bosse de sa bourse dans une poche intérieure.

Si seulement elle pouvait mettre la main sur son argent, elle aurait les moyens de fuir Paris. Et surtout, les moyens d'éloigner le danger de Stefan.

— Pourquoi ? demanda-t-elle d'une voix ferme.

Sortant une petite flasque d'une autre poche, il la lui tendit.

— Ceci devrait nettoyer la blessure aussi bien que n'importe quel charcuteur le ferait. Si vous voulez bien me faire cet honneur ?

Il eut un sourire ironique.

— Je vous assure que cela me fera un mal de chien.

— Parfait.

Elle s'empressa de cacher ses nerfs ébranlés derrière une feinte colère.

— Vous méritez de souffrir pour vous être mis en danger.

Il grimaça quand elle versa l'alcool sur la blessure, heureusement superficielle.

— Nul doute que mon frère serait d'accord avec un sentiment aussi peu charitable.

Il désigna sa camisole oubliée au bout du lit.

— A présent, si vous pouviez déchirer une bande de tissu, je crois que cela irait pour panser la blessure.

Leonida prit le vêtement et déchira un grand carré. Elle le plia et le plaça avec soin sur la plaie, puis déchira encore une fine bande pour la nouer autour de son épaule.

— Je remarque que vous ne sacrifiez pas vos précieux habits, marmonna-t-elle.

— Je vous ai promis de vous acheter une garde-robe entière.

Il tourna la tête pour effleurer sa joue de ses lèvres.

— Bien sûr, cette promesse est faite à la condition que je puisse vous enlever ces toilettes.

Elle se redressa en sursaut, troublée par sa vive réaction à son toucher.

— Grands dieux ! Vous venez de recevoir un coup de feu et vous songez à me dévêtir ?

— Quand vous êtes proche, je ne pense qu'à cela, déclara-t-il, son expression indiquant qu'il n'était pas entièrement content de son désir pour elle. Mais vous avez raison.

— Que faites-vous ? demanda-t-elle, exaspérée de le voir se lever, puis, s'agrippant au montant du lit, étudier la fenêtre au fond de la pièce.

— Le tireur a dû grimper dans l'arbre pour pouvoir tirer dans la chambre.

Leonida frissonna, son estomac se crispant de terreur en pensant combien Stefan avait été près d'être tué.

Etrangement, savoir qu'un criminel avait pu les observer en train de faire passionnément l'amour, ou même se dire que la balle lui était très probablement destinée, ne comptait pas devant la pensée horrible de Stefan gisant mort sur le médiocre tapis.

— Je suppose, marmonna-t-elle.

— Ce qui signifie que ce n'était pas simplement une balle tirée au hasard.

Il se tourna pour la transpercer d'un regard sinistre.

— Elle était censée tuer l'un de nous deux.

— Oui.

— Alors, soit quelqu'un vous a reconnue à Paris, soit je possède des ennemis dont j'ignorais l'existence.

Elle enfouit son visage entre ses mains.

— Vous n'auriez pas dû me suivre.

— Assez de vos petits jeux, Leonida. Vous allez me dire la vérité, déclara-t-il d'une voix rauque.

Il grommela un juron quand un coup sonore fut frappé à la porte, les faisant sursauter, alarmés.

— Ne répondez pas.

— Madame !

La voix anxieuse de l'hôtelier résonna à travers la porte.

— Madame, j'ai entendu un coup de feu. Etes-vous blessée ?

Leonida humecta ses lèvres sèches, heureuse de l'interruption.

— Si je ne réponds pas, il va entrer pour voir comment je vais.

— Très bien. Mais, Leonida…

— Quoi ?

— Ceci est entre nous deux, la prévint-il, la voix dangereusement douce. N'impliquez pas quelqu'un d'autre.

Elle pinça les lèvres, repoussant en arrière les cheveux

que Stefan avait si récemment dénoués et traversant la chambre.

— Restez là et tenez-vous tranquille, pour l'amour du ciel, marmonna-t-elle.

On frappa de nouveau et, ouvrant la porte d'un geste brusque, Leonida sortit dans le couloir et referma vivement derrière elle.

— Assez ! ordonna-t-elle, adoptant l'expression la plus impérieuse de sa mère pour regarder le petit homme mince et nerveux aux cheveux gris et au costume sombre. Pourquoi tambourinez-vous à ma porte ?

Le visage étroit de l'hôtelier était cendreux tandis qu'il tirait nerveusement sur son écharpe amidonnée.

— Il y a eu un coup de feu, parvint-il à balbutier.

— Un coup de feu ?

— J'ai entendu tirer un pistolet.

— Oh, oui, je pensais que quelque chose avait dû m'éveiller de ma sieste.

Elle plissa lentement les paupières.

— Voulez-vous dire qu'il y a dans cet hôtel un forcené qui tire sur vos clients ?

L'homme leva les mains, regardant nerveusement dans le couloir pour s'assurer qu'aucun autre client n'avait entendu son accusation.

— Non, bien sûr que non. Cet hôtel est respectable. Il n'y a pas de troubles, ici.

— Alors, pourquoi quelqu'un a-t-il tiré un coup de feu ?

— Je…

Leonida tira prestement profit de sa répulsion visible à l'idée qu'une perturbation menace la tranquillité de ses clients.

— Peut-être vaudrait-il mieux que je fasse mes bagages. Je n'ai pas envie d'être assassinée dans mon lit.

— Madame, je vous assure, il n'y a pas de danger.

— Et ce coup de feu que vous avez entendu ?

— Une erreur.

Il redressa ses épaules minces, se persuadant heureusement que rien d'aussi vulgaire qu'une tentative de meurtre n'avait pu se produire sous son toit.

— Une soubrette a peut-être laissé tomber un plateau de thé.

— Du thé…

Leonida se raidit, frappée par une idée soudaine. Prenant le bras de l'hôtelier, elle le tira vers l'escalier, loin de la porte derrière laquelle Stefan écoutait sans doute la conversation.

— Oui, bien sûr. Cet incident m'a ébranlé les nerfs. J'ai besoin d'une tasse de thé chaud avec beaucoup de sucre.

— Certainement, madame.

Soulagé de voir que Leonida n'était pas encline à faire des histoires ennuyeuses, l'homme s'empressa d'accéder à sa modeste requête.

— Je vous en fais monter tout de suite.

Elle se pencha vers lui, baissant la voix.

— Et peut-être pourriez-vous y ajouter une goutte ou deux de laudanum ? Je possède une faible constitution.

— Naturellement.

— Merci.

Attendant que le petit homme se hâte de descendre l'escalier, Leonida prit une grande inspiration et retourna dans la chambre.

Une part d'elle-même était horrifiée par le plan qui se formait dans sa tête. Elle n'était pas, de nature, une femme rusée et calculatrice qui aimait à duper les autres. Néanmoins, elle n'avait pas le choix. Pas si elle voulait éviter la mort de Stefan.

Elle entra et referma la porte, son cœur se contractant douloureusement à la vue du duc appuyé d'un air las au montant du lit. Avec ses cheveux noirs en désordre et son visage d'une pâleur inhabituelle, il paraissait insupportablement vulnérable.

Comme s'il sentait sa bouffée de sympathie malvenue, il se redressa, un sourire sardonique sur les lèvres.

— Vous êtes une actrice accomplie, ma colombe. Même moi, j'ai été touché par votre émouvante performance de la veuve délicate.

Elle haussa le menton.

— Vous vouliez être débarrassé de lui, non ?

— Certes, mais cela conduit un homme à se demander si vous êtes jamais sincère, ou si toute votre vie n'est qu'une comédie bien pensée, railla-t-il.

— Bien pensée ?

Elle eut un petit rire sec à cette accusation ridicule.

— Ma vie est devenue une suite de désastres.

Il étudia son expression tendue.

— Me mettez-vous au nombre de ces désastres ?

— Absolument, mentit-elle sans hésiter.

L'émotion qui traversa ses beaux yeux bleus fut si fugace que Leonida n'aurait su dire si c'était de la vexation ou du dégoût.

— Une chance que ma fierté ne soit pas si facilement blessée, dit-il simplement.

Elle souffla.

— Votre fierté, Stefan, est imperméable à tout.

— Et votre capacité à me distraire est sans pareille, mais plus maintenant.

Son expression se durcit.

— Vous allez me dire pourquoi vous êtes venue dans le Surrey et, surtout, pourquoi quelqu'un vient d'essayer de me mettre une balle dans la peau.

Elle secoua la tête, essayant de gagner du temps.

— Si vous acceptiez de rentrer à Meadowland, vous seriez en sécurité.

— Oh, j'ai l'intention d'y retourner. Et vous venez avec moi.

Sa certitude absolue fit passer un frisson dans le dos de Leonida. En cet instant, elle ne doutait pas qu'il l'attacherait à l'arrière de sa voiture, si nécessaire, pour la ramener chez lui.

— Non, je dois me rendre à Saint-Pétersbourg.

— Pourquoi ?

— Je vous l'ai dit. Ma mère a besoin de moi.

— C'est dommage, mais elle devra attendre. Jusqu'à ce que je décide que je suis satisfait — il s'arrêta délibérément, promenant son regard sur sa mince silhouette —, pleinement satisfait, vous restez avec moi.

Elle serra les dents. Le duc d'Huntley était probablement l'homme le plus obstiné et le plus déraisonnable qui soit jamais né.

— Vous n'avez aucune idée de ce que vous risquez.

— Je crois que j'en ai une très bonne idée, dit-il sèchement, en jetant un coup d'œil à son épaule bandée.

— Non, rétorqua-t-elle, sans se soucier de cacher la peur qui l'habitait depuis qu'elle avait fui l'Angleterre.

Il s'immobilisa, la scrutant du regard.

— Alors, expliquez-le-moi, insista-t-il doucement.

Durant un fol instant, Leonida éprouva une envie irrépressible de déposer ses ennuis aux pieds de Stefan. Malgré ses provocations et ses menaces, elle savait qu'il était un gentleman aux qualités exceptionnelles sur lequel on pouvait compter sans problème. Avec son aide, rien ni personne ne pourrait entraver son retour à Saint-Pétersbourg.

En outre, elle détestait les mensonges, les secrets, la comédie perpétuelle. Et plus que tout, elle détestait les barrières qui la séparaient du seul homme à avoir jamais éveillé ses émotions.

Elle ne devait jamais savoir si elle aurait cédé ou non à cet élan inattendu. Au moment où elle ouvrait les lèvres, on frappa de nouveau à la porte, interrompant ce bref instant de folie.

— Bonté divine ! grommela Stefan. Qu'est-ce que c'est encore ?

Leonida ravala la boule de regret dans sa gorge.

— J'ai commandé du thé.

— J'ai eu plus d'intimité au milieu d'un carnaval.

— Madame ? appela la soubrette.

Stefan marmonna un juron bien senti.

— Ouvrez cette maudite porte.

Se tournant, Leonida entrebâilla la porte juste assez pour que la servante lui fasse passer la tasse fumante et la soucoupe.

— Ce sera tout ? demanda la jeune fille, visiblement curieuse.

— Oui, merci.

De sa main libre, Leonida referma la porte avec fermeté et pivota pour regarder Stefan avec une inquiétude qu'elle n'avait pas à feindre. Juste ciel, il semblait sur le point de piquer du nez.

— Asseyez-vous et buvez ceci, dit-elle d'un ton bref.

— On croirait entendre ma nourrice, maugréa-t-il, mais à son soulagement il s'assit sur le bord du matelas.

— Vous êtes pâle et visiblement faible.

Elle lui mit la tasse dans la main.

— Ce thé devrait aider à vous ranimer.

Il tendit la main vers la flasque qu'elle avait laissée sur le lit, grimaçant à ce mouvement.

— J'ai ce qu'il me faut pour me ranimer.

Leonida réprima un soupir. Bien sûr, il ne pouvait faire simplement ce qu'elle demandait.

— Buvez ce thé et je promets que je vous dirai ce que vous voulez savoir.

Il plissa les paupières.

— Hmm.

— Quoi ?

— Je suis assez sage pour suspecter que cela ne sera pas aussi simple.

Il haussa les épaules, versa une généreuse rasade de cognac dans le thé avant de boire une grande gorgée.

— Néanmoins, je veux bien vous accorder une dernière chance.

Elle pressa ses mains l'une contre l'autre, pas étonnée de constater que ses paumes étaient moites. Le laudanum ne lui ferait pas de mal, se rassura-t-elle. De fait, c'était exactement ce qu'un médecin prescrirait.

Hélas, le savoir n'atténua guère son terrible sentiment de culpabilité.

— Sinon quoi ? releva-t-elle.

Il termina le thé et posa la tasse vide sur la table de chevet.

— Je vous ramènerai de force à Meadowland et vous y garderai jusqu'à ce que vous confessiez la vérité.

— Je pensais que vous en aviez l'intention de toute façon.

— C'est exact.

— Vous…

Elle leva les mains d'un geste exaspéré.

Il captura son regard, ses yeux brillant d'un éclat fiévreux. La combinaison du choc et de la douleur malmenait terriblement ses forces défaillantes.

— Mettez-vous à parler ou mettez-vous à faire vos bagages, vous avez le choix.

Elle ignora son ordre provocant et s'avança pour poser une main sur son front, profondément soulagée de voir qu'il était frais et sec.

— Souffrez-vous ?

— On vient de me tirer dessus, Leonida.

— Là.

Elle arrangea les oreillers contre la tête de lit et le poussa doucement en arrière.

— Appuyez-vous.

Il résista brièvement, puis, avec un gros soupir, il se tourna de façon à se reposer sur les oreillers, ne se plaignant même pas lorsqu'elle releva ses jambes sur le matelas et rabattit la courtepointe sur lui.

A la place, il l'étudia entre ses paupières mi-closes.

— Je serais beaucoup mieux si vous me rejoigniez.

Le cœur de Leonida bondit d'excitation quand il tapota le lit à côté de lui.

— Je pensais que vous vouliez parler.

— Nous pourrions le faire plus aisément si vous étiez plus près.

Elle refusa sombrement d'obéir à l'aspiration douce-amère qui emplissait son cœur. Elle s'était déjà montrée stupidement faible de succomber aux caresses expertes de Stefan et cela avait failli le tuer. Elle ne referait pas la même erreur.

A la place, elle força ses pieds lourds à se rendre dans le coin pour sortir son sac et commencer à ranger ses quelques affaires éparpillées dans la pièce.

— Nous ne parlerions pas du tout si j'étais près de vous, marmonna-t-elle.

— Vous avez peut-être raison.

Il s'arrêta quand elle alla à la petite armoire.

— Que faites-vous ?

— Je pourrais aussi bien me préparer pendant que nous parlons. Vous avez dit que vous alliez me ramener en Angleterre.

— A présent, je suis réellement soupçonneux, se moqua-t-il, son élocution légèrement ralentie. Bon sang, laissez ces robes hideuses. Vous allez terrifier les gens s'ils vous voient sortir enveloppée de crêpe noir.

— Vous aimez beaucoup trop donner des ordres, Votre Grâce.

— J'aime…

Sa voix faiblit, comme s'il faisait un effort pour se rappeler ce qu'il voulait dire.

— … beaucoup de choses, miss Karkoff, parvint-il enfin à marmonner.

Ayant fini d'emballer ses affaires, Leonida se tourna lentement et vit qu'il avait fermé les yeux.

Elle alla près du lit et regarda son visage pâle d'un air soucieux.

— Stefan ? murmura-t-elle.

Ses paupières restèrent closes, mais un petit sourire joua un instant sur ses lèvres.

— La première fois que je vous ai vue, j'ai pensé que vous étiez un ange, dit-il d'une voix lourde.

— Non.

Le cœur de Leonida se serra d'une honte douloureuse.

— Je ne suis pas un ange.

— Je voudrais…

— Quoi ?

Il agita la tête sur l'oreiller.

— J'ai tellement sommeil.

— Alors, reposez-vous, Stefan, chuchota-t-elle, posant un baiser sur son front.

— Vous…

Il lutta pour parler.

— Sacrebleu, vous m'avez fait boire quelque chose.

— Comme je l'ai dit, je ne suis pas un ange, murmura-t-elle tristement.

Attendant qu'il ait complètement perdu sa bataille contre le sommeil, elle pressa un dernier baiser nostalgique sur ses lèvres. Puis, faisant taire ses scrupules, elle tira sa bourse en cuir de sa redingote. Ensuite, attrapant son sac préparé en hâte, elle enfonça un bonnet et un voile noirs sur sa tête et s'empressa de sortir.

Les domestiques de Stefan viendraient bientôt chercher leur maître, se dit-elle pour apaiser sa conscience tandis qu'elle se hâtait dans le couloir lambrissé. Ils soigneraient convenablement sa blessure et peut-être, s'ils avaient le moindre bon sens, le ramèneraient-ils à Meadowland pendant qu'il était encore inconscient.

Indifférente au regard étonné d'une servante qui portait une brassée de linge propre, Leonida passa vivement près d'elle pour gravir l'étroit escalier menant aux chambres des domestiques. Elle n'avait aucune idée de l'endroit où Piotr pouvait être logé, mais elle était assez désespérée pour frapper à toutes les portes jusqu'à ce qu'elle le trouve.

Par bonheur pour les serviteurs essayant de prendre un peu de repos loin de leurs maîtres exigeants, la malchance de Leonida cessa brièvement quand Sophy sortit d'une chambre pour se diriger vers l'escalier.

Se précipitant vers elle, sa soubrette prit note de son apparence négligée et du lourd sac qu'elle tenait à la main.

12

— Que faites-vous ici ? demanda Sophy avec une expression troublée. Ce n'est pas votre place…

— Pour l'amour du ciel, Sophy ! coupa Leonida. Allez chercher Piotr et empaquetez seulement ce qu'il vous faut. Je vous retrouverai derrière les cuisines.

— Qu'est-il arrivé ?

— Le duc d'Huntley.

La soubrette porta une main à sa bouche.

— Il est ici ?

— Dans ma chambre.

— Comment nous a-t-il trouvés ?

— Je vous expliquerai tout plus tard, promit Leonida avec impatience. Pour l'instant, j'ai besoin que vous vous hâtiez.

Sentant la tension de sa maîtresse, Sophy hocha vivement la tête.

— Oui.

— Assurez-vous de passer directement par les cuisines. Nous pouvons être certaines que le duc a laissé ses domestiques devant l'hôtel pour le surveiller.

— Nous serons là-bas aussi vite que possible.

Certaine que sa soubrette ferait ce qu'elle demandait, Leonida pivota et s'empressa de descendre au rez-de-chaussée. Quelques servantes haussèrent les sourcils quand elle traversa les cuisines, mais personne n'essaya de l'arrêter et, après un rapide coup d'œil pour s'assurer qu'il était désert, elle pénétra dans le jardin de derrière.

Il flottait une odeur tenace de légumes pourris et de fumée de tabac, mais Leonida poussa un soupir de soulagement quand elle posa son sac et s'appuya au bâtiment.

Si ses nerfs n'avaient pas été aussi tendus, elle aurait pu apprécier l'ironie de la situation : Leonida Karkoff, favorite de la haute société de Saint-Pétersbourg, se terrant derrière un hôtel parisien bon marché, vêtue d'une robe à peine assez bonne pour une fille de cuisine, et fuyant un duc anglais et Dieu sait combien d'autres ennemis. Mais les choses étant ce qu'elles étaient, elle n'éprouvait qu'une profonde panique tandis qu'elle attendait.

Pour essayer de distraire son esprit, elle ouvrit la petite bourse de Stefan. Elle ne s'attendait pas à y trouver une fortune. Aucun gentleman sensé ne voyageait avec de grosses sommes d'argent, à moins de vouloir attirer l'attention des nombreux bandits de grand chemin qui pullulaient dans toute l'Europe.

Néanmoins, elle eut un choc en constatant qu'il possédait moins de quinze livres. Certainement pas assez pour acquérir une nouvelle voiture, même si elle ajoutait ce qu'elle avait.

Juste ciel, elle ne se libérerait jamais de Paris !

Après ce qui lui parut une éternité, à peine un quart d'heure en fait, Sophy et Piotr surgirent dans le jardin.

— Nous voilà, annonça inutilement Sophy, son visage rond échauffé. Qu'allons-nous faire, maintenant ?

— Nous devons quitter Paris le plus vite possible, répondit Leonida.

Imperturbable quelles que soient les circonstances, le cocher s'avança pour prendre le sac des doigts raides de sa maîtresse.

— Je vais chercher la voiture, lui assura-t-il calmement. Même si je dois pointer un pistolet sur la tête de ce maudit charron pour qu'il la termine.

Frappée par une idée subite, Leonida lui saisit le bras.

— Non, attendez. Nous devons la laisser. Le duc sait déjà qu'elle se trouve chez ce charron. Il peut avoir quelqu'un qui surveille la forge.

— J'espère que vous ne voulez pas que nous retournions à Saint-Pétersbourg à pied ? demanda Sophy.

— Pas si nous pouvons l'éviter.

Leonida fouilla son esprit en quête d'une idée, écartant un certain nombre de plans farfelus jusqu'à ce qu'elle s'arrête enfin sur le moins hasardeux.

— Je me demande…

— Quoi ? fit Sophy.

— Sir Charles Richards était très déterminé à m'aider. Peut-être pourrais-je le persuader de me prêter assez d'argent pour acheter une voiture.

La soubrette fronça les sourcils.

— Je croyais que vous disiez qu'il vous donnait la chair de poule ?

En effet. Leonida ne pouvait expliquer son aversion pour le gentleman aux apparences parfaitement plaisantes. C'était un bel homme, charmant et aisé. Mais elle ne pouvait nier que son instinct la poussait à l'éviter.

— Nous ne sommes guère en situation de nous montrer difficiles sur les personnes à qui nous demandons des faveurs, fit-elle remarquer, réprimant un frisson de réticence.

Sophy poussa un soupir.

— C'est bien vrai.

— Piotr, pouvez-vous nous conduire à l'hôtel de sir Charles, rue de Varenne ? De préférence par un moyen qui n'attirera pas l'attention sur notre départ de l'hôtel.

— Bien sûr. Par ici.

Il y eut un bref délai comme Sophy insistait pour fixer correctement les cheveux de Leonida sous son voile et lisser sa robe de crêpe, puis ils sortirent du jardin et enfilèrent un dédale d'allées étroites.

Ils marchèrent en silence, Piotr en tête. Au bout d'un

moment, Leonida se retrouva complètement perdue. Dans l'ombre, il était impossible de garder une idée de la direction qu'ils prenaient, mais, se fiant à son cocher, elle suivit son allure rapide.

— Seigneur Dieu ! C'est certainement un itinéraire… malodorant, marmonna-t-elle quand Piotr ralentit le pas et jeta un coup d'œil au bout d'une allée.

— Désolé.

— Non, Piotr. C'était mon idée de ne pas attirer l'attention, dit-elle à son cocher pour le rassurer.

Elle ne pouvait blâmer qu'elle-même de leurs ennuis présents.

— Nous n'aurions pas pu nous échapper de l'hôtel sans votre aide.

Sophy fit claquer sa langue.

— Ne lui donnez pas la grosse tête. Elle l'est déjà assez comme ça.

Ignorant ses taquineries, Piotr pointa un doigt en avant.

— L'hôtel est juste de l'autre côté de la rue.

Allant se placer à son côté, Leonida considéra l'immeuble de pierre blanche avec des balustres en fer forgé et des valets en livrée près de la porte.

Son cœur sombra quand elle s'avisa que ce ne serait pas aussi simple qu'elle l'avait imaginé. Les femmes respectables, même veuves, ne rendaient pas visite à des gentlemen dans leur chambre d'hôtel.

— Je n'ai pas réfléchi à la façon d'approcher cet homme, dit-elle dans un souffle, en se fustigeant en silence de sa stupidité.

Une femme ne pouvait guère demander à être conduite chez un gentleman.

— Voulez-vous que j'aille le chercher ? proposa Piotr.

— Ce serait peut-être le mieux. Je…

Soudain, Leonida sursauta de surprise tandis qu'un homme approchait de l'hôtel, ses traits brutaux et ses cheveux d'un brun sale bien trop familiers.

— *Mon Dieu !*

Piotr lâcha ses sacs et sortit un pistolet de la poche de sa veste.

— Qu'y a-t-il ?

— Cet homme.

— Du genre grossier, observa Sophy en venant se placer près d'elle. Je me demande ce qu'il fait dans cet hôtel.

— C'est le gredin qui m'a menacée en Angleterre.

La soubrette se mit à fouiller dans la petite valise en cuir qu'elle portait.

— Vous voulez que je lui tire dessus ? demanda-t-elle, sortant un pistolet.

Leonida réprima un petit rire, ne doutant pas un seul instant que la soubrette assoiffée de sang serait heureuse de tirer dans le dos de l'homme.

— Pour l'amour du ciel, non.

— Il va s'en aller.

— Sophy, de grâce, rangez ce pistolet, pria Leonida. Je dois réfléchir.

Sophy secoua la tête.

— Nous ne pouvons nous attarder ici, mademoiselle Leonida. Les vauriens du coin ne vont pas tarder à décider que nos quelques pièces valent la peine de risquer la guillotine.

Leonida jeta un coup d'œil par-dessus son épaule, et frissonna en constatant que plusieurs paires d'yeux les épiaient déjà derrière des vitres sales.

— Dois-je aller chercher sir Charles ? demanda doucement Piotr.

— Non.

Leonida inspira pour se calmer.

— C'est une coïncidence trop grande qu'il séjourne dans le même hôtel que l'homme qui m'a attaquée à Meadowland. Je savais qu'il y avait quelque chose d'étrange dans ses manières lors de notre rencontre. Manifestement, il savait qui j'étais.

La peur et la frustration lui serrèrent le cœur.

— Toutefois, nous devons sortir de Paris.

— Nous pourrions acheter des billets de diligence, suggéra Sophy. Il doit y en avoir qui se rendent dans le nord.

— J'y ai pensé aussi, mais je crains que nous ne soyons trop faciles à suivre, répondit Leonida.

Elle passa de nouveau en revue leur liste limitée de solutions, poussant un soupir en admettant qu'il ne leur en restait plus.

— Je suppose que nous n'avons pas le choix. Maintenant que ma présence à Paris est connue, je pourrais aussi bien me présenter à l'ambassadeur de Russie et demander l'argent dont nous avons besoin…

— Non, c'est trop dangereux, coupa Sophy en fronçant les sourcils d'un air obstiné.

— Sophy a raison, renchérit Piotr. Si je vous cherchais, je surveillerais l'ambassade de près. C'est l'endroit logique où vous pourriez vous rendre.

Leonida mesurait parfaitement le risque. C'était la seule raison pour laquelle elle n'était pas allée à l'ambassade dès qu'ils étaient arrivés à Paris.

— Mais je n'ai pas l'argent suffisant pour acheter une voiture et financer notre voyage.

Un sourire dur se dessina sur les lèvres de Piotr.

— Je vais m'occuper de la voiture. Retrouvez-moi dans une heure au jardin des Tuileries.

— Au nom du ciel, comment…

— Une heure, répéta-t-il.

Et avant que Leonida ne puisse protester, il tourna les talons pour s'engager dans l'allée.

— Mieux vaut faire ce qu'il dit, déclara Sophy en rangeant son pistolet et en rassemblant les bagages que le cocher avait laissés. Piotr peut être très énergique quand il a une idée en tête.

— Visiblement, déclara Leonida d'un ton sec.

Elle se baissa pour prendre son propre bagage, en

regardant des deux côtés de la rue animée. Sans son cocher, elle n'osait pas emprunter les allées et ruelles. Ce qui, malheureusement, signifiait courir le risque d'être aperçue par le mystérieux sir Charles.

— Nous ne pouvons attendre ici, dit-elle.

— Non.

Rassemblant son courage en lambeaux, Leonida attendit qu'un grand groupe d'écolières conduit par des nonnes à l'air sévère atteigne leur allée. Tirant sur le bras de Sophy, elle s'immisça dans la bande rieuse.

— Vite, Sophy.

— Où allons-nous ? marmonna la soubrette.

— Nous le saurons quand nous arriverons.

Résistant à l'envie de regarder derrière elle pour s'assurer qu'elles n'étaient pas suivies, Leonida se laissa entraîner par les écolières. Ce fut seulement lorsqu'elles furent à plusieurs rues de l'hôtel qu'elle sépara Sophy du groupe et partit dans ce qu'elle espérait être la direction de la Seine.

Elles se trompèrent inévitablement, mais finirent par déboucher dans la rue de Rivoli. Là, s'orientant rapidement, Leonida entraîna sa soubrette dans les grands jardins réputés pour leurs superbes statues, leurs pelouses et leurs parterres soignés. Il eût peut-être été plus sensé de rester le long de la rue où Piotr les aurait facilement repérées, mais les arcades voisines la rendaient méfiante.

Si sir Charles Richards était bel et bien de mèche avec ses ennemis, il pouvait fort bien surveiller les boutiques dans l'espoir qu'elle y revienne. Elles n'avaient plus qu'à se fier au cocher pour les retrouver.

Respirant avec difficulté, Leonida se promena dans les jardins qui avaient été créés pour Louis XIV par son fameux jardinier Le Nôtre. Elle avait mal au bras de porter son sac et une sensation de malaise lui nouait l'estomac. Toutefois, elle n'osait pas s'arrêter pour se reposer. Peut-être était-elle trop prudente, mais pour l'heure il lui semblait que tout Paris la recherchait.

Elles atteignirent le bout des jardins et Leonida regarda avec ironie le monument qui marquait l'endroit où Jeanne d'Arc avait été blessée. En cet instant, elle sympathisait complètement avec la pauvre pucelle. Etre pourchassée par des ennemis impitoyables était beaucoup plus éprouvant pour les nerfs que cela le semblait entre les pages d'un livre.

Momentanément perdue dans ses pensées, elle fut heureuse de l'interruption quand Sophy tira impatiemment sur sa manche.

— Voilà Piotr, dit-elle d'une voix sifflante.

Tournant la tête, Leonida aperçut le cocher debout au bord de la rue, le visage soucieux tandis qu'il les cherchait du regard. Un soulagement évident s'empara de lui quand il les aperçut et il leva la main en leur faisant signe de venir le rejoindre.

Leonida se hâta vers lui, sa soubrette à côté d'elle.

— Piotr, avez-vous…

— Par ici, coupa-t-il, pivotant pour les guider dans la rue où il s'arrêta près d'une rutilante voiture noire ornée de dorures et de sièges en cuir rouge.

Elle était coûteuse, avec des lignes élégantes, et attelée d'une paire de chevaux gris dont chacun valait plus que ce que Leonida possédait actuellement.

— Grands dieux ! Où avez-vous trouvé cet attelage ?

— Je l'ai remarqué ce matin derrière la forge du charron.

Piotr sourit d'un air satisfait.

— Il avait visiblement décidé de le réparer avant de travailler à notre voiture.

Leonida ouvrit de grands yeux.

— Vous êtes retourné chez le charron ?

— Je me suis approché par-derrière et une fois que j'ai eu la voiture, j'ai conduit dans les rues jusqu'à ce que je sois sûr de ne pas être suivi, lui assura le cocher.

— Je vous avais dit que vous pouviez faire confiance à Piotr, dit Sophy en décochant un regard tendre à ce dernier.

— En effet.

Sans prévenir, Leonida se mit à rire tandis que les deux domestiques la regardaient comme si elle avait perdu l'esprit.

— Qu'y a-t-il ? demanda Piotr.

— J'imagine juste la tête du charron quand le propriétaire de la voiture découvrira qu'elle a disparu.

Quand Stefan s'éveilla, il fut pris d'une douleur si violente qu'il souhaita brièvement être resté inconscient.

Bonté divine ! Son épaule lui faisait un mal de chien, sa bouche était aussi sèche qu'un désert africain, sa bourse avait disparu et Leonida s'était envolée.

De nouveau.

Tout aussi irritant, ses domestiques et apparemment la moitié du personnel de l'hôtel étaient groupés autour de son lit, agitant les mains et discutant de ce qu'il fallait faire du duc inconscient.

En quelques mots brefs, il congédia les gens de l'hôtel et envoya ses serviteurs sur les traces de Leonida.

Seul Boris refusa d'obéir à ses ordres, insistant stoïquement pour nettoyer et panser sa blessure avant de lui permettre de se changer.

Le Russe massif était le serviteur dévoué d'Edmond depuis des années et quand Stefan avait quitté Meadowland, il s'était joint sans rien dire aux trois valets costauds que le duc avait choisis pour l'accompagner.

Stefan avait écarté toute impulsion de renvoyer Boris à son frère, qui se mêlait insupportablement de ses affaires. Edmond était sans le moindre doute assez obstiné pour l'enfermer dans les caves de Meadowland s'il n'acceptait pas la présence de son homme de confiance.

Achevant de nouer son écharpe, Stefan se tourna lorsqu'on frappa à la porte. Mais avant qu'il ne puisse bouger, Boris traversa la pièce, la main dans la poche qui contenait son pistolet.

Avec un juron frustré, le duc alla à la fenêtre, regardant l'étroit jardin en contrebas.

La nuit était tombée et les rues élégantes de Paris étaient baignées de la lumière des réverbères à gaz. C'était une vue magnifique même pour les yeux les plus blasés, mais Stefan la remarqua à peine. Ses pensées étaient hantées par l'idée que Leonida était quelque part là-dehors. Et que quelqu'un voulait la tuer.

Il entendit la porte se refermer, puis un tintement de porcelaine.

— Le plateau que vous avez commandé, Votre Grâce, annonça Boris.

Il fallut un moment à Stefan pour se ressaisir. Il était en proie à un mélange explosif de fureur et de crainte. Et si Leonida était déjà tombée entre les mains de son ennemi ? Il ne se le pardonnerait pas ! Ces violentes émotions étaient encore aggravées par le fait d'être coincé dans ce maudit hôtel, à attendre que ses serviteurs achèvent leurs recherches.

Heureusement, il possédait assez de bon sens pour s'asseoir à la petite table que Boris lui avait procurée et pour se forcer à manger le faisan rôti et les pommes de terre à la crème qu'on venait de lui apporter. Il se servit ensuite une tasse de café dans l'espoir qu'elle éclaircisse son esprit encore embrumé.

Maudits soient Leonida et son laudanum.

Certes, il devait admirer son intelligence agile et son courage audacieux. Quelle autre femme l'aurait si bien dupé ?

S'adossant à sa chaise, il but une gorgée du café brûlant et se rappela sévèrement qu'il n'y avait rien d'admirable dans le fait de laisser un homme blessé et drogué dans une vile chambre d'hôtel parisienne.

Ni dans le fait d'être assez stupide pour décamper avec sa soubrette et son cocher pour unique escorte quand elle était de toute évidence poursuivie par de dangereux bandits qui voulaient lui mettre une balle dans le cœur.

— Qu'en est-il de miss Karkoff ? demanda-t-il enfin, jetant un coup d'œil au grand Russe qui se tenait près de la table.

— Elle n'est pas dans l'hôtel.

— Vous en êtes sûr ? insista-t-il, pensant la maligne capable de s'être cachée dans les greniers jusqu'à ce qu'il soit parti à sa recherche.

Le solide domestique qui ressemblait à un lutteur soutint son regard, son expression assurant à Stefan que tout avait été fouillé jusqu'au moindre placard.

— Absolument.

— Sapristi !

— On la retrouvera.

— Avez-vous vérifié sa voiture ?

— Elle est toujours chez le charron.

Boris marqua une pause.

— Mais il semble qu'un autre attelage ait mystérieusement disparu. Le charron essaie actuellement d'expliquer cette disparition à un comte Schuster furieux.

Stefan haussa les sourcils.

— Miss Karkoff a volé une voiture ?

— Je ne peux pas l'affirmer.

En secouant la tête avec ironie, Stefan se leva. Décidément ! Leonida se montrait pleine de ressource !

— Il semblerait que les poursuites reprennent.

— Puis-je parler franchement, Votre Grâce ?

Le duc réprima un soupir d'impatience, sachant déjà ce que le Russe avait à l'esprit.

— Bien sûr, Boris.

— Vous devriez peut-être envisager de retourner en Angleterre.

Le domestique jeta un coup d'œil à son épaule.

— Il est évident que miss Karkoff s'est fait de très dangereux ennemis.

— Oui, elle semble bien avoir dit la vérité au moins là-dessus.

— Lord Summerville serait très mécontent si l'on vous tuait.

— Je ne serais pas excessivement content non plus.

— Il désirerait que je vous ramène chez vous.

— Je prends note de votre sage conseil, Boris, mais Edmond me connaît assez pour savoir qu'une fois que je me fixe un but, je ne m'en laisse pas détourner.

Il offrit un petit sourire au Russe.

— Vous ne serez pas blâmé de ma mort prématurée.

Boris fronça les sourcils.

— Comme vous voudrez.

Stefan se figea, percevant sa tension.

— Y a-t-il autre chose ?

— Miss Karkoff est très aimée en Russie. Elle est l'une des rares personnes proches des Romanov qui conseille une répression moins brutale des paysans, et est bien connue pour les nombreuses œuvres charitables auxquelles elle contribue généreusement.

— C'est très estimable, mais je ne suis pas certain de comprendre votre avertissement.

— Une fois que miss Karkoff aura remis le pied en Russie, seul un fou oserait s'en prendre à elle, expliqua Boris d'une voix dure. A moins de vouloir être pris à partie par une foule en colère.

Stefan soupira. Comment diable s'était-il fourré dans un tel pétrin ? Une amante trompeuse et voleuse qui l'avait drogué et était déterminée à lui échapper. De mystérieux ennemis tapis dans l'ombre. Des foules en colère…

Ce n'était guère le genre d'existence à laquelle le duc d'Huntley était habitué.

Non pas qu'il se laisse intimider. Lorsqu'il se concentrait sur un objectif à atteindre, rien ne pouvait s'opposer à sa volonté. Quel que soit cet objectif…

— Alors nous devons retrouver miss Karkoff avant qu'elle n'atteigne la Russie.

— Il y a une vaste étendue de terres entre ici et Saint-Pétersbourg.

— Plus tôt nous commencerons notre poursuite, plus vite elle s'achèvera.

Le domestique s'inclina avec réticence.

— A votre guise.

Stefan enfila ses gants, fronçant les sourcils en se rappelant l'ardeur désespérée qui brillait dans les yeux de Leonida lorsqu'elle lui avait donné un dernier baiser.

— Boris.

— Oui, Votre Grâce ?

— Pouvez-vous songer à une raison quelconque pour laquelle la comtesse Karkoff aurait envoyé sa fille en Angleterre ?

Le Russe réfléchit un long moment. En tant que fidèle serviteur et confident d'Edmond, il en savait probablement plus sur les arcanes de la Cour russe que bien des nobles.

— La comtesse Karkoff a toujours eu une grande ambition pour sa fille, mais elle est également connue pour être terriblement protectrice envers elle, déclara-t-il lentement. Je ne peux imaginer qu'une seule raison pour laquelle elle accepterait de la mettre en danger.

— Laquelle ?

— Alexandre Pavlovich, admit Boris de mauvais gré. La comtesse a voué sa vie à protéger son trône. Je ne pense pas qu'elle considérerait n'importe quel sacrifice comme trop grand pour y parvenir.

Sans prévenir, une colère incandescente envahit Stefan.

La garce égoïste. Si c'était vrai, cette femme avait non seulement envoyé sa fille innocente dans un pays étranger pour y commettre Dieu savait quelle sorte de vol, mais elle avait mis la vie de Leonida en péril.

Sans lui, elle pourrait fort bien être morte dans cet hôtel parisien.

— Je crois comprendre… La comtesse sacrifierait n'importe quoi pour protéger le trône d'Alexandre Pavlovich, ou plutôt sa propre position de pouvoir à la Cour, n'est-ce pas ? demanda-t-il âprement.

Boris acquiesça d'un léger signe de tête.

— Comme vous dites.

— Maudite soit cette femme.

A quelques rues de là, sir Charles Richards était d'aussi mauvaise humeur que le duc d'Huntley.

Certes, sa suite d'hôtel était bien supérieure et comportait une chambre à coucher ainsi qu'un élégant salon décoré de damas et de dorures, mais il prenait peu de plaisir à ce qui l'entourait.

Ce matin-là, un de ses serviteurs était arrivé de Saint-Pétersbourg pour l'avertir que Dimitri Tipova se lassait d'attendre son argent. Ou sir Charles rentrait pour payer l'importante somme qu'il réclamait, ou tout le monde connaîtrait son vilain petit secret.

C'était la seule raison pour laquelle il avait été poussé à un plan aussi hâtif.

Il *devait* mettre la main sur ces lettres avant que ce sale bandit ne commence à parler des prostituées qui avaient disparu ou, pire, ne décide d'avoir la tête empaillée d'un noble anglais accrochée à son mur.

Bien sûr, son plan avait été un vrai désastre.

A présent, il se tenait au milieu du salon, fixant avec un déplaisir glacé le corpulent serviteur perché inconfortablement au bord d'un fauteuil délicat.

— Ainsi, vous me dites qu'après avoir échoué à empêcher miss Karkoff de trouver les lettres cachées à Meadowland et l'avoir laissée quitter l'Angleterre, vous n'avez pas réussi non plus à lui loger une balle dans le cœur et avez blessé à la place le duc d'Huntley.

Sa voix douce contenait une menace mortelle qui fit pâlir l'homme de peur.

— Un gentleman qui est non seulement riche et puissant, mais en outre un favori du roi d'Angleterre.

— Ce n'était pas ma faute.

— Non, ça ne l'est jamais, n'est-ce pas, Yuri ?

Le Russe serra ses grosses mains sur les accoudoirs du fauteuil.

— Vous m'aviez dit qu'elle serait seule.

— Et ainsi, au lieu d'attendre qu'elle soit effectivement seule, vous avez risqué de conduire tous les gardes du roi de Paris directement à ma porte ? susurra Charles.

— Les gardes n'ont pas été appelés.

Charles plissa les paupières. On avait tiré sur le duc d'Huntley et les autorités n'avaient pas été averties ? C'était inouï.

— Vous en êtes sûr ?

— Oui.

— Pourquoi diable Huntley se laisserait-il tirer dessus sans réclamer justice ?

Charles arpenta le parquet, réfléchissant à cet étrange puzzle.

Il avait été si furieux quand Yuri avait avoué qu'il avait échoué à tuer cette garce de Karkoff et à reprendre les lettres, qu'il ne s'était guère penché sur la présence d'Huntley à Paris. Maintenant, il s'avisait que le duc avait dû suivre miss Karkoff depuis l'Angleterre. La maudite donzelle avait manifestement fait une conquête.

— Il doit protéger la femme, dit-il.

— C'est ce qu'il semble.

— Il ne peut être constamment avec elle. Retournez à l'hôtel et finissez votre tâche quand elle sera seule. Ne revenez pas sans ces lettres.

Le serviteur se racla la gorge.

— A ce propos…

— Qu'y a-t-il encore, Yuri ?

— Sachant combien vous vouliez les lettres, j'ai attendu un moment et tenté de me faufiler dans l'hôtel.

— Comme c'est hardi de votre part !

Le Russe rougit sous la raillerie de sir Charles.

— J'ai entendu parler les domestiques.

— Et pourquoi serais-je intéressé par les ragots du personnel ?

— Parce qu'ils disaient qu'ils avaient vu la veuve russe sortir des cuisines avec un sac à la main. Ils pensaient qu'elle essayait de partir sans payer sa note.

Charles se figea, un brouillard rouge commençant à se former derrière ses yeux.

— Que dites-vous ?

Yuri lécha ses lèvres sèches.

— Elle a quitté l'hôtel.

— Et ses domestiques ?

— Partis.

— Et vous n'avez pas jugé bon de m'en informer jusqu'à maintenant ? demanda doucement l'Anglais.

Pas complètement stupide, le Russe bondit sur ses pieds, lisant peut-être sa propre mort sur le visage de son employeur.

— Elle n'a pas pu aller loin. Je vais…

— Non, je ne pense pas.

Avant que le lourd serviteur ne puisse réagir, Charles tira sa dague de sa poche et la lui plongea dans le cœur.

— Vous avez failli pour la dernière fois, Yuri.

13

Prusse

Stefan ne s'était jamais considéré comme particulièrement vaniteux.

Certes, sa position de duc assurait que très peu de personnes n'osent mettre ses ordres en question. Et son tempérament, s'il n'était pas turbulent, était résolu.

Néanmoins, ce fut seulement lorsqu'il eut enduré des jours sans fin à poursuivre Leonida à travers la France et loin en Prusse qu'il prit conscience que jamais auparavant sa volonté n'avait été aussi ennuyeusement contrecarrée.

Et cela ne lui plaisait pas du tout.

Cette femme aurait dû être à Meadowland — réchauffant son lit, ornant sa table, ou douillettement blottie dans sa bibliothèque tandis qu'il lui lisait ses livres préférés. Elle ne devrait pas être en train de risquer son cou pour quelque plan stupide de la comtesse Karkoff.

S'arrêtant dans un petit village au nord de Leipzig, Stefan sortit de sa voiture et arpenta la cour des écuries à petits pas agités en attendant que Boris revienne après avoir interrogé le personnel du relais de poste voisin.

Il avait découvert très tôt dans son périple que la présence du duc d'Huntley soit rendait les serviteurs trop intimidés pour parler, soit les encourageait à dire n'importe quoi pour lui plaire. Et puis il y avait toujours le risque que le roi Frédéric-Guillaume n'entende parler d'un puissant noble anglais traversant son territoire et ne fasse le genre d'invitation que Stefan aurait du mal à ignorer.

Il était beaucoup moins compliqué de laisser Boris prendre contact avec les gens du pays.

Examinant distraitement les ruines d'un château sur une colline voisine, Stefan s'efforça d'ignorer les regards spéculateurs des villageois qui passaient. Il ne pouvait guère les blâmer de leur curiosité. Ce n'était pas souvent qu'une petite bourgade endormie voyait une voiture élégante tirée par deux étalons noirs assortis. De plus, avec sa redingote cannelle, son gilet crème et ses culottes noires enfilées dans des bottes étincelantes, il ne passait pas inaperçu au milieu des villageois.

Enfin, il entendit le lourd bruit de pas de Boris qui approchait et, se tournant, il jeta un regard impatient au domestique.

— Eh bien ?

— Le garçon d'écurie a admis qu'il reconnaissait la voiture que je lui ai décrite et qu'une dame voilée accompagnée de deux domestiques a passé une nuit à l'auberge.

— Quand ?

— Avant-hier soir. Nous gagnons du terrain.

Stefan serra les poings.

— Trop lentement.

Boris haussa les épaules.

— Il y a autre chose.

— Quoi ?

— D'après le garçon d'écurie, la veuve s'est attardée assez longtemps pour échanger son élégante voiture contre un véhicule bien inférieur.

Le Russe fit une grimace.

— Un véhicule si commun qu'il peut aisément se perdre parmi des douzaines d'autres lui ressemblant.

— Quel renard !

Les lèvres de Stefan frémirent. Il était aussi impressionné par le courage inlassable de Leonida que soulagé de savoir qu'elle avait encore de l'avance sur ses ennemis.

Le temps qu'il passait à se soucier de son bien-être était d'ailleurs absurde. Bon sang ! il était resté éveillé la veille au soir en s'inquiétant de savoir si elle disposait d'un feu pour se réchauffer, elle qui était si frileuse ! Aussi loin dans le Nord, les nuits étaient fraîches, même en été.

— Elle vient d'une longue lignée de guerriers rusés, fit remarquer Boris avec une pointe de fierté. Le tsar Pierre a rebâti un pays oublié pour en faire un grand empire par la seule force de sa volonté, et Catherine s'est emparée du trône et a civilisé la nation.

— Et Alexandre Pavlovich ? demanda sèchement Stefan, n'éprouvant en cet instant aucun sentiment charitable pour l'empereur actuel.

Boris haussa les épaules.

— Il nous a sauvés d'un fou.

— Il n'était pas seul à se battre contre Napoléon.

— Ah.

Un curieux sourire se dessina sur les lèvres du Russe.

— J'avais presque oublié. De deux fous, alors.

Stefan haussa les sourcils, s'avisant après coup que Boris se référait au père d'Alexandre Pavlovich, l'empereur Paul.

Le précédent tsar était mort à point nommé quand Alexandre n'avait que vingt-quatre ans. Personne ne déplorait la perte du tyran, mais les rumeurs qu'Alexandre avait aidé à envoyer son père à la mort, et était même passé sur son cadavre pour prendre le trône, avaient poursuivi l'empereur pendant des années.

— C'est une affaire dangereuse d'être né Romanov, observa-t-il.

— La Russie est un pays rude qui nourrit ceux qui sont capables de survivre. Les faibles ne sont pas tolérés.

Stefan plissa les paupières.

— Essayez-vous de me dire quelque chose, Boris ?

— On apprend aux Anglaises qu'être modestes et bien

élevées sont des qualités admirables, répondit le Russe en souriant. Bien qu'il y ait des femmes comme la mienne qui ne suivent pas ces conseils.

Stefan souffla, conscient que Janet, qui était également la femme de chambre de Brianna, tenait fermement son époux en main. Elle terrifierait même l'homme au cœur le mieux accroché.

— Vous insinuez que les Anglaises sont placides et ennuyeuses ?

Boris haussa de nouveau les épaules.

— Elles préfèrent user de leur charme pour séduire un gentleman.

— Et les femmes russes ?

— Elles sont passionnées, explosives et parfois dangereuses. Surtout, elles n'hésitent pas à faire le nécessaire pour protéger ceux qu'elles aiment.

Stefan se détourna abruptement, une étrange douleur fleurissant dans son cœur.

Il ne pouvait nier que Leonida faisait paraître toutes les autres femmes qu'il connaissait bien pâles en comparaison. Ce n'était pas qu'elle soit flamboyante ou impétueuse. Bien au contraire. Elle ressemblait beaucoup à sa mère. Une très belle femme au calme serein qui cachait un cœur généreux et une farouche loyauté envers sa famille.

— Je la retrouverai, marmonna-t-il à mi-voix.

— Mieux vaut que vous ayez raison.

Stefan refit face au regard ferme du Russe.

— Y a-t-il autre chose que vous ne m'avez pas dit ?

— Je n'étais pas le premier à interroger le garçon d'écurie sur une jeune veuve avec une soubrette et un cocher russe.

— Seigneur !

Un frisson passa sur l'échine de Stefan.

— Avez-vous découvert quelque chose sur la personne qui a posé ces questions ?

— Un Anglais distingué, aux cheveux gris, avec

plusieurs gardes costauds qui ont terrifié le village, d'après le garçon d'écurie.

Stefan fronça les sourcils, surpris.

— Un Anglais ?

— Il en était absolument certain, bien que l'homme n'ait pas donné son nom.

— Cette affaire devient plus troublante de jour en jour, grommela Stefan. Quel Anglais pourrait s'intéresser à la politique russe ?

— Un grand nombre, je dirais.

Stefan secoua la tête. Quelle importance ? Qui que soit cet Anglais, il ne le laisserait pas faire du mal à Leonida. Pas même s'il devait lui arracher le cœur.

— Quand est-il passé par ici ?

— Tôt ce matin.

Un vif malaise s'empara de Stefan. S'il arrivait trop tard…

— Nous voyageons trop lentement, dit-il d'un ton coupant. Nous ne rattraperons jamais Leonida les premiers à cette allure.

— Nous savons qu'elle se rend à Saint-Pétersbourg. Nous irions beaucoup plus vite si nous n'étions pas obligés de nous arrêter dans chaque village pour demander si miss Karkoff a été vue.

— Non.

Stefan écarta promptement cette suggestion.

— Ses ennemis sont trop près. Nous ne pouvons risquer de perdre sa trace.

Boris sourit.

— Vous vous souciez d'une menteuse et d'une voleuse ?

Stefan ne fit pas l'effort de cacher sa résolution.

— Elle est à moi et je l'aurai.

Le Russe considéra un instant ce que son maître, lord Summerville, voudrait qu'il fasse. Puis, décidant que manifestement rien à part assommer le duc et le ramener de force en Angleterre ne pourrait l'arrêter, il poussa un soupir résigné.

— Non, vous ne l'aurez pas à cette allure.

— Exact.

Stefan tourna la tête pour regarder les écuries voisines.

— Que mijotez-vous ?

— Je veux que vous louiez une monture. Je préfère qu'elle soit solide plutôt que belle.

— Et ensuite ?

— Ensuite, je souhaite que vous vous rendiez avec mes domestiques à Saint-Pétersbourg en voiture. Je vous retrouverai là-bas.

— Non.

Stefan pivota et découvrit que Boris fronçait les sourcils, les bras croisés sur son large torse.

— Je vous demande pardon ? dit-il d'un ton coupant.

— Lord Summerville a menacé de me faire châtrer si je vous quittais des yeux, marmonna le Russe, refusant de céder. Je vous ai déjà manqué une fois, cela ne se reproduira pas.

L'expression du duc s'adoucit.

— Vous n'avez failli à personne, Boris, déclara-t-il pour rassurer le grand domestique. J'ai depuis longtemps passé l'âge d'avoir une nourrice, malgré la piètre opinion qu'a mon frère de mes capacités.

— Vous pouvez envoyer vos domestiques et votre voiture à Saint-Pétersbourg si vous voulez, mais je reste avec vous.

— Et vous ne croyez pas que Janet me châtrera, moi, si je laisse quelque chose vous arriver ?

Boris gloussa.

— Ma femme blâmera à coup sûr son mari à la tête dure et supposera que j'ai eu ce que je méritais.

Stefan leva les yeux au ciel. Il ne doutait pas que Boris lui emboiterait le pas jusqu'à ce qu'Edmond soit convaincu qu'il était en sécurité.

— Très bien. Trouvez-moi un cheval et je vais parler à mes domestiques.

Saint-Pétersbourg
Vasilevsky Ostrov

En mai 1703, quand l'empereur Pierre était arrivé dans l'île, il avait brièvement envisagé d'édifier la nouvelle capitale russe sur ce site. Mais malgré sa volonté entêtée, il avait été vaincu par la nature. Les violentes tempêtes et les inondations imprévisibles, ainsi que les vents qui soufflaient constamment du golfe de Finlande, le rendaient impraticable pour la ville grandiose qu'il projetait.

Finalement, il avait fait construire sa forteresse sur Zayachy Ostrov et ses palais officiels sur le continent, mais il n'avait pas complètement renoncé à ses vues sur l'île. La déclarant un lieu d'instruction, il y avait fait bâtir un muséum et un observatoire, ainsi que la première université de Saint-Pétersbourg sur la rive est.

La rive ouest était moins fortunée. Au fil des années, une série de ports et d'entrepôts avaient commencé à parsemer le lugubre paysage, amenant avec eux une foule peu recommandable de rudes marins et de serfs.

Ce n'était certainement pas un endroit que l'aristocratie russe se souciait de visiter.

Se déplaçant à travers le dédale sombre et étroit des rues, Herrick Gerhardt et son fidèle garde Gregor pouvaient sentir la menace de regards soupçonneux qui suivaient leur avance vers l'entrepôt abandonné proche du quai.

— Si vous voulez vous faire trancher la gorge, je peux penser à plusieurs ennemis qui seraient ravis de vous faire cet honneur dans un environnement bien plus élégant, marmonna Gregor.

Herrick sourit, s'arrêtant devant la porte étroite de l'entrepôt. Son garde, très sagement, s'était opposé à rencontrer Dimitri Tipova en plein cœur de son empire criminel. Après tout, plus d'un officiel imprudent qui avait voulu mettre fin à la carrière du Tsar des Mendiants avait disparu parmi ces ombres lugubres.

Malheureusement, le conseiller n'était pas en position de dicter les termes de la rencontre. C'était lui qui l'avait demandée, et comme Tipova n'était pas du genre à risquer de tomber dans un piège, il n'avait d'autre choix que de jouer le jeu du criminel.

— Je suppose que vous vous référez au palais d'Eté ? releva Herrick en taquinant son compagnon.

— Le palais d'Eté, le palais d'Hiver, la place du Sénat, la cathédrale Kazan, l'Amirauté, la forteresse Petropavlovskaya…

— Bonté divine, l'interrompit Herrick avec un petit rire. Ai-je autant d'ennemis ?

— Ne prétendez pas que ce n'est pas une source de fierté pour vous.

Le conseiller haussa les épaules.

— Si les gens ne me haïssaient pas, cela voudrait dire que je ne fais pas bien mon travail.

— Si d'autres le faisaient bien, vous n'auriez pas besoin de vous mettre en danger, marmonna Gregor.

— Une charmante fantaisie, Gregor, mais rien de plus, le réprimanda doucement Herrick.

Quoi qu'il pensât d'Alexandre Pavlovich, sa loyauté était inébranlable. Il attendait la même chose de la part de son personnel.

— Il y aura toujours ceux qui sont poussés par leur soif de pouvoir. Ils ne seront pas satisfaits tant que la couronne ne reposera pas sur leur tête indigne.

— Et vous êtes déterminé à garder cette couronne sur celle d'Alexandre Pavlovich ?

— Mieux vaut lui que le diable que vous connaissez.

Gregor inclina la tête avec raideur, ne pouvant nier la véracité des paroles de son maître.

Alexandre Pavlovich était peut-être d'une nature versatile qui exaspérait ses ministres et les chefs d'Etat étrangers. Et on ne pouvait nier qu'il était devenu distrait et aigri au fil des années. Mais son amour pour son peuple était authentique et son devoir envers la Russie inébranlable.

— Comme vous dites.

Levant la main pour frapper à la porte épaisse, Herrick fut surpris quand elle s'ouvrit brusquement pour révéler un homme trapu au visage dur et à l'allure indéniablement militaire. Il portait pour l'instant une grossière blouse et des pantalons bouffants, mais le conseiller aurait parié son dernier rouble que ce n'était pas sa tenue habituelle.

Un cosaque. Ou du moins l'avait-il été.

— Vous êtes Gerhardt ? demanda l'homme d'un ton coupant, enregistrant du regard les vêtements sobres mais coûteux du visiteur.

— C'est moi.

Le garde porta son attention sur Gregor.

— On vous a dit de venir seul.

— C'est mon garde. On peut se fier à lui.

— Vous pouvez venir avec moi.

Le cosaque pointa un doigt sur Gregor.

— Il reste ici.

Gregor se raidit.

— Non.

— Ne craignez rien, mon vieil ami, dit Herrick pour apaiser son compagnon, sans quitter du regard le dangereux étranger. Si Dimitri Tipova me voulait mort, je ne doute pas que je serais déjà allongé dans un caniveau.

L'homme ricana.

— Le maître préfère tuer ses ennemis avec beaucoup plus de cérémonie. Seuls des idiots laissent retrouver les corps.

— Très rassurant, commenta sèchement le conseiller. Restez ici, Gregor.

Son garde fronça les sourcils, l'air désapprobateur.

— Vous jouez avec le feu.

— Ce ne sera pas la première fois.

Ouvrant la porte plus largement, le cosaque fit un signe de la main.

— Par ici.

Malgré le petit pistolet caché dans une poche secrète de sa redingote noire et la dague enfilée dans sa botte, Herrick ne put nier un léger malaise en foulant le plancher. Avec juste le clair de lune qui tombait des fenêtres brisées pour éclairer la vaste pièce, celle-ci était plongée dans une obscurité qui pouvait receler toutes sortes de surprises déplaisantes.

Sans un mot, le cosaque conduisit le conseiller à une porte gardée par deux hommes minces qui le regardèrent avec l'œil exercé de voleurs aguerris. Ils s'écartèrent, mais Herrick se félicita d'avoir pris la précaution de laisser sa bourse et ses objets de valeur chez lui.

La porte menait à un étroit escalier qui, à son tour, menait aux étages supérieurs de l'entrepôt. Après avoir été examiné par deux autres gardes armés, le conseiller fut conduit dans le repaire privé de Dimitri Tipova.

Il ne savait pas très bien à quoi s'attendre.

Peut-être à un groupe de criminels désespérés assis autour d'un feu dans quelque taudis. Ou à un cellier plein de rats.

Il ne s'attendait certainement pas à une compagnie de sentinelles bien entraînées qui avaient l'allure de soldats exercés, ni à un entrepôt délabré transformé en un appartement exquis comportant un salon, une petite salle à manger et une bibliothèque emplie d'une collection de livres qui aurait fait l'envie de la plupart des nobles russes.

Complètement stupéfait, Herrick ne fit pas attention quand son guide se retira de la pièce et referma la porte derrière lui. A la place, il s'avança pour étudier le Rembrandt accroché au-dessus d'une cheminée en marbre sculpté.

— Bonté divine ! dit-il dans un souffle.

— Je prendrai cela pour un compliment, monsieur Gerhardt, dit une voix grave d'un ton nonchalant. Je suis certain que vous êtes un gentleman rarement surpris.

Pivotant, le conseiller étudia l'homme qui sortait d'une porte dissimulée derrière les lambris de bois ciré.

C'était un homme svelte à la beauté remarquable, avec de longs cheveux noirs qui ne comportaient pas une trace de gris et étaient attachés en catogan sur sa nuque par un ruban de velours. Son visage était fin, ses traits aristocratiques et ses yeux aux reflets dorés brillaient d'une vive intelligence à la lumière des chandeliers en cristal.

Vêtu d'une redingote en velours bleu, d'un gilet rebrodé de fils d'argent et de culottes noires, l'arrivant aurait pu aisément se mêler aux plus hautes couches de la société. En vérité, Herrick aurait juré qu'il avait vu des traits quasiment identiques sur un puissant noble la veille seulement, au palais d'Eté.

Peut-être cette ressemblance n'était-elle pas inattendue. Bien des aristocrates peuplaient les rues de Saint-Pétersbourg de rejetons nés hors des liens du mariage.

Néanmoins, le conseiller ne put s'empêcher de se dire que ses idées préconçues sur Dimitri Tipova et la façon dont la soirée se déroulerait n'auraient pu être plus fausses.

Le Tsar des Mendiants alla se placer avec une grâce languide près d'un canapé en acajou et bois doré recouvert de brocart de soie Empire, un léger sourire flottant sur ses lèvres finement dessinées.

Acceptant le fait qu'il avait été joliment berné, Herrick s'inclina avec respect.

— Dimitri Tipova, je présume ? murmura-t-il.

— Pour vous servir.

Se redressant, le conseiller se retrouva inspecté par ce troublant regard doré.

— Merci d'avoir accepté de me rencontrer.

— Je vous en prie, asseyez-vous.

Attendant que son visiteur prenne place dans un fauteuil

en acajou sculpté, avec des serpents dorés entrelacés sur le dossier, Tipova joua avec un gros diamant piqué dans les plis de son écharpe.

— Je crains que mon plus gros défaut n'ait toujours été ma curiosité, dit-il. Ma mère jurait qu'elle causerait ma perte.

— Et votre père ?

L'homme ne cilla pas à la repartie d'Herrick.

— Mon père a sagement suggéré que l'on me noie à ma naissance.

— Mais il était disposé à payer pour votre éducation ? demanda le conseiller.

Aucun serf russe, quelle que fût son intelligence, ne pouvait parler un français aussi fluide sans un précepteur.

— Disposé, non.

Une lueur sardonique s'alluma dans les yeux dorés.

— Mais ma mère était une formidable dame qui avait de grandes ambitions pour son fils.

— Elle doit être très fière.

— Elle est morte.

— Ah.

Impossible de savoir si l'homme éprouvait du chagrin sous ce charme policé. Herrick sentit que peu de gens devaient être autorisés à voir le vrai Dimitri Tipova.

— Mes condoléances.

— Du cognac ?

Allant à un cabinet en ébène, le bandit agita une longue main.

— Ou préférez-vous du thé ?

— Du cognac.

Tipova emplit deux verres de l'alcool ambré et vint en mettre un dans la main du conseiller avant de s'asseoir sur le canapé. Levant son verre, il eut un sourire moqueur.

— A votre santé !

Herrick l'imita.

— A votre santé.

Ils burent le cognac parfaitement vieilli puis, posant son verre, Tipova étendit les jambes et croisa ses chevilles.

— Maintenant, peut-être serez-vous assez bon pour me dire ce qui vous amène dans mon modeste coin de l'empire ?

— Je pense que nous avons un ennemi commun.

— De fait, je dirais que nous possédons un grand nombre d'ennemis communs.

Herrick plissa les paupières, songeant aussitôt combien il serait précieux d'avoir un agent dans les bas-fonds.

— Vraiment ?

Tipova agita une main, visiblement satisfait d'avoir planté sa graine dans l'esprit du conseiller.

— Une conversation pour un autre jour.

— Très bien, accorda gracieusement Herrick, déjà déterminé à ce que ce ne soit pas sa dernière visite à l'étonnant criminel.

— Cet ennemi commun a-t-il un nom ?

— Sir Charles Richards.

Pour la première fois, Tipova parut déconcerté. Puis, rejetant la tête en arrière, il rit de bon cœur.

— Je savais que vous ne me décevriez pas, Gerhardt.

— Vous le connaissez ?

Sortant un fin cigare de sa poche, Tipova l'alluma à une bougie posée sur la table incrustée de jade.

— D'abord, je désire que vous me disiez quel est votre intérêt pour l'Anglais.

— Pouvez-vous m'assurer de votre discrétion ?

Un sourcil noir se haussa.

— Me feriez-vous confiance si je vous donnais ma parole ?

Herrick n'hésita pas. Son vrai talent avait toujours été de déchiffrer le caractère d'une personne.

— Oui.

Une émotion indéfinissable brilla dans les yeux dorés.

— Alors, vous l'avez.

Le conseiller alla droit au but.

— Il est possible que sir Charles fasse chanter en ce moment un membre éminent de la Cour russe.

— Je vois.

— Vous ne semblez pas particulièrement surpris.

— J'admettrai volontiers que je suis à l'occasion un homme dévoyé, mon ami. Je suis impitoyable, j'aime le luxe et les belles femmes, et je ne me soucie pas exagérément de la morale qui entrave les autres.

Il s'arrêta, crispant la mâchoire.

— Mais je ne suis pas mauvais. Rien de ce que vous pourriez me dire sur sir Charles ne me surprendrait.

— Sir Charles, lui, est mauvais.

Herrick éprouva de la répulsion pour l'Anglais. Si les rumeurs étaient exactes, il méritait d'être écorché vif et livré aux rats.

— Oui, votre description ne pourrait être plus exacte.

Tipova déguisa vite sa fugace bouffée de colère sous un sourire engageant.

— En outre, je suspectais qu'il devait faire quelque chose de ce genre.

— Et pourquoi donc ?

— Parce que, mon cher Gerhardt, *je* le fais chanter.

Le conseiller ne se donna pas la peine de paraître surpris. C'était précisément ce qu'il avait supposé et pourquoi il avait demandé cet entretien, pour commencer.

— Seriez-vous disposé à me donner des détails sur l'emprise que vous avez sur lui ?

— Seulement si vous êtes disposé à vous montrer aussi conciliant.

Une intuition retint Herrick d'exprimer la menace qu'il avait sur le bout de la langue. Dimitri Tipova vouait son existence à enfreindre la loi et à défier les autorités d'essayer de le jeter en prison.

Non. Il ne se laisserait jamais intimider.

— Vous savez que c'est impossible, répondit-il.

— Alors, il semble que nous soyons dans une impasse.

Le conseiller tapota l'accoudoir de son fauteuil de ses doigts, changeant aisément de tactique.

— Savez-vous que sir Charles a quitté Saint-Pétersbourg ?

— Je m'en doutais.

— Savez-vous où il est allé ?

— J'en ai une assez bonne idée.

— Partagerez-vous cette information avec moi ?

— Cela dépend.

— De quoi ?

D'un geste fluide, Tipova se leva et alla jeter son cigare dans le feu. Lorsqu'il se retourna, Herrick eut un aperçu des ambitions brutales qui animaient cet homme unique.

— Sir Charles m'a gravement insulté. Le genre d'insulte qui exige des représailles.

Ses lèvres s'incurvèrent.

— Puisque vous êtes impliqué, je dois en conclure que je n'ai aucun espoir de toucher l'argent que j'ai demandé.

— Aucun.

— Alors, je dois obtenir le moyen de faire justice.

— Que voulez-vous ?

Tipova eut un sourire glaçant.

— Sir Charles.

— Vous voulez lui donner une leçon ?

— Non, le scélérat est incapable d'apprendre. Il ne pourrait résister à ses pulsions même s'il le voulait, et je vous assure qu'il ne le veut pas.

Le bandit soutint le regard d'Herrick.

— Je ne donne de leçons qu'aux gentlemen assez stupides pour enfreindre mes règles.

Le conseiller se leva à son tour.

— Croyez-vous vraiment que je vais vous remettre un noble anglais pour le condamner à une mort certaine ?

— Vous comprenez le devoir, Gerhardt. Vous avez consacré votre vie à protéger les intérêts des Romanov.

La voix de Tipova se teinta de cynisme.

— Un but admirable peut-être, mais qui va protéger les pauvres gens qui ne sont pas sous la protection de vos beaux officiels ?

— Vous ?

Le séduisant malfaiteur haussa les épaules.

— Moquez-vous si vous voulez, mais je ne permets pas que quiconque fasse du mal à mes enfants.

D'une façon singulière, Herrick découvrit qu'il admirait grandement Tipova. En vérité, il était bien dommage qu'il ne puisse revendiquer son sang noble. Il possédait beaucoup plus de courage et d'intelligence que la majeure partie des aristocrates qui grouillaient à la Cour de Russie.

Allant d'un pas nonchalant à un bureau de bois de citronnier qui offrait une collection de boîtes à priser en émail, Herrick considéra distraitement l'outrageuse demande.

D'un côté, il était naturellement réticent à livrer un noble anglais à un criminel autoproclamé. Les relations entre Alexandre Pavlovich et George IV étaient tendues, pour le moins. Qui savait de quoi serait capable le gras monarque anglais s'il apprenait cette histoire ?

D'un autre côté, il était dans une situation aussi désespérée que désagréable.

Ces dernières semaines, Nadia Karkoff avait été harcelée par l'ignoble Nikolas Babevich qui exigeait qu'elle paye sous peine de voir ses lettres révélées publiquement. Herrick avait tenté de rassurer la nerveuse comtesse, lui disant qu'il n'y avait rien à craindre. Visiblement, Babevich ne possédait pas les lettres, sinon il aurait donné des preuves. Mais Nadia refusait de se laisser réconforter, et comme sa détresse devenait apparente pour l'empereur, Herrick avait été forcé de suivre même les plus infimes indices menant au véritable maître chanteur.

Ce qui signifiait qu'il devait mettre la main sur sir Charles Richards.

Pivotant lentement, il fit un petit signe de tête.

— Très bien.

Les yeux dorés brillèrent de triomphe.

— Vous me donnerez sir Charles ?

— Oui.

— J'ai votre parole ?

Le conseiller sourit.

— Vous y fierez-vous ?

— Etrangement, oui. C'est très curieux.

— C'est bien mon avis.

Ils échangèrent un regard de compréhension mutuelle, puis, nouant les mains dans son dos, Tipova gagna le milieu du beau tapis persan.

— Sir Charles était à Paris.

— Paris ?

Herrick fronça les sourcils.

— Quelle affaire a-t-il en France ?

— Peut-être cherche-t-il à échapper à ma colère. Une erreur imprudente.

Le criminel marqua une pause.

— Ou peut-être a-t-il été attiré là-bas par les rumeurs que la charmante Leonida Karkoff séjourne actuellement en Angleterre, et désire-t-il la tenir discrètement à l'œil.

Herrick se figea, désagréablement choqué. Il semblait impossible que qui que ce soit, et encore moins un vaurien sans foi ni loi, puisse connaître ses secrets les mieux gardés. Ce n'était pas seulement un coup porté à sa considérable fierté, mais c'était une menace potentielle qu'il ne tolérerait pas.

— Vous n'êtes pas complètement à l'abri d'être traîné devant un peloton d'exécution, Tipova, dit-il, d'un ton froid d'avertissement.

— Je suis rarement stupide, mon ami. Pour moi, les informations sont un trésor sans prix.

Il passa un doigt sur un ancien vase chinois posé sur le manteau de la cheminée.

— Je les collecte pour mon propre plaisir, et seulement

quand je suis certain d'un profit qui ne comportera pas de risque pour moi si j'accepte de les vendre.

— Un dangereux passe-temps.

Tipova rit brusquement.

— Allons, Gerhardt, je ne voudrais pas être en désaccord avec vous. De fait, je vais vous offrir une information assez pertinente pour vous prouver ma bonne volonté.

L'expression dure du conseiller ne s'adoucit pas.

— Laquelle ?

— Avant son arrivée à Saint-Pétersbourg, sir Charles a fait un séjour prolongé à Paris avec un vieil ami.

— Un vieil ami ?

— Un certain M. Howard Summerville qui a été contraint de se réfugier sur le continent l'an passé, quand ses créanciers sont devenus trop insistants.

Herrick fronça les sourcils.

— Un parent de lord Summerville ?

— Un cousin du duc d'Huntley bien que, d'après les rumeurs, les relations entre les deux familles soient tendues.

Le conseiller sourit avec une sombre satisfaction. Enfin, il avait une connexion directe entre Saint-Pétersbourg et Meadowland.

— Intéressant, dit-il. Sir Charles est-il toujours à Paris ?

— Aux dernières nouvelles, il avait quitté la ville assez abruptement et voyageait vers le nord.

— Pour rentrer à Saint-Pétersbourg ?

— Je suppose.

Une peur acérée transperça le cœur d'Herrick.

— Pourquoi reviendrait-il maintenant ?

Dimitri le regarda dans les yeux.

— Manifestement, parce qu'il est sur les traces de sa proie.

Le conseiller inspira vivement.

Leonida.

Sapristi ! A quoi avait songé Nadia en envoyant son

innocente fille dans un tel voyage ? La belle comtesse avait toujours été impétueuse. Mais cela dépassait les bornes.

Hélas, il n'avait appris le plan qu'alors que Leonida était déjà arrivée en Angleterre. Bien au-delà de sa protection.

Fichtre ! Il devait retourner à son bureau et commencer à organiser des recherches pour attraper sir Charles Richards. Maintenant.

Le scélérat n'aurait pas l'occasion de faire du mal à Leonida.

Herrick offrit une petite courbette à son hôte.

— Je vous remercie, Dimitri Tipova, pour ces informations. Je vous suis redevable.

— Oui.

Les yeux dorés brillèrent d'un humour moqueur.

— Et je perçois toujours ce qui m'est dû.

14

Russie

La petite auberge, située à une soixantaine de miles de Saint-Pétersbourg, était un bâtiment bas et ramassé qui semblait sur le point d'être englouti par les bois environnants.

A l'intérieur, il y avait peu de choses pour recommander l'établissement miteux aux voyageurs de passage. Les pièces étaient exiguës, avec des murs en pierre, des sols recouverts de planches grossières et des plafonds aux poutres apparentes. Même le salon privé dans lequel Leonida s'était réfugiée était une pièce nue avec pour seul aménagement une table et deux fauteuils capitonnés près de la cheminée. Elle avait demandé qu'un feu soit allumé, malgré les plaintes grommelées par l'aubergiste négligé.

Si elle n'avait pas été endolorie de la tête aux pieds par leur fuite sans fin, et affamée, Leonida n'aurait jamais cédé à l'insistance de Piotr pour passer la nuit ici. Non seulement elle doutait de la propreté de sa chambre, mais savoir en permanence qu'elle était poursuivie par de dangereux ennemis lui rendait tout repos quasiment impossible.

Blottie près du feu alors que la nuit tombait et qu'une fraîcheur certaine envahissait l'air, Leonida tentait désespérément d'ignorer le décor sinistre qui l'entourait ainsi que les relents pénétrants d'oignons frits qui semblaient imprégner les murs.

Elle serait bientôt chez elle, se dit-elle pour se remonter le moral. Une fois qu'elle aurait atteint Saint-Pétersbourg et retrouvé la protection de sa famille, personne n'oserait porter la main sur elle. Pas même l'arrogant duc d'Huntley.

Curieusement, savoir cela ne lui offrait pas le réconfort qu'elle espérait. De fait, quelque chose qui ressemblait dangereusement à du regret lui serrait le cœur.

Juste ciel ! Etait-elle devenue complètement folle ?

Claquant la langue avec irritation, elle s'obligea à imaginer le confort luxueux de la maison de sa mère et la sensation exquise de pouvoir passer une journée entière sans craindre d'être accusée d'escroquerie.

Elle serait en sécurité et heureuse et, avec le temps, tout souvenir de Stefan déserterait son esprit.

Par chance, ses pensées furent interrompues par l'entrée d'une servante. Elle préférait ne pas s'appesantir sur la crainte de ne jamais pouvoir oublier le duc d'Huntley. Et qu'il hante ses rêves pour les années à venir.

— Votre dîner, madame, murmura la servante, posant le plateau sur la table.

— Merci.

Leonida se déplaça pour prendre un siège, faisant une grimace devant le bol de ragoût de poisson qui nageait dans la graisse et la miche de pain qui semblait dater d'au moins huit jours. Elle ne s'était guère attendue qu'un tel établissement ait un chef talentueux, mais c'était encore pire que ce qu'elle avait imaginé.

— Avez-vous vu ma soubrette ? demanda-t-elle.

La femme d'âge moyen, à la mise étonnamment nette et aux yeux bruns et vifs, réfléchit un instant.

— La dernière fois que je l'ai vue, elle allait aux écuries.

Leonida eut un petit sourire mélancolique. Bien sûr, Sophy voulait passer un moment seule avec Piotr. On ne pouvait se méprendre sur l'affection grandissante entre ses deux domestiques.

— Très bien. Ce sera tout, dit-elle en congédiant la servante, résignée à manger seule son repas peu appétissant.

Elle était occupée à avaler péniblement son ragoût, quand des bruits de voix fortes devant la porte la firent se lever et coiffer en hâte son bonnet et son voile.

Lorsqu'elle était arrivée, il était tôt et la salle commune était vide, mais apparemment elle s'était vite emplie du genre de goujats ivres qui ne pensaient qu'à se battre.

Leonida débattit un instant de la sagesse de remonter dans sa chambre. Au moins, elle pourrait barricader sa porte pour se protéger des autres clients. Malheureusement, elle devrait passer par la salle pour atteindre l'escalier, et il ne lui semblait pas particulièrement souhaitable d'attirer l'attention.

Finalement, la décision lui échappa quand la porte du salon privé s'ouvrit et qu'un grand et beau gentleman entra dans la pièce, vêtu d'une redingote noire ajustée.

Son cœur heurta violemment ses côtes lorsqu'elle le reconnut.

Sir Charles Richards.

L'horreur la figea tandis que le visiteur malvenu fermait soigneusement la porte et jetait ses gants et son chapeau sur un fauteuil. Puis, arrangeant la dentelle de ses manchettes, il avança d'un pas nonchalant pour venir se placer devant Leonida.

— Il n'est pas nécessaire de cacher votre beau visage, miss Karkoff.

Un sourire cruel joua sur ses lèvres tandis qu'il lui arrachait son bonnet et le jetait à terre.

— Il ne devrait pas y avoir de secrets entre amis.

Une terreur glacée crispait l'estomac de Leonida. Elle avait suspecté que cet homme était de mèche avec ses ennemis. Maintenant, cela ne faisait plus aucun doute.

Résistant à l'envie couarde de défaillir, Leonida prit à la place une expression pleine de raideur.

— Sir Charles, que faites-vous donc ici ?

— Je vous suis, bien sûr, répondit-il d'un ton neutre, les yeux durs. Vous m'avez donné du fil à retordre, mais nous arrivons enfin à la conclusion de notre danse.

— Pourquoi voudriez-vous me suivre ?

— Pourquoi ?

Il tira une dague de sa poche, l'inclinant de telle sorte que la lueur du feu joue sur la longue lame mortelle.

— Parce que vous avez quelque chose qui m'appartient.

Leonida oublia tout espoir et s'écarta de lui à reculons.

— Gardez vos distances ou je crierai, prévint-elle d'une voix altérée.

— Ce serait bien dommage.

Ses doigts caressèrent la dague, comme s'il prenait un plaisir dérangeant à sentir sa poignée en argent travaillé.

— J'ai fait rassembler le personnel de cette humble auberge dans les cuisines, et mes hommes ont l'ordre de tirer sur quiconque sera assez imprudent pour interrompre notre charmante réunion.

La bouche de Leonida s'assécha et son cri mourut sur ses lèvres. Elle ne mettrait pas en danger des Russes innocents. Et qu'en était-il de Sophy et Piotr ? Dieu fasse qu'ils soient en sécurité, supplia-t-elle en silence.

— Je ne trouve rien de charmant à cette réunion. Et ma famille ne le trouvera pas non plus quand elle découvrira que vous m'avez ainsi abordée.

Il ricana à son avertissement coupant.

— Pensez-vous que je craigne le puissant Alexandre Pavlovich ?

— Je pense que vous êtes fou.

Les traits de l'Anglais se crispèrent, comme s'il était furieux de son accusation. Puis, avec un effort visible, il reprit son attitude glacée.

— C'est exact. Et il s'agit d'une folie plutôt coûteuse,

à ce qu'il apparaît. Par chance, vous êtes le moyen pour moi de me sortir d'une situation très désagréable.

Leonida humecta ses lèvres sèches.

— Je n'ai que quelques roubles sur moi…

Elle s'interrompit avec un cri étouffé quand il lui saisit le bras, la tirant brutalement en avant pour presser la dague sur sa gorge.

— Les lettres, miss Karkoff. Donnez-les-moi.

La pointe du poignard menaçait de s'enfoncer dans sa peau tendre.

Le cœur de Leonida battait si fort qu'elle parvenait à peine à penser. Elle s'était toujours considérée comme une femme courageuse. Une vraie Romanov. Il était humiliant de constater qu'elle souhaitait désespérément remettre les lettres pour être débarrassée de cet homme révoltant.

En vérité, il la terrifiait au-delà de toute raison.

Il y avait quelque chose de… maléfique qui brillait dans ses yeux noirs glacés. Comme si son âme avait été volée et qu'il ne restait rien en lui hormis une haine froide et calculatrice.

Malheureusement, la peur ne lui avait pas fait perdre complètement ses esprits.

Remettre les lettres n'aboutirait à rien. Seules sa ruse et une bonne dose de chance la sauveraient d'une tragédie.

— J'ignore de quoi vous parlez, dit-elle.

— A n'importe quel autre moment, je pourrais trouver un certain plaisir à vous faire dire la vérité, ma chère.

Il leva sa main libre pour lui caresser la joue.

— Une si belle peau d'albâtre. Si délicieusement intacte. Vous me tentez presque.

Il eut un sourire tordu tandis que Leonida frissonnait de répulsion.

— Mais non. Aujourd'hui, ma hâte exige une tactique plus brutale.

La dague se pressa assez pour faire couler le sang.

— Les lettres.

Leonida lutta pour parler.

— Je ne les ai pas.

— Vous me prenez pour un sot ? Je sais que vous êtes allée à Meadowland.

— Ma mère était une grande amie de la duchesse d'Huntley. Elle souhaitait que je connaisse la famille.

— Elle voulait mettre ses jolies mains sur ces lettres.

Il plissa les paupières.

— Ne vous donnez pas la peine de mentir.

Leonida marqua une pause, vivement consciente du silence peu naturel qui régnait dans l'auberge. Elle ne s'était jamais sentie aussi insupportablement seule.

— Très bien, concéda-t-elle finalement. Ma mère m'a bien chargée de trouver les lettres, mais elles n'y étaient pas.

— Ce serait beaucoup plus convaincant si vous n'aviez pas fui la propriété en pleine nuit avec le duc d'Huntley à vos trousses, lâcha sir Charles d'un ton traînant.

— Bien sûr, que je suis partie précipitamment, improvisa-t-elle en hâte. Un étranger m'avait accostée dans les jardins et menacée de me tuer. J'étais terrifiée, alors je me suis enfuie avant qu'il puisse faire du mal à mes domestiques ou à moi.

Les yeux noirs étincelèrent.

— Ah, oui. Yuri. Une telle déception ! Vous serez heureuse d'apprendre qu'il ne s'imposera plus jamais à une belle jeune femme.

Le souffle de Leonida se coinça dans sa gorge.

— Il est…

— Exactement, ma chère. Il est mort.

Il n'y avait pas de regret dans la voix de sir Charles, seulement une sombre satisfaction.

— Nul doute que son corps sera retrouvé sur les berges de la Seine. Vous n'avez plus besoin de le craindre.

— Je serais considérablement plus soulagée si je n'avais pas un couteau sous la gorge.

— Une regrettable nécessité. Si vous acceptiez de coopérer, notre rencontre serait beaucoup plus civilisée.

— Je vous ai dit que je n'ai pas trouvé les lettres. Que voulez-vous de plus ?

Les yeux noirs brillèrent d'une froide fureur.

— Me croyez-vous vraiment incapable de vous trancher la gorge ?

Leonida ne prit pas la peine de cacher sa peur.

— Non seulement je vous en crois capable, mais je suis convaincue que vous avez l'intention de le faire que j'aie les lettres ou non.

— Une petite souris si intelligente, se moqua-t-il. Néanmoins, je vous assure que votre mort inévitable pourra être rapide et facile ou très sale et terriblement douloureuse, je le crains. A vous de choisir, miss Karkoff, mais je suggère que vous me donniez les lettres.

Rien n'avait jamais paru aussi difficile à Leonida que de ne pas fléchir face à ce regard sans âme.

— Je ne puis vous donner ce que je ne possède pas.

— Nous allons bientôt le découvrir.

Il resserra la main sur la poignée de la dague, un plaisir anticipé flambant dans ses yeux. Alors, comme un cadeau du ciel, on frappa à la porte. Leonida se raidit, craignant pendant un terrible instant que ce fou n'ignore simplement l'interruption. Il y avait dans son expression une faim qui révélait les véritables profondeurs de son insanité. Il avait *envie* de la tuer. Comme si c'était un plaisir rare qu'il avait l'intention de savourer.

On frappa de nouveau et, en marmonnant un juron, sir Charles maîtrisa son attitude. Otant la dague de sa gorge, il se tourna vers la porte, tout en restant assez près pour l'avertir qu'elle mourrait si elle faisait un pas.

— Entrez !

A son ordre, la porte s'ouvrit sur un homme mince avec une cicatrice sinistre qui courait sur sa joue de son sourcil au coin de sa bouche.

— Ah, Josef. Avez-vous exécuté votre tâche ?

L'homme au visage de rat hocha la tête.

— J'ai fouillé les chambres.

Leonida se tint parfaitement immobile, consciente du regard de sir Charles qui la scrutait. La moindre trace d'inquiétude, et il saurait que les lettres étaient bien cachées dans sa chambre.

— A fond ? demanda-t-il.

— J'ai retourné les lits, éventré les meubles et soulevé les planchers.

— Et les bagages ?

Leonida retint son souffle jusqu'à ce que l'homme hausse les épaules.

— Pas un brin de papier.

— Vous avez vérifié les vêtements ?

— Bien sûr.

Josef lança une œillade en douce à Leonida et elle fronça les sourcils. Juste ciel, suspectait-il que les lettres étaient cachées dans la doublure de son sac ? Et si oui, pourquoi ne l'avait-il pas révélé à son maître ?

Elle n'eut pas l'occasion de s'appesantir sur cette étrange pensée, car sir Charles se tourna pour la regarder avec une frustration meurtrière.

— Vous commencez à éprouver ma patience, miss Karkoff.

Il leva la dague alors que des voix sonores résonnaient dans la salle commune. Grommelant un juron, il jeta un coup d'œil vers la porte.

— Quoi, encore ?

— Je vais voir.

Josef quitta le salon, pour revenir un instant plus tard en fronçant sombrement les sourcils.

— Quelqu'un a alerté les autorités. Elles se dirigent vers l'auberge.

Leonida trembla, pas tout à fait rassurée de savoir que des secours approchaient. Elle n'espérait pas un instant que sir Charles la laisserait en vie pour lui permettre de révéler son identité.

— Où sont les domestiques de miss Karkoff ? demanda-t-il de façon inattendue.

— Je les ai laissés ligotés et bâillonnés dans les écuries.

Mais Josef détruisit le vif soulagement de Leonida en ajoutant avec un haussement d'épaules :

— Dois-je les tuer ?

— Non ! supplia-t-elle, incapable de contenir son désarroi. Je vous en prie !

— Ah.

Sir Charles sourit d'un air satisfait.

— Ainsi, vous êtes dévouée à vos serfs ? Bien.

Il fit un signe de main à son serviteur.

— Chargez les domestiques dans la voiture.

L'homme battit des cils.

— Monsieur ?

— Il me vient à l'esprit, Josef, que j'ai en ma possession quelque chose de bien plus précieux que d'anciens scandales. A votre avis, que paierait l'empereur pour le retour de sa charmante fille ?

— Une rançon de roi.

— Ou de tsar, dit sir Charles d'un ton provocant tandis que les yeux de Leonida étincelaient de fureur.

— Soyez damné, marmonna-t-elle, ne s'étant jamais sentie aussi impuissante de sa vie.

Il la regarda avec réprobation.

— Voyons, voyons, miss Karkoff. Je ne supporte pas les femmes qui se servent d'un langage grossier.

Josef s'avança avec une expression aigre.

— Je comprends que l'on prenne la fille si elle vaut une fortune, mais pourquoi nous embarrasser des domestiques ? Nous avons dû nous y mettre à trois pour maîtriser son cocher et sa soubrette a failli arracher l'oreille de Vladimir d'un coup de dents.

Sir Charles écarta de la main les soucis de son serviteur,

ne voyant heureusement pas le sourire de plaisir de Leonida à la pensée que Piotr et Sophy s'étaient bien défendus.

— Mon cher Josef, réfléchissez un instant. Si nous prenions miss Karkoff seule, elle ne cesserait de nous ennuyer. Une fille au tempérament aussi vif essaierait à coup sûr de s'échapper ou d'attirer l'attention. Mais si elle se rend compte que nous punirons ses domestiques bien-aimés de ses mauvaises actions, je sens qu'elle se montrera beaucoup plus docile.

— Espèce de scélérat…

La main de sir Charles se détendit avant que Leonida ne puisse deviner ses intentions, son violent soufflet lui projetant la tête en arrière et la faisant rouler sur le plancher.

Se tenant au-dessus d'elle, l'Anglais regarda le sang qui coulait de sa lèvre fendue avec un rictus dédaigneux.

— Je vous ai prévenue, ma douce. Je ne tolérerai pas un tel langage.

— Prenez garde, Votre Grâce, avertit Boris en arrêtant son cheval pour scruter dans la nuit la petite auberge insignifiante qui bourdonnait d'activité. Quelque chose ne tourne pas rond.

Stefan était du même avis, mais au lieu de s'arrêter pour examiner le nombre de gens qui emplissaient la modeste cour, il pressa sa monture fatiguée d'accélérer.

Pendant des jours sans fin il avait suivi Leonida de près sans parvenir à la rattraper, et savoir qu'elle était en danger l'avait rongé constamment au point de le rendre presque fou.

Maintenant, il avait la gorge nouée tandis qu'il traversait la cour pavée et faisait un signe au grand garde en uniforme qui criait des ordres à un groupe de paysans apeurés.

— Vous, là ! lança-t-il dans un russe parfait.

Le soldat fronça les sourcils, montrant une impatience qui fut vite dissimulée derrière de la déférence résignée lorsqu'il nota le coûteux manteau de Stefan et son air d'autorité naturelle.

S'approchant du cheval du duc, il inclina la tête.

— Oui, monsieur ?

— Que s'est-il passé ?

L'homme fit une grimace, jetant un regard noir vers l'auberge.

— C'est une question à laquelle j'aimerais bien avoir une réponse, grommela-t-il. Pour l'instant, c'est un chaos indescriptible. Un serviteur déclare qu'une bande de brigands a attaqué l'auberge, détruisant des biens et enlevant les clients qu'ils jugeaient valoir des rançons. Un autre assure que c'étaient des soldats autrichiens qui ont entraîné une pauvre femme avec eux dans un but infâme.

Les mains de Stefan se crispèrent sur la bride, ses mâchoires se serrant si fort que ses dents menacèrent de se casser. Bonté divine ! Leonida avait-elle été capturée ? Etait-elle en ce moment même entre les mains de ses ennemis ?

Par le ciel, il les tuerait. Chacun de ces gredins.

— Où est l'aubergiste ?

— Ce gros sot.

Le soldat désigna d'un signe de tête l'homme replet qui agitait les mains en l'air et se plaignait à quiconque était assez stupide pour croiser son chemin.

— Vous ne tirerez rien de lui, à part qu'il exige de savoir qui paiera les dégâts.

— Il doit bien y avoir un témoin digne de foi ?

— La vieille servante près des écuries semble avoir plus de raison que les autres.

— Alors, je vais lui parler.

— Pardonnez-moi, monsieur…

L'homme arrêta Stefan en fronçant les sourcils.

— Puis-je vous demander quel intérêt vous pouvez avoir pour cette auberge ?

Stefan envisagea brièvement d'ignorer la question. Il

était noble et, en Russie, son titre le plaçait au-dessus de la loi. Puis, heureusement, son bon sens prit le dessus sur son impatience. Avec les incitations voulues, cet homme pourrait peut-être lui être utile.

— Si je peux me fier à votre discrétion.

— Bien sûr.

Stefan prit son expression la plus arrogante, lâchant un mensonge avec aisance.

— Je me rendais à Saint-Pétersbourg avec ma pupille, qui est jeune, impulsive et encline à se vexer quand elle n'a pas ce qu'elle veut.

Le soldat grogna.

— Comme n'importe quelle femme.

— Oui. Ce matin, nous nous sommes assez vivement querellés quand je l'ai surprise en train de badiner de façon éhontée avec un roturier. Dès que j'ai tourné le dos, elle s'est enfuie avec sa soubrette et un valet.

— Une Anglaise ?

— Elle est russe. Avec des cheveux dorés et des yeux bleu clair.

Mettant la main dans la poche de son manteau, Stefan en sortit une de ses cartes de visite aux bords dorés.

— Je vous serais extrêmement reconnaissant si vous la guettiez et m'informiez au cas où vous trouveriez trace d'elle.

— Certainement…

Les yeux de l'homme s'élargirent quand il lut le nom imprimé sur la carte.

— Votre Grâce.

Stefan remit sa main dans sa poche, en tirant cette fois plusieurs pièces qu'il tendit au soldat.

— Ma voiture et mes domestiques voyagent en direction de Saint-Pétersbourg. Ils ne devraient pas être difficiles à trouver si vous avez des informations pour moi.

L'homme rangea la carte et l'argent dans sa veste et s'inclina profondément.

— Vous avez ma parole que je ferai tout ce que je pourrai pour retrouver la jeune fille disparue.

Hochant la tête, Stefan orienta son cheval vers la servante qui se tenait toujours près des écuries. Boris le rejoignit, son expression indiquant qu'il avait épié la conversation.

— Il n'a pas cru votre histoire de pupille, fit-il inutilement remarquer.

— Cela n'a pas d'importance. Il s'intéresse seulement à recevoir une belle récompense pour ses efforts. Il faut espérer qu'il mettra quelques-uns de ses hommes sur les recherches.

— On jasera.

Stefan écarta de la main la certitude que les gens du cru spéculeraient bientôt à qui mieux-mieux sur le fait que le duc d'Huntley pourchassait une beauté russe.

— Et alors ? Leonida doit être retrouvée par n'importe quel moyen.

— A votre guise.

Boris saisit le bras de son maître.

— Je devrais peut-être parler seul à la servante.

Avec un juron bien senti, Stefan arrêta brusquement son cheval. Le Russe avait raison, bien sûr. Qui diable aurait pu penser qu'être un duc pouvait être aussi ennuyeux ?

— Faites vite, grommela-t-il.

Il regarda Boris démonter et aller parler tranquillement à la servante, tout en luttant contre l'instinct forcené de charger à l'aveuglette dans la nuit pour chercher Leonida.

Bonté divine ! Lorsqu'il l'aurait ramenée à Meadowland, il ne la quitterait plus des yeux.

Au bout de quelques minutes, Boris revint et croisa son regard impatient.

— Eh bien ?

— Elle dit que six à dix hommes sont arrivés du sud et ont encerclé l'auberge, répondit le Russe d'un ton concis. Quelques-uns sont restés dehors pour surveiller, mais au moins trois sont entrés et ont forcé le personnel à se regrouper dans les cuisines, sous la garde d'un homme armé d'un grand pistolet.

— Elle n'a donc rien vu ?

— Non, mais quand les hommes sont partis brusquement, elle a inspecté les lieux.

— Qu'a-t-elle découvert ?

— Elle dit qu'une jeune veuve a été emmenée d'un salon privé avec ses deux domestiques.

Même s'il y était préparé, ces mots frappèrent Stefan comme un direct à l'estomac.

— Sacrebleu !

— Elle dit aussi que la chambre de la veuve a été saccagée, comme si quelqu'un cherchait un trésor.

Sombrement, Stefan rassembla son calme. Plus tôt il en aurait fini ici, plus vite il pourrait chercher Leonida.

— Qu'a-t-elle pu vous dire de ces hommes ?

— Qu'ils étaient grossiers et sans éducation.

— Des Anglais ?

— Des Russes, même si elle jure qu'elle a entendu la voix d'un Anglais.

Ce maudit Anglais.

Par tous les diables, en quoi Leonida l'intéressait-elle ? Et surtout, qu'avait-il l'intention de faire d'elle ?

— Depuis combien de temps sont-ils partis ?

— Une demi-heure, peut-être un peu plus.

Stefan remua sur sa selle, prêt à continuer la chasse.

— Alors, ils n'ont pas pu aller loin.

— Un moment, Votre Grâce, murmura Boris.

— Quoi ? demanda-t-il d'un ton coupant.

— La servante a mentionné que les bagages de la veuve sont restés ici.

Stefan entrouvrit les lèvres pour envoyer au diable les hideuses robes noires de Leonida et ses voiles de veuve puis soudain, il hésita.

Si Leonida avait pris quelque chose à Meadowland, il était probable qu'elle ait caché l'objet dans ses bagages.

Mais il n'avait pas le temps de les fouiller maintenant : s'il voulait parvenir à la sauver à temps, il devait partir à sa recherche sans plus attendre.

— Prenez-les, ordonna-t-il à Boris.

15

Saint-Pétersbourg

Herrick Gerhardt se tenait devant son miroir, mettant la dernière main à son écharpe. Il était vêtu sobrement, avec seulement ses diverses décorations épinglées à sa redingote noire pour relever son apparence austère.

Sa petite maison, située dans l'ombre du palais d'Hiver, était également dépourvue du luxe criard qui plaisait tant à l'âme russe. Les meubles étaient des pièces solides qu'il avait achetées à des artisans locaux et les murs lambrissés étaient nus à part quelques tableaux militaires qu'il avait collectionnés au fil des années.

Comme il passait la plupart de ses journées parmi l'opulente Cour russe, c'était pour lui un soulagement d'avoir un endroit simple et tranquille où se reposer une fois son travail achevé.

Alors qu'il terminait sa toilette matinale, on frappa à la porte. Il se tourna lorsqu'elle s'ouvrit devant un jeune valet à l'air nerveux.

— Pardonnez-moi, monsieur, mais vous avez un visiteur.

Herrick haussa un sourcil. Il recevait rarement chez lui, et jamais avant d'avoir lu d'un bout à l'autre la pile de rapports que ses divers contacts lui fournissaient chaque matin. Il n'avait pas atteint sa position de plus proche conseiller d'Alexandre Pavlovich en se laissant prendre de court.

— A cette heure ? Qui est-ce ?

Le valet s'éclaircit la voix.

— Je n'en suis pas entièrement sûr, monsieur.

— Je vous demande pardon ?

— C'est une dame.

Herrick fronça les sourcils, flairant un piège. Ce ne serait pas la première fois que ses ennemis chercheraient à mettre fin à son pouvoir indéniable par un scandale.

— Une dame ?

— Elle est voilée.

Le conseiller réfléchit rapidement. Il serait assez simple de faire congédier l'intruse. Son personnel se composait de soldats entraînés avides de le protéger. D'un autre côté, la visiteuse avait peut-être une vraie raison de venir le voir.

— Où l'avez-vous installée ?

— Dans la pièce du petit déjeuner. J'espère que je n'ai pas mal fait ?

— Pas du tout.

Herrick décocha un sourire rassurant au jeune homme.

— Je descendrai dans un moment. Assurez-vous que nous ne soyons pas dérangés.

— Oui, monsieur.

S'oubliant, le valet fit un salut militaire au lieu de s'incliner et s'en alla vivement. Herrick sourit en prenant un pistolet chargé dans la commode et en le glissant dans l'étui caché sous sa redingote, puis il descendit dans la petite salle à manger à l'arrière de la maison.

En entrant dans la pièce bien éclairée, meublée d'une belle table et de chaises en merisier assorties au buffet massif, Herrick étudia la femme mince debout près des portes-fenêtres.

Comme son valet l'en avait prévenu, elle était lourdement voilée et vêtue d'une robe de soie noire à la française qui était assez bien coupée pour laisser imaginer la petite fortune qu'elle avait coûté.

Donc, une femme de la haute société.

Intéressant.

Percevant son arrivée, la visiteuse pivota brusquement, une feuille de parchemin serrée dans sa main fine.

— Enfin, dit-elle dans un souffle.

Le conseiller s'avança lentement.

— Pardonnez-moi de vous avoir fait attendre, mais je dois admettre que je ne m'attendais pas à voir une inconnue servie avec mon petit déjeuner.

— Pas si inconnue que ça, murmura la femme en relevant son voile d'un geste impatient pour révéler un beau visage pâle, encadré de brillants cheveux noirs juste un peu plus sombres que ses grands yeux.

— Nadia.

Herrick se figea sous le choc.

— Avez-vous perdu l'esprit ?

— Il fallait que je vous voie de toute urgence.

— Vous auriez dû envoyer un billet. Si l'on découvre que vous étiez ici, nous devrons en répondre tous les deux à l'empereur.

Elle écarta la remarque d'un geste de la main, indifférente comme toujours aux règles rigides qui régissaient la vie de la plupart des femmes du monde.

— Personne ne le saura et je ne pouvais pas attendre.

Réprimant l'envie futile de la secouer pour la ramener à la raison, le conseiller étudia à la place la panique à peine contrôlée qui brillait dans ses yeux noirs.

— Qu'est-il arrivé ?

— Tenez.

Sans explication, elle lui tendit la feuille de parchemin. Un frisson prémonitoire picota le cœur d'Herrick avant même qu'il lise la demande de cent mille roubles en échange de Leonida Karkoff.

— Comment avez-vous reçu ceci ? demanda-t-il d'une voix âpre où perçait la frayeur.

— C'était sur ma coiffeuse quand je me suis réveillée ce matin.

Le scélérat avait osé pénétrer chez une comtesse ?

— Avez-vous interrogé vos domestiques ?

— Naturellement, répondit-elle d'un ton coupant, en nouant les bras sur sa taille tandis qu'elle frissonnait violemment. Ils disent qu'ils n'ont rien entendu cette nuit et que toutes les portes et les fenêtres étaient bien fermées ce matin. Herrick…

La prenant par le bras, le conseiller conduisit doucement sa visiteuse de plus en plus agitée au petit canapé qui se trouvait dans un coin de la pièce.

— Asseyez-vous, Nadia, dit-il en prenant place à côté d'elle et en lui pressant les mains d'un geste rassurant.

— Je n'aurais jamais dû l'envoyer en Angleterre, marmonna-t-elle.

Bien qu'Herrick fût pleinement d'accord, il garda ses pensées pour lui. La seule chose qui comptait pour le moment était de sauver Leonida.

— Vous ne pouviez pas savoir à quel point vos ennemis pourraient être dangereux ou désespérés.

Percevant sa réprobation, Nadia fit une grimace.

— N'essayez pas de diminuer ma culpabilité, cher Herrick. Je n'ai pensé qu'à moi-même quand j'ai lancé Leonida dans cette folle quête. J'étais horrifiée à la pensée qu'Alexandre découvre mes indiscrétions et qu'on les utilise contre lui. Je pensais… qu'il ne pourrait jamais me pardonner.

Des larmes de regret coulèrent sur son visage pâle.

— Maintenant, c'est moi qui ne me pardonnerai jamais cette erreur.

— Ceci ne sert à rien, Nadia, dit sévèrement le conseiller.

Il ne pouvait laisser l'émotive comtesse sombrer dans le désespoir.

— Nous devons nous concentrer sur Leonida.

Comme il l'espérait, Nadia essuya ses larmes et carra les épaules.

Elle était peut-être impulsive et égocentrique, mais elle aimait sincèrement sa fille.

— Vous avez raison, accorda-t-elle. Ma femme de chambre rassemble mes bijoux et j'ai appelé mon avoué pour savoir la somme exacte que je peux verser. Cela ne suffira pas, mais cela satisfera peut-être ces brutes.

— Non, Nadia. Vous ne pouvez payer cette rançon.

Elle fronça les sourcils à son ordre implacable.

— Ne me dites pas ce que je peux ou ne peux pas faire. Leonida est ma fille, je ferai n'importe quoi pour la sauver.

Herrick grommela un juron, sachant qu'il n'avait d'autre choix que de révéler au moins une partie de sa peur.

— J'espérais éviter de vous dire ceci, mais l'homme qui vous fait chanter est plus qu'un opportuniste cupide.

— Que voulez-vous dire ?

— Il est… dérangé.

Elle étouffa une exclamation, les yeux élargis par l'horreur.

— Un fou ?

— Oui.

— Comment le savez-vous ?

Le conseiller secoua la tête. Cela ne réconforterait nullement Nadia de savoir que cette information venait d'un criminel notoire.

— De grâce, ma chère, contentez-vous d'accepter ma parole.

— Mon Dieu !

Elle chancela, sa pâleur de cendre révélant l'effort qu'elle faisait pour garder son calme.

— Vous pensez qu'elle est déjà…

— Non.

Herrick ne voulait même pas envisager cette idée.

— Il a désespérément besoin de l'argent, aussi la gardera-t-il en vie jusqu'à ce qu'il soit certain que vous avez agréé à ses exigences. Mais je crains beaucoup qu'une fois qu'il aura la rançon, il ne la considère plus comme utile.

Il pinça les lèvres avec mépris.

— En outre, il ne peut se permettre de la laisser révéler son identité.

— Mais vous, vous savez qui est cet homme, n'est-ce pas ?

— Oui mais il l'ignore.

D'un geste brusque, Nadia se leva pour se diriger vers la fenêtre.

— Savez-vous où le trouver ?

— J'ai plusieurs hommes qui le cherchent.

Elle pivota vers lui, les sourcils froncés.

— Ce n'est pas suffisant.

— Vous devez me faire confiance, Nadia.

Il traversa la pièce pour la saisir fermement par les épaules.

— En êtes-vous capable ?

— J'ai confiance en vous, mais je ne peux rester sans rien faire.

— Vous ne resterez pas sans rien faire, l'apaisa-t-il, en tentant de trouver en quoi la comtesse pouvait se rendre utile.

Son devoir le plus important était de s'assurer qu'elle ne fasse pas quelque chose d'imprudent qui mettrait Leonida en danger.

— J'ai besoin que vous continuiez comme avant.

— Que je continue quoi ?

— Nous ne pouvons être certains que cet homme ne vous fait pas surveiller, ainsi que votre maisonnée.

Les mâchoires d'Herrick se crispèrent. Sir Charles Richards regretterait son effronterie.

— Après tout, il a réussi à placer un billet dans votre chambre.

— Grands dieux, ne me le rappelez pas, dit-elle d'une voix altérée.

Le conseiller la regarda d'un air sévère, soucieux qu'elle comprenne l'importance de sa requête.

— Il faut que ce scélérat croie que vous êtes paniquée et que vous essayez de rassembler l'argent pour payer la rançon. Plus longtemps vous pourrez jouer ce jeu, mieux ce sera.

— Et vous, que ferez-vous ? demanda-t-elle.

— Je vais chercher de l'aide dans un endroit des plus improbable.

Leonida arpenta le grenier exigu avec une frustration croissante.

Les trois derniers jours avaient été une suite de misères, commençant par la fuite éprouvante de l'auberge et se terminant par son enfermement dans les combles de ce cottage délabré avec ses domestiques. Et il était tout aussi décourageant de savoir que tout cela n'avait servi à rien. Les lettres pour lesquelles elle avait tout sacrifié étaient maintenant à des lieues derrière elle, cachées parmi ses affaires qui pouvaient être entre les mains de n'importe qui.

Bien sûr, la situation aurait pu être encore pire, se rappela-t-elle sombrement.

Au moins, elle n'avait pas été forcée d'endurer la présence de sir Charles depuis qu'elle était arrivée au cottage et, même s'il y avait toujours un garde ou deux faisant les cent pas devant la maison, seul Josef était entré dans le grenier pour leur apporter des bols de porridge froid ou les conduire aux commodités infectes près des écuries.

Néanmoins, elle sentait le temps lui glisser entre les doigts.

Peu après leur arrivée au cottage, la veille, elle avait vu par la fenêtre trois des gardes partir au galop sur la route de Saint-Pétersbourg, manifestement pressés de remettre la demande de rançon à sa mère. Une fois qu'ils auraient négocié les détails avec la comtesse Karkoff, elle ne donnerait pas cher de sa vie…

Ecartant cette pensée morbide, Leonida se détourna pour jeter un regard noir à Sophy et Piotr. Tous deux étaient assis par terre, refusant de s'asseoir sur l'étroite couchette qui était le seul meuble du grenier. Ils étaient catégoriques : leur maîtresse devait bénéficier du seul confort de la pièce.

Il lui aurait semblé cocasse de se soucier du protocole alors qu'ils étaient détenus par un fou, si elle n'avait pas été elle-même folle de terreur.

— Sophy…, commença-t-elle, pour pincer les lèvres quand sa soubrette secoua la tête.

— Non, je ne le ferai pas.

— Moi non plus, renchérit Piotr.

— Faut-il que vous soyez si entêtés ? Votre absurde noblesse d'esprit ne peut servir à rien.

Se rendant compte qu'ils ne se laisseraient pas intimider, Leonida inspira à fond et adoucit son ton.

— De fait, si vous parveniez à vous échapper, vous pourriez faire en sorte que je sois sauvée. Qu'est-ce qui pourrait être plus sensé que cela ?

Sophy soupira à cette requête pourtant parfaitement raisonnable.

— Ce n'est pas la peine de discuter. Ni Piotr ni moi ne vous laisserons, et il n'y a rien d'autre à dire.

Leonida désigna la fenêtre qui donnait sur le côté de la maison et la forêt environnante. Il y en avait une autre qui surplombait le devant et la cour envahie par les mauvaises herbes. Au-delà de la cour se trouvait un chemin étroit, mais elle n'avait encore vu personne y passer.

— Ecoutez, nous ne pouvons continuer à rester assis ici et à espérer que quelqu'un puisse nous découvrir. C'est la première fois que les gardes sont hors de vue. Nous n'aurons peut-être plus une occasion pareille.

— Nous devons attendre.

Sophy se leva et brossa inutilement sa jupe poussiéreuse.

— Votre mère va trouver l'argent de la rançon et alors nous serons libérés.

Leonida pressa une main sur son estomac chaviré.

— J'aimerais pouvoir être aussi confiante.

— Mais sûrement…, commença la soubrette, s'interrompant quand Piotr se dressa près d'elle et passa un bras protecteur sur ses épaules.

Son expression sinistre lui indiqua qu'il partageait les soupçons de Leonida.

— Oh !

— Sir Charles ne nous aurait jamais laissé connaître son identité s'il avait l'intention de nous relâcher, dit doucement Leonida. Il serait perdu.

Sophy pressa une main sur sa bouche.

— Par tous les saints !

— Maintenant, vous comprenez pourquoi vous devez essayer de vous échapper, insista Leonida.

— Je ne vous laisserai pas.

Considérant l'idée de faire passer sa soubrette obstinée par la fenêtre de gré ou de force, Leonida se raidit quand Piotr leva une main en signe d'avertissement.

— Quelqu'un vient.

Ils entendirent un bruit de pas dans l'étroit escalier. Le cœur de Leonida sombra quand sir Charles apparut, portant une redingote grise immaculée et arborant un rictus moqueur.

— Ah, j'espère que je ne dérange pas ?

Leonida lissa son expression, ne voulant pas lui donner la satisfaction d'y déceler sa peur.

— Pas du tout.

— Bien. Alors peut-être me rejoindrez-vous en bas pour un léger déjeuner ?

Le cœur de Leonida manqua un battement. Juste ciel ! Sa mère avait-elle payé la rançon ? Etait-ce la fin ?

— Je n'ai pas faim, répondit-elle.

Les yeux glacés se plissèrent à sa petite provocation.

— Ce n'était pas une requête, miss Karkoff.

Un petit mouvement de Piotr avertit Leonida que son cocher allait faire quelque chose de stupide. Hâtivement, elle vint se placer entre l'Anglais et ses domestiques.

— Très bien.

Elle haussa le menton.

— Puis-je avoir quelques minutes pour m'arranger ?

— Vanité, ton nom est femme, railla sir Charles, promenant un regard méprisant sur sa silhouette peu soignée. Vous avez cinq minutes pour apparaître en bas, avant que j'envoie Josef vous chercher. Croyez-moi, vous n'apprécierez pas ses méthodes.

Il y eut un silence tendu pendant que le noble faisait une courbette sarcastique et tournait les talons pour quitter le grenier.

Tandis qu'elle le regardait partir, l'esprit de Leonida bouillonnait de désespoir. Il fallait qu'elle fasse quelque chose. Sa fierté ne la laisserait pas descendre sans se battre.

— Que veut-il, à votre avis ? demanda Sophy, la voix tremblant de peur.

— Je n'en ai pas la moindre idée, mais cela n'augure rien de bon.

Leonida se tourna abruptement vers la soubrette.

— Aidez-moi à quitter cette robe, Sophy.

— Que faites-vous ? s'enquit cette dernière, en venant déboutonner la robe de crêpe noir de sa maîtresse avec réticence.

Leonida ignora la toux étouffée de Piotr qui s'empressa de leur tourner le dos.

— C'est sans doute un effort inutile, mais il faut que je fasse au moins une tentative.

Elle se débarrassa de la robe et délaça hâtivement son corset. Sa camisole suivit le reste de ses vêtements par terre. Puis, à la perplexité de Sophy, elle remit son corset en place et renfila la robe, attendant que la soubrette la reboutonne.

Ramassant la camisole, Leonida alla ensuite à la petite fenêtre qui donnait sur le devant de la maison. Piotr avait relevé l'abattant pour faire entrer un peu d'air dans le grenier étouffant et, en se penchant par l'ouverture, Leonida accrocha le vêtement à un clou qui sortait du cadre de la fenêtre.

Debout à côté d'elle, Sophy fronça les sourcils d'un air inquiet.

— Si l'un des gardes la voit ?

Leonida haussa les épaules.

— Ils prennent tous soin de rester hors de vue de la route. En outre, je peux toujours dire que je l'ai lavée et accrochée dehors pour la faire sécher.

— Vous pensez que quelqu'un la remarquera et viendra à notre secours ?

— Pas avec ma malchance, mais c'est tout ce que je peux trouver pour le moment.

Le regard de Leonida se porta sur le sentier désert. Même si un miracle arrivait et que quelqu'un passait près du cottage, il y avait peu d'espoir que la vue de la camisole l'intrigue assez pour venir voir ce qui se passait. Son seul souhait était que s'il y avait des personnes qui les cherchaient, elle et ses domestiques, elles apercevraient le vêtement et comprendraient que le cottage n'était pas vide.

Sans prévenir, l'image du beau visage de Stefan lui vint à l'esprit.

Il avait déclaré qu'il ne la laisserait pas lui échapper. Qu'il la suivrait aussi loin qu'elle irait. Etait-il possible qu'il la cherche encore ? Pourrait-il l'atteindre avant que sir Charles n'ait son argent et ne décide de se débarrasser d'elle ?

En secouant la tête avec irritation, Leonida tenta d'écarter le faible élan d'espoir qui emplissait son cœur.

Quel homme sensé poursuivrait une femme qui lui

avait menti, qui l'avait volé, drogué et avait presque causé sa mort ?

Le duc d'Huntley était un homme obstiné, mais il était en pleine possession de ses facultés. A présent, il était sans doute retourné en Angleterre, pour s'occuper de ses terres et profiter de son manoir. S'il pensait à elle, ce serait avec soulagement à l'idée qu'elle ne soit plus là pour perturber sa paisible existence.

En outre, elle avait fui Stefan justement parce qu'elle ne voulait pas le mettre en danger.

Elle ne douterait jamais de son courage ou de sa capacité à vaincre ses ennemis, mais il était un gentleman d'honneur. Sir Charles, en revanche, était un homme qui tirerait volontiers dans le dos de quelqu'un. Ce scélérat ferait n'importe quoi pour sauver sa misérable peau.

Comme s'il percevait les sombres pensées de sa maîtresse, Piotr vint lui prendre les mains, l'expression dure et déterminée.

— Nous nous sortirons de là.

Elle eut un sourire crispé.

— J'espère sincèrement que vous avez raison, Piotr.

Se libérant de l'emprise réconfortante de son cocher, Leonida força ses pieds à descendre l'escalier et à pénétrer dans le corps du cottage.

Ce n'était pas beaucoup mieux que le grenier.

Il y avait un minuscule couloir avec une porte qui menait à un petit salon, et au-delà à deux chambres. De l'autre côté du couloir se trouvait l'entrée de la cuisine et du cellier. Droit devant elle se dressait une lourde porte qui ouvrait sur la cour de devant.

Elle ignora l'impulsion ridicule d'essayer de s'échapper.

Non seulement elle serait reprise rapidement, mais sir Charles avait averti de ce qui arriverait à Sophy et à Piotr si elle tentait quelque chose d'aussi stupide.

Contrôlant son expression, elle pénétra dans le salon,

préparée au pire quand sir Charles se leva du canapé élimé et désigna la table dressée au milieu de la pièce.

Il aurait dû paraître ridicule, si élégamment vêtu dans la pièce poussiéreuse dont le plâtre s'écaillait et dont les poutres étaient envahies de toiles d'araignées, mais non, il avait simplement l'air dangereux.

— Permettez-moi, miss Karkoff.

Il lui tira une des chaises rangées autour de la table, son regard sombre qui ne cillait pas savourant sa raideur et sa réticence lorsqu'elle s'assit. Il tendit la main pour lui mettre une serviette sur les genoux. Seulement lorsqu'il lui eut arraché un frisson de répulsion, il se redressa et contourna la table pour s'asseoir à son tour.

— J'espère que vous pardonnerez une nourriture aussi rustique, mais je n'ai pas mon chef, en ce moment.

— Je préfère la simplicité, marmonna Leonida en feignant de s'intéresser au poisson fumé enveloppé dans des crêpes au froment, au canard rôti accompagné d'une sauce aux champignons et aux pommes cuites.

En réalité, cela ne la tentait pas plus que la vodka qu'il versa dans son verre.

Il incurva les lèvres, comme s'il percevait son dégoût.

— Vraiment ? Comme c'est étrange. Je ne trouve rien de charmant à vivre sans les luxes de l'existence. De fait, je refuse de m'en passer.

— Ce qui, je présume, est la raison pour laquelle vous me gardez en otage.

— En partie.

Les traits de sir Charles se raidirent un instant.

— Le style de vie que j'ai choisi est devenu excessivement coûteux, dernièrement.

— Je suppose que vous avez fait parvenir vos exigences à ma mère ?

— Bien sûr. Plus vite nous en aurons fini avec cette affaire déplaisante, mieux ce sera.

— Je ne pourrais être plus d'accord, mais comment pouvez-vous être certain qu'elle accédera à vos demandes ?

Il gloussa, ce qui fit passer un frisson sur son échine.

— Si peu de foi dans votre mère ? Honte à vous !

Leonida se força à rencontrer son regard déplaisant.

— Cela n'a rien à voir avec la foi, mais tout à voir avec l'incapacité de ma mère à vivre selon ses moyens.

Une trace de suffisance se peignit sur le beau visage de l'Anglais.

— Ne vous inquiétez pas. D'après tous les rapports, la comtesse rassemble en hâte ses beaux bijoux, son argenterie et même sa précieuse collection de tapisseries de la Savonnerie. Une femme aussi entreprenante trouvera les moyens de sauver sa fille de mes griffes. Et sinon…

Il haussa les épaules, vidant d'un trait son verre de vodka.

— Eh bien, il y a toujours votre père. On ne peut douter qu'il possède les moyens de répondre à mes demandes.

Leonida haussa le menton, ulcérée à la pensée que cet homme puisse recevoir un seul rouble. La seule chose qu'il méritait était de se retrouver face à un peloton d'exécution.

— Si mon père apprend votre traîtrise, il n'existe aucun endroit en Russie où vous pourrez échapper à ses représailles.

— Alors, il est heureux que je me sois lassé de votre sinistre pays, lâcha sir Charles d'un ton provocant. Avec l'argent voulu, je pourrai voyager n'importe où dans le monde.

— Je sais où j'aimerais vous envoyer, marmonna-t-elle sans pouvoir se retenir.

Un froid dédain s'alluma dans les yeux de l'Anglais.

— Tant de tempérament ! Dommage que je ne sois pas gentleman à admirer une femme courageuse.

— Admirez-vous quelque femme que ce soit ?

— Touché.

Il remplit son verre et le leva en un salut moqueur.

— Vous avez tout à fait raison. Pour moi, la plupart

des femmes sont des créatures répugnantes qui mentent en souriant et sont prêtes à troquer leur âme…

Il marqua une pause, ses lèvres se plissant avec amertume.

— Ou même leurs enfants pour quelques babioles.

Leonida cacha un frisson, se demandant ce qui s'était passé dans l'enfance de cet homme pour créer un tel monstre. Ou peut-être valait-il mieux qu'elle ne le sache pas, murmura une petite voix à l'arrière de son esprit. Elle n'était pas innocente au point d'ignorer que certaines mères étaient insupportablement cruelles avec leurs enfants.

— Il existe sans nul doute des femmes égoïstes et méchantes, tout comme il existe des hommes égoïstes et cruels, observa-t-elle en renonçant à faire semblant de manger. Cela ne signifie pas que la majeure partie des gens n'est pas composée d'individus bons et corrects.

— Vous ne pouvez croire de telles fadaises ! lâcha-t-il en repoussant sa propre assiette.

Leonida se figea en apercevant le couteau à découper caché derrière le plat de canard.

Juste ciel ! Si elle pouvait mettre la main sur cette arme…

Se rendant compte qu'elle fixait le couteau, elle releva hâtivement les yeux pour rencontrer le sourire retors de sir Charles.

— Pourquoi ne le devrais-je pas ?

— Votre propre mère a livré son joli corps pour capturer le meilleur parti de tout l'empire. Croyez-vous qu'elle a songé une seule fois à la façon dont sa sordide liaison affecterait sa bâtarde ?

Leonida refusa de flancher à la laide vérité de ses paroles.

— Je ne suis pas une bâtarde.

— Non, bien sûr. Votre mère a séduit un autre pauvre idiot pour qu'il l'épouse, afin d'être certaine de sauver sa précieuse réputation et de pouvoir profiter de toutes les largesses qu'elle n'a jamais méritées.

Il marqua une pause délibérée.

— Et il y a le fait indéniable que lorsqu'elle a craint pour son confort, elle a jeté sa propre fille aux loups.

Leonida se leva brusquement et se dirigea avec colère vers la fenêtre, qui était si sale qu'elle pouvait à peine voir à travers les carreaux. Elle se dit qu'elle essayait simplement d'attirer son ravisseur loin de la table pour pouvoir voler le couteau mais au fond d'elle-même, elle ne pouvait rejeter complètement son accusation haineuse.

Au fil des années, elle s'était résignée au fait que sa mère placerait toujours Alexandre Pavlovich et sa propre position avant elle. Mais cela ne signifiait pas qu'elle n'aspirait pas de temps en temps à trouver enfin quelqu'un qui la considérerait digne d'être la personne la plus importante dans son cœur.

— Je ne resterai pas ici à entendre salir ma mère, dit-elle d'une voix altérée.

Comme elle l'espérait, sir Charles se leva pour venir à son côté, incapable de résister à son méchant désir de la provoquer.

— Ah, ai-je touché un point sensible ?

— Ne m'avez-vous fait descendre que pour m'insulter ?

Elle regretta aussitôt sa repartie mordante quand le sourire de Richards se pinça et que cet horrible désir brûla dans ses yeux.

— J'aimerais faire beaucoup plus que vous insulter, ma chère.

Il lui saisit durement le menton.

— Vous n'avez aucune idée de l'effort que cela m'a demandé de vous laisser… intacte. Et bien sûr, j'ai été forcé de menacer mes hommes de mort pour les empêcher de vous rejoindre au grenier. Vous avez une grande dette envers moi.

Elle serra les dents, refusant d'implorer sa pitié. Maudite soit sa fierté.

— Une dette ? Vous m'enlevez, me retenez avec mes domestiques dans un grenier exigu contre notre volonté…

A la vitesse de l'éclair, les doigts de sir Charles lâchèrent son menton et se nouèrent autour de sa gorge, serrant si fort que des points noirs dansèrent devant ses yeux.

Instinctivement, elle leva les mains pour le frapper à la poitrine, cherchant désespérément à respirer.

— C'est bien, ma douce.

Il se pencha pour lui murmurer à l'oreille :

— Luttez contre moi ! Hurlez !

— Non, parvint-elle à dire d'une voix étranglée.

Il la secoua rudement, se reculant pour savourer la douleur qui crispait ses traits.

— Criez pour moi !

Sur le point de défaillir, Leonida entendit à peine les pas qui approchaient. Ce fut seulement lorsqu'une voix résonna à côté d'elle qu'elle prit conscience qu'ils n'étaient plus seuls.

— Pardonnez-moi, monsieur.

Avec un grondement guttural, l'Anglais la poussa loin de lui.

— Comment osez-vous m'interrompre ?

Portant une main à sa gorge meurtrie, Leonida lutta pour respirer tandis que Josef se tenait sans ciller devant sir Charles.

Soit il était incroyablement courageux, soit il était aussi fou que son maître.

— Je pensais que vous deviez savoir que Mikhail et Karl ont disparu, déclara le serviteur balafré, la voix dénuée d'émotion.

— C'est absurde, dit l'Anglais d'un ton coupant. Ils doivent être en train de chasser. Ou plus probablement, couchés par terre dans les écuries, ivres. Ces paysans qui ne valent rien !

— Ils étaient censés être de garde, mais quand je suis allé vérifier, j'ai découvert que non seulement ils n'étaient plus là, mais qu'en plus ils avaient pris leurs affaires et deux chevaux.

Sir Charles se raidit, furieux à l'idée que l'un de ses serfs puisse le trahir.

— Bonté divine. Je vais parler à Vladimir.

Il écarta de la main Leonida qui haletait toujours.

— Ramenez la gueuse au grenier.

Josef inclina la tête.

— Certainement.

Avec un profond soulagement, Leonida regarda sortir l'ignoble individu, sûre qu'elle venait d'être sauvée d'une mort certaine.

Mais elle n'était pas assez sotte pour croire qu'il s'agissait d'autre chose que d'un répit temporaire. Sir Charles était convaincu qu'il recevrait bientôt la rançon de sa mère, et il ne se donnait aucun mal pour dissimuler son désir pervers de la voir mourir.

Lorsqu'il se serait occupé de ses gardes renégats, il finirait ce qu'il avait commencé.

Indifférent à sa mort imminente, Josef désigna la porte.

— Par ici.

Elle fit un pas en avant, sachant qu'il serait vain de l'implorer de les relâcher. Bien qu'il se fût toujours montré poli, il avait établi clairement qu'il n'hésiterait pas à la tuer si cela lui chantait. Puis, alors qu'elle passait près de la table, elle s'arrêta brusquement.

— Puis-je porter à manger à mes domestiques ? demanda-t-elle, la gorge si meurtrie qu'elle pouvait à peine parler. Ils doivent mourir de faim.

Josef haussa les épaules.

— Si vous voulez.

— Merci.

Saisissant le plat de canard, Leonida se plaça de façon à se tenir entre Josef et la table, puis tendit l'autre main vers le couteau. Elle le posa sur le plateau et le recouvrit de crêpes. Enfin, elle se retourna, le cœur tambourinant tandis qu'elle se préparait à rencontrer le regard plissé du garde. L'avait-il vue ? Savait-il qu'elle avait le couteau ? S'attendant que le serviteur au visage balafré la frappe, elle fut déconcertée quand il esquissa un sourire énigmatique.

— Après vous, miss Karkoff.

16

S'arrêtant dans un autre petit village isolé, Stefan attendit que Boris revienne de la taverne. Il jeta un regard indifférent aux échoppes de bois serrées le long de la route en terre battue. Cet endroit ressemblait à tous les villages qu'ils avaient traversés ces trois derniers jours.

Pauvre, sinistre et peu accueillant.

Même le soleil de l'après-midi ne pouvait dissiper la morne atmosphère qui y régnait.

Les tentatives de réforme d'Alexandre Pavlovich avaient échoué face au refus implacable de ses nobles et à la menace constante de soulèvements. Les conséquences, c'était le peuple qui les subissait et Stefan savait que le ressentiment qui couvait parmi les paysans ne tarderait pas à s'enflammer pour se transformer en une menace beaucoup plus dangereuse. Ce n'était qu'une question de temps…

En buvant du cognac à sa flasque, il faisait l'inventaire de ses diverses douleurs, y compris sa blessure par balle qui guérissait lentement, quand le bruit d'un cheval qui approchait lui fit tourner la tête avec surprise.

— Cela a été rapide, dit-il quand Boris s'arrêta près de lui.

Le Russe haussa les épaules, l'expression aussi hagarde que celle de son maître. Ils avaient très peu dormi au cours des trois derniers jours, et les effets des chevauchées épuisantes qu'ils s'étaient imposées commençaient à se faire sentir.

— Il était inutile de s'attarder.

— Pourquoi ?

— J'étais à peine entré dans la salle commune, quand j'ai entendu plusieurs gens du cru se plaindre d'une bande de vauriens qui braconnait sur leurs terres ces derniers jours.

Stefan réprima le soulagement cuisant qui l'envahit à cette nouvelle. Ces vauriens paraissaient prometteurs bien qu'il sache que la campagne russe pullulait de brigands. Il ne pouvait être sûr que ces hommes étaient ceux qu'il cherchait.

— Savent-ils où ces braconniers s'abritent ?

— Un fermier a mentionné un cottage abandonné au nord du village.

— Ont-ils fouillé l'endroit ?

— Non.

Boris soupira devant le regard étonné du duc.

— Les terres appartiennent au comte local. Pourquoi risqueraient-ils leur peau à combattre une bande de fous armés jusqu'aux dents pour un propriétaire arrogant qui ne se préoccupe pas d'eux ?

Stefan ravala ses paroles de protestation. Il lui était impossible d'imaginer ses propres fermiers laissant une bande de braconniers écumer son domaine. Bien sûr, il avait toujours considéré ses fermiers comme des membres de sa famille, et non pas comme une propriété insignifiante à utiliser pour son propre profit.

— Et le comte ?

— Il profite des délices du palais d'Eté.

— A quelle distance sommes-nous de Saint-Pétersbourg ?

Boris étudia le village, le front plissé tandis qu'il calculait la distance.

— Une journée de rude chevauchée.

Stefan secoua la tête.

— Pourquoi s'attarderaient-ils dans un endroit aussi

isolé quand ils pourraient facilement se perdre dans la foule en ville ?

— Ils détiennent une des dames les plus éminentes de Saint-Pétersbourg. Elle serait reconnue par le plus humble des serviteurs.

— Evidemment.

Stefan soupira. Il devait être plus fatigué qu'il ne le pensait. Une femme dotée d'illustres parents comme Leonida, sans parler de sa beauté frappante, serait aisément reconnue à Saint-Pétersbourg.

Il mit son cheval au trot.

— Venez. Je veux voir ces braconniers par moi-même.

Ils avaient parcouru un mile environ le long du chemin, quand Boris ralentit sa monture en observant les bois qui s'épaississaient, les sourcils froncés.

— Nous devrions peut-être éviter la route, suggéra-t-il à voix basse. S'il s'agit des hommes que nous cherchons, ils seront sur leurs gardes.

Stefan réfléchit brièvement. Il y aurait du danger à se déplacer entre les arbres drus. Ils pourraient tomber sur un ennemi avant de s'être aperçus qu'il était tout près. Sans parler du détail frustrant que cela leur prendrait beaucoup plus de temps pour localiser le cottage.

D'un autre côté, les scélérats surveilleraient à coup sûr la route. La seule chance d'approcher sans prévenir serait d'avancer sous le couvert des arbres.

— Je suppose que vous avez raison, marmonna-t-il en faisant quitter le chemin à son cheval.

Boris le suivit avec un large sourire.

— Pour un duc, vous pouvez vous montrer très raisonnable à l'occasion.

— Que ferais-je sans vous, Boris ? rétorqua Stefan d'un ton ironique.

— Vous pourriez peut-être chuchoter à l'oreille de votre frère quel serviteur de valeur je me suis montré.

Ils s'avancèrent prudemment parmi les fourrés, tous leurs sens en alerte.

Stefan savait qu'il n'y avait pas que les bandits qui étaient à craindre. Ces bois regorgeaient d'animaux sauvages, et même parfois d'ours, qui attaquaient les voyageurs imprudents.

— Ne craignez rien, je m'assurerai qu'Edmond soit forcé à vous payer une somme exorbitante pour votre assistance.

Il sourit en pensant à la rapide transformation de son frère de débauché impénitent en homme rangé et mari soumis.

— Il y a peu de choses qui me plaisent plus que de rappeler à mon frère qu'il est maintenant un propriétaire installé, avec de nombreuses responsabilités.

— Pendant que vous êtes maintenant celui qui cherche l'aventure ?

Stefan battit des cils à cette accusation inattendue.

— Pas par choix, je vous l'assure. Je n'ai jamais possédé l'amour d'Edmond pour le danger.

Boris lui jeta un coup d'œil rusé.

— Je pense que vous vous ressemblez plus que vous ne le croyez, Votre Grâce.

— Bien sûr, que nous nous ressemblons. Nous sommes jumeaux, par le ciel ! La plupart des gens ne peuvent nous distinguer.

Il se rappela brièvement comment ils avaient tourmenté leurs nourrices et leurs précepteurs au fil des années.

— Un détail que nous trouvions très amusant quand nous étions enfants.

— Je voulais parler de votre refus de laisser quoi que ce soit entraver votre chemin une fois que vous avez fixé votre esprit sur une dame en particulier.

Stefan fronça les sourcils.

— Je ne laisse pas une voleuse me prendre quelque chose et échapper à ma justice.

— Hmm.

Boris semblait sceptique.

Ce n'était pas surprenant. Ses paroles paraissaient creuses à ses propres oreilles. Aucun homme, a fortiori un duc, ne poursuivait une femme d'Angleterre à Saint-Pétersbourg parce qu'elle avait pu s'emparer d'un objet quelconque dans son domaine.

— Vous avez quelque chose à dire ?

Boris haussa les épaules.

— Que ferez-vous de miss Karkoff si nous réussissons à la sauver ?

— *Quand* nous la sauverons, grommela Stefan.

— Comme vous dites. Avez-vous l'intention de la ramener à Saint-Pétersbourg ?

Stefan remua sur sa selle, agacé par la question. Ce qu'il ferait de Leonida ne regardait personne à part lui. Elle lui appartenait.

L'affaire s'arrêtait là.

— Un problème à la fois, mon ami.

Ignorant l'avertissement dans le ton du duc, Boris le regarda d'un air sombre.

— Je me sens obligé de vous rappeler qu'elle n'est pas une paysanne sans le sou. Sa famille très puissante et très influente sera gravement offensée si elle ne lui est pas rendue.

— Ils m'ont envoyé Leonida. Ils n'auront à s'en prendre qu'à eux-mêmes si je décide de ne pas la leur ramener.

— Votre Grâce…

— L'avenir ne comptera guère si nous tombons dans un piège, maugréa Stefan. Alors pourquoi ne pas nous concentrer sur la tâche présente ?

Boris grinça des dents, mais fut assez sage pour ne pas insister. A la place, il se remit à scruter les arbres environnants, laissant Stefan bouillir de frustration.

Il n'était pas déraisonnable au point de ne pas comprendre

que Leonida était une jeune fille respectable avec une famille assez puissante pour la protéger.

Cela ne signifiait pas, cependant, qu'il était prêt à jouer le noble gentleman et à simplement la leur rendre.

Les choses n'étaient pas terminées entre eux. Jusqu'à ce qu'il soit satisfait, elle resterait avec lui.

Ils chevauchèrent en silence pendant un moment puis, entre les arbres, Stefan aperçut des écuries basses et juste au-delà un cottage croulant dans une petite clairière.

— Il y a un cottage là-devant, murmura-t-il en sautant de sa selle. Attachez les chevaux ici. Je veux faire le tour avant d'approcher.

Boris attacha promptement leurs montures et tira un pistolet chargé de la poche de son manteau.

— Restez ici. Je vais m'assurer qu'il n'y a pas de gardes cachés dans les arbres.

Stefan soupira en sortant sa propre arme.

— J'aimerais que vous perdiez l'habitude de me traiter comme si j'étais une faible vieille femme.

— Et moi, j'aimerais que vous vous rappeliez que vous êtes duc. Ce n'est pas votre rôle d'affronter de vulgaires brutes.

— J'ai sûrement le droit de définir mon rôle moi-même, non ? rétorqua Stefan, en prenant les devants et en se faufilant dans les bois épais.

Cette idée ridicule était la sienne. C'était lui qui en subirait les conséquences.

— Vous êtes déterminé à me faire châtrer, bougonna Boris.

— Courage, Boris, vous serez sans doute tué par nos adversaires bien avant d'avoir à subir un sort aussi affreux.

— C'est mon seul espoir.

Prenant un sentier qui leur ferait contourner la clairière, Stefan garda les yeux fixés sur le cottage, cherchant un indice qui lui indiquerait que l'endroit n'était pas aussi abandonné qu'il en avait l'air.

Son cœur commençait à sombrer quand ils atteignirent le devant de la maison.

Il devrait sûrement y avoir un signe des bandits ? Des gardes postés pour faire le guet, de la fumée sortant de la cheminée…

Il s'arrêta brusquement, clignant des paupières à la vue du vêtement blanc qui flottait à la fenêtre du grenier.

— Par tous les diables, qu'est-ce que c'est ?

— On dirait un dessous de femme.

— Il faut que je m'approche.

— Au nom du ciel, soyez prudent !

Atteignant le bord de la clairière, Stefan relâcha son souffle avec un sifflement quand il reconnut les jolis nœuds bleus qui bordaient l'ourlet de la chemise.

— Ma maligne Leonida, murmura-t-il. Elle est ici.

— Comment pouvez-vous en être aussi sûr ? demanda Boris, puis son visage s'éclaira lorsqu'il nota le sourire coquin de Stefan. Oh !

— Exactement.

Stefan ramena son attention sur le cottage et étudia l'allure délabrée de la bâtisse.

— C'est étrange.

Boris se faufila près de lui.

— Quoi ?

— La servante de l'auberge a parlé de six ou dix brigands. Ils ne peuvent sûrement pas tous se trouver dans un si petit cottage ?

— Il y a des écuries derrière.

— Où sont les gardes ?

Stefan secoua la tête, s'avisant qu'il ne trouverait pas les réponses à ses questions en restant à regarder depuis les arbres.

— Venez.

Boris maugréa un juron, et suivit Stefan qui continuait vers les écuries. Le duc ignora son bougon compagnon. C'était un effort suffisant de résister à l'envie de charger dans le cottage et de tirer sur tout scélérat coupant son chemin.

Ils avaient presque atteint les écuries, toujours sans gardes en vue, quand le Russe tira sur son bras d'un geste pressant.

— Attendez, dit-il d'une voix sifflante.

— Qu'y a-t-il ?

Boris désigna le sol.

— Du sang.

— Non !

Les genoux de Stefan menacèrent de flancher et son cœur s'arrêta douloureusement à la vue de la tache rouge foncé qui souillait la terre.

— Seigneur, non !

Boris suivit la trace de sang qui menait à travers les arbres, son expression sinistre indiquant qu'il partageait la peur du duc.

Se rendant à peine compte qu'il avançait, Stefan marcha sur ses talons, les poings serrés sur les côtés. Il ne voulait pas croire que c'était le sang de Leonida. Il ne *pouvait pas* le croire.

Le sort ne serait pas assez cruel pour lui permettre d'arriver aussi près et d'échouer.

— Ici.

Boris s'arrêta, se pencha et commença à écarter des branches qui avaient été empilées parmi les fourrés. Stefan lutta pour respirer tandis qu'une grossière couverture apparaissait. Manifestement, elle recouvrait deux corps.

Boris lui-même hésita un instant avant de tendre la main et d'écarter la couverture. Cette fois, les genoux de Stefan lui manquèrent et il s'affala par terre, ébranlé par le soulagement quand il aperçut les inconnus qui gisaient là.

— Bon sang, dit-il dans un souffle.

— Des hommes, marmonna Boris, les sourcils froncés. Et aucun d'eux n'est le cocher de miss Karkoff.

La peur qui le paralysait s'estompant, Stefan put enfin distinguer les deux morts.

Tous deux étaient grands et vêtus de simples vêtements de paysans. Il estima qu'ils étaient plus jeunes que lui, mais avec un visage buriné qui suggérait une vie de dur labeur et de boisson.

Il porta son attention sur les blessures sanglantes que des balles avaient laissées sur leurs tempes. On leur avait tiré dessus à bout portant. Ce qui signifiait qu'ils connaissaient leur meurtrier et lui faisaient confiance. Ou que ce dernier les avait pris par surprise.

— Pensez-vous que ce sont des gens du coin qui ont eu l'imprudence de s'approcher du cottage ? Ou est-ce que nos ravisseurs se sont disputés entre eux ? murmura-t-il, pensant à haute voix.

Boris réfléchit un long moment.

— Si les ravisseurs se sont querellés, cela expliquerait l'absence de gardes.

Stefan se leva et retourna à la clairière.

— Si c'est le cas, espérons que nous trouverons d'autres cadavres éparpillés dans la propriété.

Avec un grognement, Boris le rejoignit.

— Vous avez l'intention d'entrer dans le cottage ?

Un sourire froid et implacable incurva les lèvres du duc. Il venait d'endurer un enfer lorsqu'il avait cru trouver le corps de Leonida sous cette couverture. Il en avait assez de se montrer discret.

— Non seulement j'ai l'intention d'entrer, mais je jure que je tuerai tout scélérat se trouvant entre Leonida et moi.

Leonida étudia le contour du couteau qu'elle avait glissé dans la manche longue de sa robe. Il serait aisément remarqué par quiconque l'examinerait avec soin, mais si elle gardait le bras serré contre elle, il pourrait peut-être passer inaperçu.

— Vous allez faire quelque chose de stupide, je le sais, marmonna Sophy en arpentant le grenier de long en large.

— Pour le moment, je cherche juste le moyen de cacher ce maudit couteau, bougonna Leonida.

— Piotr, voudrais-tu lui dire de ne pas faire l'idiote ? demanda la soubrette en jetant un regard noir au cocher qui se tenait près de la fenêtre, terminant le canard que Leonida avait monté. Elle va se faire tuer.

Sophy fronça les sourcils en voyant que Piotr fixait la fenêtre latérale.

— Qu'est-ce que tu regardes ?

Le serviteur posa son assiette, le profil tendu.

— Quelqu'un a bougé près des écuries.

Le cœur de Leonida sombra. Elle qui avait espéré que les hommes de sir Charles soient partis, lassés d'attendre leur part de la rançon !

— Nul doute que les gardes qui manquaient reviennent de leurs aventures de ce matin, grommela-t-elle.

Piotr secoua la tête.

— Ce n'étaient pas des gardes.

— Comment pouvez-vous en être sûr ?

Le cocher se tourna et répondit à son froncement de sourcils par un sourire ironique.

— Aucun d'eux ne saurait comment nouer une écharpe.

Un mélange d'espoir et de terreur envahit Leonida.

— Grands dieux !

— Votre mère a dû envoyer les autorités pour vous sauver, dit Sophy, joignant les mains.

— C'est possible, accorda Leonida avec réticence.

Elle connaissait assez bien sa mère pour suspecter qu'elle était directement allée trouver Herrick Gerhardt avec la demande de rançon. Quelle que soit la dévotion de la comtesse à Alexandre Pavlovich, elle avait toujours su que c'était sur le conseiller que l'on pouvait compter en cas de problème. Et si quelqu'un pouvait la retrouver dans la vaste Russie, c'était Herrick. Néanmoins, elle soupçonnait que si les hommes que Piotr avait aperçus étaient là pour les sauver, ils n'avaient pas été envoyés par lui. Son estomac se contracta de peur.

— Combien d'hommes avez-vous vus ?

— Deux.

— Nous savons que sir Charles et Josef sont en bas et ils ont mentionné un autre garde.

Leonida bougea distraitement le couteau qui s'enfonçait dans son avant-bras tandis qu'elle exprimait ses pensées à voix haute.

— Donc, ils sont au moins trois. Si ces hommes sont ici pour nous sauver, ils auront besoin de notre aide.

Comme il fallait s'y attendre, Sophy leva les mains en l'air.

— Oh, Seigneur, vous ne serez pas contente tant que l'on ne vous aura pas tranché la gorge !

Leonida frémit.

— Il est certain que ma gorge sera tranchée si nous n'échappons pas à sir Charles.

— Elle a raison, Sophy, intervint Piotr, la mine obstinée.

— Nous devons faire ce qui est en notre pouvoir pour les aider.

Se rendant compte qu'elle n'aurait pas le dessus, la soubrette croisa les bras sur sa poitrine.

— Bien. Mais je ne suis pas obligée d'apprécier.

Leonida ignora sa boudeuse compagne, se concentrant sur Piotr. Aussi désespérée qu'elle soit de s'échapper, elle ne permettrait pas à son serviteur de prendre des risques exagérés.

— Que mijotez-vous, Piotr ?

— Si je peux me glisser par la fenêtre et rejoindre ces hommes, les chances seront égales des deux côtés.

Elle hésita avant de hocher lentement la tête.

— Soyez prudent. Nous ne pouvons être sûrs qu'il n'y a pas d'autres gardes cachés parmi les arbres.

Le cocher sourit largement.

— Je ne serai pas pris.

— Tenez.

Leonida glissa les doigts dans sa manche, les refermant sur le couteau.

— Vous aurez besoin d'une arme.

Piotr mit la main sur son poignet, l'empêchant de sortir le couteau.

— J'espère bien que nos sauveteurs ont eu le bon sens de venir armés.

Il captura son regard, les yeux durs. Mieux que quiconque, il comprenait ce qui arriverait si le sauvetage échouait.

— Gardez ça et n'hésitez pas à frapper la première.

Leonida acquiesça, les nerfs en boule tandis que le cocher quittait sa veste, puis, avec une aisance athlétique remarquable, passait par la fenêtre et atterrissait légèrement en contrebas.

Le regardant s'éloigner, elle n'osa pas respirer tant qu'il ne disparut pas au coin des écuries. Même alors, elle attendit, refusant de bouger avant d'être absolument sûre que sir Charles n'avait pas remarqué Piotr.

Des minutes s'écoulèrent, puis elle se tourna enfin et traversa la pièce.

— Où allez-vous ? demanda Sophy d'un ton sifflant.

— Je veux être préparée.

Descendant l'escalier sur la pointe des pieds, Leonida tressaillit en entendant Sophy la suivre bruyamment, puis elle tourna silencieusement la poignée de la porte qui se trouvait au bas des marches. Elle fit une grimace quand elle refusa de bouger. Ridiculement, elle avait espéré que Josef avait omis de fermer à clé.

— Sapristi ! Elle est verrouillée. Nous devons attendre.

— Tant mieux, marmonna la soubrette.

Levant les yeux au ciel devant la couardise de Sophy, Leonida pressa l'oreille contre le panneau. Une longue et atroce éternité lui sembla passer, le seul bruit rompant le silence étant les battements forcenés de son cœur. Elle commençait à se demander si quelque chose était allé de travers, quand elle entendit enfin des cris étouffés et des bruits de course.

— J'entends quelque chose, dit-elle dans un souffle, en tirant le couteau de sa manche et en le serrant à faire blanchir ses articulations.

A son côté, Sophy marmonna une prière, ne se fiant manifestement pas à la capacité de sa maîtresse de la protéger.

Un soupçon fondé, vu ce qui se passa ensuite.

Penchée en avant, Leonida fut prise par surprise quand la porte s'ouvrit brusquement et qu'elle tomba tout droit dans les bras de sir Charles.

Avec un petit cri, elle fut retournée rudement, le dos plaqué contre le torse du fou qui passa un bras autour de sa taille. De son autre main, il pressa une dague en argent sur sa gorge.

Terrifiée, elle eut néanmoins la présence d'esprit de cacher le couteau dans les plis de sa robe.

— Espèce de scélérat !

La traînant vers le petit vestibule, sir Charles enfonça la dague dans sa peau.

— Je suis sidéré que personne n'ait encore coupé votre langue de vipère, miss Karkoff. Une négligence que je ne tarderai pas à rectifier.

Leonida se débattit désespérément contre son emprise, indifférente au sang qu'elle sentait couler le long de son cou. Si sir Charles parvenait à la faire sortir du cottage, elle mourrait à coup sûr.

Malgré les prières de Sophy.

Ils approchaient de l'entrée des cuisines, quand une ombre tomba sur le sol. Le cœur de Leonida se contracta d'un soulagement douloureux, puis chavira de regret quand le duc d'Huntley émergea dans le couloir, barrant le passage de sir Charles.

Qu'est-ce qui n'allait pas chez cet homme exaspérant ?

Elle avait fait tout ce qu'elle pouvait pour l'écarter du danger et le protéger. Il était duc, pour l'amour du ciel ! Il aurait dû être en sécurité à Meadowland, pas en train de risquer sa vie pour combattre ses ennemis !

Indifférent à son regard courroucé, Stefan étudia brièvement la coupure de son cou, l'expression si dure qu'elle le reconnaissait à peine.

En cet instant, il n'y avait rien du charmant aristocrate sur son beau visage.

Ses yeux étaient aussi froids que l'hiver sibérien et ses traits élégants raidis en un masque de fureur mortelle. Il avait tout d'un prédateur prêt à frapper.

Levant le bras, il pointa froidement un pistolet sur le visage de sir Charles.

— Lâchez-la.

Se servant de Leonida comme d'un bouclier, sir Charles se faufila dans le salon, grondant de colère quand Stefan le suivit, accompagné du serviteur de lord Summerville, Boris, et de Piotr.

— Je crains que ce ne soit pas possible, Votre Grâce, rétorqua-t-il d'un ton de défi, malgré le fait évident qu'il était cerné.

Stefan incurva les lèvres en un rictus arrogant.

— Nous connaissons-nous ?

Leonida sentit sir Charles se raidir et comprit que Stefan avait touché un point sensible.

Son ravisseur était jaloux du titre du duc.

— Je ne pourrais jamais prétendre à votre position élevée dans le monde, dit-il d'un ton rauque, en pressant Leonida encore plus près contre lui tandis que Stefan s'avançait. Mais il est impossible de vivre à Londres sans endurer l'écœurante excitation des gens quand le duc d'Huntley condescend à faire l'une de ses rares apparitions dans la haute société. Restez en arrière !

— Tirez-lui dessus ! ordonna Leonida, préférant recevoir une balle qu'être à la merci du fou qui la retenait captive.

— Ah, le duc dévoué est trop noble pour risquer la vie d'une femme sans défense ! se moqua sir Charles.

Leonida soutint le regard de Stefan avec une expression sombre et déterminée.

— Il va me tuer quoi que vous fassiez. Que j'aie au moins le plaisir de savoir qu'il mourra avec moi.

Etonnamment, Stefan eut un sourire froid.

— Elle a raison et je déteste décevoir une dame.

Sir Charles siffla de surprise.

— N'imaginez pas un instant que je bluffe.

Le duc plissa les paupières.

— Que voulez-vous de miss Karkoff ?

— Ce que tous les hommes veulent. De l'argent.

— Très bien. Combien ?

— Non, Stefan…, commença Leonida, pour pousser un cri de douleur quand la dague s'enfonça dans sa chair.

— Taisez-vous, harpie, les hommes négocient.

Attendant d'être sûr que Leonida soit convenablement intimidée, sir Charles ramena son attention sur le duc d'Huntley.

— Cent mille roubles.

Les yeux de Stefan étincelèrent d'une colère meurtrière, mais il garda son contrôle.

— C'est beaucoup d'argent.

— Pas pour un duc. En outre, sa mère semble croire qu'elle vaut cette somme.

Le rire bref de sir Charles révéla sa piètre opinion de la valeur de Leonida.

— Etes-vous prêt à payer ?

— Je suis prêt, répondit Stefan sans hésitation.

— Combien avez-vous sur vous ?

Stefan haussa les épaules.

— Juste quelques livres. Lâchez miss Karkoff et lorsque je serai à Saint-Pétersbourg…

— Lorsque vous serez à Saint-Pétersbourg, vous vous

rendrez directement au palais d'Eté. Vous devez me prendre pour un idiot, grommela sir Charles avec agacement.

Il poussa Leonida en avant, sa dague toujours pressée sur sa gorge.

— Mettez-vous de côté, ordonna-t-il tandis que le duc restait fermement sur son passage. Mettez-vous de côté ou je lui tranche la gorge.

Stefan crispa sa mâchoire, le corps rigide de fureur.

— Vous ne quitterez pas ce cottage.

— Alors, vous regarderez mourir votre catin.

Contraint d'accepter que le forcené égorgerait volontiers Leonida, Stefan fit un geste impatient de la main, envoyant Boris et Piotr hors de la pièce. Puis, gardant son pistolet pointé sur sir Charles, il recula lentement.

— Je ne vous suivrai pas si vous relâchez miss Karkoff, dit-il d'un ton crispé, les yeux noirs de frustration tandis que son adversaire manœuvrait Leonida à travers la pièce et dans l'entrée.

Sir Charles rit en bougeant pour garder Leonida entre le pistolet et lui, et recula jusqu'à ce qu'il puisse passer la main derrière lui pour ouvrir la porte d'entrée. Quelques pas de plus, et Leonida serait de nouveau complètement à la merci de ce fou.

— Miss Karkoff ne quittera pas mon côté jusqu'à ce que j'aie ma récompense, avertit sir Charles, la tirant sur le seuil.

— Voici votre maudite récompense ! hurla alors Leonida en sortant la main de sa jupe et en plongeant le couteau derrière elle, dans le flanc de son ravisseur, avant de prendre le temps de mesurer le danger.

Avec un glapissement de douleur, sir Charles chancela en arrière, sa dague lui éraflant le cou. Puis, relâchant son emprise, il serra la main sur le couteau planté dans son ventre.

Consciente qu'elle n'avait peut-être qu'un instant pour se mettre en sécurité, Leonida essaya d'avancer, poussant un cri alarmé quand ses jambes fléchirent et qu'elle tomba à genoux.

La peur qu'elle avait endurée pendant des semaines, sans parler du sang qu'elle perdait, avait soudain raison d'elle.

— Leonida ! cria Stefan, atteignant le seuil et s'arrêtant brusquement tandis qu'il portait son regard par-delà l'épaule de la jeune femme.

Terrifiée à l'idée que sir Charles puisse lui sauter dessus, Leonida tourna la tête, rassemblant l'énergie qui la quittait pour contrer l'attaque.

Mais ce qu'elle découvrit fut Josef qui se tenait près de son maître, un bras passé autour de sa taille pour le soutenir et l'autre tendu vers elle, un pistolet à la main.

— Occupez-vous de la femme, ordonna-t-il à Stefan, en reculant avec méfiance vers la voiture qu'il avait sortie des écuries et qui attendait à quelques pas de là. Sir Charles n'est plus votre problème.

Stupéfaite par l'étrange conclusion de cette rencontre pleine de violence, Leonida remarqua à peine Stefan qui courait pour venir s'agenouiller près d'elle, gardant les yeux fixés sur Josef qui jetait son compagnon quasiment inconscient dans la voiture, montait sur le siège du cocher, et faisait démarrer les chevaux d'un sifflement strident.

Une part d'elle-même était ulcérée que sir Charles échappe à la justice. Le scélérat méritait d'être fusillé sur la place du Sénat. Une autre part, toutefois, était ardemment soulagée de le voir disparaître.

Pour le moment elle était en vie, et même si elle n'aurait peut-être jamais le plaisir de voir ce monstre face à un peloton d'exécution, elle avait au moins la satisfaction de savoir que sa tentative de faire chanter sa mère prendrait bientôt fin. En outre, s'il y avait une justice dans le monde, la blessure qu'elle lui avait infligée s'infecterait et l'enverrait dans la tombe.

Cette pensée encourageante à l'esprit, elle sombra dans l'inconscience.

17

La nuit était tombée le temps que Leonida se réveille. Pendant les heures où elle avait dormi, le cottage avait été nettoyé à fond — les efforts de Sophy, sans doute — et elle avait fait partie du nettoyage.

Elle n'eut besoin que de quelques instants pour se rendre compte qu'on lui avait ôté sa robe et son corset et que quelqu'un était allé chercher sa camisole au grenier pour la passer sur sa peau fraîchement lavée. Même ses cheveux étaient encore humides.

Elle aurait été ravie par la sensation d'être complètement propre, et d'avoir délicieusement chaud grâce au feu qui ronflait dans la cheminée en pierre, si sa gorge ne l'avait pas lancée de manière aiguë sous le bandage qui couvrait la blessure. Et si Stefan n'avait pas arpenté l'espace exigu de la chambre comme un lion en cage.

Lorsqu'elle avait ouvert les yeux pour la première fois, il se tenait près de la fenêtre, rigide, son profil élégant tendu et les poings serrés. A son léger mouvement, il avait fait volte-face, son vif soulagement vite remplacé par une colère explosive quand elle avait porté une main hésitante au bandage de son cou.

— Je n'ai jamais eu la malchance d'être encombré d'une femme aussi difficile, aussi impulsive, avec une telle cervelle d'oiseau…

— Je vous ferai remarquer que vous n'avez jamais été *encombré* de moi, Votre Grâce, coupa Leonida, préférant se concentrer sur l'injustice d'être blâmée de l'horrible situation que sur l'intense soulagement qu'il soit là.

Elle ne voulait pas dépendre de Stefan pour se sentir en sécurité.

— En vérité, j'ai fait de mon mieux pour me débarrasser de vous.

Il passa une main dans ses cheveux en désordre, paraissant étrangement vulnérable avec les yeux cernés par le manque de sommeil et la mâchoire ombrée de barbe. Ou peut-être était-ce parce que, à un moment donné, il avait quitté sa redingote et son gilet, et n'était vêtu maintenant que de sa fine chemise en linon et de culottes qui moulaient ses longues jambes musclées.

Le duc élégant s'était dépouillé de ses atours pour révéler l'homme brut et puissant qui se trouvait dessous.

— Ce n'est pas le moment de me rappeler que vous m'avez laissé drogué et sans argent dans un hôtel parisien miteux, dit-il d'un ton âpre, ignorant heureusement les pensées de Leonida.

— Vous avez raison, lança-t-elle d'un ton mordant, en se redressant sur son séant malgré la douleur cuisante de sa gorge.

Sir Charles était peut-être parti, mais elle n'avait toujours pas les lettres de sa mère. Et sans savoir comment retourner à l'auberge où elles étaient restées, elle n'avait d'autre choix que de confier les recherches à Herrick Gerhardt.

— Je n'ai pas de temps à gaspiller en discussions aussi sottes.

Elle tendit la main pour rejeter les couvertures mais, se précipitant vers elle, Stefan vint se percher sur le bord du lit, serrant les doigts autour de ses poignets.

— Si vous essayez de sortir de ce lit, je jure que je vous attacherai.

Elle frémit à son contact.

— Je n'ai pas à vous obéir.

— Vous le ferez s'il vous reste un peu de raison.

— Votre Grâce…

— Mon nom est Stefan, comme vous le savez, gronda-t-il, ses beaux yeux luisant d'une émotion réprimée. Et après des semaines passées à vous poursuivre, constamment terrifié que vous soyez aux mains de vos ennemis ou pire, je n'ai pas l'intention de consacrer un autre instant à m'inquiéter que vous alliez bien ou pas.

Le cœur de Leonida voleta à cet aveu bougon, mais elle ne voulait pas se laisser distraire.

— Si vous êtes aussi concerné par mon bien-être, alors pourquoi insistez-vous pour rester dans ce cottage où sir Charles et ses serviteurs peuvent revenir à tout instant ?

Les doigts de Stefan se desserrèrent, ses pouces caressant distraitement la peau sensible à l'intérieur de ses poignets.

— Vous n'êtes pas en état d'être transportée et nous sommes bien plus en sécurité ici que sur les routes, à voyager de nuit. Boris et Piotr montent la garde. Personne ne pourra approcher sans être vu.

— Je ne peux pas rester ici.

— Pourquoi ?

La bouche de Leonida s'assécha à ses légères caresses.

— Ma mère doit être terrifiée. Sir Charles lui a envoyé une demande de rançon.

— Sir Charles.

Il fronça les sourcils.

— Richards ?

Leonida se figea.

— Vous vous êtes comporté comme si vous ne le reconnaissiez pas.

— Nous ne nous sommes jamais rencontrés, mais son nom m'est familier…

Stefan secoua vivement la tête.

— Sapristi, je ne parviens pas à m'en souvenir. Il y a eu un vilain scandale qui lui a fait quitter l'Angleterre.

Leonida pinça les lèvres. Ainsi, les Anglais envoyaient maintenant leurs déments en Russie ? Pas étonnant qu'Alexandre Pavlovich n'ait pas apprécié son voyage dans ce pays.

— C'est un monstre. Il aurait dû être envoyé à la Tour pour y être décapité.

Les lèvres de Stefan s'incurvèrent.

— Je vais transmettre votre plainte au roi.

Elle dégagea ses mains. Son toucher la distrayait trop.

— Ce n'est pas amusant. Ma mère doit savoir que je vais bien.

Le bref accès d'humour du duc disparut quand il posa les mains de chaque côté de ses hanches et se pencha assez près pour qu'elle sente son souffle sur son visage.

— Mais vous n'allez pas bien, et tant que je ne serai pas convaincu que vous êtes assez forte pour voyager, vous resterez dans ce lit. Je ferai prévenir votre mère demain matin.

— Non.

Le regard de Leonida s'attarda inconsciemment sur ses lèvres pleines. Elles étaient si proches, si tentantes.

— Je dois partir maintenant. Vous ne comprenez pas.

— Alors, peut-être pourriez-vous m'expliquer.

Elle tourna la tête, dardant un regard noir sur la fenêtre obscure. Comment était-elle supposée se concentrer quand son corps fourmillait de cette puissante attirance ?

— Vous savez que je ne le peux pas.

— Bonté divine, Leonida, ce n'est plus un jeu.

Il lui prit le menton pour lui faire tourner la tête et rencontrer son regard.

— Vous allez me dire la vérité. Et si vous envisagez encore de mettre de l'opium dans mon thé, de m'assommer ou de concocter tout autre plan pour m'échapper, sachez que Boris a reçu l'ordre de vous capturer et de vous ramener de force à Meadowland.

Leonida faiblissait. Ce n'étaient pas seulement les journées de terreur durant lesquelles elle avait cru avec une certitude absolue que sir Charles allait la tuer avec ses domestiques. Ni la fuite constante devant ses ennemis. Ni même le fait d'être obligée d'endurer la mauvaise nourriture, les auberges médiocres et un voyage plein de secousses sur des routes qui ne valaient guère mieux que des pistes en terre.

Non, c'était simplement qu'elle était fatiguée de mentir.

— Je ne comprends pas pourquoi vous êtes ici, dit-elle dans un souffle, cherchant à rassembler sa volonté pour ne pas dévoiler ses secrets à Stefan.

— Et vous supposez que je le sais ? grommela-t-il. S'il vous plaît, Leonida. Je suis trop las pour nos délicieux duels. Si je dois vous protéger, je dois comprendre le danger qui vous menace.

— J'ai promis à ma mère.

Les narines de Stefan frémirent, comme s'il était offensé par ses paroles.

— Si votre mère ne comprend pas que la vie de sa fille vaut plus que quelque maudit secret, alors elle ne mérite pas votre loyauté. Un fait que j'ai l'intention de faire remarquer à la comtesse si jamais nos chemins se croisent.

Leonida fut choquée de sentir son cœur se réchauffer face à sa colère. Pourtant, elle ne pouvait pas désirer que le duc d'Huntley insulte sa mère, ce n'était pas possible, se dit-elle farouchement. Mais d'un autre côté, c'était une sensation rare et étrangement merveilleuse de savoir qu'il était furieux à l'idée de la savoir en danger.

— Vous ne le feriez pas.

— Je le ferais. Avec le plus grand plaisir.

— Ma mère m'aime.

— Peut-être, mais on ne peut pas dire qu'elle prenne bien soin de vous.

Il passa son pouce sur la lèvre inférieure de Leonida, faisant naître une onde de plaisir sur sa peau.

— Je ne serai pas aussi inattentif.

— Je n'ai besoin de personne pour prendre soin de moi.

— Alors, je vous laisserai peut-être prendre soin de

moi, rétorqua-t-il, son regard s'abaissant sur le décolleté de sa camisole. Après ces dernières semaines, j'aurais grand besoin d'être choyé.

— Vous devrez aller vous faire choyer ailleurs, rétorqua-t-elle d'une voix altérée.

— Nous verrons.

Avec une réticence manifeste, il releva les yeux.

— Pour l'instant, je me contenterai de découvrir pourquoi vous vous êtes rendue en Angleterre.

Son expression se durcit, obstinée.

— Leonida. Le moment est venu.

Leonida tenta de se rappeler les nombreuses raisons pour lesquelles elle ne devrait pas dire la vérité à cet homme, la moindre d'entre elles n'étant pas de savoir que le duc d'Huntley était déjà bien trop mêlé à sa vie. Mais elle ne put que pousser un soupir résigné.

— Oui.

Elle remua pour s'écarter de lui. Non que cela servît à quelque chose. La présence de Stefan emplissait la pièce.

— Je suppose que c'est le moment, en effet.

Il fronça les sourcils à son mouvement, retirant de mauvais gré sa main de son menton.

— Vous n'êtes pas venue à Meadowland pour être introduite dans le monde ou trouver un mari.

— Non.

— Alors pourquoi ?

Elle humecta ses lèvres sèches, ne sachant pas très bien par où commencer.

— Comme vous le savez, nos mères étaient très proches avant que la vôtre ne devienne la duchesse d'Huntley. Quand elle est partie pour l'Angleterre, ma mère a entretenu une correspondance régulière avec elle.

— Je crois que nous avons déjà établi ce fait, observa sèchement Stefan.

— Voulez-vous que je vous dise la vérité, ou non ?

Il agita sa longue main.

— Continuez.

— Peu après le départ de votre mère, la mienne a attiré l'attention d'Alexandre Pavlovich. Et bien sûr, elle désirait parler de cette relation avec sa meilleure amie.

— Leur liaison n'était guère un secret.

— Peut-être pas, mais ma mère a été assez imprudente pour révéler les détails les plus… intimes de son aventure avec le tsar.

Il haussa les sourcils en promenant son regard sur sa mince silhouette, avant de rencontrer de nouveau ses yeux méfiants.

— Je dois être particulièrement obtus, car l'intimité de cette liaison me paraît évidente.

— Je veux dire qu'elle a révélé à la duchesse des conversations privées entre le tsar et elle.

Elle fit une pause, choisissant ses mots avec soin.

— Des conversations qui n'auraient jamais dû sortir des appartements d'Alexandre Pavlovich.

Un long moment passa puis, le visage sombre, Stefan se leva pour la considérer de haut.

— Je *suis* obtus, dit-il, la voix teintée de colère. Vous êtes donc venue à Meadowland pour voler la correspondance de ma mère.

Leonida se cacha instinctivement derrière une attitude défensive.

— Les lettres étaient écrites à votre mère, mais elles venaient de la mienne. J'ai sûrement autant le droit de les avoir que vous.

Il souffla.

— Si vous croyiez vraiment cela, vous n'auriez jamais menti à mon frère et à sa femme, vous ne vous seriez pas introduite chez moi et vous ne vous seriez pas enfuie avec ce qui m'appartenait au milieu de la nuit.

*
* *

Stefan observa les joues de Leonida se teinter de rouge, ses cils épais s'abaissant pour dissimuler la culpabilité de ses yeux.

Bien. Elle avait tout lieu de se sentir coupable.

Et pas seulement parce qu'elle avait profité de son hospitalité pour fouiller dans les possessions les plus privées de sa mère.

— J'ai fait ce que je devais faire, marmonna-t-elle.

Il plissa les paupières et serra les poings.

— Ainsi, je sais enfin pourquoi vous fouilliez ma maison.

— Oui.

— Où avez-vous trouvé les lettres ?

— Elles étaient cachées dans un coffre sous le plancher de la chambre de la duchesse.

— Ah.

Stefan se rappelait la petite trappe découpée dans le sol, même si cela faisait des années qu'il ne l'avait pas ouverte.

— Avez-vous pris autre chose ?

Elle releva vivement les yeux pour rencontrer son regard dur, avec une expression offensée.

— Bien sûr que non !

— Pourquoi diable ne me les avez-vous pas demandées ? lança-t-il d'un ton mordant, révélant sans le vouloir la vraie raison de sa colère.

Elle se mordit la lèvre inférieure.

— Ma mère craignait que votre loyauté envers le roi ne puisse vous conduire à rejeter ma requête.

Il serra les poings. Maudite soit la comtesse Karkoff. Elle aurait à répondre d'un grand nombre de faits.

— Et pourquoi le roi d'Angleterre s'intéresserait-il à des lettres écrites voilà plus de vingt ans ?

— Il n'a jamais caché qu'il n'aime pas Alexandre Pavlovich.

Stefan haussa les épaules. Les deux hommes puissants n'avaient jamais été destinés à être des amis. George IV adorait la foule, les divertissements somptueux, et cédait gaiement à tous ses caprices, quelque outrageux qu'ils fussent. Le tsar, en revanche, était un homme réservé et austère qui n'appréciait pas la pompe et les cérémonies qui lui étaient imposées.

— George est un homme vaniteux sensible à la moindre offense, dit-il. Alexandre Pavlovich n'aurait pas dû refuser les divertissements organisés en son honneur lorsqu'il est venu à Londres.

Leonida pinça les lèvres, révélant ainsi que sa sympathie allait entièrement au tsar.

— Quelle qu'en soit la raison, je ne doute pas que le roi serait heureux de trouver une occasion d'embarrasser l'empereur.

Certes. Mais ce n'était pas la question.

— Et vous pensiez que je me ferais le complice d'un tel complot ? demanda Stefan d'un ton âpre.

Elle tressaillit.

— Je ne vous connaissais pas.

— Ma mère a été une loyale sujette russe jusqu'à sa mort.

— Mais votre loyauté est envers l'Angleterre, comme il se doit, rétorqua-t-elle vivement.

Il serra les dents, pas d'humeur à se montrer raisonnable. Elle ne se serait jamais mise en danger si elle lui avait fait confiance.

— Nous reviendrons sur ce sujet plus tard.

Il s'avança vers le lit.

— Qu'y a-t-il dans les lettres pour que vous craigniez qu'elles n'embarrassent Alexandre Pavlovich ?

— Je l'ignore.

Il maugréa un juron.

— Je pensais que nous avions dépassé ces sottises.

Les yeux de Leonida étincelèrent de frustration.

— Je vous dis la vérité.

— Vous avez fait le voyage jusqu'en Angleterre, joué

le rôle d'une voleuse et combattu un fou sans savoir pourquoi vous risquiez votre maudit cou ?

Elle bougea nerveusement dans le lit, sa camisole se plaquant sur son corps pour dessiner les courbes parfaites de ses seins. Stefan inspira vivement, essayant d'ignorer le désir brutal qui l'habitait depuis qu'elle avait ouvert les yeux.

Jusque-là, il avait été incapable de penser à autre chose qu'à la vue de la dague pénétrant dans son cou. Bon sang. Il n'était pas sûr que son cœur s'en remettrait jamais.

Mais à présent…

A présent, il se rappelait seulement combien il était délicieux de la tenir dans ses bras.

— Ma mère a refusé de révéler ce qu'elle avait écrit et, pour être honnête, je n'ai pas insisté, avoua-t-elle. Mieux vaut que certains secrets restent ignorés.

Il étudia ses traits pâles, hochant enfin la tête avec réticence. L'ascension d'Alexandre Pavlovich au trône ne s'était pas faite sans sacrifices.

Ni scandales.

— Oui, je suppose.

Il fit une pause, considérant ce qui arriverait si les lettres tombaient entre les mauvaises mains.

— Mais je suis encore troublé.

— Pourquoi ?

— Ces lettres sont restées cachées des années. Diantre, je ne savais même pas qu'elles existaient ! Pourquoi votre mère est-elle soudain déterminée à les avoir en sa possession ?

Il observa les émotions qui passaient sur le beau visage de Leonida tandis qu'elle surmontait sa méfiance.

— Parce qu'elle fait l'objet d'un chantage.

— Sacrebleu !

Leonida grimaça à sa stupéfaction.

— Vous ne pouvez être plus choqué que je l'ai été.

— N'en soyez pas si sûre, marmonna-t-il en allant à la fenêtre.

Il trouvait de plus en plus difficile de se concentrer sur autre chose que la vue de Leonida à demi nue dans le lit.

— Qu'est-ce que les lettres de ma mère ont à voir avec un chantage exercé contre une comtesse russe ?

— Elle a été contactée par un homme qui a prétendu avoir les lettres et vouloir les remettre aux ennemis du tsar si elle n'acceptait pas de lui verser une grosse somme d'argent.

— Sir Charles ?

— Non, c'était un Russe, mais il est maintenant évident que sir Charles était derrière le complot.

— Le maître chanteur prétendait avoir les lettres ?

— Oui, mais ma mère ne l'a pas cru.

Stefan se retourna, les sourcils froncés.

— Pourquoi ?

Elle haussa les épaules.

— D'une part, il n'a pas voulu les produire même lorsqu'elle a refusé de payer. D'autre part, il n'a pas mentionné le fait qu'elles étaient partiellement écrites dans un code secret.

Stefan tiqua, ne pouvant imaginer sa mère élégante et sophistiquée écrivant des lettres dans un code secret.

— Un code secret ?

— Connaissant ma mère, le code ne devait pas être plus malin que d'écrire certains mots à l'envers ou utiliser des initiales au lieu de noms entiers, admit Leonida. Néanmoins, l'homme qui la menaçait ne semblait rien savoir d'autre que le fait qu'elle avait écrit à la duchesse d'Huntley et que les lettres parlaient des conversations privées d'Alexandre Pavlovich.

— Des informations qui venaient de sir Charles, à votre avis ?

Elle leva une main.

— Avez-vous une meilleure idée ?

Il revint au lit d'un pas nerveux. Les lettres avaient été cachées dans la chambre de sa mère depuis sa mort. Et il parierait son dernier penny que sir Charles Richards n'avait jamais mis les pieds à Meadowland.

Alors, comment le scélérat en avait-il eu vent ?

— Rien de tout ceci n'a de sens.

— Au moins, nous sommes d'accord sur quelque chose.

Les lèvres de Stefan s'incurvèrent. Il connaissait un bon nombre de choses sur lesquelles ils pouvaient s'accorder. La plupart d'entre elles incluant son corps tremblant de désir sous lui.

— Qui connaissait l'existence de ces lettres, à part votre mère ?

— D'après elle, personne hormis la duchesse.

— Alors, comment sir Charles a-t-il pu être au courant ?

— Votre mère a peut-être fait part de ces lettres à quelqu'un qu'il connaissait.

Il se raidit, connaissant trop bien sa mère pour croire une telle sottise.

— Je ne puis imaginer ma mère révélant les aveux intimes d'une amie à quiconque, et certainement pas à une personne susceptible de donner ces informations à un homme comme sir Charles.

Leonida étudia son expression dure, percevant son agacement à l'idée que sa mère puisse être mêlée au chantage.

— Alors, peut-être quelqu'un est-il tombé sur les lettres dans le coffre de votre mère et lui en a parlé.

— Personne ne connaissait ce coffre…, commença-t-il, pour s'asseoir brusquement sur le bord du lit tandis qu'un souvenir lointain lui revenait.

Bonté divine !

— Howard Summerville.

Il cracha ce nom comme si c'était un juron. Et il l'était de maintes façons. Cet individu véreux était une insulte au nom des Summerville.

— Mon indigne cousin, expliqua-t-il avec réticence. Je l'ai surpris plus d'une fois volant des objets à Meadowland. La dernière fois, je l'ai frappé à lui faire perdre connaissance quand je l'ai trouvé en train de fouiller dans le coffre secret de ma mère.

Leonida hocha lentement la tête, ne paraissant pas particulièrement surprise par sa révélation.

— S'associerait-il avec quelqu'un comme sir Charles ?

Stefan émit un son dégoûté.

— Howard s'associerait avec le diable s'il pensait en tirer un sou.

Elle fronça les sourcils en considérant cette description infamante de son cousin.

— Cela expliquerait comment sir Charles a appris l'existence des lettres.

— Mais pas pourquoi il a attendu aussi longtemps pour prendre contact avec la comtesse. Il a quitté Londres voilà des années.

— Il a mentionné que son style de vie exigeait beaucoup d'argent, bien que je refuse d'imaginer ce que ce style de vie peut être.

Leonida frémit, un reste de peur dans les yeux.

— Je suppose qu'il a des dettes.

Stefan tendit instinctivement la main pour la poser sur sa joue. Il ne voulait pas qu'elle soit effrayée quand il était avec elle.

— Peut-être n'a-t-il rencontré mon cousin que récemment, suggéra-t-il, prêt à mettre tout le blâme sur les épaules d'Howard Summerville. Aux dernières nouvelles, il se cachait de ses créanciers à Paris.

Elle repoussa ses cheveux blonds qui avaient séché en douces boucles emmêlées. Stefan réprima un grognement de désir, souhaitant enfouir les doigts dans cette masse pâle et soyeuse. A la place, il se contenta de passer une mèche dorée derrière l'oreille de Leonida.

— Il n'importe pas vraiment de savoir comment sir

Charles a découvert l'existence des lettres, dit-elle, la voix légèrement altérée. Ce qui compte, c'est qu'il est au courant.

— Certes, concéda-t-il. Même si je trouve stupéfiant qu'il prenne le risque de faire chanter une des femmes les plus puissantes de Russie avec rien d'autre que la suspicion d'une correspondance compromettante.

— Il pensait sans doute que ma mère serait si effrayée qu'elle céderait à son chantage sans preuves.

Leonida haussa distraitement une épaule.

— Lorsqu'elle a refusé, il a envoyé ses hommes en Angleterre dans l'espoir qu'ils puissent trouver les lettres avant moi.

Le duc lui saisit le bras, plissant les yeux avec irritation à cette révélation inattendue.

— Il a envoyé des hommes à Meadowland ? s'exclama-t-il.

Puis, avant qu'elle puisse répondre, il fut frappé par une idée soudaine.

— Bien sûr ! Les braconniers que Benjamin a aperçus. Pourquoi diable ne me l'avez-vous pas dit ?

— Nous en avons déjà discuté.

Elle essaya de s'écarter, mais il n'était pas d'humeur à la laisser échapper. Il se pencha en avant, son nez touchant presque le sien.

— Et nous en discuterons de nouveau, prévint-il, sa voix s'adoucissant tandis que le chaud parfum de sa peau taquinait ses narines.

Même quand Leonida le mettait hors de lui, il la désirait toujours. Ardemment.

— Vous allez apprendre à me faire confiance.

18

Leonida retint son souffle. La pièce paraissait soudain plus petite, plus intime. Et son monde se réduisait au beau visage de Stefan si proche du sien.

Son corps pouvait être endolori et sa blessure la brûler, mais l'envie d'oublier l'horreur des derniers jours dans les bras de cet homme était presque plus forte que tout. Quand Stefan était près d'elle, elle se sentait protégée et totalement en sécurité, d'une manière qui était aussi inattendue qu'inexplicable.

Un tel constat aurait dû l'ennuyer, et non pas envoyer une chaleur apaisante dans son cœur.

Résistant à l'impulsion de franchir la faible distance qui les séparait afin de goûter à l'ardeur enivrante de son baiser, elle leva distraitement la main pour toucher son bandage.

— Nous parlions de sir Charles, rappela-t-elle d'une voix enrouée.

Il fit glisser doucement ses mains sur ses bras nus, ce léger contact produisant en elle de petites ondes de plaisir.

— Vraiment ?

Avec un effort, elle inspira à fond. Non. Elle ne pouvait se laisser distraire. Pas tant que sa mère était encore en danger.

— Oui.

Elle conjura l'image de la comtesse. Elle devait être bouleversée. Malgré toutes les faiblesses de Nadia, Leonida était très attachée à elle. Elle ne permettrait jamais que du mal lui soit fait.

— Et puis-je faire remarquer que pendant que nous sommes assis ici il est en train de s'échapper ?

Les lèvres de Stefan prirent un pli résigné tandis qu'il s'écartait et l'étudiait d'un regard qui ne cillait pas.

— Comme vous l'avez découvert, j'ai beaucoup de ressource. Je finirai par lui faire payer ce qu'il a fait.

Elle leva les yeux au ciel devant son arrogance.

— Malgré votre foi en vos talents, je dois rejoindre Saint-Pétersbourg le plus vite possible.

— J'ai promis de rassurer votre mère.

— Et si sir Charles atteint Saint-Pétersbourg le premier et parvient à la convaincre qu'elle doit payer immédiatement ? demanda-t-elle.

Son insistance lui fit crisper la mâchoire.

— Il n'était pas en état de prendre contact avec elle. En vérité, je ne suis pas sûr qu'il survive à la blessure que vous lui avez infligée. Il se peut que vous m'ayez déjà volé ma vengeance.

Leonida frissonna. Elle ne regrettait pas d'avoir frappé sir Charles. Même l'idée qu'il puisse mourir la laissait froide. Sa véritable inquiétude était qu'il survive et fasse du mal à une autre femme.

— Nous ne pouvons en être certains, marmonna-t-elle.

Le silence tomba sur la chambre. Stefan l'examina avec un scepticisme croissant.

— Il y a une autre raison pour que vous soyez si pressée de rentrer à Saint-Pétersbourg. Laquelle ?

— J'ai besoin d'être chez moi, avec ma famille. Ce n'est sûrement pas si étrange après tout ce que j'ai enduré ?

— Pas étrange, mais certainement suspect. Vous êtes une femme compliquée et je crois que vous vous laissez rarement guider par un simple motif. Aussi fort que soit votre désir de retrouver les vôtres, je parierais qu'il y a une autre raison à votre hâte.

Ses doigts se resserrèrent sur les bras de Leonida, pas assez pour lui faire mal, mais l'avertissant qu'il était loin d'être satisfait à la pensée qu'elle n'était pas complètement honnête.

— Que me cachez-vous encore ?

Elle jeta un regard noir à son expression implacable, avec l'impression que toute sa vie tournait autour de cet homme.

— Je vous accorderai que vous aviez le droit de savoir pourquoi j'étais venue à Meadowland. C'est chez vous, après tout. Mais ma raison de vouloir rentrer à Saint-Pétersbourg ne regarde que moi.

Une émotion dangereuse brûla dans les yeux de Stefan devant son défi délibéré.

— Non, Leonida. Vous vous êtes jetée dans ma vie, maintenant vous devez en supporter les conséquences. Je ne vous permettrai pas de me dissimuler quoi que ce soit.

De panique, le cœur de Leonida manqua un battement.

— Je suis allée en Angleterre pour aider ma mère, pas pour me jeter dans votre vie.

Le regard bleu de Stefan se promena sur la camisole révélatrice avant de revenir à ses yeux élargis.

— Et finir dans mon lit.

Son cœur sembla de nouveau s'arrêter.

— Cela n'a rien à voir avec la situation.

Il se pencha en avant, frôlant sa tempe d'une caresse aussi légère qu'une plume.

— Cela a tout à voir avec la situation.

Une nostalgie douce-amère crispa l'estomac de Leonida. Si seulement il n'était pas le duc d'Huntley et elle la fille de la comtesse Karkoff. Si seulement ils étaient un homme et une femme qui n'avaient pas de devoirs et n'étaient pas soumis aux lourdes attentes de leur famille.

Elle pourrait si aisément tomber amoureuse de lui…

— Stefan, vous devez me laisser partir, murmura-t-elle.

— Jamais.

Sa voix contenait une certitude glaçante.

— Vous êtes mienne.

— Je commence à penser que vous êtes aussi fou que sir Charles.

— Très probablement.

Se reculant, il captura son regard méfiant.

— Pourquoi êtes-vous si pressée de rejoindre Saint-Pétersbourg ? Répondez !

Elle poussa un soupir irrité. Il devait être l'homme le plus obstiné et le moins raisonnable au monde.

Pourquoi se donnait-elle la peine de le combattre ? Tout ce qu'elle gagnait à de telles escarmouches n'était qu'une entaille de plus dans sa fierté et une tête douloureuse.

— Parce que, quand j'ai été si brutalement enlevée, j'ai été obligée de laisser mes affaires, répondit-elle d'un ton coupant.

Une étrange expression s'installa sur les traits élégants du duc.

— Et elles sont si importantes pour vous ?

— J'avais caché les lettres dans la doublure de mon sac.

Il marqua une pause, comme si elle avait réussi à le déconcerter. Une petite victoire.

— Très intelligent.

— Pas intelligent du tout, corrigea-t-elle, montrant une vive culpabilité. J'ai tenu les lettres cachées de sir Charles, mais à présent je n'ai pas les moyens de revenir en arrière pour les récupérer. Et même si je le pouvais, qui sait ce que les domestiques de l'auberge ont fait de mes bagages ? N'importe qui a pu les prendre.

Un lent sourire incurva les lèvres de Stefan.

— Non, pas n'importe qui.

Le souffle de Leonida se coinça dans sa gorge tandis qu'un espoir soudain la traversait.

— Vous…

— Je les ai emportés de l'auberge.

Son espoir fut balayé par une bouffée de perplexité.

— Comment saviez-vous que j'avais été là ?

Le sourire de Stefan s'élargit.

— Vous ne pouvez m'échapper, miss Karkoff.

Elle soupira avec agacement à sa taquinerie.

— Vous ne mesurez pas combien je suis tentée de vous prouver le contraire.

Lentement, il fit remonter ses mains sur ses bras.

— Ne devriez-vous pas apprécier beaucoup plus vivement le fait que j'ai empêché les lettres de tomber dans les mains de vos ennemis ?

— Naturellement, je l'apprécie, mais…

Sans lui laisser l'occasion de finir, il baissa la tête et couvrit ses lèvres d'un baiser suave, délicieusement troublant.

— Je préfère une gratitude plus tangible, murmura-t-il contre sa bouche, ses doigts caressant ses épaules et remontant le long de son cou.

Lorsqu'il atteignit le bandage, il se recula brusquement, les yeux étincelant d'une fureur réprimée.

— Si sir Charles n'est pas déjà mort, j'étranglerai ce scélérat de mes propres mains.

— J'aimerais que quelqu'un le fasse, reconnut-elle, frissonnant au souvenir du plaisir pervers de son ravisseur quand il pressait la dague sur sa gorge. Il se réjouissait de me faire peur. Non, il se réjouissait de me faire *mal.* Je ne pense pas avoir été la première femme qu'il torturait.

— Il ne s'en prendra plus jamais à vous.

Sa main quitta le bandage pour suivre la ligne de sa mâchoire.

— J'en fais le serment.

— Je suis plus concernée par les femmes qui n'ont pas de protection contre un tel monstre, dit-elle, la voix âpre d'inquiétude. Herrick Gerhardt doit être prévenu.

Du pouce, il effleura le coin de sa bouche.

— Un souci pour demain.

— Je suppose. Ce soir, je veux…

Ses pensées menacèrent de disparaître quand il se courba pour semer de petits baisers sur ses lèvres.

— Arrêtez.

— Est-ce que je vous fais mal ?

Elle pressa les mains contre son torse. Bien sûr, qu'il lui faisait mal. Oh, pas physiquement. Ses caresses étaient pure magie. Raison pour laquelle, évidemment, elle n'avait pas pu résister à sa séduction. Mais savoir que sa vie était irrémédiablement attachée à l'Angleterre et à la femme qu'il épouserait un jour provoquait une douleur troublante dans son cœur.

Et plus elle resterait avec lui, plus ce serait douloureux.

— Ce n'est pas le moment de m'embrasser.

En poussant un gros soupir, Stefan posa un dernier baiser sur sa bouche avant de s'écarter avec une grimace de regret.

— Hélas, vous avez raison.

Elle ignora sa bouffée de déception devant une capitulation aussi prompte. Elle devait se concentrer sur des choses plus importantes.

— Où est mon sac ?

— Je suppose que Boris l'a laissé aux écuries avec mon cheval.

Quand elle fit un mouvement pour se lever, il la pressa fermement contre les oreillers.

— Ne soyez pas sotte. Vous allez rester au lit, et j'irai chercher votre sac.

Avec un regard sévère qui annonçait de terribles représailles si elle n'obéissait pas, il traversa la pièce pour mettre une autre bûche dans le feu. Ce fut seulement quand il fut certain que les flammes brûlaient bien qu'il sortit.

Restée seule, Leonida réfléchit au fait que son pénible et presque mortel voyage touchait à sa fin.

Elle avait les lettres.

Sa mère n'était plus en danger.

Alors, pourquoi avait-elle envie de pleurer ?

*
* *

L'air nocturne de la Russie était frais malgré la saison. Une bénédiction.

Après être resté seul avec Leonida Karkoff, Stefan avait bien besoin de la brise froide pour calmer son excitation physique.

Et son humeur également échauffée.

Cette femme possédait un talent surprenant pour provoquer les deux réactions en même temps.

Alors, pourquoi était-il si déterminé à ignorer toute mesure de décence et de logique en la ramenant à Meadowland ?

Il secoua la tête, écartant cette question dérangeante tandis qu'il traversait la cour devant le cottage.

— Boris ?

— Je suppose que vous n'apportez pas à manger ? demanda une voix au-dessus de lui.

Renversant la tête en arrière, Stefan regarda le domestique descendre agilement d'un arbre voisin.

— Pas encore.

Il haussa les épaules.

— La soubrette de miss Karkoff prétend que son ragoût de lapin ne peut être précipité.

— Les femmes !

Boris secoua la tête.

— Par chance, j'ai gardé quelques lapins à rôtir sur le feu. Vous êtes le bienvenu.

— Une généreuse invitation. Pour le moment, cependant, il m'intéresse plus de prendre les affaires de miss Karkoff.

— Ah.

La grimace de Boris fut visible au clair de lune.

— Je voulais vous le dire, mais ça m'est sorti de la tête.

Stefan fronça les sourcils, sentant qu'il n'allait pas aimer ce que le Russe avait oublié.

— Quoi ?

— Quand j'ai mis les chevaux à l'écurie, je me suis aperçu que le sac de miss Karkoff avait disparu.

— Sapristi !

Il ne s'était pas trompé. C'était une surprise fort désagréable.

— Est-ce qu'autre chose manquait ?

— Non. J'ai fouillé entre les arbres dans l'espoir qu'il soit tombé de votre selle, mais je n'ai rien trouvé.

Stefan ne prit pas la peine de demander si Boris était certain d'avoir bien regardé. S'il disait que le sac manquait, il savait qu'on ne le trouverait pas.

— On l'a pris, marmonna-t-il, son esprit passant déjà en revue les diverses implications de ce vol.

— Je suppose, mais qui en voudrait ?

Stefan secoua la tête, puis tendit la main pour saisir l'épaule de son compagnon. C'était une question à laquelle il ne pouvait pas répondre.

— Ouvrez l'œil, Boris. L'aventure n'est pas encore terminée.

Ecartant l'envie de s'attarder dans la fraîche obscurité, le duc retourna lentement au cottage. Ses pensées grouillaient de possibilités qui paraissaient toutes plus improbables les unes que les autres.

Ce fut peut-être pourquoi il ne vit pas le regard sombre de Leonida lorsqu'il entra dans la chambre et s'arrêta près du lit.

— Je croyais que vous deviez rapporter mon sac, dit-elle, la voix sourde et étrangement contrôlée.

— Il a disparu.

Avant qu'il puisse deviner son intention, elle sauta du lit, ses cheveux volant sur ses épaules.

— Quoi ?

— Bonté divine, restez où vous êtes ! gronda-t-il entre ses dents, en la soulevant pour la rallonger sur le matelas.

Puis, lorsqu'il fut évident qu'elle voulait le combattre, il s'assit au bord du lit et lui serra fortement les bras.

— Qu'avez-vous fait des lettres ? demanda-t-elle d'un ton sifflant, les yeux accusateurs.

Il fronça les sourcils. Sapristi, elle était magnifique avec son visage échauffé et sa chevelure somptueuse étalée sur l'oreiller. Mais il fut assez sage pour résister à l'envie de la prendre dans ses bras.

La jeune harpie était tout à fait capable de le griffer au sang quand elle était de cette humeur.

— Je vous ai dit…

— Vous m'avez dit que vous les aviez, et puis vous revenez en prétendant qu'elles ont mystérieusement disparu.

Elle le scruta d'un regard soupçonneux.

— Etes-vous allé demander à votre serviteur de les cacher ?

Il fallut un bon moment à Stefan pour s'aviser qu'elle l'accusait d'avoir volé ces maudites lettres. Il resserra ses mains sur ses bras, courroucé de voir qu'elle refusait toujours de lui faire confiance.

— Avez-vous perdu l'esprit ? demanda-t-il d'une voix sourde et menaçante. Si je voulais vous prendre ces lettres, je ne vous aurais jamais dit que je les avais récupérées, pour commencer.

— Peut-être n'avez-vous mesuré que maintenant ce qu'elles valent.

— Suggérez-vous, miss Karkoff, que j'ai l'intention d'utiliser les lettres de ma mère pour extorquer de l'argent à la comtesse Karkoff ?

Elle s'humecta les lèvres, paraissant soudain hésitante.

— Je…

— Ah, mais pourquoi s'arrêter là ? demanda-t-il d'un ton suave. Peut-être vais-je détruire Alexandre Pavlovich et faire valoir mes prétentions au trône ? Je possède une relation lointaine avec les Romanov, après tout.

Elle eut au moins la grâce de se montrer embarrassée par ses accusations insultantes. Ne fût-ce qu'un moment. Refusant de croiser son regard dur, elle baissa la tête.

— Si vous ne les avez pas, alors où sont-elles ?

— Manifestement, elles ont été volées.

— Par qui ?

La question avait tourmenté Stefan depuis que Boris lui avait appris la disparition du sac.

— Ce peut être n'importe qui. Quelqu'un du coin qui est passé par là et a pensé que le sac pouvait contenir de l'argent.

Il haussa les épaules.

— Ou un garde de sir Charles.

Elle redressa brusquement la tête, ouvrant de grands yeux, comme frappée par une idée soudaine.

— Josef, dit-elle dans un souffle.

— Qui ?

— L'homme qui a aidé sir Charles à s'échapper.

Stefan se souvint brièvement d'un petit homme balafré qui avait chargé sir Charles dans une voiture prête à partir. Sur le moment, il avait été si inquiet du sang qui coulait de la blessure de Leonida qu'il ne s'était pas intéressé au paysan grossièrement vêtu, ni au fou qu'il aidait à s'enfuir.

— Il ne se trouvait pas dans le cottage quand nous sommes entrés, dit Stefan, réfléchissant à voix haute. Il est tout à fait possible qu'il nous ait vus arriver et ait décidé de se cacher dans les bois pour ne pas être capturé.

Elle mordilla sa lèvre inférieure, les yeux troublés par une pensée quelconque.

— C'est lui qui a fouillé ma chambre à l'auberge. Il a dit à sir Charles qu'il n'avait pas trouvé les lettres, mais je me suis demandé alors s'il n'en savait pas plus que ce qu'il voulait révéler.

Elle bougea nerveusement sous son emprise.

— Peut-être les a-t-il laissées délibérément où elles étaient dans l'espoir de revenir les prendre plus tard, sans que sir Charles ne sache rien de sa trahison.

Stefan se prépara à une autre bataille. La crainte pour sa mère était déjà inscrite sur les traits crispés de Leonida.

Sous peu, elle allait exiger de nouveau de rejoindre Saint-Pétersbourg au plus vite. Sans tenir compte du fait qu'elle n'était pas en état de voyager.

Ni du fait qu'il n'était pas décidé à la laisser lui échapper.

— Cela se tiendrait, concéda-t-il. Mais s'il a découvert que j'ai eu l'amabilité de remettre les lettres entre ses mains, pourquoi se serait-il donné la peine de sauver sir Charles ?

Leonida plissa le front.

— Je ne sais pas.

— Ces lettres ont causé une quantité d'ennuis considérable, dit-il d'un ton coupant, irrité par l'inquiétude constante de Leonida pour sa mère.

Ne pensait-elle jamais à elle ou à ses propres besoins ?

— Pourquoi diable ne les avez-vous pas brûlées, tout simplement ?

— Ma mère souhaitait les garder.

— Pourquoi ?

— Elle…

Il y eut une brève hésitation.

— C'est une femme très sentimentale.

Stefan pinça les lèvres à ce mensonge absurde. Il n'avait pas besoin de lire dans l'esprit de Leonida pour comprendre que la comtesse Karkoff voulait les lettres dans un sombre dessein.

Nul doute qu'elle espérait s'en servir pour se protéger, et protéger sa position, des Romanov toujours imprévisibles.

— Non, c'est une femme très rusée et calculatrice.

Il soutint le regard de Leonida, l'expression sinistre.

— Elle voulait les lettres dans son intérêt personnel et n'a pas hésité à sacrifier sa propre fille afin de mettre ses mains cupides dessus.

— Ce n'est pas vrai.

— Pourquoi la défendez-vous ?

— C'est ma mère.

— Alors, elle devrait se conduire comme telle. Et vous

devriez avoir plus de bon sens et ne pas vous mêler à ses dangereux stratagèmes.

Elle plissa les paupières, refusant de se laisser intimider. Etrangement, c'était l'une des qualités qu'il admirait le plus chez elle.

— N'essayez pas de me dire que vous ne risqueriez pas votre vie pour lord Summerville, rétorqua-t-elle. Ou qu'il n'en ferait pas autant pour vous.

Il soupira, sachant qu'il ne pouvait contrecarrer sa logique. L'année précédente encore, Edmond s'était fait passer pour lui afin de le tenir à l'écart du danger. Mais cela ne signifiait pas qu'il était prêt à laisser Leonida persévérer dans sa conduite intrépide.

Lorsqu'il l'aurait ramenée à Meadowland, elle serait protégée comme elle devait l'être.

— Oui, mais je lui mettrais aussi l'œil au beurre noir s'il était assez sot pour me faire courir un danger.

— Si je décide de mettre l'œil de quelqu'un au beurre noir, ce ne sera pas celui de ma mère, prévint-elle.

L'agacement de Stefan s'estompa subitement tandis qu'il contemplait son expression défiante.

Malgré la capacité de Leonida à provoquer sa colère et son exaspération au-delà de toute mesure, sans parler de la façon dont elle avait plongé son existence paisible dans le chaos, elle restait la femme la plus fascinante qu'il avait jamais rencontrée.

— Vous êtes vraiment une petite ingrate, la fustigea-t-il, relâchant son emprise pour caresser la peau satinée de ses bras. Votre mère vous jette dans les mains de sir Charles et vous n'avez pas un mot de plainte, alors que je vous sauve de ce fou et que vous voulez me noircir un œil.

L'expression de Leonida demeura inflexible, mais il la vit frissonner délicatement. Elle pouvait cracher tout le feu qu'elle voulait, elle réagissait toujours à son toucher. Ce constat était absurdement satisfaisant.

— J'ai quitté Meadowland pour vous protéger, dit-elle,

comme si cela excusait sa folle fuite la conduisant sur la route de sir Charles. Si vous étiez resté à votre place, vous n'auriez pas eu à me sauver de quelque fou que ce soit.

Il secoua la tête à sa logique tarabiscotée, mais ne put retenir un lent sourire.

— Vous vous souciez donc de mon bien-être ?

Elle abaissa ses cils pour cacher ses yeux expressifs.

— Je ne voudrais pas que du mal vous soit fait à cause de conspirations russes dans lesquelles vous n'avez rien à voir.

Il gloussa et courba la tête pour enfouir son visage dans ses boucles blondes, inhalant son chaud parfum de jasmin.

— Pourquoi ne pouvez-vous juste admettre que vous vous souciez de moi ?

— Ne pas vouloir que quelqu'un meure ne signifie pas…

Elle s'interrompit en grognant quand ses lèvres trouvèrent l'endroit sensible sous son oreille.

— Oh !

Il mordilla son lobe délicat.

— Pouvez-vous au moins reconnaître que vous me désirez ?

— Contre mon gré, répondit-elle d'une voix rauque, tout en renversant la tête en arrière pour s'offrir à ses caresses.

— Leonida.

Il promena ses lèvres sur sa joue, prenant soin de ne pas lui faire mal. Il avait vivement conscience de sa blessure douloureuse. Toute autre séduction devrait attendre qu'elle soit complètement remise.

— Ma douce colombe. Je ne vous laisserai pas m'échapper de nouveau.

Elle leva les mains pour s'agripper à ses épaules, la chaleur de ses doigts le brûlant à travers l'étoffe fine de sa chemise.

— Je dois rentrer chez moi.

Ses paroles lui firent l'effet d'un coup. Pensait-elle réellement qu'il la laisserait partir ?

Il s'écarta, une peur troublante lui nouant l'estomac tandis qu'elle relevait les paupières pour révéler une détermination obstinée.

— Non. Ma voiture m'attendra à Saint-Pétersbourg. Revenez à Meadowland avec moi.

Elle frémit, nouant ses bras autour d'elle.

— Vous savez bien que ce n'est pas possible.

Au prix d'un effort, Stefan contint sa bouffée de frustration. Il se leva et traversa la pièce pour attiser le feu. Il avait consacré toute sa vie d'adulte à éviter la complication des femmes qui désiraient plus que ce qu'il était prêt à offrir. Peut-être était-ce l'ironie du sort que la seule femme qu'il refusait de voir sortir de sa vie soit si déterminée à le quitter.

Les flammes jaillirent et crépitèrent, emplissant la petite pièce de chaleur. Replaçant le pique-feu, il se tourna pour rencontrer le regard réticent de Leonida.

— Tout est possible.

— Si l'on savait que je séjournais sous votre toit sans lady Summerville pour chaperon, ma réputation serait en lambeaux.

— Alors, vous pouvez résider à Hillside, rétorqua-t-il. Brianna serait enchantée de votre compagnie. En particulier maintenant qu'elle est confinée chez elle.

— Et votre frère me détesterait.

Il s'appuya contre le grossier mur de pierre, sachant très bien qu'Edmond ouvrirait volontiers sa maison s'il pensait que cela ferait plaisir à son frère.

— Je peux m'assurer qu'Edmond vous accueille chaleureusement.

— Non, Stefan.

Sa voix était basse, mais sans hésitation.

— Ma place est à Saint-Pétersbourg.

19

Leonida remonta la couverture sur son corps tremblant et s'enfonça dans les oreillers tandis que Stefan arpentait la chambre. Elle était encore ennuyeusement affaiblie par sa blessure. Ou du moins se dit-elle que c'était sa blessure. Quoi d'autre, à part le choc et la perte de sang, pouvait lui faire trembler les mains de la sorte et rendre sa peau moite et froide ?

Elle n'était pas prête à admettre que ces sensations désagréables étaient entièrement dues à la pensée de son morne avenir sans Stefan.

Atteignant la fenêtre, ce dernier pivota brusquement sur ses talons et revint au lit pour la contempler de haut, avec dureté.

— Et qu'est-ce qui vous attend à Saint-Pétersbourg hormis votre mère ? demanda-t-il abruptement.

Elle réprima un soupir frustré. Pourquoi rendait-il les choses si difficiles ?

Au fond de son cœur, elle brûlait de faire tout ce qui serait nécessaire pour qu'il reste dans sa vie. Mais sa logique lui soufflait qu'elle n'irait qu'au désastre si elle laissait libre cours à ses désirs.

Que lui offrait-il à part le risque d'un scandale ? La passion, certes. Quoi d'autre ? Une affection passagère ?

La vie lui avait appris que l'affection était aussi peu fiable qu'elle coûtait cher.

Il suffisait de voir dans quelle situation déplorable l'avait mise sa dévotion à sa mère.

— Il se trouve que j'ai une existence très bien remplie avec beaucoup d'amis et plusieurs œuvres de bienfaisance qui dépendent de moi, l'informa-t-elle avec raideur. Et bien sûr, avec le retour d'Alexandre Pavlovich au palais d'Eté, il y aura de nombreux événements mondains auxquels assister.

— Je croyais que vous n'aimiez pas les sorties, l'accusa-t-il.

— Elles ne sont pas mon moyen préféré de passer mes soirées, mais j'ai des devoirs, moi aussi.

— Et si votre mère ou l'empereur décident qu'il est temps pour vous de vous marier ?

Elle battit des cils, surprise par cette question inattendue.

— Ils ont décidé qu'il était temps que je me marie voilà des années. Grâce au ciel, c'est une décision que personne ne prendra pour moi.

Le beau visage de Stefan était dur, indéchiffrable.

— Et vous avez décidé que vous n'avez pas besoin d'un époux ?

Leonida marqua une pause, ne sachant pas très bien ce qu'il voulait d'elle. Il paraissait agacé par la pensée que ses parents la presseraient de se marier, et encore plus agacé par le fait qu'on ne la marierait jamais contre sa volonté.

Quel homme impossible !

— Non, je suis juste certaine de ne pas avoir encore rencontré un gentleman pouvant me convaincre qu'une vie avec lui justifierait de sacrifier mon indépendance, répondit-elle sèchement.

Son regard pensif se promena sur sa silhouette mince cachée par la couverture.

— Vous considérez le mariage comme un sacrifice ?

— Pas vous ?

Ce fut au tour de Stefan de marquer une pause, comme s'il réfléchissait sérieusement à cette question impertinente.

— Cela dépendrait naturellement de ma fiancée potentielle.

Elle tressaillit à la pensée douloureuse de Stefan avec sa jeune épouse. Elle serait anglaise, bien sûr. Une de ces débutantes au tempérament suave qui avaient été entraînées dès le berceau à flatter la vanité d'un homme. Et très belle.

Une charmante rose anglaise.

— C'est une conversation ridicule, marmonna-t-elle.

Il crispa sa mâchoire, mais se laissa volontiers détourner de ce sujet.

— Alors, ramenons notre attention sur des questions plus importantes.

— La seule question importante est de retrouver ces lettres.

— Vous ne parviendrez pas à me distraire, Leonida.

Il s'assit au bord du lit, un éclat dangereux dans les yeux.

— Je n'ai pas traversé le continent pour rentrer seul en Angleterre.

La bouche de Leonida s'assécha. Elle était vivement consciente de l'attirance tentatrice qui lui picotait la peau. L'envie de se blottir contre son torse puissant et chaud et de sentir le réconfort de ses bras autour d'elle était presque insupportable.

Pour se reprendre, elle se rappela sévèrement qu'elle n'était pas une de ces femmes qui avaient besoin d'un homme pour leur dire ce qu'elles devaient faire ou non.

— Alors, je crains que vous ne soyez déçu.

— Et moi je crois le contraire.

Il se pencha en avant, plantant les deux mains de chaque côté de sa taille pour la dominer.

— Je ne suis pas homme à accepter la déception.

— Ce n'est pas à vous de choisir. Je rentre à Saint-Pétersbourg et vous ne pouvez rien faire pour m'en empêcher.

— Vous devriez avoir le bon sens de ne pas me défier, dit-il d'un ton traînant, une intonation dangereuse dans la voix. Je préférerais que vous veniez librement avec moi, mais je ne suis pas opposé à vous faire une démonstration des plaisirs que vous trouverez dans notre voyage vers l'Angleterre.

Leonida fut absurdement soulagée par sa bouffée de colère devant son assurance satisfaite qu'il pouvait la plier à sa volonté. Quand sa fierté était blessée, il lui était plus facile d'ignorer l'envie de franchir la petite distance qui les séparait pour se perdre dans ses baisers.

— Me menacez-vous de me retenir contre mon gré ?

— Ce ne serait pas longtemps contre votre gré.

Il se courba pour effleurer de ses lèvres le contour de son oreille.

— Nous savons tous les deux que la seule raison pour laquelle vous résistez à votre désir d'être avec moi est la crainte du scandale.

Elle réprima un frisson de plaisir et leva les mains pour les presser sur son torse.

— Vous êtes d'une arrogance…

— Non, je suis déterminé.

— Arrogant, répéta-t-elle farouchement. Et vous ne valez pas mieux que sir Charles.

Stefan inspira vivement, se reculant brusquement pour la regarder d'un air insulté.

— Vous me compareriez à ce scélérat ?

Leonida ignora son sentiment de culpabilité. Elle avait trop souvent laissé cet homme la troubler. Elle ne pouvait risquer d'être incitée à retourner en Angleterre et confrontée à un désastre.

— Sir Charles était tout aussi avide de me retenir contre ma volonté et de me forcer à obéir à ses ordres. En quoi êtes-vous différent ?

— Ce fou était prêt à faire chanter votre mère et à vous trancher la gorge, rétorqua-t-il, les dents serrées.

— Mon opinion est que je ne suis pas un bien qu'un

homme peut réclamer. Je suis parfaitement capable de décider ce que je veux pour mon avenir.

Il se tint étrangement immobile, ses traits élégants rigides à la lueur du feu.

— Alors, vous êtes prête à me quitter sans regret ?

Sans regret. Elle réprima un rire nerveux.

— C'est mieux ainsi.

— Mieux pour vous, ou pour moi ?

— Pour nous deux.

Il se pencha si près qu'elle put sentir son souffle sur son visage, tandis que leurs regards se soudaient en une lutte silencieuse.

Sentant qu'il était pris entre le désir de la faire plier en l'embrassant et le choix moins compliqué de la jeter sur son épaule et de l'emporter de force, Leonida poussa un petit soupir de soulagement quand la porte s'ouvrit et que Sophy entra, portant un plateau de bois.

— Voilà. Du pain chaud et du ragoût de lapin.

Marmonnant un juron, Stefan se leva, fusillant Leonida d'un regard qui lui noua l'estomac.

— Je vais monter la garde un moment pour que Piotr puisse manger, annonça-t-il, les paupières plissées. Cette conversation n'est pas terminée.

Il passa devant la soubrette stupéfaite et claqua la porte derrière lui.

Avec un sourire énigmatique, Sophy alla jusqu'au lit et attendit que Leonida se redresse pour poser le plateau sur ses jambes.

— Puis-je demander quelle conversation j'ai interrompue ?

Leonida brisa le pain chaud avec plus de force que nécessaire.

— Le duc d'Huntley est insupportable.

— Quel homme ne l'est pas ? répliqua la soubrette. Ils croient toujours savoir ce qui est le mieux pour nous et trouvent impossible d'accepter qu'une femme puisse penser par elle-même.

— Exactement, marmonna Leonida, s'avisant soudain qu'elle avait très faim en avalant une cuillerée du savoureux ragoût.

— Et ils sont encore plus insupportables quand ils ont tort et refusent de l'admettre.

— Je ne pense pas qu'ils admettent jamais qu'ils puissent avoir tort.

Avec un gloussement, Sophy s'affaira à arranger la couverture et les oreillers.

— D'un autre côté, ils savent comment tenir chaud à une femme la nuit.

Leonida soupira, refusant de considérer son estomac qui se nouait à la pensée de la nuit qu'elle avait passée avec Stefan.

— Une couverture aussi.

Sophy se redressa avec un sourire malicieux.

— Et ils sont commodes quand une femme est enlevée par un fou.

Leonida se concentra sur son dîner, la rougeur lui montant aux joues.

— Pas lorsqu'ils ont l'intention de vous enlever à leur tour.

— Le duc a l'intention de vous enlever ?

— Il a menacé de me ramener à Meadowland que je sois d'accord ou pas.

— Vraiment ?

Après une petite pause, la soubrette éclata de rire.

— Eh bien, eh bien !

Leonida releva brusquement la tête, les sourcils froncés et l'air incrédule.

— Je ne vois pas pourquoi vous paraissez contente. Stefan devrait manifestement être enfermé à l'asile de Bedlam.

— Un gentleman est rarement capable de penser

clairement quand il est tombé amoureux d'une femme, remarqua Sophy d'un ton satisfait.

— Amoureux ?

L'appétit vorace de Leonida disparut brusquement. D'un geste vif, elle mit le plateau de côté, le cœur étrangement lourd.

— C'est absurde.

— Croyez-vous ?

— Oui. Le duc d'Huntley peut me vouloir comme maîtresse temporaire, mais la concupiscence n'a rien à voir avec l'amour.

— Un gentleman ne risque pas sa vie pour de la concupiscence.

— Il le fait si sa fierté est blessée.

Leonida secoua la tête.

— Croyez-moi, Sophy, le duc ne veut de moi qu'une brève liaison.

— Et que voulez-vous, vous ?

Leonida s'adossa aux oreillers, ne laissant pas ses pensées s'appesantir sur cette question dangereuse.

— La paix.

Herrick Gerhardt contourna à cheval les bâtiments du camp militaire, las malgré le beau soleil du matin.

Il ne s'était pas reposé depuis la veille, quand il avait reçu de Dimitri Tipova une note concise et une carte grossièrement dessinée suggérant où il pourrait chercher Leonida Karkoff. Il s'était à peine arrêté pour se changer avant de faire appeler Gregor et grimper sur son cheval pour quitter Saint-Pétersbourg au galop.

Tandis qu'il approchait de l'endroit indiqué, il restait sur ses gardes, se fiant à l'instinct qui l'avait gardé intact dans les remous de la politique russe.

Seul un sot se fierait complètement à Tipova, et il n'avait pas l'intention de tomber dans un piège.

Non pas que ses discrètes enquêtes, en chemin, lui aient fourni beaucoup plus que de vagues rumeurs concernant de l'agitation dans une auberge locale et un étrange Anglais qui recherchait sa pupille disparue.

Il avait espéré que le commandant du camp pourrait lui fournir des informations plus fiables.

Remuant sur sa selle qui était devenue de plus en plus inconfortable au fil des heures, il mit sa monture au trot, parcourant distraitement du regard le campement.

Son âme militaire appréciait les rangées ordonnées de bâtiments qui abritaient les soldats et leur famille. Ainsi que les champs soigneusement lotis que les soldats plantaient pour se procurer de la nourriture.

Néanmoins, son cœur se serra à l'atmosphère sinistre qui planait comme un nuage noir sur tout le campement.

Où étaient les enfants qui auraient dû jouer dehors ? Ou les femmes bavardant en étendant leur linge ? Ou même les hommes riant ensemble en partageant une bouteille de vodka ?

Ah, pourquoi Alexandre Pavlovich était-il si aveugle au ressentiment qui couvait parmi ses sujets ?

En secouant la tête, Herrick passa devant les soldats qui montaient la garde à la lisière du camp et rejoignit Gregor, qui attendait patiemment au bord de la route.

Arrêtant son cheval, il regarda son compagnon se mettre aisément en selle, considérant d'un air désabusé les avantages de la jeunesse. Pour l'heure, tout son corps lui faisait mal et il avait l'impression que l'on avait frotté ses yeux fatigués avec du sable.

Où était passé le temps où il pouvait endurer une journée de bataille et chevaucher toute la nuit pour s'engager dans la campagne suivante ?

— Avaient-ils des informations ? s'enquit Gregor, son corps massif vêtu d'une veste et de culottes noires qui s'accordaient au style sobre du conseiller.

Herrick espérait éviter toute attention malvenue de la part des paysans.

— Ils ont confirmé les rumeurs d'une auberge attaquée par une bande de brigands et d'une femme emmenée contre son gré, répondit-il, gardant sa peur cachée sous son attitude stoïque.

Il ne pourrait penser clairement s'il laissait ses émotions embrumer son jugement.

— Savent-ils où ils l'ont conduite ?

— Le commandant a déclaré qu'il a fait surveiller la route et que toutes les voitures ont été arrêtées pour s'assurer que les bandits ne passent pas.

— Alors, ils doivent toujours être au cottage.

— Oui.

Gregor le regarda avec attention, sentant son hésitation.

— Vous ne paraissez pas convaincu.

Le conseiller eut un sourire ironique. Il y avait des inconvénients à engager un soldat intelligent plutôt qu'un sbire qui se contentait de suivre les ordres sans réfléchir.

— Le commandant a également indiqué qu'une voiture est passée tard hier soir à une allure dangereuse et a presque renversé le garde quand il a essayé d'arrêter le cocher.

Ses doigts se crispèrent sur la bride, son cheval remuant nerveusement sous lui. La pensée d'être si près de sauver Leonida pour voir sir Charles lui filer entre les doigts suffisait à le faire hurler de frustration.

— D'après lui, le garde était certain qu'il n'y avait qu'un passager, mais il est impossible d'en être sûr.

— C'est troublant.

Gregor jeta un coup d'œil aux soldats qui se tenaient à proximité, les sourcils froncés.

— Que comptez-vous faire ?

— Pour le moment, nous n'avons d'autre choix que de continuer jusqu'au cottage et de prier en espérant que Leonida Karkoff n'ait pas été dans cette voiture.

Gregor pinça les lèvres en ramenant son attention sur le conseiller.

— Je suggère que nous continuions assez vite. Je n'aime pas les regards que l'on nous lance.

Herrick fit une grimace en mettant son cheval au trot, et regarda par-dessus son épaule les bâtiments gris et les champs silencieux.

— C'est bien dommage, marmonna-t-il. Ces quartiers militaires étaient une bonne idée, au départ. Comment augmenter mieux l'armée en permettant aux hommes d'être avec leur famille et de se procurer leur propre nourriture ?

Il secoua la tête.

— Mais sous la férule d'Akartcheyeff, cela a finalement créé plus de problèmes.

Gregor haussa les épaules avec philosophie.

— Les soldats ne font pas des fermiers fiables. Pas quand ils sont forcés de s'entraîner pendant des heures chaque jour ou de lâcher leur charrue dès que le commandant les appelle au devoir.

— Non, et le traitement brutal de la plupart des commandants n'a pas amélioré la situation.

Herrick sentit un vieux regret lui serrer le cœur.

— Akartcheyeff n'apprendra jamais que c'est le respect, pas la peur, qui inspire la vraie loyauté.

Le visage de Gregor se durcit. Il avait enduré trois ans de la cruauté d'Akartcheyeff.

— Il a été formé sous l'empereur Paul. Il n'est peut-être pas si curieux qu'il préfère l'autorité militaire à ce qu'il considérerait comme dorloter les hommes.

— Traiter un homme avec dignité n'est pas le dorloter, rétorqua Herrick d'un ton grinçant.

Gregor lui jeta un regard de côté.

— Je ne suis pas celui que vous devez convaincre.

Le conseiller ralentit son allure quand les champs qui bordaient la route furent remplacés par un mélange d'aubépines et de bouleaux, avec un cèdre de temps à autre. Les arbres lui cachaient dangereusement la vue.

— J'ai fait ce que j'ai pu et je n'ose pas trop insister, reconnut-il. Ma crainte est que l'habitude du tsar de passer d'un extrême à l'autre le persuade de remplacer le général par un homme comme le prince Alexandre Golitsyn.

Gregor rit brusquement. L'influence malvenue de Golitsyn sur Alexandre Pavlovich posait autant de problèmes qu'Akartcheyeff. Herrick se considérait comme un homme religieux, mais les zélotes qui commençaient à se répandre dans le palais étaient un autre souci.

— Vous ne voulez pas voir les campements militaires devenir des casernes monacales ? demanda le garde, connaissant l'opinion du conseiller.

— Pas plus que je ne souhaite voir les hommes passer leurs journées à genoux devant un autel, à prier pour que leurs récoltes poussent toutes seules.

Gregor gloussa.

— Attention, Gerhardt, on va vous accuser d'être hérétique.

— Ce sont des stupidités mystiques. Elles ont fait autant de mal que Metternich, marmonna Herrick, les mots amers tombant de ses lèvres avant qu'il puisse les retenir.

Inspirant à fond, il secoua la tête.

— Pardonnez-moi. Je suis fatigué, sinon je ne parlerais pas aussi librement.

— Vous n'avez pas besoin de vous excuser ni de craindre que vos paroles soient répétées, dit Gregor, la voix emplie de sincérité. Contrairement à beaucoup, vous savez comment inspirer la loyauté.

Le conseiller eut un sourire las.

— Une loyauté dont je dépends, mon ami. Et la raison pour laquelle je vous ai demandé de vous joindre à moi dans cette délicate mission.

Gregor jeta un coup d'œil vers les arbres qui s'épaississaient.

— Ah oui, notre mission. Avons-nous un plan si Leonida Karkoff est au cottage ?

— Nous tuerons sir Charles et la ramènerons à sa mère.

— Vous croyez que ce sera aussi simple ?

— Jusqu'à présent, rien n'a été simple, mais je m'accroche à de futiles espoirs, dit Herrick d'un ton traînant, en tirant un pistolet chargé de sa poche. Faites attention, le cottage ne devrait plus être très loin.

— Plus proche que vous ne l'imaginez, Herrick Gerhardt, déclara une voix venant de la lisière des arbres.

Le conseiller arrêta calmement son cheval pendant que Gregor jurait et bataillait pour trouver son pistolet. Il posa la main sur le bras de son compagnon pour le retenir. Il reconnaissait cette voix.

— Non, Gregor, commanda-t-il, tournant la tête pour voir le robuste serviteur sortir de l'ombre. Boris. Je ne saurais dire ce qui me surprend le plus : votre présence ici ou le fait que vous n'ayez pas encore été tué par un Anglais pudibond. Puis-je en conclure que lord Summerville n'est pas loin ?

— Lord Summerville est en Angleterre. Je suis venu en Russie avec le duc d'Huntley.

Herrick ne se donna pas la peine de cacher son étonnement. Cela faisait plusieurs années qu'Huntley ne s'était pas autant éloigné de l'Angleterre. Ce qui posait la question de savoir pourquoi il choisissait de le faire maintenant.

— Et qu'est-ce qui amène le duc ici ? demanda-t-il.

— Sans doute la même raison que vous.

La tension du conseiller s'accrut quand il comprit ce que l'homme insinuait.

— Est-ce que Leonida Karkoff…

— Elle se trouve au cottage avec sa soubrette, Sophy, s'empressa de déclarer Boris.

Un soulagement douloureux s'empara d'Herrick tandis qu'il lançait sa bride à Gregor et se laissait glisser de sa selle. Il n'arrivait pas trop tard. Grâce à Dieu.

— Et sir Charles ?

Boris grimaça, les mains sur les hanches.

— La dernière fois que nous l'avons vu, il était dans une voiture qui se dirigeait vers Saint-Pétersbourg, avec son serviteur.

Herrick alla au bord de la route, remarquant une piste étroite qui serpentait à travers les arbres. Le cottage se trouvait sans doute au-delà.

— Vous l'avez laissé s'échapper ? tonna-t-il.

Boris sourit. En tant que serviteur personnel d'Edmond, il montrait rarement plus qu'une déférence réticente envers quiconque à part les Summerville.

— Pas sans mal. Mlle Karkoff a réussi à lui planter un couteau dans les entrailles. Il y a de bonnes chances qu'il soit en train d'agoniser dans la douleur.

Le conseiller serra la main sur son pistolet, furieux à la pensée de la douce enfant obligée de se protéger elle-même.

— Leonida l'a frappé ?

Boris haussa les sourcils.

— Je ne vois pas pourquoi vous en seriez choqué. Cette femme est une trublionne qui terrifierait tout homme sensé.

— A-t-elle été blessée ?

— Oui.

— Sapristi !

Herrick marcha vers le sentier, anxieux de la ramener en sûreté à Saint-Pétersbourg.

— Je dois la voir.

D'un mouvement étonnamment prompt pour un homme de sa taille, Boris lui barra le chemin avec une expression indéchiffrable.

— Nous prenons déjà soin d'elle. Il n'y a pas de raison de s'agiter.

Herrick s'arrêta, se rappelant après coup qu'il ne savait toujours pas pourquoi le duc et Boris étaient en Russie. Il n'aimait pas les mystères.

— Boris, essayez-vous de m'empêcher d'atteindre le cottage ?

— Mlle Karkoff dort. Il est inutile de la réveiller.

— Laissez-moi vous prévenir que je suis fatigué et pas d'humeur à m'amuser. Vous allez me conduire à Mlle Karkoff, ordonna le conseiller d'un ton sourd et menaçant. Tout de suite.

Il y eut un bruissement dans les fourrés, et une haute silhouette vêtue d'une redingote vert foncé et de culottes fauves émergea sur le sentier.

Herrick plissa les paupières quand il vit les cheveux humides de Stefan. Il semblait propre et son visage était lisse et frais.

Ainsi, ils étaient au cottage depuis un moment déjà.

Ce constat lui fit passer un frisson dans le dos. Le duc savait-il pourquoi Leonida avait été envoyée en Angleterre ? Et surtout, s'il avait découvert la vérité, qu'avait-il l'intention de faire de cette information ?

Bien qu'Edmond ait passé des années en Russie comme conseiller du tsar, la loyauté de son frère était toujours restée attachée à l'Angleterre.

Comme s'il percevait la suspicion d'Herrick, Huntley laissa un lent sourire provocant se dessiner sur ses lèvres.

— Ne blâmez pas Boris, dit-il d'un ton traînant. Il ne fait que suivre mes ordres.

20

Stefan croisa les bras sur sa poitrine, s'efforçant de cacher sa contrariété devant l'arrivée inopportune d'Herrick Gerhardt.

Au fond de lui, il avait toujours su qu'il ne pourrait pas vraiment ramener Leonida de force en Angleterre. Elle n'était pas une villageoise sans famille ni relations. Mais avec suffisamment de temps, il était certain de pouvoir la convaincre que leur histoire n'était pas encore terminée.

S'il n'avait jamais été un débauché aussi notoire que son frère, il savait néanmoins quand une femme appréciait son contact. Sapristi, il n'avait qu'à se trouver près d'elle pour que l'air se charge de passion !

Avec l'encouragement convenable, il pouvait lui prouver qu'il était inutile de nier le besoin qui les liait. Ils étaient piégés tous les deux jusqu'à ce que le désir disparaisse de lui-même.

Seulement l'arrivée du conseiller lui ôtait toute opportunité d'emmener Leonida. L'homme sévère et impitoyable le ferait enfermer dans les cachots du tsar s'il suspectait qu'il avait l'intention de persuader Leonida de revenir à Meadowland. Et dans son lit, en plus !

— Je dois admettre que c'est un endroit assez étrange pour le duc d'Huntley, dit Herrick, l'expression neutre.

— Je suis entièrement d'accord.

— Votre présence a-t-elle quelque chose à voir avec miss Karkoff ?

Stefan jeta un coup d'œil délibéré aux deux serviteurs qui se regardaient avec méfiance.

— Peut-être devrions-nous avoir cette conversation en privé ?

— Si vous voulez.

Ils s'éloignèrent sur le sentier, Herrick tenant toujours son pistolet à la main. Une menace silencieuse qui n'échappa pas à Stefan. Maudit soit cet homme.

— Dites-moi, Leonida est-elle gravement blessée ?

Stefan s'arrêta, se tournant pour regarder le conseiller avec un froncement de sourcils irrité. L'inquiétude de Gerhardt arrivait bien trop tard. Il n'aurait jamais dû laisser mettre Leonida en danger.

— Non, mais elle a enduré une épreuve brutale et ses émotions mettront plus de temps à guérir que ses blessures.

Le visage d'Herrick perdit toute couleur.

— Est-ce que sir Charles…

— Je ne crois pas, répondit Stefan d'un ton âpre, devinant les craintes du conseiller que Leonida n'ait été violée.

Cette peur l'avait hanté aussi.

— Mais il a certainement pris plaisir à la terrifier, ainsi que ses domestiques. C'est une chance qu'elle possède un tel courage. Une femme moins forte serait complètement ébranlée.

Herrick se ressaisit, figeant son expression en un masque indéchiffrable.

— On ne peut douter du courage de Leonida.

— Non, seulement de son bon sens.

Stefan marqua une pause.

— Et de l'intelligence de ses conseillers.

Gerhardt crispa la mâchoire sous cette pique.

— Puis-je vous demander en quoi la fille de la comtesse vous intéresse ?

— Elle était mon invitée, répondit Stefan d'un ton calme. Ou, du moins, elle l'était jusqu'à ce qu'elle vole les lettres de ma mère et s'enfuie au milieu de la nuit.

Herrick haussa les sourcils, dissimulant toute réaction au fait que le duc savait pourquoi Leonida était en Angleterre.

— Et vous l'avez suivie ?

— Vous avez de la chance que je l'aie fait. Sir Charles avait bien l'intention de la tuer. Sans moi, vous n'auriez trouvé que son cadavre.

— Boris a prétendu que c'était Leonida qui avait frappé sir Charles, répliqua le conseiller, atteignant Stefan dans sa fierté.

Il n'oublierait jamais le spectacle de Leonida coincée contre le scélérat, la dague pressée sur sa gorge et son sang coulant sur sa peau pâle.

Cette vision resterait à jamais gravée dans son esprit.

— Nous avons déjà reconnu son courage, mais elle n'avait aucun moyen de repousser une bande de truands, dit-il froidement. Cela a été de la chance pure que j'arrive avant que sir Charles ne lui tranche la gorge.

Herrick tressaillit à la riposte du duc.

— Que voulez-vous, Stefan ? Une médaille ? Nul doute qu'Alexandre Pavlovich serait heureux d'épingler l'ordre de Saint-Vladimir sur votre poitrine.

— Je veux comprendre comment la comtesse a pu sacrifier sa fille innocente pour se protéger d'un scandale.

L'expression du conseiller était dangereusement dure, et Stefan ne douta pas que s'il avait été quelqu'un d'autre que le duc d'Huntley, le vieux soldat l'aurait fait enchaîner et jeter dans un cachot humide.

— J'apprécie votre sollicitude envers Leonida, dit-il, son ton indiquant qu'en vérité il n'appréciait pas du tout l'ingérence de Stefan. Mais on ne vous permettra pas de vous mêler des affaires russes.

— Des affaires russes ?

Le tempérament de Stefan s'échauffa.

— Bonté divine, Leonida a presque été tuée !

— Je mesure la gravité de la situation et je vous

assure qu'elle sera bien protégée lorsqu'elle sera rendue à sa famille.

— Cela reste à voir.

— Votre Grâce…

S'avisant tardivement que ce n'était pas le moment d'avoir ce genre d'altercation, Stefan interrompit les paroles outragées du conseiller.

— Je pense que vous devriez savoir que les lettres subtilisées à mon domicile par Leonida ont disparu.

Herrick pinça les lèvres, son désir évident de faire comprendre à Stefan qu'il n'avait aucun droit sur Leonida écarté par la question plus urgente des lettres perdues.

— Avez-vous une idée de qui a pu les prendre ?

— Leonida suspecte que le serviteur qui a aidé sir Charles à s'enfuir a pu les voler pour ses propres desseins.

— Sapristi ! marmonna Herrick, visiblement distrait. Il faut les retrouver.

— Sans l'assistance de Leonida.

Le conseiller ramena vivement son attention sur Stefan, les yeux durs.

— Vous parlez pour elle ?

— Quelqu'un doit le faire.

— Pardonnez-moi, Votre Grâce, mais je crains que vous n'outrepassiez vos limites.

— Ce n'est pas moi qui ai risqué son joli cou en l'envoyant jouer les voleuses dans un pays étranger, pendant qu'un fou dangereux la poursuivait.

Le vieux soldat s'avança, la mâchoire contractée. Il n'était pas habitué à voir ses avertissements ignorés. Il était dommage pour lui que Stefan ne se laisse pas si facilement intimider.

— Miss Karkoff n'est plus votre problème, gronda-t-il.

— Toute cette situation reste éminemment mon problème.

Stefan incurva les lèvres d'un air supérieur.

— Si vous vous en souvenez, les lettres qui ont causé tant d'ennuis appartenaient à ma mère.

— Vous êtes en Russie, à présent, pas en Angleterre.

— Est-ce une menace, Gerhardt ?

Herrick rendit son sourire à Stefan, trop malin pour se laisser attirer dans une confrontation ouverte. Il n'était pas pour rien le conseiller resté le plus longtemps au service du tsar.

— Je fais simplement remarquer que vous êtes un visiteur et que l'empereur décidera de la durée de votre séjour.

Stefan écarta l'avertissement d'un haussement d'épaules. Sa position élevée ne le mettait peut-être pas complètement à l'abri de la colère d'Alexandre Pavlovich, mais elle lui offrait une protection que peu de gens pouvaient revendiquer.

Le tsar ne tiendrait pas à accroître la tension entre la Russie et l'Angleterre, quelle que soit son opinion sur lui.

— Vous croyez qu'Alexandre Pavlovich me forcera à quitter le pays ?

Herrick refusa de reculer.

— Si nécessaire.

— Prenez garde, dit doucement Stefan. Si l'on m'oblige à partir, je vous assure que Leonida m'accompagnera.

L'air vibrait de menaces tandis que chacun des deux hommes luttait pour dominer l'autre.

— C'est là une vantardise très imprudente, Votre Grâce. Vous ne mesurez peut-être pas combien Alexandre Pavlovich est attaché à Leonida. Vous ne voudriez pas encourir son courroux.

— S'il lui était si attaché, il n'aurait jamais permis qu'elle soit mise en danger.

— Il ignorait…

Herrick referma vivement la bouche en s'avisant de ce qu'il venait de reconnaître.

— Il n'est pas au courant des lettres, n'est-ce pas ? railla Stefan, sachant que c'était la seule arme véritable qu'il détenait contre cet homme. Ni du fait que l'on a fait chanter la comtesse.

Herrick contracta la mâchoire, l'expression dure tandis qu'il essayait de regagner le terrain qu'il avait perdu.

— Vous êtes un gentleman intelligent avec un avenir brillant en Angleterre. Pourquoi vous mêleriez-vous des affaires privées de la comtesse ?

— J'y ai été mêlé dès que Leonida est arrivée dans le Surrey.

Le danger qui planait dans l'air s'épaissit.

— Les Romanov doivent de la gratitude à votre famille, aussi vous offrirai-je un mot d'avertissement. Leonida est un précieux joyau de l'empire. Si quelqu'un, quels que soient son titre ou sa position, ose lui causer du tort ou l'insulter, vous pouvez être certain que justice sera faite.

Stefan se rembrunit. Herrick Gerhardt avait toujours été farouchement dévoué au tsar et on pouvait s'attendre que sa loyauté s'étende à Leonida, mais son attitude possessive mettait Stefan hors de lui.

Leonida n'était pas la propriété de la Russie.

Elle était *à lui*.

— Jusqu'à présent, la personne qui lui a causé le plus de tort est sa propre mère, déclara-t-il d'un ton coupant.

Herrick se pencha en avant jusqu'à ce qu'ils soient presque nez à nez.

— Rentrez en Angleterre, Votre Grâce, avant de…

— Herrick ?

Une douce voix féminine les fit pirouetter tous les deux vers le sentier qui venait du cottage. Le cœur de Stefan bondit comme d'habitude à la vue de Leonida, sa mince silhouette drapée dans sa hideuse robe noire et le visage terriblement pâle. Avec sa gorge bandée et ses yeux cernés par le manque de sommeil, elle n'avait jamais paru aussi fragile, ni semblé avoir autant besoin de son soutien. Il s'avança instinctivement, pour se figer sur place quand elle poussa un cri étranglé et se mit à courir pour se jeter dans les bras du conseiller.

— Oh, le ciel soit loué !

*
* *

La demeure de Vanya Petrova était une élégante maison de ville de Saint-Pétersbourg construite près du quai Fontanka. Comme sa propriétaire, la résidence était un mystérieux mélange de beauté opulente et de secrets cachés.

Pendant des années, Vanya avait été une partisane infaillible d'Alexandre Pavlovich, se servant de sa fortune et de son pouvoir pour soutenir les prétentions au trône du jeune tsar, puis gardant un œil sur les nobles félons et les diverses sociétés secrètes qui s'étaient révélés une menace constante au fil du temps.

De fait, c'était Vanya qui avait approché la première Edmond, afin qu'il l'assiste dans ses efforts, et qui avait de bon gré attiré le jeune et impétueux aristocrate anglais dans des situations plus périlleuses les unes que les autres. Une réalité sur laquelle Stefan avait compté quand il était arrivé chez elle sans se faire annoncer.

Stefan avait rencontré Vanya à l'occasion ces dernières années, mais il comptait sur ses lourdes obligations envers son frère pour s'assurer de son aide pendant son séjour à Saint-Pétersbourg.

Jusqu'ici, son plan hâtif avait marché.

Un sourire satisfait se peignit sur ses lèvres tandis qu'il contemplait la chambre d'hôte dans laquelle on l'avait installé. Les panneaux muraux lilas et le mobilier de bois de citronnier indiquaient une trace d'influence européenne, mais l'amour de Vanya pour la Russie était évident dans les somptueux rideaux en velours, les ornements délicats qui étincelaient de pierres précieuses et le parquet ciré qui était trop beau pour être couvert d'un tapis.

Un changement bienvenu par rapport aux médiocres auberges qu'il avait été obligé d'endurer pendant des semaines.

Un autre changement bienvenu était le tailleur que Vanya avait insisté pour faire venir afin de fournir une garde-robe convenable au duc d'Huntley. Sa voiture était certes arrivée à Saint-Pétersbourg mais, en quittant l'Angleterre, Stefan n'avait pas pensé à emporter les élégantes tenues de soirée indispensables pour fréquenter la Cour des Romanov.

Maintenant, trois jours après son arrivée, il était vêtu d'une jaquette couleur de mûre et rebrodée de fil d'or, parfaitement ajustée, et d'un gilet champagne. Ses pantalons noirs étaient coupés dans un drap moelleux qui moulait les muscles durs de ses jambes, et ses chaussures étaient garnies de boucles en diamants étincelantes.

Après avoir choisi un nœud oriental pour son écharpe et brossé ses cheveux noirs de manière à encadrer son visage fin, il se trouvait digne d'être appelé le puissant duc d'Huntley et se sentait prêt à être reçu par l'empereur de Russie dans son palais d'Eté.

Une chance, puisque l'invitation aux bords dorés était arrivée juste après le petit déjeuner.

Il grimaça inconsciemment en caressant d'un geste distrait la tabatière en émail qu'il tenait à la main. Sa première impulsion avait été d'ignorer la convocation royale. Son seul but à Saint-Pétersbourg était d'être près de Leonida jusqu'à ce qu'elle retrouve ses esprits et revienne avec lui à Meadowland. D'ici là, fréquenter la Cour russe toujours traîtresse ne l'intéressait pas.

Malheureusement, ses visites à la maison de la comtesse Karkoff avaient été une perte de temps. Le majordome l'avait renvoyé, déclarant que la comtesse était souffrante et que Mlle Karkoff la soignait. Comme il n'avait pas encore atteint le point de vouloir enfoncer la porte et emporter Leonida sur son épaule, il n'avait d'autre choix que d'espérer qu'elle ferait une apparition au palais.

En outre, même un duc anglais ne pouvait ignorer une invitation du tsar sans attirer sur lui une attention malvenue.

Ses pensées résignées furent interrompues par un coup

sec frappé à sa porte, et il se tourna pour voir Vanya Petrova entrer d'un pas aérien dans le salon.

Grande femme pulpeuse, son hôtesse était encore très belle avec ses cheveux argentés et ses traits agréables. Ce soir-là, elle portait une robe de crêpe vert à l'ourlet bordé de zibeline parfaitement assortie aux superbes émeraudes ornant son cou.

Refermant derrière elle, elle examina Stefan d'un regard critique avant de sourire.

— Un net progrès, dit-elle, son anglais teinté d'un très léger accent.

Stefan glissa sa tabatière dans une poche et arrangea ses manchettes.

— Je savais que je pouvais me fier à vous pour faire un miracle. Votre exquis sens de la mode n'est dépassé que par votre beauté.

Vanya fit claquer sa langue, même si ses joues rosissaient de plaisir.

— Et moi qui pensais que c'était Edmond qui avait hérité de la langue flatteuse de votre père.

— De fausses rumeurs venant de mon frère, je suppose.

— Ah.

Elle lui jeta un regard entendu.

— A propos de rumeurs…

Il fit une grimace.

— De grâce, Vanya, je n'ai pas encore pris mon premier cognac.

— Permettez-moi.

Avec une grâce royale, elle alla à la table incrustée de laiton pour verser du cognac dans un verre. Revenant auprès de Stefan, elle le lui mit dans la main et le regarda le vider d'un trait.

— Je suppose que cela ne peut pas attendre que je revienne du palais ? marmonna-t-il en posant le verre vide sur le manteau de la cheminée.

— Cela le pourrait, certes, répondit-elle d'un ton bref.

— Très bien, femme rusée.

Il reconnut sa défaite avec un soupir. Il serait bien sot de pénétrer dans l'atmosphère vénéneuse du palais sans toutes les informations qu'il pouvait réunir.

— Parlez-moi de ces rumeurs.

— La première est que Leonida a été envoyée en Angleterre pour voir si un prétendant anglais lui plairait plus que tous les soupirants russes qu'elle a déjà rejetés.

Un ressentiment singulier envahit le cœur de Stefan.

— Ils étaient nombreux ?

Vanya haussa un sourcil argenté.

— Nombreux ?

— Les soupirants écartés ?

— Plus d'une douzaine à ce que je sais, et sans doute bien d'autres que j'ignore, admit-elle d'un ton détaché, mais le regard perçant.

Il serra les mâchoires. Ce n'était pas le moment de s'appesantir sur la pensée de Leonida prise d'assaut par des soupirants avides. Il avait promis à Boris qu'il essaierait au moins de rester civilisé.

— Revenons à ces rumeurs.

Les lèvres pleines de Vanya s'incurvèrent.

— Eh bien, il y a ceux qui murmurent que Leonida ne vous a pas trouvé plus plaisant que n'importe quel autre gentleman et est rentrée en Russie, et que vous l'avez suivie dans l'espoir de la faire changer d'avis.

Pas plus plaisant ? Elle avait fondu dans ses bras, littéralement !

— Et que murmurent les autres ?

— Que vous êtes celui à qui l'union n'a pas plu, et qu'Alexandre Pavlovich vous a commandé de venir pour vous moucher.

— Ainsi, je suis soit un soupirant énamouré, soit une marionnette manipulée par le tsar ? Charmant !

Vanya joua avec une émeraude carrée qui pendait à son oreille.

— A quoi vous attendiez-vous ?

— Ne puis-je simplement souhaiter visiter le pays natal de ma mère sans autres motifs ?

Le rire de Vanya résonna dans le grand salon.

— Mon cher Stefan, vous êtes à Saint-Pétersbourg. Ici, rien n'est fait sans arrière-pensée.

Il ne put discuter sa logique. Le sport préféré en Russie était de jaser. Combien de nobles familles avaient-elles été détruites par des ragots ?

— Alors, quelle rumeur croyez-vous ? demanda-t-il abruptement.

Elle l'étudia pendant un long moment, ce qui le troubla.

— Je crois que vous êtes en proie à la confusion quant à vos raisons d'être ici, plus que n'importe qui d'entre nous.

L'exactitude indéniable de ses paroles arracha un rire surpris à Stefan.

— Edmond a toujours prétendu que vous êtes aussi habile qu'un renard.

— Et une amie sur qui l'on peut compter.

L'expression de Vanya s'adoucit quand elle vint placer une main sur son bras.

— Stefan, vous devez être prudent.

Il rencontra son regard bleu pâle, gardant une expression réservée. Il avait seulement dit à Vanya qu'il était venu à Saint-Pétersbourg pour achever une affaire non terminée entre Leonida et lui, mais elle était bien trop intelligente pour être dupée aisément.

Elle en suspectait déjà plus qu'il ne le désirait.

— Suis-je en danger ?

Elle resserra ses doigts sur son bras.

— Ma loyauté envers Alexandre Pavlovich ne vacillera jamais, mais le tsar devient plus imprévisible d'année en année. S'il pense que votre arrivée à Saint-Pétersbourg est liée à miss Karkoff, il exigera de connaître vos intentions.

Stefan ne fut pas impressionné. Quel père enverrait

sa fille en Angleterre sans s'assurer que l'on s'occupe bien d'elle ?

— Je ne m'étais pas avisé qu'il prenait un tel intérêt à la jeune dame.

Vanya pinça les lèvres, forcée d'admettre sa repartie.

— Son intérêt est certes ponctuel et à sa convenance, mais votre arrivée le lui rappellera à coup sûr.

Stefan couvrit ses doigts posés sur son bras, regrettant ses mots acerbes. Vanya s'était montrée très aimable depuis son intrusion mal élevée chez elle.

— J'apprécie votre inquiétude, mais je ne peux ignorer une invitation au palais d'Eté.

— Non, mais vous pouvez éviter le courroux du tsar.

Il eut un sourire ironique.

— J'entends cela avec une fréquence qui devient monotone.

— Sans doute parce que c'est un excellent conseil.

— Je promets de faire de mon mieux, l'apaisa-t-il, tentant d'alléger l'atmosphère. Alors, avant que je m'aventure dans le nid de frelons, avez-vous d'autres avertissements pour moi ?

Elle s'écarta avec un haussement d'épaules, pensant manifestement qu'elle avait fait tout ce qui était en son pouvoir pour lui éviter un désastre.

— Il y a les querelles inévitables entre les petits nobles et l'ambassadeur d'Autriche est actuellement en défaveur, aussi, s'il vous envoie une invitation, il vaudrait mieux refuser.

Elle marqua une pause, une expression de dégoût passant sur ses beaux traits.

— Vous découvrirez aussi que la Cour grouille de gentlemen et de dames qui prétendent être des mystiques. Il est important que vous déguisiez votre opinion sur leurs absurdités.

— Vous oubliez que j'ai passé du temps dans la haute

société anglaise. Ignorer les absurdités y est aussi obligatoire qu'une écharpe bien nouée.

Vanya retrouva son sourire.

— Je suppose que je devrais également vous prévenir que vous ne serez pas particulièrement bien accueilli par les gentlemen qui ont espéré épouser Leonida. Du moins, pas s'ils vous prennent pour un rival. Beaucoup sont convaincus qu'un mariage avec elle améliorerait leur position dans le monde.

Stefan fronça les sourcils. Leonida mariée pour servir les ambitions d'un indigne bouffon ? Jamais.

Elle méritait un homme qui savait apprécier sa rare combinaison de douce innocence et de courage ardent. Un homme qui lui accorderait son attention pleine et entière et s'assurerait qu'elle comprenne combien elle était extraordinaire.

Un homme comme lui.

— Si cela est vrai, alors il n'est guère étonnant qu'elle ait refusé de se marier, dit-il, pris de court quand Vanya renversa la tête en arrière pour rire avec humour.

— Qu'y a-t-il de si amusant ?

— Miss Karkoff n'est pas mariée parce qu'elle n'a pas encore découvert un homme digne de son cœur. Une femme aussi intelligente et dotée d'autant de caractère serait bien sotte de se contenter de moins.

Stefan continua à froncer les sourcils. D'une certaine manière, il avait l'impression d'être inclus dans ces hommes que Leonida jugeait indignes d'elle.

— Et qu'est-ce qui rend un homme digne d'elle, exactement ?

— C'est à elle d'en décider.

Vanya fit la moue.

— J'espère pour elle qu'elle réfléchira avec soin avant de s'engager. Une femme de sa position jouit du luxe de pouvoir rester indépendante aussi longtemps qu'elle le désire.

Même en sachant qu'elle essayait de le provoquer, Stefan ne put s'empêcher d'éprouver de l'agacement.

— Il n'est guère surprenant que vous soyez considérée comme un danger pour les jeunes dames du monde, dit-il aigrement.

— Parce que je crois que les femmes sont capables de prendre leurs propres décisions ? Le monde change, Stefan. Les femmes ne sont plus la propriété des hommes.

— Dommage, marmonna-t-il.

— Hmm.

— Quoi ?

— Vous me rappelez remarquablement votre frère avant qu'il accepte enfin de devoir mettre sa fierté de côté pour gagner la confiance de la femme qu'il aimait. Vous avez sans nul doute l'intention de vous montrer aussi obstiné.

Stefan se figea, refusant de considérer pourquoi l'accusation lui contractait le cœur. La cour tempétueuse qu'Edmond avait faite à Brianna n'avait rien de commun avec son désir pour Leonida.

Rien du tout.

— Grands dieux, je suis soudain soulagé d'être obligé d'endurer un dîner au palais ! rétorqua-t-il. Une soirée en compagnie de l'empereur présente beaucoup moins de risques que de partager un cognac avec vous, ma chère. Au moins, avec Alexandre Pavlovich, j'ai de bonnes chances d'en sortir indemne.

Vanya agita un doigt devant lui en signe d'avertissement.

— Un homme sage ne se félicite pas d'aller à la bataille, il se félicite de s'en tirer.

21

Peterhof, le palais d'Eté de l'empereur de Russie, était un hommage à la fascination du tsar Pierre pour les mers et à la force de sa volonté.

S'étendant le long du golfe de Finlande, le bâtiment grandiose séparait les parcs inférieur et supérieur qui avaient été dessinés par l'architecte Leblond, un élève de Le Nôtre qui avait créé les jardins de Versailles. Leblond avait bâti sa propre réputation grâce à l'exquise Grande Cascade qui partait de devant le palais pour distribuer son eau aux soixante-quatre fontaines, le long de centaines de statues en bronze doré érigées à la gloire des divinités de la mer. Au pied de la cascade se trouvait la formidable fontaine Samson que Pierre avait fait édifier pour proclamer sa victoire sur la Suède.

Le palais lui-même avait été construit avec de grandes fenêtres et terrasses pour admirer la vue, et sous le règne de la fille de Pierre il avait été agrandi par Rastrelli. Le talentueux architecte avait ajouté un étage au corps central de style baroque et relié deux ailes arrondies par des pavillons à dômes dorés.

C'était vraiment un chef-d'œuvre, dut reconnaître Leonida en descendant de sa voiture et en s'arrêtant pour admirer l'édifice jaune vif souligné de blanc qui resplendissait comme un joyau à la lumière d'un millier de torches.

Dommage que ses nerfs soient si tendus et que, pour

une fois, son invitation au palais soit plus une punition qu'un plaisir à savourer.

Tandis qu'elle se laissait emporter par son large groupe de compagnes élégamment vêtues, son cœur tambourinait d'une appréhension douloureuse.

Maudit soit Stefan.

Quand Herrick était arrivé au cottage pour la ramener à Saint-Pétersbourg, elle avait été certaine qu'elle voyait le duc d'Huntley pour la dernière fois. Elle était de nouveau entourée par la protection de sa famille et tout espoir qu'il avait pu avoir de continuer leur liaison était mort. Qu'est-ce qui pouvait le retenir en Russie ?

Cet homme exaspérant, toutefois, avait refusé d'accepter l'inévitable.

Il était venu chez elle en demandant à la voir, et alors qu'elle avait réussi à le faire renvoyer, elle avait découvert ce matin-là qu'il avait encore les moyens de forcer une confrontation.

Pourquoi, sinon, aurait-il accepté une invitation à dîner d'Alexandre Pavlovich ?

Le duc retors devait savoir qu'elle serait terrifiée à l'idée qu'il révèle l'imprudence de sa mère au tsar et ses vraies raisons de se rendre en Angleterre. Quel meilleur moyen de la forcer à sortir de chez elle ?

Serrant les dents, Leonida gravit les marches cirées de l'escalier de gala. Autour d'elle, les invités murmuraient, admiratifs, à la vue éblouissante des guirlandes dorées et des fleurs qui décoraient les murs blancs, ornés de statues antiques encastrées dans des niches. Même la rampe en fer forgé portait des traces de dorures.

Leonida s'arrêta sur le large palier, feignant d'étudier les deux statues de femmes représentant le printemps et l'été qui se dressaient sur des socles.

Il ne s'agissait par pour elle d'admirer leurs tuniques fluides et leurs traits gracieux. Elle avait besoin d'échapper à ses chaperons sans l'ennuyeuse nécessité d'inventer une excuse quelconque.

Lorsqu'elle fut certaine de ne plus être remarquée parmi la foule, elle continua à monter. Quand elle atteignit le vestibule d'apparat, elle se dirigea avec détermination vers une porte latérale plutôt que de poursuivre vers les salles de réception. De là, cachée dans l'ombre, elle espérait pouvoir passer les invités en revue. Elle devait trouver Stefan avant qu'il ne puisse rencontrer Alexandre Pavlovich.

Elle avait juste atteint la porte quand une main saisit son bras, l'empêchant de s'échapper.

— Leonida ?

Elle ravala un soupir résigné quand elle se tourna vers l'homme âgé vêtu d'une simple jaquette noire et d'un gilet blanc.

C'était quelqu'un qu'elle ne pouvait écarter d'un froncement de sourcils.

— Herrick.

Attendant qu'elle termine une gracieuse révérence, le conseiller la regarda d'un air soupçonneux.

— Je ne pensais pas que vous seriez là ce soir. Alexandre Pavlovich a mentionné que la comtesse n'était pas encore remise de son indisposition.

Leonida lissa de la main sa robe de bal en satin doré, brodée de rubis le long du décolleté et dotée de minuscules manches bouffantes qui recouvraient à peine le bord de ses épaules. Ses boucles d'or pâle étaient souplement relevées au sommet de sa tête et un large ruban rouge incrusté de diamants encerclait sa gorge, cachant la coupure qui guérissait rapidement.

Elle s'était dit qu'elle avait choisi cette robe parce que le tsar s'attendrait qu'elle apparaisse sous son meilleur jour. Cela n'avait rien à voir avec l'horripilant duc d'Huntley.

— La princesse Rostovsky a eu l'amabilité de me demander de me joindre à son groupe, rétorqua-t-elle.

Si elle espérait que cela suffirait à faire partir Herrick, elle était vouée à être déçue.

— J'espère que la comtesse sera bientôt remise ?

Elle sourit avec un sombre amusement. Lorsqu'elle était rentrée chez elle, sa mère avait presque été folle de soulagement, la quittant à peine des yeux. Puis Nadia avait appris que les lettres avaient de nouveau disparu. Elle avait pris le lit, refusant de croire que son univers n'allait pas s'écrouler.

— Nous savons tous les deux qu'elle ne sera pas complètement remise tant que les lettres ne seront pas retrouvées et le danger du scandale écarté, répondit Leonida à voix basse.

— Il n'est pas dans la nature de Nadia de se cacher des ennuis.

— Elle se blâme encore de mes aventures inattendues, et elle s'est persuadée qu'elle est destinée à être punie en voyant ses péchés révélés à Alexandre Pavlovich.

Herrick secoua la tête, une trace d'impatience passant sur son visage émacié.

— Elle a toujours aimé le mélodrame. Je vais lui parler.

— Vous êtes toujours le bienvenu, Herrick, mais je ne suis même pas certaine que vos pouvoirs de persuasion réussissent à convaincre maman de quitter son lit.

— Je ferai simplement remarquer que son absence prolongée du palais fait suspecter au tsar qu'elle évite sa compagnie.

Une pointe d'humour adoucit ses yeux noirs.

— Si cela échoue, je dirai que la Cour commence à chuchoter qu'Alexandre Pavlovich s'est enfin lassé d'elle et l'a bannie de sa présence.

Leonida gloussa, imaginant aisément l'horreur de sa mère à cette pensée. Elle sortirait de son lit avant que sa femme de chambre ne puisse rabattre les couvertures.

— Vous êtes machiavélique, Herrick Gerhardt.

— C'est normal, j'ai des années de pratique.

Il tendit la main pour lui prendre le menton et étudier son visage pâle.

— Maintenant, ma chère, pourquoi ne me dites-vous pas ce que vous faites réellement ici ?

Leonida maudit la malchance qui lui avait fait croiser le chemin de cet homme bien trop perspicace. Il la connaissait beaucoup trop bien.

— J'étais invitée. Y a-t-il une raison pour laquelle j'aurais dû refuser ?

— Vous savez que le duc d'Huntley sera là ?

— Vraiment ?

Herrick plissa ses yeux perçants, ne se laissant pas duper un instant par son ton candide.

— Leonida, si vous ne faites que songer à vous remettre en danger, je vous ferai enchaîner et emmener en Sibérie.

Elle se dégagea avec un soupir irrité. Il y avait des moments où elle se lassait d'être traitée comme une enfant écervelée et non comme une femme adulte.

Au moins, Stefan…

Non. Elle ne se permettrait pas de penser à lui comme à son tendre amant. Elle était furieuse contre lui.

— Comment pourrais-je être en danger entourée par la garde personnelle du tsar ? demanda-t-elle. Et Piotr refuse de me laisser quitter la maison sans lui. Il a même chevauché derrière le carrosse de la princesse, ce soir, comme si je risquais d'être attaquée en pleine ville.

— Il y a maintes formes de danger, observa le conseiller d'une voix dure. Je ne me fie pas au duc.

Leonida battit des cils, assez surprise de la réaction du vieil homme vis-à-vis de Stefan. Il avait toujours été dévoué à Edmond. Les deux frères n'étaient sûrement pas si différents ?

— Vous croyez qu'il constitue une menace ?

— Je crois que c'est un homme fasciné par une femme et qu'il ne pense pas aussi clairement qu'il le devrait.

Herrick changea de position, comme s'il était gêné par cette conversation.

— Il pourrait aisément vous salir par un scandale.

Tout aussi mal à l'aise, Leonida jeta un coup d'œil aux invités qui passaient. Comment Herrick pouvait-il soupçonner le désir de Stefan de l'avoir dans son lit ? Le duc n'avait sûrement pas été assez indélicat pour révéler leur brève affaire ?

— J'ai accepté de me fier à vous pour retrouver ces horribles lettres, dit-elle avec raideur. Vous devez vous fier à moi pour m'occuper du duc d'Huntley.

L'expression du vieil homme se crispa.

— Et comment pensez-vous vous « occuper » d'Huntley ?

Comme elle n'en avait pas la moindre idée, elle fut heureuse de l'interruption d'un domestique en livrée qui s'arrêta à côté d'Herrick en s'inclinant profondément.

— Pardonnez-moi, monsieur, mais l'empereur requiert votre présence.

Le conseiller agita une main avec impatience, congédiant le valet.

— Leonida.

— Allez voir le tsar, Herrick, le pressa-t-elle en affichant un sourire assuré. Tout ira bien pour moi.

— S'il vous cause du tort…

— Allez.

Habitué à l'ennuyeuse solennité qui entourait une soirée royale, Stefan s'efforça de rester philosophe tandis que son coupé avançait au pas derrière la longue file de voitures roulant vers les marches du palais. Il avait attendu des jours pour voir Leonida, se rappela-t-il en remuant avec impatience. Quelques minutes de plus n'étaient pas une affaire.

Hélas, il ne pouvait oublier complètement l'allègre référence de Vanya aux soupirants déterminés de la jeune femme. La pensée qu'elle pouvait en ce moment même sourire alors qu'un homme lui baisait les doigts ou l'emmenait sur une terrasse emplie d'ombre suffisait à lui nouer l'estomac.

Quand sa voiture atteignit le perron arrondi, Stefan en descendit avant que le valet puisse l'aider. Frôlant au passage de petits groupes d'invités, il gravit rapidement les marches et pénétra dans le vestibule où il remit ses gants et son chapeau au domestique qui attendait sous un grand portrait de l'empereur Pierre.

Se rendant compte après coup des regards curieux jetés dans sa direction, il se força à respirer et à monter à l'étage d'un pas digne, hochant de temps en temps la tête pour saluer de vagues connaissances.

L'empereur était déjà intrigué par la présence du duc d'Huntley à Saint-Pétersbourg. Il n'attirerait pas davantage l'attention sur lui en se ruant à travers le palais comme un imbécile.

En atteignant le sommet de l'escalier de gala de bois de citronnier, il s'arrêta pour étudier les invités.

La plupart étaient rassemblés en petits groupes afin de voir et d'être vus, même si quelques-uns s'étaient isolés pour admirer les grands portraits accrochés aux murs.

Il serra les poings en constatant qu'à première vue Leonida n'était pas parmi la foule. Puis, du coin de l'œil, il aperçut des boucles blondes de la couleur du soleil du matin.

Une excitation soudaine lui noua l'estomac quand il se fraya un passage devant une dame vêtue d'une hideuse robe puce et sa fille au visage blafard.

Il n'allait pas laisser sa proie lui échapper.

Pas une nouvelle fois.

Gardant les yeux fixés sur les boucles dorées, il se dirigea vers le bord de l'assemblée, un sourire de prédateur incurvant ses lèvres lorsqu'il vit le profil délicatement ciselé de Leonida.

Ainsi, son instinct ne l'avait pas trompé. Elle était bien là. Son corps se durcit d'un désir brûlant tandis qu'il s'avançait. Il avait passé trop de nuits à rester éveillé, aspirant à la sentir dans ses bras. Il n'allait sûrement pas passer une autre nuit avec rien d'autre que de la frustration.

Presque comme si elle percevait ses pensées, Leonida lui jeta un coup d'œil par-dessus son épaule, puis se glissa délibérément dans une pièce située sur le côté.

Il la suivit à grandes enjambées et pénétra dans un petit salon dont les murs étaient recouverts de soie de Chine. Un canapé brodé assorti au thème oriental trônait près de la cheminée. S'assurant qu'ils étaient seuls, il ferma la porte d'une main ferme.

Dommage qu'il n'y ait pas de clé.

Pendant un moment, il resta adossé aux panneaux de la porte, appréciant simplement la vue de Leonida debout au milieu de la pièce.

Sapristi ! Elle semblait briller comme un ange doré à la lumière des bougies.

Une chaleur alarmante emplit son cœur, se répandant dans son corps. Avec un grondement sourd, il s'écarta de la porte et marcha vers elle. Cela faisait trop longtemps qu'il ne l'avait pas sentie pressée contre lui.

Elle élargit les yeux à son approche décidée, comme si elle percevait sa faim à peine contenue. Puis il l'enveloppa de ses bras et l'agitation qui le taraudait depuis des jours se dissipa lentement. Elle se moulait contre lui avec une perfection stupéfiante.

— Leonida, murmura-t-il, ses lèvres parcourant sans cesse la peau satinée de son visage, son chaud parfum de jasmin embrumant son cerveau de plaisir.

Durant un moment précieux il la sentit fondre contre lui, un doux gémissement de plaisir montant de sa gorge. Il bougea pour réclamer ses lèvres en un baiser plein de désir, laissant le distant brouhaha des élégants invités s'estomper jusqu'à ce que Leonida et lui soient seuls au monde.

Puis le son d'un quatuor à cordes monta dans la salle de réception, rompant le charme. Leonida se raidit et leva les mains pour les presser sur son torse, tournant la tête afin d'échapper à son baiser exigeant.

— Stefan, non, dit-elle d'une voix altérée. Je dois vous parler.

Privé de ses lèvres, il suivit de sa bouche la tendre ligne de son cou, prenant soin d'éviter le ruban qui cachait sa blessure.

— Plus tard, murmura-t-il contre le pouls rapide qui battait à la base de sa gorge.

— Vous devez cesser.

— Pourquoi ?

— Voulez-vous être découvert ?

Stefan sourit. En cet instant, il se moquait bien de qui pourrait les surprendre. Ou des conséquences.

Il avait besoin d'elle. Maintenant.

— Ce que je veux, c'est vous.

Il s'écarta, promenant avidement son regard sur son beau visage.

— Venez avec moi, Leonida. On doit pouvoir trouver de l'intimité dans cette vaste monstruosité.

Elle haussa le menton, et il vit la rougeur qui lui montait aux joues.

— Le palais n'est pas une vaste monstruosité, répliqua-t-elle. D'après la plupart des visiteurs, il est encore plus beau que Versailles.

Stefan soupira.

— Une autre monstruosité, mais pour le moment je ne suis pas intéressé par une discussion sur l'architecture.

— Moi non plus.

Une chaleur intense embrasa le corps de Stefan.

— Alors trouvons un endroit où nous pourrons être sûrs de ne pas être interrompus.

Elle trembla lorsqu'il la pressa contre son corps frémissant, mais elle se dégagea brusquement de ses bras.

— Non, ce n'est pas pour cela que je suis venue ce soir.

Stefan serra les dents. Une impulsion puissante lui donnait envie de la soulever dans ses bras et de l'allonger sur le canapé. Quelles que fussent ses protestations, il sentait qu'elle le désirait. Il ne doutait pas de pouvoir abattre ses barrières ridicules et la séduire.

A la place, il mit les mains sur ses hanches et réprima ses instincts mâles.

Etrangement, il ne voulait pas la forcer à capituler. Il voulait qu'elle admette qu'elle le désirait avec une force égale à la sienne.

De la fierté ? Ou quelque chose de plus dangereux ?

Impossible à dire.

— Je ne me soucie pas de savoir pourquoi vous êtes venue, la seule chose qui compte est que vous soyez ici, grommela-t-il. Je savais que vous ne pourriez pas vous cacher éternellement.

— Je ne me cachais pas.

Il abaissa délibérément son regard sur sa bouche encore gonflée de ses baisers.

— Comment des lèvres aussi ravissantes peuvent-elles proférer d'aussi vilains mensonges ?

Elle passa les mains sur les plis luisants de sa robe dorée. Une indication qu'elle n'était pas aussi sereine qu'elle voulait le lui faire croire.

— Ne pas vouloir vous recevoir chez moi n'est pas me cacher. Ma mère était malade.

— Il fallait s'y attendre.

Il secoua la tête avec frustration.

— Vous avez failli être tuée à cause de son refus égoïste d'admettre la vérité, et c'est elle qui a besoin de soins ?

Leonida se raidit à ses mots durs, ses traits prenant une expression butée qu'il ne connaissait que trop bien. Elle protégerait sa mère aux portes de l'enfer. Aussi indigne que soit la comtesse.

C'était une loyauté qu'il admirait de mauvais gré, tout en souhaitant la secouer pour lui faire entendre raison.

— Vous ne savez rien de ma mère et ce n'est sûrement pas à vous de la juger, dit-elle d'un ton coupant.

— Et quel est mon rôle, Leonida ? rétorqua-t-il. Vous m'acceptez dans votre lit, mais vous n'acceptez pas que je vous protège de ceux qui abusent de votre cœur trop généreux ?

Une vive rougeur envahit les joues de Leonida.

— Vous n'avez pas de rôle à jouer. Ce qui s'est passé entre nous est terminé.

Avec un sifflement de colère, Stefan s'avança, la faisant reculer contre le mur.

— C'est loin d'être terminé, l'avertit-il en posant les mains de chaque côté de sa tête pour fusiller du regard son expression obstinée. Je ne suis pas stupide. Je vous sens trembler quand je vous touche. Je goûte votre plaisir quand nos lèvres se joignent. Vous me désirez toujours.

Les yeux bleus de Leonida foncèrent, trahissant l'attirance qu'elle ressentait pour lui.

— Non. Je ne peux pas.

— Vous ne pouvez pas ?

La voix de Stefan s'épaissit, son regard fasciné quand elle sortit le bout de sa langue pour humecter ses lèvres.

— Vous l'avez déjà fait.

— Une erreur que je n'ai pas l'intention de reproduire.

— Bon sang, ceci n'est pas une erreur !

Il se pencha, effleurant ses lèvres d'un long baiser.

— C'est un miracle. Pourquoi niez-vous votre désir ?

— Parce que je ne veux pas être votre maîtresse, dit-elle d'une voix sourde, comme si les mots lui étaient arrachés de la gorge. Jamais.

Il tressaillit.

— Leonida…

— Non !

Elle tourna la tête, refusant de croiser son regard frustré.

— Je suis venue ici pour vous parler. Rien d'autre.

Stefan recula brusquement. Maudite soit-elle. Pourquoi fallait-il qu'elle complique ce qui devrait être une affaire toute simple ?

Elle était venue dans son lit de bon gré. Diable, elle avait été plus que consentante !

Maintenant, elle se comportait comme si son seul but était de détruire sa vie.

— Et pourquoi, après trois jours à m'ignorer, auriez-vous soudain un tel désir de me parler ? lança-t-il d'un ton sarcastique.

— Parce que j'ai besoin de savoir ce que vous avez l'intention de dire à Alexandre Pavlovich.

— Ce que…

Il s'interrompit, serrant les poings en comprenant où elle voulait en venir. Ce n'était pas par hasard qu'elle était au palais. Ni à cause d'un désir furtif de croiser ses pas.

Elle était ici parce qu'elle craignait qu'il ne révèle la laide vérité sur son voyage en Angleterre à son père.

Pourquoi diable n'avait-il pas envisagé une telle possibilité ?

Son rire bref et sans humour résonna dans la pièce.

— Bien sûr ! Je me suis toujours considéré comme un homme intelligent mais quand il s'agit de vous, ma colombe, je semble n'être rien de plus qu'un sot.

Elle fronça les sourcils d'un air méfiant, comme si elle essayait de mesurer sa réaction à son accusation.

— Vous n'avez pas répondu à ma question.

Stefan se détourna pour marcher vers une table laquée qui offrait une précieuse collection de vases de Chine, l'esprit en ébullition. Quel que soit son agacement de constater que Leonida était prête à penser le pire de lui, il pouvait envisager d'utiliser sa supposition à son avantage.

— Comment saviez-vous que j'étais invité à dîner avec l'empereur ce soir ? demanda-t-il.

Elle marqua une pause, répugnant visiblement à révéler ses sources.

— Notre cuisinière a trois filles, répondit-elle enfin. La plus jeune est femme de chambre chez Vanya Petrova.

— Et elle a jugé nécessaire d'éventer mes plans ?

— Il y a peu de secrets à Saint-Pétersbourg.

— Je m'en souviendrai.

Elle poussa un soupir impatient.

— Pourquoi êtes-vous ici, Stefan ?

Il pivota lentement, rencontrant son regard nerveux.

— Même moi, je ne peux ignorer une invitation du tsar.

— Et quand il exigera de savoir pourquoi vous êtes venu en Russie ?

Il promena les yeux sur son corps mince, s'attardant sur le ruban noué autour de son cou. Sa propre blessure était presque guérie, mais il n'oublierait jamais combien il avait été près de perdre cette femme.

Comment pouvait-elle s'attendre qu'il s'en aille, tout simplement ?

— Cela dépend entièrement de vous, Leonida.

— Que voulez-vous dire ?

Il croisa les bras sur sa poitrine.

— Rien ne m'incite particulièrement à tromper le tsar Alexandre. De fait, ce serait le comble de l'imprudence de risquer le déplaisir d'un homme aussi puissant.

L'expression de Leonida se durcit.

— Il vous était bien égal de risquer son déplaisir quand vous avez menacé de m'enlever.

— Ah, mais la récompense en aurait valu la peine, lâcha-t-il d'un ton traînant. Maintenant, je n'ai aucune raison de mentir.

— Ce n'est pas mentir que d'éviter de révéler le but de mon voyage en Angleterre.

— Une distinction pleine de finesse.

Elle s'écarta du mur, ses boucles luisant comme de l'or liquide à la lumière des bougies et ses yeux du bleu clair des plus beaux saphirs.

Stefan ravala un grognement tandis que son corps se crispait d'une bouffée de désir.

— Il n'a aucune raison de soupçonner que j'avais d'autres desseins que connaître l'Angleterre, dit-elle, apparemment indifférente à la torture qu'elle lui infligeait.

— Vous n'êtes pas assez candide pour penser que l'empereur ne voudra pas savoir ce qui s'est passé pendant votre séjour à Meadowland, et pourquoi je vous ai suivie jusqu'à Saint-Pétersbourg.

— Ce qui prouve simplement que vous n'auriez jamais dû venir ici.

— Pourquoi pas ?

Stefan haussa les épaules.

— Je n'ai rien à cacher.

— C'est absurde.

Elle jeta un regard noir à son expression moqueuse.

— Si vous révélez la vérité, vous ne ferez que causer plus de soucis à Alexandre Pavlovich.

— Il a déjà connu le scandale et la déception.

— Et il en porte encore les blessures, rétorqua Leonida. Pourquoi l'affliger davantage ?

Il marcha vers sa silhouette rigide, incapable de réprimer son contentement en voyant le pouls qui palpitait à la base de son cou.

Ce n'était sûrement pas la peur qui lui emballait le cœur.

— Ainsi, vous désirez seulement protéger le tsar ?

— Bien sûr.

— Et votre mère ?

Elle remua nerveusement, percevant sa dérision envers la comtesse Karkoff.

— Elle aussi.

— Et qu'en est-il de moi ?

Elle hésita, une trace d'incertitude s'allumant dans ses yeux.

— Je ne comprends pas.

— Jusqu'ici, la seule raison que vous m'avez donnée de tenir ma langue est au bénéfice du tsar et de votre mère, dit-il d'un ton lisse. Pourquoi devrais-je risquer la colère d'Alexandre Pavlovich s'il découvre que je lui ai caché la vérité ?

Elle écarta sa question d'un geste de la main.

— Il n'y a aucun danger qu'il découvre la vérité.

— Alors, vous avez les lettres ?

— Non, mais…

— Mais ? insista-t-il.

— Herrick Gerhardt est convaincu qu'il les retrouvera.

Il fit un autre pas en avant, attiré vers elle par une impulsion irrésistible. Il était bel et bien ensorcelé, reconnut-il en passant un doigt sur sa mâchoire obstinée.

— Et entre-temps elles pourraient être utilisées pour faire chanter de nouveau la comtesse ou, pire, vendues à des gens souhaitant faire des confessions de votre mère une humiliation publique pour l'empereur. Si cela devait arriver, Alexandre Pavlovich me tiendra au moins en partie responsable de ne pas l'avoir prévenu de cette menace potentielle.

Elle frissonna, ne faisant aucun effort pour se soustraire à sa caresse.

— Vous avez l'intention de le lui dire ?

— Sauf si vous pouvez me convaincre que ce n'est pas dans mon intérêt.

La frustration contracta ses jolis traits.

— Ne vous souciez-vous pas du tout de la Russie ?

— Pourquoi le devrais-je ?

— C'était la patrie de votre mère. Vous avez dit qu'elle était restée loyale à la couronne.

Stefan plissa les paupières, se rappelant les nombreux risques qu'Edmond avait pris au nom d'Alexandre Pavlovich.

— Ma famille a fait son devoir envers l'empire russe, dit-il, une pointe d'avertissement dans la voix. Vous devez trouver d'autres moyens que la culpabilité pour me sceller les lèvres.

— Et que seraient ces moyens ?

Il eut un sourire malicieux.

— Je pense qu'ils devraient être évidents.

— Oh, vous…

Elle leva la main pour le gifler, mais d'un geste souple il saisit son poignet et porta ses doigts à ses lèvres.

— Attention, Leonida.

Elle le fusilla du regard avec une colère impuissante.

— Si vous pensez un instant que vous pouvez me forcer par vos menaces à partager votre lit, vous devez avoir perdu l'esprit, ainsi que toute prétention à la chevalerie.

— Les gentlemen chevaleresques sont terriblement ennuyeux, murmura-t-il contre sa paume.

— Il n'est pas surprenant que *vous* le pensiez.

Il gloussa, indifférent à son insulte.

— Vous est-il venu à l'esprit qu'un tel parangon de vertu ne comprendrait jamais comment une jeune fille convenable pourrait manipuler un homme pour s'introduire chez lui, puis le séduire afin de s'enfuir avec quelque chose lui appartenant ?

Il l'entendit retenir son souffle.

— Je ne vous ai pas séduit.

— Quelle piètre mémoire vous avez, ma colombe.

Il retourna sa main pour embrasser la peau sensible à l'intérieur de son poignet.

— Peut-être faut-il vous rappeler le pouvoir que vous avez sur un pauvre gentleman.

Elle grogna doucement avant de lui arracher son bras et de le frotter sur sa jupe. Comme si elle pouvait effacer la trace de son toucher. Et sa violente réaction à ses caresses.

— Vous ne cherchez qu'à me distraire.

Il haussa les sourcils, la laissant échapper. Ils savaient tous les deux qu'elle était vulnérable à son contact.

— Je pensais que nous étions en train de négocier.

— Je ne négocie pas avec mon corps, rétorqua-t-elle d'un ton sifflant.

— Dommage, répondit-il, ne plaisantant qu'à moitié. Mais c'est vous qui avez conclu que j'avais l'intention d'exiger votre présence dans mon lit en échange de mon silence.

— Oh, vous…

Elle marmonna quelque chose à voix basse, le vouant sans nul doute aux gémonies.

— Que voulez-vous, Stefan ?

— Rien de plus scandaleux que votre compagnie.

— Ma compagnie ?

Le sourire du duc s'estompa quand il lui saisit le menton. Il voulait s'assurer qu'il n'y aurait pas de méprise. Il ne la laisserait pas l'éviter.

— Vous ne me ferez plus renvoyer quand je viendrai vous voir chez vous, déclara-t-il d'un ton sans appel. Et si je vous propose une invitation, je compterai que vous acceptiez sans récriminer.

— Vous me voulez à votre merci ?

— Une idée charmante, mais pour le moment je me satisferai de savoir que vous ne pourrez pas courir vous réfugier chez vous et me claquer la porte à la figure. Avons-nous un accord ?

Les yeux de Leonida étincelèrent de fureur.

— Maudit soyez-vous !

— Je suppose que cela signifie « oui ».

22

Herrick laissa le valet en livrée le conduire à travers le dédale de pièces, ravalant un soupir quand il s'arrêta devant la porte de l'ancien cabinet de travail de l'empereur Pierre.

Il avait brièvement espéré qu'Alexandre Pavlovich avait requis sa présence pour écarter quelque diplomate agaçant qui le harcelait de demandes. Cela se produisait assez souvent.

Mais s'ils se retrouvaient en cet endroit, cela signifiait que ce que le tsar avait à lui dire était privé, et non une question d'Etat.

Et il pouvait déjà deviner ce que le monarque avait à l'esprit.

Considérant un instant l'idée tentante de continuer jusqu'à la porte latérale qui menait aux jardins, le conseiller carra les épaules et entra dans le cabinet. Il ne servait à rien de repousser l'inévitable.

Il referma la porte derrière lui et laissa courir son regard sur la pièce plongée dans l'ombre. C'était l'une de ses préférées dans tout le palais. Contrairement à la plupart des salles publiques, elle ne comportait pas de dorures, de pierres précieuses ou de candélabres étincelants. Une sombre beauté émanait des lambris en chêne sculpté et du magnifique parquet. Les meubles étaient également sobres, avec un lourd bureau et des rayonnages qui contenaient une collection de livres reliés de cuir. A la place d'honneur trônait le grand globe terrestre de l'empereur

Pierre, encastré dans un socle de bois, qui témoignait de son expertise en navigation.

Les seules touches de couleur étaient les trois grands portraits accrochés aux murs. Le plus grand, bien sûr, représentait Pierre dans une armure étincelante et le deuxième la tsarine Catherine à cheval. Le troisième montrait Alexandre Pavlovich dans son costume militaire d'apparat.

Il posa enfin les yeux sur le tsar qui se tenait debout sous son propre portrait, un sourire mélancolique sur son visage encore beau.

Grande silhouette imposante, vêtu d'une élégante redingote bleue assortie à ses yeux perçants et de pantalons noirs, l'empereur arborait des boucles blondes qui commençaient à se dégarnir, mais il conservait le charme qui avait été son atout le plus puissant au fil des années.

— Herrick.

— Sire.

Le conseiller s'inclina.

— Vous vouliez me parler ?

— Oui.

Le tsar indiqua le bureau d'une main.

— Du cognac ?

— Non, merci.

Alexandre Pavlovich se tourna pour contempler son portrait tandis qu'Herrick venait se placer à son côté.

— Vous m'avez servi fidèlement durant de nombreuses années, mon ami.

Herrick sourit en regardant le portrait. Il avait été peint peu après la victoire sur Napoléon Bonaparte. Une époque qui avait été emplie de gloire et de fierté nationale.

— En effet. Il est presque impossible de se rappeler les jeunes gens idéalistes que nous étions.

— Trop idéalistes, dit l'empereur avec un soupir. Si j'avais su combien il était pesant de porter une couronne aussi lourde, j'aurais laissé le monstre corse garder Moscou.

Herrick émit un grognement dégoûté. Napoléon avait peut-être été un génie militaire, mais son orgueil démesuré et sa conviction que sa grande armée était indestructible avaient rendu sa défaite aussi certaine que la glorieuse victoire de la Russie.

— Ce sot n'a même pas pu conserver Paris, à la fin, rétorqua-t-il. Et vous ne nous auriez sûrement pas condamnés à la loi du gros roi Bourbon ?

Le regard du tsar passa instinctivement au portrait imposant de Catherine.

— Non, ma grand-mère m'aurait maudit depuis sa tombe. Elle était déterminée à me voir sur le trône.

— Un sage choix.

— Vraiment ?

— Je n'en ai jamais douté.

Alexandre Pavlovich pivota pour regarder son conseiller, les paupières mi-closes.

— Nous serions tous si chanceux de partager votre assurance. Je suis constamment harcelé de doutes.

Herrick prit soin de garder une expression indéchiffrable. Les accès de mélancolie de l'empereur devenaient de plus en plus inquiétants. Hélas, il pouvait se battre contre des traîtres, des sociétés secrètes et même des assassins, mais il n'avait pas d'arme pour protéger Alexandre Pavlovich de ses propres peurs.

— Avez-vous quelque chose de particulier à l'esprit ? demanda-t-il aimablement.

Au prix d'un effort, le tsar écarta son humeur sombre d'un haussement d'épaules, ses yeux bleus reflétant la force de son esprit vif.

— Oui, Herrick.

— Comment puis-je vous servir ?

Allant au bureau, l'empereur emplit un verre de cognac.

— Vous pouvez m'indiquer à quel jeu la comtesse Karkoff est en train de jouer.

— Un jeu ?

— Nadia possède de nombreux talents, mais la faculté de me tromper n'en fait pas partie. J'ai su qu'elle était troublée depuis mon retour à Saint-Pétersbourg. Je ne l'ai pas harcelée parce que je supposais qu'elle serait réconfortée par le retour de Leonida, mais les choses n'ont fait qu'empirer.

Alexandre Pavlovich s'appuya au bureau pour boire son cognac.

— Maintenant, elle refuse même de quitter son lit.

Herrick haussa les épaules, maudissant en silence Nadia de l'obliger à cet entretien embarrassant.

— Elle vous a fait savoir qu'elle était malade, à ce que vous m'avez dit.

— Si elle était vraiment malade, elle n'aurait pas décliné l'offre de mon médecin personnel, ni imploré que je ne lui rende pas visite avant qu'elle soit complètement remise. Nadia adore que l'on s'occupe d'elle.

— C'est vrai.

— Ma première pensée, je l'admets, a été le soupçon qu'elle avait pris un amant.

Herrick haussa les sourcils, sincèrement surpris.

— Elle vous a toujours été fidèle, sire.

Paraissant rassuré, le tsar étudia son conseiller d'un regard ferme.

— Quelque chose la tracasse. Je veux savoir ce que c'est.

— Alors, ne devriez-vous pas avoir cette conversation avec la comtesse ?

— Pas si je veux découvrir la vérité.

Les lèvres d'Herrick s'incurvèrent. Nadia n'avait jamais été renommée pour son honnêteté si un mensonge lui convenait mieux.

— Vous voulez que je l'interroge ?

— Herrick, vous n'êtes pas assez sot pour prétendre que vous n'êtes pas dans les confidences de Nadia, l'avertit doucement l'empereur. Elle compte toujours sur vous quand elle a des ennuis. Et, bien sûr, rien ne se passe à Saint-Pétersbourg sans atteindre vos oreilles.

Le vieil homme fit une grimace, sachant qu'il était piégé. Alexandre Pavlovich n'était pas stupide, malgré son habitude d'ignorer les problèmes qu'il préférait laisser entre les mains d'autrui. Quand il exigeait des réponses, il s'attendait à les avoir.

— Me faites-vous confiance, Alexandre ? demanda-t-il.

— Je vous confierais ma vie, répondit le tsar sans hésitation.

— Alors, je pense qu'il vaut mieux que vous acceptiez qu'il est dans votre intérêt de ne pas connaître les détails des difficultés de Nadia.

L'empereur vida son verre et le posa.

— Est-elle en danger ?

Herrick réfléchit longuement.

— Je ne crois pas.

— Et qu'en est-il de Leonida ? insista le tsar. Est-elle concernée ?

— Malheureusement.

— C'est pour cela qu'elle s'est rendue en Angleterre.

— Oui.

Alexandre Pavlovich s'écarta du bureau, dissimulant soigneusement ses émotions tandis qu'il se dirigeait distraitement vers le globe.

— Je suis incapable d'imaginer à quoi un tel voyage pourrait servir.

— Rien de plus qu'à procurer un certain nombre de nuits sans sommeil, je vous assure, répondit le conseiller d'un ton sec.

L'empereur fronça les sourcils.

— Il ne me surprend pas que Nadia ait pu lancer sa fille dans une aventure intrépide, ni que Leonida n'ait pas su refuser d'aider sa mère, mais je suis assez déçu par vous, mon ami.

— Je n'avais aucune idée du plan avant que Leonida ne quitte Saint-Pétersbourg. J'en ai été…

Herrick choisit ses mots avec soin. Après tout, Alexandre Pavlovich tenait à Nadia en dépit de sa nature téméraire. Nul doute que c'était en partie son tempérament vif et impulsif, si différent de sa propre gravité, qui l'attirait chez elle.

— J'en ai été mécontent. Grâce au ciel, elle est revenue saine et sauve.

— Oui, elle est revenue.

Le tsar tourna la tête pour capturer le regard de son compagnon.

— Mais pas seule.

— Je présume que vous vous référez au duc d'Huntley ?

— Il est assez étrange qu'il choisisse de venir à Saint-Pétersbourg au moment précis où Leonida rentre d'Angleterre.

— Pas étrange, marmonna Herrick. Dangereux.

— Devrais-je être inquiet ? demanda Alexandre Pavlovich en haussant les sourcils.

Le vieil homme réprima les mots qui feraient emmener le duc d'Huntley par les gardes impériaux. Son irritation personnelle devant la façon dont cet homme poursuivait sans relâche Leonida ne valait pas une guerre avec l'Angleterre.

— Il ne fait aucun doute que le duc est obsédé par Leonida, mais je ne crois pas qu'il lui ferait intentionnellement du mal, concéda-t-il de mauvais gré. Néanmoins, il ne semble pas penser clairement en ce moment.

— Et Leonida ? Est-elle également fascinée ?

— Hélas.

— Pourquoi « hélas » ? Ce serait une belle union.

Herrick fronça les sourcils face à l'approbation inattendue de l'empereur.

— En supposant que le duc soit prêt à offrir le mariage,

elle devrait quitter Saint-Pétersbourg et vivre en Angleterre. La comtesse en serait ravagée.

Alexandre Pavlovich haussa les épaules, l'expression pensive.

— Peut-être est-il temps pour Leonida de chercher son propre bonheur plutôt que d'essayer constamment de faire plaisir aux autres.

— Vous ne verriez pas d'objection à ce qu'elle épouse un Anglais ?

Le tsar soupira.

— Nadia et moi avons tous les deux été trop égoïstes. Je souhaite seulement que Leonida trouve un homme qui l'aimera comme elle le mérite.

Le conseiller ravala ses mots de protestation, s'avisant brusquement que son affection possessive pour Leonida entravait son jugement.

Il était si habitué à ce qu'elle compte sur lui comme elle le ferait avec un père, que la pensée qu'elle se tourne vers un autre homme laissait un grand trou dans son cœur. Pas étonnant qu'il ait eu envie de loger une balle dans le postérieur du duc.

Il était assez ironique que ce soit son véritable père qui doive faire remarquer combien il serait mesquin de l'empêcher de trouver le bonheur avec un homme qui pouvait lui offrir l'amour et la dévotion qu'elle souhaitait ardemment.

— Saint-Pétersbourg sera vide sans elle, dit-il d'un ton lugubre.

Un petit sourire compréhensif incurva les lèvres de l'empereur.

— Vous savez, Herrick, vous devriez peut-être envisager de choisir une épouse et d'avoir des enfants à vous. Vous seriez un père gâteau.

Herrick frémit, allant vers le cognac.

— Dieu m'en préserve !

*
* *

Le trajet de retour à Saint-Pétersbourg s'était avéré une douloureuse épreuve d'endurance pour sir Charles.

Quand il avait fui le cottage, il avait à peine réussi à épancher le sang qui coulait de sa blessure avant de sombrer dans l'inconscience. Il s'était réveillé dans une grange sordide, tellement consumé par la fièvre et la douleur qu'il avait juste été capable de frissonner sur le sol en terre battue en maudissant sa faiblesse. Pire encore, il avait été hanté par des cauchemars de son enfance, pleurant parfois de peur en entendant la voix de sa mère murmurer à son oreille.

Il ne savait pas très bien combien de temps s'était écoulé avant que sa fièvre tombe enfin et que Josef le charge de nouveau dans la voiture, pour continuer le torturant voyage. Il demeurait faible, mais au fil des heures il avait détourné ses pensées de sa souffrance pour se concentrer sur ses plans de vengeance.

Le temps qu'ils atteignent Saint-Pétersbourg, il s'était imaginé tuant Leonida Karkoff une centaine de fois, de cent façons différentes.

Chacune étant plus satisfaisante que la précédente.

La fureur qui le brûlait lui donna une certaine dose de force quand ils s'arrêtèrent enfin. Au moins assez pour s'extraire de la voiture et regarder autour de lui d'un air aigri.

S'agrippant à la portière, il examina l'entrepôt délabré qui paraissait sinistre sous le soleil brillant et, plus loin, le quai battu par la mer.

C'était une partie de Saint-Pétersbourg qu'un gentleman de son éducation ne visitait pas volontiers.

Pour de bonnes raisons.

— Où diable m'avez-vous amené ? demanda-t-il d'un ton âpre, en jetant un regard noir à Josef qui attachait les rênes du cheval et le rejoignait. Je vous avais dit de me conduire chez moi.

Le visage balafré de Josèf se tordit en un amusement moqueur.

— Je pensais bien que la fièvre avait altéré votre esprit. A moins que vous ne vouliez que je vous livre aux gardes de la comtesse ?

Il haussa les épaules.

— Ils vous attendent sans aucun doute.

— Ne vous haussez pas au-dessus de ce que vous êtes, déclara sir Charles d'un ton coupant.

— Voulez-vous que je vous évite la prison, ou non ?

Sir Charles maudit la blessure qui le rendait dépendant de son serviteur. Son sentiment de vulnérabilité ne faisait rien pour améliorer son humeur sombre.

— Je préfère la prison à tomber entre les mains de Dimitri Tipova, maugréa-t-il.

Même si ses tractations avec le chef des bas-fonds s'étaient faites à travers les sous-fifres du criminel, il avait entendu dire que Tipova se cachait parmi les rebuts de la société.

— Et vous pensez que Tipova ne fait pas également surveiller votre maison par ses sous-fifres ? demanda Josef. Je doute qu'un homme craint par tout Saint-Pétersbourg soit stupide.

Il avait raison, maudit soit-il. Quiconque le cherchait ferait à coup sûr surveiller son domicile. Toutefois, il devait trouver le moyen de récupérer le contenu du tiroir secret de son bureau. Non seulement il recelait le faux passeport qui serait son seul moyen de quitter la Russie, ainsi que le peu d'argent qui lui restait, mais aussi les divers souvenirs qu'il avait gardés de ses victimes au fil des années. Ces derniers étaient irremplaçables.

— Je ne peux pas quitter la Russie sans mes affaires personnelles.

Passant un bras autour de sa taille, Josef commença

à le conduire vers l'entrepôt, le fracas des vagues sur le quai étant le seul bruit à rompre le silence.

— Il vous faudra au moins une semaine avant d'être assez remis pour voyager, dit le Russe. D'ici là, nous trouverons un moyen de récupérer ce dont vous avez besoin.

Charles trébucha sur le sol inégal, ce mouvement vrillant son flanc d'une flèche de douleur.

— C'est la faute de cette garce, grommela-t-il entre ses dents. J'ai l'intention de l'envoyer en enfer.

— Chaque chose en son temps.

— Je veux que vous la teniez à l'œil. Je ne la laisserai pas m'échapper de nouveau.

Josef obliqua vers une porte latérale, ignorant les ordures empilées près du bâtiment en pierre.

— Elle se croit protégée maintenant qu'elle a été ramenée chez elle. Elle vous y attendra quand vous serez prêt à la punir.

L'image de Leonida Karkoff implorant sa merci tandis qu'il enfoncerait sa dague dans sa gorge traversa le corps de sir Charles d'une bouffée d'anticipation.

— Une punition que j'ai bien l'intention de savourer.

— Nous savourerons tous les deux un peloton d'exécution si nous sommes pris par les gardes.

Josef tendit la main pour ouvrir la lourde porte de bois.

— En supposant que nous ne soyons pas capturés d'abord par les hommes de Tipova.

Pénétrant dans la vaste pièce vide emplie d'ombres poussiéreuses, Charles grimaça de dégoût.

— Qu'est-ce que cet endroit, à part un refuge pour les rats ?

Josef le fit avancer au centre du plancher pourri, l'expression indéchiffrable.

— Je me réfugie souvent ici quand j'ai besoin de disparaître des rues.

— C'est dégoûtant.

— Ce n'est pas si méchant que ça.

— Avez-vous perdu l'esprit ? lança Charles d'un ton sarcastique. Je ne suis pas un vil paysan qui se plaît à se vautrer dans la saleté.

— Je suis bien sûr très affligé que ma demeure vous déplaise, sir Charles, mais, comme on dit, les demandeurs ne choisissent pas, dit une voix basse et traînante.

Se raidissant, alarmé, Charles fixa d'un œil noir l'homme mince, aux cheveux de jais attachés en catogan sur la nuque et aux étonnants yeux dorés dans un visage étroit, qui sortait de l'ombre.

« Un simple serf », se dit-il, même si l'on ne pouvait se méprendre sur la coupe coûteuse de sa redingote bordeaux et ses traits aristocratiques. Même ses bottes étaient assez luisantes pour satisfaire le plus méticuleux des nobles.

Nul doute qu'il avait volé ces habits dans l'espoir de flouer les gens du quartier.

On ne le trompait pas aussi aisément, lui.

Néanmoins, il ne put nier le frisson de malaise qui lui passa sur l'échine.

— Qui diable êtes-vous ? gronda-t-il.

L'inconnu s'avança d'un pas nonchalant, un sourire railleur sur les lèvres.

— J'ai eu de nombreux noms et de nombreuses apparences au fil des années.

— Je ne suis pas d'humeur à jouer.

— C'est bien dommage, car le jeu vient juste de commencer. Un jeu que j'attends depuis très longtemps.

Charles lutta contre l'envie instinctive de reculer pour s'éloigner de l'homme qui s'approchait. Par Dieu, il ne faiblissait pas devant des paysans !

— Impressionnez-vous les serfs du coin en feignant d'être un vrai gentleman ? lança-t-il avec dédain.

— Les serfs du coin sont assez sages pour haïr les vrais gentlemen.

S'arrêtant, l'homme croisa les bras sur sa poitrine.

— Je les impressionne par ma propension à tuer quiconque ose m'irriter.

— Si vous espérez m'effrayer, vous êtes loin du compte.

— Qui feint maintenant, sir Charles ?

Charles grinça des dents. S'il n'était pas blessé, cet idiot plein de morgue serait déjà mort.

— Je n'ai pas besoin de feindre.

L'homme fit un autre pas en avant, se tenant assez près pour que Charles puisse distinguer les traits fins de son visage.

— Vous bluffez et insultez comme si vous étiez un homme courageux, alors qu'au fond vous n'êtes qu'un couard pathétique qui s'en prend aux faibles.

Charles sursauta sous l'accusation. Non. Cet homme ne pouvait pas connaître la vérité. C'était impossible.

— Assez de ces stupidités. Ou vous partez, ou mon serviteur vous logera une balle dans le cœur, dit-il d'un ton âpre, un sauvage sentiment de triomphe apaisant son inconfort quand Josef tira un pistolet chargé de sa poche.

D'une manière exaspérante, l'inconnu se contenta de rire, apparemment pas troublé par le pistolet pointé sur son cœur.

— Ainsi, vous vous cacheriez derrière un vil serf ? lança-t-il, renvoyant ses propres paroles à Charles. Est-ce ce que l'on considère comme de la bravoure chez les vrais gentlemen ?

— Josef, débarrassez-vous de ce sot ! aboya Charles.

Sans prévenir, l'homme renversa la tête en arrière pour rire de bon cœur.

— Oui, Josef. Débarrassez-vous de ce sot.

— Enfin ! marmonna Josef, en pivotant sur ses talons pour braquer le pistolet sur Charles.

Ce dernier chancela en arrière, trop choqué pour comprendre complètement ce qui se passait.

— Par tous les diables, qu'est-ce qui vous prend ? demanda-t-il d'un ton impérieux à son serviteur.

Le rire de l'inconnu résonna de nouveau dans l'entrepôt vide.

— Vous ne pensiez pas que je vous laisserais vous échapper de Saint-Pétersbourg sans vous tenir à l'œil ? Nous avons des affaires pas terminées.

Un éclair frappa Charles tel un coup brutal. Il venait de comprendre… C'était un piège. Et il était tombé dedans comme un bouffon empoté.

Une terreur froide s'enroula dans son estomac, ses genoux si faibles qu'il tenait à peine debout.

— Tipova, dit-il dans un souffle.

Le maître criminel fit une courbette moqueuse.

— Pour vous servir.

— Scélérat.

— Je le suis et j'en suis fier.

— Je suppose que vous vous croyez suprêmement intelligent ?

— Au moins modérément.

Dimitri jeta un coup d'œil au traître serviteur.

— Qu'en pensez-vous, Josef ?

— Pas plus que modérément.

— Toujours d'une franchise brutale.

Les yeux dorés brillaient d'un amusement satisfait.

— J'espère qu'il se montrait plus respectueux quand il vous servait, sir Charles.

Charles lécha ses lèvres sèches. Sa fureur d'avoir été si aisément dupé laissait rapidement place à une pure terreur. Dimitri Tipova ne s'était pas donné tant de mal pour l'amener dans cet entrepôt juste pour le provoquer.

Il fallait qu'il trouve un moyen d'échapper à cette situation catastrophique.

— Pourquoi m'avez-vous fait amener ici ? demanda-t-il, sa voix sortant en un croassement embarrassant.

Tipova plissa les paupières.

— Ne soyez pas ennuyeux. Vous savez très bien pourquoi vous êtes ici.

— J'aurai votre argent…

Ses mots furent interrompus brutalement quand le Tsar des Mendiants assena son poing sur sa bouche.

Chancelant en arrière, Charles poussa un grognement de douleur. Sa lèvre était fendue et il avait l'impression que quelqu'un enfonçait un pique-feu brûlant dans son côté. Sa vision se brouilla un moment, lui serrant le cœur de panique. Puis, lentement, ses yeux s'éclaircirent et il souhaita alors s'être évanoui.

En regardant en l'air, il vit Tipova qui le dominait avec une haine féroce sur le visage.

C'était là plus qu'un homme irrité par la perte de son argent ou par l'inconvénient d'avoir à remplacer ses prostituées mortes.

Sa répulsion pour Charles était une force tangible qui ne contenait ni merci ni compassion.

— Vos tentatives de faire chanter la comtesse Karkoff n'ont eu d'autre résultat que votre humiliation, dit-il, les lèvres retroussées par le mépris. Maintenant, vous n'avez rien à m'offrir à part votre mort lente et douloureuse.

Se tapissant sur le sol, Charles se raccrocha désespérément à son seul espoir d'échapper à son horrible sort.

— On vous fusillera pour ceci, dit-il d'un ton sifflant. Je suis un noble. Vous ne pouvez me faire de mal sans en répondre devant l'empereur.

Tipova s'accroupit près de lui, ses yeux dorés brillant d'un terrifiant plaisir anticipé.

— De fait, j'ai été assuré par ceux qui détiennent l'autorité que je suis libre de faire ce que je veux de vous. Il n'a pas du tout été sage d'enlever la fille du tsar.

— Vous mentez.

Les mots étaient à peine tombés de ses lèvres que Tipova pressa délibérément son genou contre sa blessure, le faisant se convulser de douleur.

— Est-ce miss Karkoff qui vous a fait cela ? murmura le bandit, enfonçant encore son genou. Une femme qui a du tempérament, apparemment. Il faut vraiment que je la rencontre.

— Je trancherai la gorge de cette catin, dit Charles d'une voix haletante.

— Ah. Cela vous tracasse d'avoir été vaincu par une simple femme, le provoqua Tipova. Vous les aimez à votre merci, n'est-ce pas ? Quand vous abusez d'une créature impuissante et apeurée, vous vous sentez moins lâche et moins sans valeur.

— Allez au diable !

Le Tsar des Mendiants glissa la main dans la poche de Charles pour en tirer sa dague préférée.

— Je finirai par y aller, mais pas avant de vous avoir envoyé en éclaireur pour préparer le chemin, murmura-t-il en caressant la joue de Charles de la lame aiguisée comme un rasoir.

Charles enfonça les talons dans les planches pourries, en essayant vainement de s'écarter de la dague. La peur qu'il avait provoquée chez ses victimes était loin d'être aussi plaisante quand il était celui qui se trouvait sous la lame.

— Je vous en prie, gémit-il, des larmes roulant sur ses joues. Je trouverai votre argent. Je le jure.

— Trop tard.

Charles hurla quand la dague lui lacéra le visage.

23

Bien que Leonida fût rentrée tard du dîner du tsar, elle se leva avec le soleil, s'habillant d'une robe de promenade de soie pêche à l'ourlet bordé de dentelle ivoire et d'un triple rang de perles pour cacher sa blessure presque guérie. Elle laissa ses cheveux libres sur ses épaules, trop agitée pour rester tranquille pendant que Sophy les coifferait en un chignon plus élégant.

Son agitation continua à la tarauder quand elle termina son petit déjeuner et se retira dans un petit salon qui surplombait la roseraie.

C'était une pièce charmante, avec de la soie jaune pâle sur les murs et du mobilier français doré garni de satin crème. Les tables étaient recouvertes d'agate et offraient une collection de camées délicats. Au plafond était peinte une fresque représentant des cupidons batifolant parmi les nuages.

Ce n'était pas la beauté de la pièce, cependant, qui attirait Leonida. De fait, c'était le soleil du matin entrant à flots par les hautes fenêtres arrondies qui en faisait son endroit favori de la maison.

Se pelotonnant sur un divan bas, elle tenta de se perdre dans un livre, refusant de s'appesantir sur sa brève rencontre avec Stefan ou sur le billet qu'il avait pressé dans sa main juste avant de quitter le palais.

Si elle avait appris quelque chose durant les dernières

semaines, c'était qu'elle perdait son temps à essayer de comprendre le duc d'Huntley.

Plusieurs heures s'écoulèrent avant qu'un bruit de pas qui approchait ne lui fît poser son livre, son cœur bondissant de plaisir anticipé, même si elle aurait voulu se convaincre qu'elle était agacée.

Elle lissait sa jupe quand Piotr entra dans la pièce. Depuis son retour à Saint-Pétersbourg, il s'occupait d'elle comme une mère poule.

— Huntley est de nouveau ici. Dois-je le renvoyer ?

Leonida se leva.

— Non, Piotr. Veuillez dire à Sergi de l'introduire.

— Vous en êtes sûre ?

Leonida se força à sourire. Elle n'avait jamais été moins sûre de quoi que ce soit. Le seul fait d'être en compagnie de Stefan suffisait à la plonger dans un tourbillon de confusion. Son esprit l'avertit de le traiter avec une froide indifférence. Son apathie finirait sûrement par le convaincre de mettre un terme à ses stupides poursuites ? Mais quelques instants avec lui, et elle se réduisait à une masse fiévreuse d'émotions. Comme une écolière en proie à son premier amour.

— Naturellement.

Elle parvint à prononcer ce mot malgré ses lèvres roides.

— Alors, je vais chercher Sophy.

— Ce ne sera pas nécessaire.

— Vous ne pouvez rester avec cet homme sans chaperon, grommela Piotr.

— Nous ne resterons pas ici. Le duc m'a demandé de me joindre à lui pour une promenade en voiture.

L'expression du cocher se durcit de suspicion.

— Et vous avez accepté ?

— Manifestement.

— Pourquoi ?

— C'est entre lord Huntley et moi-même.

Piotr était visiblement mécontent de sa décision soudaine

de rencontrer l'homme qu'elle avait délibérément évité pendant des jours.

— Dans ce cas, je viens avec vous.

Le visage de Leonida s'adoucit, son cœur se réchauffant à son inébranlable sollicitude.

— Merci, Piotr, mais ce n'est pas la peine.

— Avez-vous oublié qu'il y a un fou en liberté qui a toutes les raisons de vous vouloir morte ?

Elle frissonna. Elle avait fait des cauchemars depuis qu'elle était rentrée à Saint-Pétersbourg. En tout cas, jusqu'à la nuit dernière.

La veille, pour une raison quelconque, ses rêves avaient de nouveau été emplis d'un gentleman aux cheveux noirs et aux yeux bleus qui lui embrasait le sang.

— Je ne crains pas de l'oublier.

— Alors, vous avez besoin d'être protégée.

— Une tâche qui est maintenant entre mes mains, murmura une voix grave derrière le cocher.

— Stefan, dit Leonida dans un souffle, son cœur frappant ses côtes tandis que le grand et mince gentleman passait près du domestique et traversait la pièce pour porter ses doigts à ses lèvres.

— Toujours aussi ravissante, ma colombe.

Pendant un moment, l'esprit de Leonida refusa de fonctionner. Juste ciel, il était si beau ! Elle ne se lassait pas de contempler ses traits élégamment ciselés, ses épaisses boucles de jais, ses yeux bleus qui pouvaient briller d'humour ou se foncer de tendresse.

Ses mains la démangeaient de glisser les doigts dans ses cheveux et d'attirer sa tête à elle pour pouvoir embrasser ces lèvres sensuelles. Elle était la proie d'un désir frustré qui empirait à chaque jour qui passait.

— Merci, Sergi, ce sera tout.

Le serviteur âgé jeta un regard outragé à Stefan avant de s'incliner avec raideur. Visiblement, le duc était entré de force, offensant le pauvre majordome qui n'était pas habitué à un homme aussi déterminé.

— Très bien.

Le domestique s'en alla et Leonida ramena son attention sur Stefan, qui souriait avec une satisfaction dépourvue de remords.

— Ce n'était pas la peine de bousculer mes domestiques, le réprimanda-t-elle.

— Je suis las d'attendre sur votre seuil.

— J'ai accepté de vous accompagner, marmonna-t-elle. Je ne reviens pas sur ma parole.

— Alors, mettez mes mauvaises manières sur le compte de mon empressement à vous rejoindre.

— Vous pouvez passer du temps en sa compagnie tout en restant à l'abri, lança Piotr de l'autre bout de la pièce. Il n'est pas utile de la traîner à travers Saint-Pétersbourg.

Les lèvres de Stefan se relevèrent, mais son regard ne quitta pas le visage de Leonida.

— Comme Vanya Petrova a eu l'amabilité de me prêter sa voiture, je n'aurai pas besoin de « traîner » miss Karkoff.

Piotr soupira, pas impressionné par sa rebuffade.

— Néanmoins, c'est dangereux.

Avec un soupir agacé, Stefan tourna la tête pour croiser le regard noir du cocher.

— Ne craignez rien, Piotr. J'ai pris un valet et deux cavaliers pour nous garder. Miss Karkoff sera bien protégée.

— Cela ne me plaît pas.

— Peut-être, mais je suis certain que miss Karkoff est lasse d'être enfermée dans cette maison, fit remarquer gentiment le duc. Elle n'est plus prisonnière et mérite de sentir le soleil sur son visage.

Le cœur de Leonida menaça de fondre. Personne hormis Stefan ne s'était jamais soucié de remarquer combien elle aimait la délicieuse chaleur d'une journée ensoleillée ou une pièce chauffée par un bon feu. Peut-être cela ne paraîtrait-il rien pour la plupart des femmes, mais pour elle c'était… étonnant.

— Tout ira bien pour moi, Piotr. Restez ici et gardez un œil sur maman.

Le cocher marmonna quelque chose dans sa barbe, mais n'ayant pas l'autorité de garder Leonida confinée chez elle, il hocha la tête de mauvais gré.

— Si vous insistez.

Alors, ignorant le regard noir du domestique, Stefan prit le bras de Leonida et l'escorta à travers la maison, s'arrêtant à la porte d'entrée le temps qu'elle coiffe un petit bonnet orné de rubans pêche. Puis, laissant Sergi ouvrir la porte, il la conduisit au bas du perron jusqu'à la calèche noire garnie de sièges en cuir blanc.

Leonida reconnut vaguement le cocher qui tenait les rênes des deux chevaux gris, ainsi que les deux cavaliers vêtus de la livrée du duc. Elle les avait aperçus durant son séjour à Meadowland.

Elle fut surprise, cependant, de ne pas voir Boris parmi les gardes. Elle avait senti qu'il était fermement déterminé à rester au côté de Stefan jusqu'à ce qu'ils rentrent en Angleterre.

Une fois qu'ils furent installés, la voiture se mit en branle, le bruit des sabots qui frappaient la rue pavée résonnant dans le quartier tranquille.

Leonida resta silencieuse tandis qu'ils s'éloignaient de la maison, savourant le soleil délicieux qui l'enveloppait de sa chaleur. Stefan avait raison. Elle était restée à l'intérieur bien trop longtemps.

Non pas qu'elle ait l'intention de l'admettre devant lui.

Il était déjà si certain, avec une telle arrogance, qu'elle le trouvait irrésistible !

— Où allons-nous ? demanda-t-elle enfin tandis qu'ils franchissaient un pont étroit conduisant hors de la ville.

— J'ai pensé que vous apprécieriez une promenade à

la campagne, répondit-il, se tournant pour lui faire face. Cela vous fait-il plaisir ?

— Vous souciez-vous vraiment que cela me plaise ou non ? rétorqua-t-elle d'un ton aigre.

Il ignora sa question, mais leva la main pour toucher légèrement les cernes sous ses yeux.

— Vous semblez fatiguée. Ne dormez-vous pas bien ?

— Assez bien.

— Qu'est-ce qui vous trouble, Leonida ? Faites-vous des cauchemars ?

Elle réprima un soupir. Cet homme était péniblement perspicace. Une qualité estimable quand il s'agissait de ses domestiques et de ses fermiers, mais elle préférait garder certaines de ses pensées pour elle-même.

— Parfois.

— Gerhardt a-t-il découvert la trace de sir Charles ?

Elle fit une grimace.

— Il ne l'a pas dit, mais il partage rarement tout ce qu'il sait.

Il posa la main sur sa joue, la chaleur de sa paume rivalisant avec celle du soleil. Elle déglutit, se retenant à peine de se frotter contre ce doux contact comme une chatte satisfaite.

— Je pourrais vous garder en sécurité à Meadowland. Au moins jusqu'à ce que ce scélérat soit capturé.

Elle le regarda avec une exaspération qui n'était pas complètement feinte.

— Vous êtes vraiment l'homme le plus obstiné que j'aie jamais rencontré.

— Je n'aurais pas besoin de me montrer si obstiné si vous vouliez vous montrer raisonnable.

— Et par raisonnable, vous entendez faire tout ce que vous commandez ?

— Ce serait un début.

Elle leva les yeux au ciel.

— Il n'est guère étonnant que vous ne soyez pas encore marié. J'ai pitié à l'avance de votre pauvre épouse.

Une émotion indéfinissable passa dans ses beaux yeux.

— Vraiment ?

— Oui, dit-elle, faisant comme si son cœur ne se serrait pas d'une vive douleur.

— Ce n'est pas la peine. Quand je tiens à une femme, je me voue de mon plein gré à son bonheur.

Il se pencha pour lui murmurer à l'oreille :

— Elle sera pleinement heureuse.

Leonida frissonna à la délicieuse bouffée de trouble qui traversa son corps.

— Arrogant autant qu'obstiné.

Il frôla de ses lèvres le contour de son oreille, son souffle caressant son cou.

— Vous vaincriez un homme moins résolu, lui assura-t-il. A moins, bien sûr, que vous ne préfériez un chien de giron ?

Elle s'écarta hâtivement de son contact troublant. Un moment de plus, et elle serait une flaque impuissante de désir.

— Je préfère un gentleman qui respecte ma capacité à prendre mes propres décisions et ne piétine pas mes opinions, lança-t-elle d'un ton mordant.

Il passa un bras sur le dossier du siège, son regard pensif se promenant sur son visage levé.

— Je n'ai pas l'intention de piétiner vos opinions, seulement votre croyance fantaisiste que je veux vous faire du mal.

— Exiger que je sois votre maîtresse m'en ferait, dit-elle, baissant la voix pour ne pas être entendue des domestiques.

Il plissa les paupières d'un air frustré.

— Ma seule exigence a été que vous me laissiez l'occasion de profiter de votre compagnie. C'est vous qui déciderez de partager ou non plus que des conversations.

*
* *

Reconnaissant l'expression obstinée qui s'était peinte sur le visage de Leonida, Stefan laissa le silence descendre sur la voiture.

Bonté divine ! Il n'était pas stupide. Il avait vu ses yeux s'illuminer de plaisir quand il était entré dans son salon. Il pouvait sentir sa réaction à son toucher.

Alors, pourquoi continuait-elle à le repousser ?

Cette femme avait de quoi faire envisager à un homme sain de devenir moine.

Tournant la tête, il contempla le paysage qui passait. C'était cela, ou prendre Leonida sur ses genoux et l'embrasser à lui faire perdre la raison.

Non pas qu'il fût capable d'ignorer sa présence à son côté. Alors même qu'il plissait les paupières avec résignation en voyant les serfs découragés dans les champs, son corps tout entier palpitait de désir.

Son parfum de jasmin taquinait ses narines et la chaleur de son corps traversait ses vêtements. Il aurait plus de chance d'ignorer une balle tirée dans son dos.

Finalement, la voiture ralentit, tournant dans une allée bordée d'arbres. Devant eux se dressait un grand bâtiment en pierre avec une terrasse à colonnade et des statues de dieux grecs veillant sur le toit.

Ce fut le parc, cependant, qui séduisit Stefan. Au-delà du jardin classique et du bassin, la beauté sans prétention de la nature avait été laissée intacte.

Quelle que soit son opinion sur la politique russe, il éprouvait une profonde admiration pour la splendeur sauvage et intouchée de ce grand pays, qui était bien trop rare en Angleterre. Elle lui plaisait de la même manière que Leonida lui plaisait.

Toutes deux étaient volontaires, indomptées et pleines de surprises.

Son cocher arrêta l'attelage devant la large terrasse et,

descendant de la voiture, Stefan tendit une main à Leonida qui fronçait les sourcils.

— Pourquoi sommes-nous ici ? demanda-t-elle, le laissant avec réticence l'aider à mettre le pied sur l'allée gravillonnée.

Il passa son bras sous le sien, la tenant fermement. Elle était bien capable de décamper quand elle découvrirait la surprise qu'il lui réservait.

— Vous avez maigri, dit-il en la guidant dans l'escalier. J'espère tenter votre appétit.

Elle se raidit, alarmée.

— Mon appétit ne sera guère amélioré si je suis propulsée parmi des étrangers.

Il sourit.

— Faites-moi confiance.

Elle fit claquer sa langue.

— Je me lasse de ces mots.

Avant qu'il puisse répondre, la porte fut ouverte par une petite gouvernante aux cheveux gris, au visage rond et à l'expression avenante.

Elle esquissa une courbette.

— Votre Grâce. Mademoiselle Karkoff. Bienvenue. Si vous voulez bien me suivre ?

Se tournant, elle se dirigea à travers le vestibule lambrissé vers l'escalier arrondi. Leonida lança à Stefan un regard irrité, mais, trop bien élevée pour causer une scène, elle suivit la domestique. En arrivant au premier, la femme s'arrêta devant la porte la plus proche et s'écarta pour laisser entrer Stefan et Leonida.

C'était une petite pièce douillette avec des lambris sur la moitié inférieure des murs, le haut étant peint de scènes pastorales. Un canapé vert à rayures était disposé sous une fenêtre qui donnait sur un lac et des fauteuils assortis flanquaient un poêle en porcelaine. Au centre de la pièce se dressait une table en merisier chargée de nombreux plats couverts.

— Je pense avoir fourni tout ce que vous avez demandé, murmura la gouvernante.

— C'est parfait. Merci.

Glissant la main dans sa jaquette, Stefan en tira une grosse pièce et la mit dans la main de la domestique.

— Ce sera tout.

— Très bien.

Avec un sourire entendu, la femme se tourna pour disparaître dans le couloir et Stefan ferma la porte, tournant sans bruit la clé qui avait été laissée dans la serrure.

Ne se doutant pas qu'ils seraient bientôt complètement seuls dans la maison, Leonida était allée vers la table, fronçant les sourcils d'un air perplexe.

— A qui appartient cet endroit ?

Il tira une chaise, attendant qu'elle soit assise pour lui ôter délicatement son bonnet. Puis il contourna la table afin de prendre son propre siège.

— A Vanya Petrova, même si elle préfère garder ses liens avec cette maison secrets.

— Pourquoi ?

Il choisit ses mots avec soin. Vanya révélait rarement ses efforts pour protéger Alexandre Pavlovich.

— Il est des occasions où elle préfère rencontrer ses associés en secret, dit-il, emplissant l'assiette de Leonida de saumon poché accompagné d'une délicate sauce aux champignons, de faisan rôti et de pommes de terre à la menthe.

Prenant son assiette, Leonida jeta un coup d'œil à la porte fermée.

— Ainsi, nous sommes seuls ?

Il se servit, puis emplit leurs verres de vin.

— Mes domestiques montent la garde dehors. Il n'y a aucun danger.

— Cela dépend de votre idée du danger.

Il sourit avec lenteur.

— Allons, Leonida, j'ai demandé vos plats préférés.

Il ne s'autorisa pas à considérer le fait qu'il avait étudié Leonida de si près qu'il savait exactement ce qu'elle appréciait.

— Quel mal y a-t-il à un simple déjeuner ?

Leonida posa sa serviette sur ses genoux et prit sa fourchette.

— Je vais sûrement regretter ceci.

— Je vous promets de faire en sorte que vous n'ayez rien à regretter.

Ses joues rosirent au timbre intime de sa voix et, courbant la tête, elle se concentra sur son repas. Stefan ne força pas son avantage, prenant plaisir à la regarder manger les mets délicatement préparés.

Elle était devenue bien trop mince à la suite de son sinistre voyage de retour en Russie et, pire, il était évident qu'elle ne dormait pas bien. Cela provoquait son instinct le plus primitif de la protéger.

Elle ne releva la tête que lorsque son assiette fut vide, ayant pris le temps de se ressaisir.

— Avez-vous parlé à l'empereur ?

Il but une gorgée de vin.

— Juste brièvement.

— Je suppose qu'il a demandé à connaître la raison de votre visite en Russie ?

Stefan haussa les épaules. En vérité, il avait été agréablement surpris par sa rencontre avec Alexandre Pavlovich. L'empereur s'était naturellement montré curieux à propos de son arrivée inattendue, mais il n'avait pas fouiné comme il s'y attendait. De fait, il avait accepté son explication décontractée avec une facilité remarquable.

Bien sûr, il y avait eu une lueur de spéculation dans le regard appuyé du tsar. Comme s'il en savait plus que Stefan voulait bien l'admettre.

— Oui, répondit-il.

— Et alors ?

— Je lui ai déclaré qu'après votre départ d'Angleterre,

je me suis inquiété à l'idée que vous parcourriez seule une telle distance avec seulement deux domestiques pour vous accompagner. Et que j'ai désiré m'assurer que vous arriviez saine et sauve.

Elle haussa les sourcils.

— Il vous a cru ?

— Qui peut le dire ? Alexandre Pavlovich est connu pour garder ses pensées pour lui. En tout cas, je n'ai pas encore été jeté dans un cachot.

— Une négligence qui serait sans doute rectifiée s'il découvrait que vous m'avez amenée dans cette maison isolée sans chaperon, rétorqua-t-elle sèchement.

Avec un sourire, Stefan déplaça sa chaise pour être assis tout près d'elle.

— Ainsi que vous me l'avez répété à plusieurs reprises, mieux vaut laisser ignorer certaines choses à l'empereur.

— Quand cela vous arrange, observa-t-elle d'un ton de reproche.

— Quand cela nous arrange tous les deux, murmura-t-il en prenant une fraise et en la portant à ses lèvres. Permettez-moi.

Elle enfonça les dents dans le fruit, sa respiration s'accélérant.

— Je suis capable de me nourrir moi-même.

— Evidemment, mais ceci est beaucoup plus agréable, dit-il d'une voix rauque.

— Et si je vous mords les doigts ?

Le corps de Stefan se crispa, son regard captivé par la goutte de jus qui s'accrochait à sa lèvre inférieure.

— Vous pouvez me mordre où vous voulez.

— Ne me tentez pas.

Avec un petit rire, il baissa la tête pour lécher le jus sur sa bouche.

— C'est précisément ce que j'essaie de faire, chuchota-t-il.

— Stefan.

— Vous avez un goût de fraise.

Il lui vola un baiser. Puis un autre.

— J'adore les fraises.

Elle posa les mains sur son torse, mais ne le repoussa pas.

— Vous n'avez pas terminé votre repas.

— Ce dont j'ai faim ne se trouve pas dans mon assiette.

Il dessina ses lèvres de sa langue, puis sema des baisers jusqu'à la ligne de son cou, s'arrêtant au bord de son collier de perles.

— Bon sang, Leonida, vous m'avez tellement manqué. Le contact de votre peau, le parfum de vos cheveux, les doux gémissements que vous me murmurez à l'oreille…

Elle frémit, renversant la tête en arrière en un encouragement silencieux.

— Nous ne devrions pas être ici.

La bouche de Stefan continua à descendre, explorant la courbe de son épaule avec de lents baisers appuyés.

— Voulez-vous que je vous ramène chez vous ?

— Je…

— Leonida ?

Il y eut une longue et pénible pause. Poursuivant ses douces caresses, Stefan réprima son envie de demander qu'elle les tire tous les deux de leur misère. Il avait attendu jusqu'ici pour obtenir sa capitulation volontaire ; il ne gâcherait pas tout par des mots mal choisis.

Se préparant à endurer une frustration supplémentaire, il faillit crier de soulagement quand Leonida poussa un petit soupir et noua les bras autour de son cou.

— Non.

— Dieu soit loué ! s'exclama-t-il.

Se levant, il la souleva dans ses bras et la porta au canapé, l'allongeant tendrement sur les coussins avant de se redresser et d'ôter ses vêtements.

Vivement conscient du regard échauffé de Leonida qui suivait ses gestes saccadés, il était complètement excité quand il s'agenouilla près du canapé. Qui diable aurait dit que se dévêtir pour une femme pouvait être si érotique ?

Saisissant une poignée de boucles dorées, il se pencha pour réclamer ses lèvres en un baiser avide, sa main libre se glissant sous elle pour tirer sur les rubans de sa robe.

Elle avait un goût de fraise et de douce tentation. Une combinaison enivrante qui se répandit dans tout son corps, submergeant le reste du monde pour ne laisser que Leonida et son besoin douloureux. Arrachant rudement sa robe de son corps mince, il batailla impatiemment avec son corset et sa fine camisole.

Lorsqu'il fut débarrassé de sa masse de vêtements, il détacha sa bouche de ses lèvres et sema des baisers sur sa gorge, avant de s'arrêter pour savourer les boutons serrés de ses seins. Il sourit quand elle gémit de plaisir, arquant le dos tandis qu'il continuait à descendre sur son ventre plat.

Elle était si menue, si délicate. Telle une fragile fleur de jasmin.

Faisant glisser ses doigts sur l'arrière de ses jambes, il lui ôta ses pantoufles et les fit suivre de ses bas de soie.

Puis il s'écarta pour contempler son corps nu allongé sur le canapé, sa chevelure d'or pur brillant à la lumière du soleil.

Elle était terriblement belle, bien sûr. Mais cela n'expliquait pas pourquoi son cœur se contractait d'une sensation alarmante de plénitude. Comme si quelque chose de vital avait manqué à sa vie jusqu'à ce moment-là.

Il repoussa cette pensée dangereuse et bougea pour baiser la pointe de ses orteils délicats, ignorant ses petits rires altérés. Il avait l'intention de goûter chaque délicieuse courbe, chaque ligne élégante de sa personne.

Sa décision prise, il explora la longueur de sa jambe galbée tandis qu'elle frétillait sous lui. Atteignant enfin le haut de sa cuisse, il fit glisser une de ses jambes du canapé pour l'ouvrir à ses caresses. Il gémit quand il constata qu'elle était déjà humide d'attente, son odeur musquée faisant bondir son désir.

Il avait rêvé de ce moment pendant bien trop de nuits.

A présent, son corps menaçait de se révolter avant qu'il ne puisse savourer pleinement ce délectable entretien.

Avec un gémissement torturé, il bougea pour faire courir sa langue dans sa chaleur moite, enchanté par son cri étranglé de plaisir. C'était ainsi qu'il la voulait. Chaude, humide…

Il continua à taquiner le petit bouton de sa volupté, ravi de ses doux halètements et de ses supplications hachées. Seulement lorsqu'il fut certain qu'elle était au bord de l'extase, il se plaça au-dessus d'elle, baissant les yeux sur son regard brûlant avec un sentiment d'émerveillement.

Cette femme était à lui.

A lui et à lui seul.

— Leonida, grogna-t-il, sans savoir ce qu'il demandait exactement.

Jusqu'à ce qu'elle lève les bras et enfouisse les doigts dans ses cheveux, attirant son visage à elle pour un baiser ardent.

— S'il vous plaît, Stefan…

Il ne la fit pas réclamer deux fois. Prenant son visage entre ses mains, il se plaça à l'entrée de sa féminité, puis, d'un ferme assaut, il la pénétra entièrement.

Elle s'arqua sous lui, gémissant de contentement tandis qu'il la possédait avec une urgence croissante. Son intention de se montrer doux fut vite oubliée lorsqu'elle noua les jambes autour de sa taille, remuant les hanches au rythme de son allure fiévreuse.

— Bonté divine, Leonida, c'est si bon de vous sentir ! dit-il d'une voix haletante, son cœur tambourinant dans sa poitrine et son corps crispé par l'orgasme qui se préparait. Tellement bon !

— Stefan…

Elle s'interrompit sur un cri de libération, serrant les paupières tandis qu'elle frémissait de volupté.

Stefan grogna quand il sentit les spasmes de son ventre se resserrer autour de sa virilité. Cette sensation exquise le projeta par-dessus bord, et dans un dernier assaut son assouvissement le secoua tout entier. Le temps parut s'arrêter quand il laissa sa semence se répandre en elle avec un plaisir stupéfiant.

Juste ciel !

24

Plus tard ce soir-là, Stefan était dans sa suite de la maison de Vanya Petrova, s'appuyant à la fenêtre pour contempler le soleil qui se couchait sur la ville.

C'était une vue magnifique, il devait l'admettre. Les dômes dorés resplendissaient d'une beauté éblouissante sous les derniers rayons et les anges sculptés semblaient prêts à prendre leur envol.

Une vue bien différente de la suie et de la saleté de Londres.

Certes, une partie de son plaisir à ce spectacle pouvait simplement venir du fait qu'il était totalement porté à la bienveillance.

Bien qu'il fût rentré chez Vanya deux heures plus tôt pour prendre un bain et se changer, enfilant un gilet argenté et une redingote gris tourterelle sur des pantalons anthracite, il baignait toujours dans la délicieuse chaleur du contentement.

Jouant avec l'épingle de diamant piquée dans son écharpe amidonnée, il se remémora tendrement son après-midi dans les bras de Leonida.

Il en était à la troisième fois où ils avaient fait l'amour, quand la porte s'ouvrit et que Boris entra dans la pièce. En se tournant, il regarda le serviteur fermer la porte derrière sa silhouette massive, puis traverser la pièce au parquet ciré avec une expression soupçonneuse.

— Vous paraissez particulièrement content de vous,

l'accusa le Russe. Je suppose que votre déjeuner s'est bien passé ?

— C'était… superbe, murmura Stefan, fronçant les sourcils quand Boris éclata de rire. Quelque chose vous paraît amusant ?

— Je suis toujours ravi de voir cette expression stupide sur le visage d'un homme. Elle prouve que je ne suis pas le seul à souffrir de bêtise.

— Stupide ?

— Comme un homme qui a été frappé à la tête par une pelle.

Boris tendit la main pour tapoter l'épaule du duc avec un sourire satisfait.

— Cela nous arrive à tous, un jour ou l'autre.

Le froncement de sourcils de Stefan s'accentua, le chaud rayonnement qui l'habitait menacé par un frisson soudain. Il avait déployé des efforts surhumains pour se convaincre que son obsession pour Leonida Karkoff était une passade qui s'éteindrait rapidement. Il n'appréciait pas que Boris essaie de détruire cette parfaite illusion.

— Il ne s'est rien passé à part un interlude agréable avec une belle femme, rétorqua-t-il vivement.

— Ignorer la vérité ne la fait pas disparaître.

Le Russe fit une grimace.

— Pour être honnête, cela ne fait qu'aggraver les choses, finalement.

— Assez !

Stefan secoua la tête, parfaitement capable d'ignorer toutes les vérités qu'il voulait.

— Avez-vous réussi à vous introduire chez sir Charles, ou non ?

Le serviteur eut un sourire ironique, mais il fut assez sage pour laisser le duc changer de sujet.

— Vous ne doutiez sûrement pas de moi ?

— Comme je n'ai pas été informé de votre arrestation,

j'étais raisonnablement confiant dans votre succès. Avez-vous aperçu ce scélérat ?

— Non, il n'est pas rentré chez lui depuis plusieurs semaines.

Boris eut un sourire rusé.

— Mais j'ai aperçu au moins une demi-douzaine d'hommes qui surveillaient la maison.

Ce n'était pas surprenant. Stefan avait escompté que la comtesse posterait des gardes pour surveiller sir Charles. Et, bien sûr, Herrick Gerhardt aurait ses propres hommes pour le guetter. C'était un miracle que la moitié de Saint-Pétersbourg ne soit pas attroupée devant le domicile de ce gredin.

Ce qui rendait d'autant plus étonnant que Boris ait réussi à se glisser dans la maison et à en ressortir sans être arrêté.

— Je ne suis pas surpris qu'il ait évité l'endroit, marmonna-t-il.

Le Russe haussa les épaules.

— Il est peut-être mort.

— Je n'aurais jamais autant de chance. Avez-vous découvert quoi que ce soit révélant où il se cache ?

— J'ai trouvé une poignée d'invitations, mais pas de correspondance personnelle. Soit il détruit ses lettres, soit il n'a personne qui se soucie de lui écrire.

— Sapristi !

Stefan considéra leurs quelques options.

— Et ses comptes ? Fréquente-t-il un bordel ou un café ?

— Il y avait des factures d'un certain nombre d'établissements, surtout de son tailleur et de l'épicier du coin. Il est très endetté.

C'était décevant, pour le moins. Comment diable retrouverait-il sir Charles quand il ne savait pas par où commencer ses recherches ?

Il arpenta la pièce, quelque chose taquinant l'arrière de son esprit. Un détail que Leonida avait indiqué. Un détail…

Il se retourna brusquement vers Boris.

— Leonida a mentionné un complice, dit-il.

— Avez-vous un nom ?

— Pas encore.

Stefan fit une grimace. Il serait simple de demander le nom à Leonida, mais il n'avait aucune envie de la forcer à se rappeler quoi que ce soit concernant sir Charles. En outre, elle ferait certainement des histoires si elle comprenait qu'il recherchait l'aristocrate criminel. Il devrait trouver un autre moyen d'obtenir l'information.

— Avez-vous trouvé des choses de valeur ?

Il y eut une brève pause avant que le Russe ne glisse la main dans sa veste et n'en sorte trois sacs en cuir fermés par des ficelles. Il les jeta sur la table incrustée de jade.

— Ces bourses étaient cachées dans un tiroir fermé à clé de son bureau.

Stefan s'avança pour ouvrir le premier sac, en tirant un passeport anglais.

— De faux papiers. Il en aura besoin pour quitter la Russie sans être arrêté par les hommes de Gerhardt.

Il tendit la main vers le deuxième sac et en sortit une poignée de pièces.

— Quelques roubles.

Enfin, il prit le dernier sac, le plus gros, l'ouvrit et vida sur la table un étrange mélange de boutons, de rubans et de deux broches bon marché. Il fronça les sourcils, perplexe devant ces objets visiblement féminins. Pourquoi un homme garderait-il de telles babioles dans un tiroir fermé à clé ? Elles devaient avoir une signification pour lui. Se penchant en avant, Stefan vit que quelque chose tachait les rubans. La lumière de la bougie vacilla et soudain il recula, la nausée lui soulevant l'estomac. Du sang.

— Sacrebleu !

Boris frissonna.

— Exactement.

— Il est réellement fou.

— Oui.

Dominant sa répulsion, Stefan rassembla les sordides souvenirs et le passeport et les jeta dans le feu. Il frissonna, imaginant sir Charles parmi les flammes. Plus vite ce pervers serait envoyé en enfer, mieux ce serait.

— Leonida ne sera jamais en sécurité tant qu'il sera en liberté.

— Voulez-vous que je surveille la maison ?

— A ce qu'il semble, elle est déjà étroitement gardée.

D'un pas nerveux, Stefan alla prendre son chapeau et ses gants sur la commode.

— Je vais découvrir le nom de son associé. On pourra peut-être le persuader de révéler où se cache ce scélérat.

— Alors, j'attends.

Boris regarda le duc enfiler ses gants.

— Un autre dîner au palais ?

Stefan sourit, l'horreur qui subsistait en lui heureusement remplacée par une bouffée d'anticipation. Leonida avait promis qu'elle serait là. Même s'il ne l'avait quittée que depuis quelques heures, il était impatient de la retrouver.

— Que puis-je faire ? plaisanta-t-il en ouvrant la porte. L'empereur est visiblement charmé par ma compagnie.

— Ou bien il a mis du poison dans votre nourriture.

Stefan rit.

— Merci, Boris.

— Toujours heureux de rendre service.

Sortant de la maison de ville de Vanya, Stefan découvrit sa voiture qui l'attendait. En moins d'une heure, il se fraya un chemin à travers la dense circulation et atteignit les salles de réception du palais.

Il s'arrêta sur le seuil, balayant du regard la foule étincelante. Comme la veille, il n'y avait pas de signe de Leonida.

Etait-elle en retard ? Ou quelque chose était-il arrivé ?

Son cœur se contracta de malaise et il débattait de la

sagesse d'aller la chercher quand la foule s'écarta et qu'il aperçut des boucles blondes.

Elle était là.

Son anxiété se dissipa, mais alors que son regard avide se promenait sur sa robe de dentelle blanche portée sur une sous-jupe argentée et sur les diamants qui ornaient son cou, il s'avisa qu'il n'avait pas pu la voir plus tôt parce qu'elle était entourée par une horde de gentlemen élégants, chacun essayant d'attirer son attention.

Sous ses yeux, l'un d'eux se pencha pour murmurer quelque chose à son oreille, promenant les doigts sur son bras nu.

Une colère incandescente l'envahit et il serra les poings sur ses côtés. Maudits soient ces bouffons complaisants. Ils découvriraient bientôt le danger d'ennuyer la femme qui lui appartenait.

Indifférent à tout sauf à la vue de Leonida, il chargea en avant, manquant renverser le mince gentleman aux cheveux gris qui lui coupa délibérément le passage.

— Votre Grâce, dit Herrick Gerhardt d'une voix dure.

Pendant un instant de folie, Stefan continua à avancer, déterminé à chasser le vieux soldat de sa route. Un autre homme touchait Leonida. Il allait lui arracher le bras et le lui fourrer dans la gorge.

Puis, apercevant les yeux noirs qui contenaient un avertissement implacable, il se força sombrement à s'arrêter. Gerhardt était tout à fait capable de le faire jeter hors du palais d'un simple signe de tête.

Bon sang ! Il était duc ! Il n'avait pas l'habitude que l'on se mêle de ses affaires.

— Gerhardt, grommela-t-il.

Le vieil homme l'enveloppa d'un regard froid.

— Vous trouverez l'empereur dans la salle du trône.

— Un lieu assez évident, rétorqua sèchement Stefan. J'irai le saluer dans un moment.

— Je suis navré de vous contredire, mais vous allez le faire tout de suite.

Conscient des regards tournés dans leur direction, Stefan arrangea délibérément les manchettes de sa jaquette, dissimulant les émotions farouches qui faisaient rage en lui sous un masque impassible.

— Vous semblez oublier, Gerhardt, que je ne suis pas un sujet russe. Je n'ai pas d'ordres à recevoir de vous.

— Je ne parle pas pour l'empereur, mais comme un homme qui se soucie réellement de Leonida et de son bonheur.

Une fureur possessive contracta le cœur de Stefan.

— Une déclaration encore plus dangereuse, répondit-il d'une voix sourde, meurtrière.

— Ne soyez pas stupide, Huntley. Elle est comme une fille pour moi, riposta Herrick.

Stefan fut loin d'être rassuré. Quels que soient les sentiments du conseiller pour Leonida, son but évident était de l'empêcher de poursuivre la jeune femme.

Quelque chose qu'il ne tolérerait pas.

— Et vous croyez que vous pouvez me tenir éloigné d'elle ?

— Si c'était possible, je le ferais certainement, admit Herrick d'un ton glacial. Hélas, tout ce que je peux faire est d'essayer de vous empêcher de causer un scandale.

Stefan fronça les sourcils à cette accusation ridicule. Cet homme était-il aveugle ?

— Le seul scandale est que vous laissiez Leonida être assiégée par une bande de flagorneurs sans valeur. Ce sera un miracle si elle n'est pas piétinée.

— Ces flagorneurs l'assiègent depuis qu'elle a fait son entrée dans le monde. Il n'y a pas là de danger de ragots, sauf si un idiot charge à travers la salle et se met à gronder comme un chien protégeant son os préféré.

Une petite voix à l'arrière de l'esprit de Stefan lui murmura que Gerhardt ne disait que la vérité. Et que s'il était capable de pensées rationnelles, il accepterait le fait qu'il réagissait trop vivement.

Il serra les dents, faisant de son mieux pour ignorer cette voix malvenue.

— Avez-vous considéré l'idée que Leonida pourrait apprécier d'être sauvée de ces gêneurs ?

— Non.

Le visage du conseiller était aussi dur que du granit.

— Et vous ne le feriez pas non plus si vous vous souciiez d'elle et non de votre jalousie égoïste.

Stefan sursauta à cette attaque.

— Qu'insinuez-vous ?

— Leonida a peu de choses en commun avec sa mère.

— J'en suis bien conscient et je me félicite de ce fait, lâcha Stefan d'un ton coupant.

— La comtesse a toujours été une femme très vive qui aime enfreindre les règles de la société et attirer l'attention, poursuivit Herrick, ignorant son interruption. Leonida est tout le contraire. Les spéculations qui l'ont poursuivie depuis sa naissance ont été un fardeau incessant. Elle ne vous saura pas gré de provoquer une scène.

Stefan ramena son regard sur la jeune femme, et il remarqua son sourire crispé et ses épaules raides. Contrairement à tant de femmes, elle n'aimait pas être au centre de cet essaim de gentlemen qui réclamaient son attention. Elle ne badinait pas d'un air effarouché en tenant adroitement ses soupirants à distance. Elle ne gloussait pas et ne rougissait pas à leurs commentaires. Elle ne boudait pas quand ils regardaient ailleurs.

En vérité, il semblait qu'elle serait très heureuse de pouvoir disparaître derrière un des grands vases russes.

Ce n'était guère une femme qui ferait la coquette pour que son amant jaloux arrive en trombe à son côté et jette ces paons sans valeur par la fenêtre la plus proche.

Mais comprendre qu'il ne ferait qu'embarrasser Leonida n'apaisa pas son désir brûlant de la réclamer publiquement.

— Vous ne pouvez escompter que je l'ignore toute la soirée.

— J'escompte que vous vous conduisiez en gentleman.

Stefan détacha les yeux de Leonida, reconnaissant en lui-même l'ironie des paroles du conseiller. D'aussi loin qu'il s'en souvienne, il avait toujours essayé de faire ce qui était correct, ce qu'il croyait être son devoir, alors qu'Edmond se rebellait. Personne le connaissant ne croirait qu'il ait besoin qu'on lui rappelle qu'il était un gentleman.

Ou qu'en cet instant il se moquait éperdument du nom prestigieux de sa famille, tant que Leonida restait hors de sa portée.

Evitant de regarder la femme qui pouvait le tourmenter même de loin, il rassembla ses pensées désordonnées et se força à ramener son attention sur son interlocuteur.

S'il était contraint d'obéir aux règles ridicules de la haute société, il ne laisserait pas la soirée être un complet gâchis.

— Et qu'est-ce que j'aurai en échange ?

— Vous pourriez éviter une exécution publique.

Stefan croisa les bras sur sa poitrine.

— Allons, Gerhardt. Vous m'avez demandé une faveur, j'en mérite sûrement une en retour.

— Que voulez-vous ?

— Une broutille, en vérité.

— J'en doute.

— Je veux connaître le nom du complice de sir Charles.

Herrick se raidit, la mine soupçonneuse.

— Pourquoi ?

— Faites-moi plaisir.

— Il s'agit d'une affaire russe…

— Le nom, insista Stefan.

Les deux hommes se dévisagèrent, leurs regards joints en un combat silencieux. Puis, comme s'il comprenait que le duc ne ferait pas de compromis, le vieil homme marmonna un juron.

— Nikolas Babevich, dit-il entre ses dents. Ne vous en mêlez pas, Huntley.

Stefan sourit.

— Je dois vraiment aller saluer l'empereur.

Avant qu'Herrick ne puisse tendre la main pour le retenir, il s'éloigna souplement, se frayant un chemin parmi la foule jusqu'à ce qu'il trouve un valet en livrée pour porter un message à Boris chez Vanya Petrova.

La salle de bal était considérée comme un joyau du palais. Les murs, peints d'un délicat ton ivoire, étaient percés par une double rangée de fenêtres arrondies drapées de velours cramoisi qui brillait à la lumière des lustres en cristal. Le sol était en parquet marqueté et le plafond représentait Perséphone quittant les enfers.

L'empereur siégeait sur une estrade au fond de la longue pièce, tandis qu'à l'autre bout un quatuor à cordes jouait sur une autre estrade. Entre les deux, une centaine de couples dansaient une valse étourdissante.

Tout cela était charmant, mais Leonida n'éprouva que du soulagement quand elle se glissa dans une antichambre pour se diriger vers une terrasse donnant sur l'arrière du palais. L'air nocturne était frais, mais le plaisir d'être éloignée de la foule étouffante palliait cet inconfort.

Allant d'un pas nonchalant à la balustrade en pierre, elle contempla distraitement le vaste verger, inspirant profondément pour alléger la tension qui l'avait habitée toute la soirée.

Elle n'avait jamais particulièrement aimé ce genre d'événement grandiose. Elle préférait de loin les quelques occasions où le tsar l'avait conviée à un repas en privé et le plaisir rare d'avoir toute son attention. Ce soir-là, cependant, avait été encore plus éprouvant que d'habitude.

Non seulement elle avait été harcelée par les imbéciles

habituels qui supposaient qu'elle pouvait leur offrir des droits sur Alexandre Pavlovich et le pouvoir de son trône, mais elle n'avait pas pu ignorer le duc d'Huntley.

Oh, il s'était montré bien élevé. Remarquablement bien élevé.

Lorsqu'il était entré dans la salle de bal, elle s'était attendue qu'il défie les convenances et vienne directement la rejoindre, indifférent à son devoir envers l'empereur ou aux avides amateurs de ragots qui auraient pris un plaisir sordide à son intérêt évident pour elle.

Mais, après une brève conversation avec Herrick, le duc s'était convenablement dirigé vers la salle du trône, et alors que Leonida restait constamment sur ses gardes, il avait heureusement maintenu ses distances pendant le dîner ainsi que plus tard, quand Alexandre Pavlovich avait conduit ses invités dans la salle de bal.

Elle aurait pu supposer qu'il ne s'intéressait plus à elle après leur long après-midi passé à faire l'amour, si ce n'avait été son regard brûlant qui suivait le moindre de ses mouvements.

Il y avait eu dans ses magnifiques yeux bleus une faim ardente qui avertissait que son désir pour elle était aussi fort que jamais. Et, d'une manière choquante, son corps avait réagi à ses regards insistants.

Tandis qu'elle bavardait poliment avec ses compagnons de table et acceptait une valse avec un admirateur d'un certain âge, son cœur avait tambouriné dans sa poitrine et son estomac s'était serré d'excitation. Elle se sentait merveilleusement vivante. Tout comme lorsqu'il l'avait tenue dans ses bras et embrassée avec une ardeur qui la transportait.

Ce constat la terrifiait.

Elle n'aurait su dire combien de temps avait passé, quand le bruit de pas qui approchaient se fit entendre par-dessus le clapotis apaisant des fontaines. Elle n'eut pas besoin de se retourner pour savoir qui arrivait.

Même si elle était sourde et aveugle, elle percevrait la proximité de Stefan.

Se préparant fébrilement à cette rencontre, elle ne pivota pas quand elle le sentit s'arrêter juste derrière elle. Une erreur. Elle ne fut pas prévenue lorsqu'il la saisit par les épaules et la fit se tourner brusquement pour l'attirer contre les muscles durs de son torse.

— Seigneur, je pensais que je n'aurais jamais un moment seul avec vous ! marmonna-t-il en courbant la tête pour prendre ses lèvres en un baiser sauvage.

Leonida s'accrocha instinctivement à ses épaules, ses genoux flageolant sous la bouffée de plaisir qui l'envahissait. Il avait un goût de cognac, un parfum musqué si masculin. Une combinaison enivrante à laquelle elle ne pouvait résister.

Fermant les yeux, elle s'autorisa à se perdre un moment dans la pure volupté de son baiser. Il ne servait à rien de prétendre qu'elle n'appréciait pas son étreinte. Pas quand il pouvait la sentir frémir de plaisir.

Il émit un grognement sourd, ses doigts caressant sans cesse son dos. Toutefois, ce fut seulement lorsqu'elle le sentit tirer sur un ruban qui fermait sa robe qu'elle émergea en sursaut du sortilège sensuel qu'il tissait autour d'elle.

— Stefan, vous devez bien vous conduire, le réprimanda-t-elle en s'arrachant à ses bras.

— A votre avis, qu'ai-je fait pendant toute cette maudite soirée ? demanda-t-il d'une voix rauque, la lueur des torches révélant la couleur de ses pommettes et la frustration qui brillait dans ses yeux.

Une frustration qui avait de profonds échos en elle.

Involontairement, elle recula jusqu'à se retrouver pressée contre la balustrade.

— J'admets que j'ai été agréablement étonnée de voir que vous pouvez vous conduire comme un gentleman convenable, dit-elle, essayant d'alléger l'atmosphère.

Ses lèvres s'incurvèrent.

— Pas de mon plein gré.

— Herrick vous a-t-il menacé ?

— Il m'a rappelé que mon dernier souhait est de vous causer du tort.

Il promena son regard brûlant sur son visage, tendant la main pour suivre la ligne plongeante de son décolleté de dentelle.

— Bien sûr, il est inutile de révéler mon premier désir.

Elle chassa sa main d'une tape, sa peau la picotant à sa légère caresse.

— Stefan, n'importe qui pourrait se promener dans le jardin !

— M'accompagnerez-vous dans une promenade en voiture demain ?

Il crispa la mâchoire quand elle hésita.

— Leonida ?

Ravalant le nœud douloureux qui menaçait de l'étouffer, elle se tourna pour regarder le verger sans le voir. Le simple fait qu'elle désirait aussi ardemment partager un autre après-midi volé avec lui l'avertissait qu'elle jouait avec le feu.

Chaque jour qui passait lui assurait plus de déception lorsqu'il partirait.

— J'ai promis d'accepter vos invitations, marmonna-t-elle, montrant sa réticence.

Avec un soupir âpre, Stefan se déplaça pour s'appuyer à la balustrade, le profil durci par l'irritation.

— Un jour viendra-t-il où vous n'éprouverez pas le besoin de me tenir à distance ?

— Non.

— Pourquoi ?

C'était une question à laquelle elle ne répondrait jamais. S'il comprenait quel pouvoir il avait sur elle…

Non. Cette seule pensée était insupportable.

— Combien de temps pensez-vous rester à Saint-Pétersbourg ?

Il marqua une pause, comme s'il était déconcerté par sa question abrupte.

— Mes plans ne sont pas complètement établis.

— Vous avez été éloigné de votre domaine pendant de nombreuses semaines. Ne vous souciez-vous pas que l'on puisse avoir besoin de vous ?

— Edmond est capable de superviser Meadowland.

Sa voix était lisse, mais il n'échappa pas à Leonida qu'il tapotait nerveusement la balustrade de ses longs doigts. Il était plus concerné par son absence qu'il ne voulait l'admettre. Peut-être même à lui-même.

— Il a son propre domaine et Brianna à considérer, remarqua-t-elle doucement. Vous ne pouvez attendre de lui qu'il assume éternellement vos devoirs.

Il tourna la tête pour la transpercer d'un regard sombre.

— Essayez-vous de vous débarrasser de moi ?

— Je n'ai pas besoin de faire cet effort, répondit-elle, l'expression stoïque. Nous savons tous les deux que vous devrez bientôt retourner à vos responsabilités.

— J'en ai conscience.

— Votre place est en Angleterre.

Il serra les mains sur la balustrade, faisant blanchir ses articulations.

— Et où est la vôtre, Leonida ? demanda-t-il d'un ton âpre.

Elle tressaillit tandis qu'il touchait délibérément à son aspiration la plus profonde.

Si elle n'avait été qu'une écolière à la tête pleine de rêves, elle aurait pu s'accrocher à l'espoir que Stefan lui offre l'amour et la sécurité qu'elle désirait ardemment.

Grâce à Dieu, elle était assez âgée pour comprendre qu'il valait mieux laisser les contes de fées à la nurserie.

— Je suppose que je cherche encore.

Pour une raison quelconque, sa réponse parut l'agacer. Il fronça les sourcils et pinça les lèvres.

— Vous pouvez aisément chercher en Angleterre autant qu'en Russie.

— Et quand vous vous lasserez de moi ?

— Qui dit que je me lasserai de vous ?

Elle secoua la tête.

— Combien de temps durent vos liaisons, d'habitude ? Quelques semaines ? Quelques mois ?

— Je n'ai jamais eu de liaison avec une femme comme vous.

Tendrement, il repoussa une boucle derrière son oreille.

— Jamais.

Avec un effort, elle ignora ses doigts qui descendaient sur la ligne de sa mâchoire. Elle ne le laisserait pas la distraire. Il pouvait souhaiter ne pas tenir compte de la fin inévitable de son désir pour elle, mais elle ne pouvait se permettre d'être aussi indifférente.

— Même si vous décidez de continuer notre relation, qu'attendrez-vous de moi quand vous serez marié ? insista-t-elle, le cœur se serrant d'une douleur implacable. Avez-vous l'intention de me garder dans l'un de vos cottages, pour pouvoir me rendre visite quand vous ne serez pas occupé avec votre femme et votre domaine ?

Il inspira vivement, s'écartant de la balustrade pour arpenter la terrasse à petits pas agités. Manifestement, il n'avait pas considéré les complications de l'avoir à demeure en Angleterre.

Se retournant vers elle, il passa les doigts dans ses cheveux.

— Je n'ai pas l'intention de me marier dans un proche avenir.

Son ton indiquait que, pour lui, sa réponse tranchait le débat. Mais Leonida ne voulait pas le laisser écarter aussi aisément la précarité de leur relation.

— Pourquoi ? C'est votre devoir d'avoir un héritier, non ?

— Edmond s'est heureusement chargé de cette responsabilité.

— Peut-être.

— Peut-être ?

Il plissa les paupières.

— Je vous assure, il ne fait aucun doute que Brianna est enceinte.

— Même si elle a un fils, ce qui n'est pas certain, vous n'êtes pas le genre d'homme à laisser quelqu'un d'autre *se charger* de ses responsabilités.

Son intonation le mettait au défi de contredire son accusation.

— En outre, vous ne serez jamais satisfait de vivre seul dans cette grande maison. Elle appelle une famille.

Stefan se remit à faire les cent pas, l'expression crispée.

— Meadowland existe depuis des siècles, il survivra sans aucun doute à quelques années de plus sans duchesse.

Leonida s'appuya à la balustrade, une sensation de malaise au creux de l'estomac. Pourquoi ? Elle avait déjà accepté que Stefan se marierait. Et que sa fiancée serait une parfaite débutante anglaise. Il était ridicule d'éprouver un tel sentiment de chagrin.

— Pourquoi ne vous êtes-vous pas marié ? demanda-t-elle, incapable de retenir la question qui continuait à la hanter.

Il s'arrêta près d'une torche, la lumière dorant sa peau.

— Vous m'avez informé qu'aucune femme sensée ne voudrait de moi.

Elle leva les yeux au ciel. Comme s'il ne savait pas qu'il était le parti le plus recherché de toute l'Angleterre !

— Les femmes ont tendance à perdre tout bon sens quand on leur offre la possibilité de devenir une riche duchesse. Je ne doute pas que vous avez eu des femmes consentantes se jetant à vos nobles pieds depuis que vous avez quitté la nurserie.

— Vous ne feriez que m'accuser d'arrogance si je le reconnaissais.

— Alors, pourquoi n'avez-vous pas de duchesse ?

Il tourna la tête, contemplant le verger comme si la réponse se trouvait dans les arbres chargés de fruits.

Leonida se sentait de plus en plus nerveuse. Le silence s'étirait et elle souhaita brusquement ne pas avoir insisté. Elle pressentait qu'elle n'allait pas aimer la réponse de Stefan.

— Je n'ai pas encore rencontré une femme qui puisse remplacer ma mère dans le cœur de mes gens, admit-il enfin, d'une voix si basse qu'elle l'entendit à peine.

— Ou dans le vôtre, murmura-t-elle en se redressant, des larmes ridicules lui montant aux yeux.

Elle ne s'était pas trompée. Elle n'aimait pas la réponse. Comment Stefan pourrait-il jamais s'attacher à une autre femme quand il était toujours hanté par le fantôme de ceux qu'il avait perdus ?

Il s'avança, les sourcils froncés.

— Nous discutions de notre avenir, pas de quelque épouse mythique.

— Il n'y a pas d'avenir à discuter, Stefan.

Elle haussa le menton.

— C'est impossible.

Il promena les yeux sur son corps mince, lui rappelant délibérément les heures qu'il avait consacrées à lui donner du plaisir.

— Manifestement pas, dit-il, les dents serrées. Pourquoi ne voulez-vous pas accepter le fait que la passion qui brûle entre nous est loin d'être satisfaite ?

— Parce que j'ai besoin de plus.

— Plus que quoi ?

— Plus que ce que vous pouvez offrir.

La colère flamba dans ses yeux à ses paroles acerbes et il tendit la main pour lui prendre le bras. Elle s'écarta vivement sur le côté pour l'éviter.

Puis, le menton haut, elle traversa la terrasse et rentra dans le palais brillamment éclairé.

Elle n'avait pas le pouvoir d'apaiser les démons qui le hantaient.

Tant que Stefan ne ferait pas son deuil et n'apprendrait pas à avoir confiance dans ses sentiments pour une autre personne, il resterait seul.

25

Stefan regarda Leonida quitter la terrasse, les poings serrés.

Il aurait pu aisément l'empêcher de partir. Quelques pas vifs, et il aurait pu la jeter sur son épaule et se diriger vers l'ombre du verger. Il ne doutait pas qu'une fois qu'elle serait seule avec lui, il pourrait lui prouver qu'elle était tout aussi avide de ses caresses qu'elle l'avait été plus tôt dans la journée.

Pourtant, il resta figé sur place, la colère bouillonnant en lui.

Du moins se dit-il que c'était de la colère. Sinon, il devrait admettre que cette émotion brûlante était… de l'angoisse.

« J'ai besoin de plus que ce que vous pouvez offrir. »

Il serra les mâchoires tandis que ses paroles mordantes continuaient à résonner dans son esprit.

Par tous les diables, qu'est-ce qui n'allait pas chez elle ?

Aucun homme ne pouvait offrir davantage à une femme que lui.

Il jouissait d'une position enviable dans la société, d'une énorme fortune qu'il était ravi de dépenser pour ses maîtresses, d'une apparence plutôt agréable et d'un tempérament solide.

Ses maîtresses précédentes ne s'étaient certainement jamais plaintes. Fichtre, elles s'étaient servies de tous les stratagèmes féminins existants pour conserver son intérêt !

Manifestement, Leonida s'imaginait partager sa vie avec un parangon de perfection masculine qu'aucun gentleman ne pouvait espérer égaler.

Maudite soit l'irritante séductrice !

Stefan inspira profondément pour tenter de calmer ses émotions turbulentes. Seule Leonida pouvait créer en lui un tel tumulte. Sans même le vouloir.

Alors pourquoi ne partait-il pas, tout simplement ?

Il secoua la tête. La question l'avait hanté depuis qu'il avait quitté Meadowland, et il n'avait toujours pas la moindre réponse. Peut-être ne le saurait-il jamais.

— Votre Grâce.

Perdu dans ses sombres pensées, Stefan sursauta au son de cette voix qui l'interpellait d'en bas.

Fronçant les sourcils, il s'avança au bord de la terrasse et découvrit Boris dans l'ombre du verger.

— Que faites-vous ici ?

Le Russe recula et laissa la lumière d'une torche tomber sur son visage, révélant sa sombre expression.

— Je pense qu'il y a quelque chose que vous devriez voir par vous-même.

— Maintenant ?

— Oui.

Stefan hésita. Boris ne serait sûrement jamais venu au palais s'il n'avait pas fait une découverte importante mais d'un autre côté, la pensée de partir à cet instant précis ne lui disait rien.

En ce moment même, Leonida serait retournée dans la salle de bal, ses soupirants dévoués s'attroupant autour d'elle.

Et si son agacement déraisonnable envers lui la poussait à commettre une folie ? Les femmes étaient toujours imprévisibles. Et une femme en colère… Impossible de dire ce qui pourrait lui passer par la tête.

— Est-ce que cela concerne sir Charles ? demanda-t-il.

— Seulement en partie.

Boris agita la main vers le fond du verger.

— J'ai une voiture qui attend derrière les écuries.

— Vous êtes sûr que cela ne peut attendre demain ?

— Tout à fait sûr, répondit le serviteur d'une voix lugubre.

Stefan jeta un dernier coup d'œil au palais avant de pousser un soupir. Peut-être était-il aussi bien qu'il ne puisse retourner dans la salle de bal. Dans son humeur actuelle, il pourrait faire quelque chose qu'il regretterait plus tard.

— Très bien.

Sans se soucier d'aller chercher son chapeau et ses gants, il traversa la terrasse jusqu'aux larges marches qui descendaient dans le verger.

Boris le rejoignit en silence, le conduisant le long d'une allée obscure jusqu'aux élégantes écuries qui étaient d'un dessin aussi élaboré que le palais. Quand ils s'approchèrent, toutefois, Boris fit un détour pour éviter la lumière des torches qui baignait la cour pavée et les cochers qui jouaient aux cartes ou aux dés en attendant le retour de leurs maîtres. Il ne se dirigea vers l'arrière des bâtiments en pierre que lorsqu'ils furent de nouveau enveloppés par l'obscurité.

Se demandant si l'attitude furtive du Russe était simplement un symptôme des longues années qu'il avait passées à jouer les espions pour son frère, ou si quelque chose de plus sombre le troublait, Stefan tint sagement sa langue pendant qu'il grimpait à côté de Boris sur le banc de la voiture. Faisant claquer son fouet, le serviteur fit avancer les bais nerveux, longeant un sentier étroit qui menait à une entrée latérale de la propriété.

Lorsqu'ils eurent franchi la grille et qu'ils se dirigèrent vers les faubourgs de Saint-Pétersbourg, Stefan se tourna vers son compagnon, déterminé à avoir des réponses.

— Pouvez-vous me dire où nous allons, ou cela doit-il rester un mystère ?

— Il n'y a pas de mystère. J'ai reçu votre billet et décidé de découvrir ce que je pouvais sur Nikolas Babevich.

Stefan leva les sourcils.

— Sans moi ?

Boris haussa les épaules.

— Je pensais que vous seriez occupé plus plaisamment.

— Comme moi, admit Stefan d'un ton bref.

— Ah.

Le Russe lui jeta un regard entendu.

— Des ennuis avec miss Karkoff ?

— Miss Karkoff ne représente que des ennuis.

— Vous n'aviez pas l'air de le penser plus tôt dans la soirée, lui rappela Boris. Bien sûr, une femme peut effacer le sourire d'un homme aussi vite qu'elle peut le provoquer.

Stefan soupira, tournant la tête pour regarder les maisons éclairées devant lesquelles ils passaient rapidement. La plupart des demeures étaient encore bâties en pierre et s'enorgueillissaient de jardins ornés de fontaines de marbre, mais elles étaient beaucoup plus petites que celles qui étaient plus proches du palais et leurs façades n'étaient pas décorées.

— On n'a jamais rien dit de plus vrai, marmonna-t-il.

— Nul doute que demain vous retrouverez le sourire, dit Boris en ralentissant la voiture tandis qu'ils franchissaient l'un des nombreux ponts qui reliaient les quartiers de la ville étendue.

— A moins que je ne revienne à mes sens et ne retourne en Angleterre avant de perdre le peu d'esprit qui me reste.

— C'est ce que vous dites, mais nous sommes ici. Vous êtes-vous demandé pourquoi ?

Stefan serra les dents. Il aurait dû apprendre à ne pas parler des femmes avec son compagnon. Boris était ridiculement heureux dans son mariage avec Janet. Que savait-il d'une femme qui tourmentait un moment un homme par ses baisers, puis le traitait le moment suivant comme s'il était son ennemi juré ?

— Allons-nous chez Babevich ?

Boris tourna dans une rue étroite.

— Oui. Ce n'est pas loin.

— Lui avez-vous parlé ?

— Non.

Stefan poussa un soupir d'impatience.

— Boris, s'il s'agit d'une plaisanterie, elle n'est pas amusante.

— Ce n'est pas une plaisanterie, croyez-moi.

Les traits du Russe se crispèrent de répulsion.

Un sentiment de malaise passa dans le dos de Stefan tandis que son cocher ralentissait les chevaux et s'arrêtait devant une maison étroite avec une foule d'invités qui grouillait sur la terrasse et une file de voitures qui bloquait la rue.

Boris était un homme stoïque qui se laissait rarement démonter. S'il avait découvert quelque chose capable de lui ôter son calme, cela devait être extraordinairement dérangeant.

— Apparemment, il reçoit, marmonna Stefan, scrutant la maison en quête d'un signe de trouble. Sir Charles est-il parmi les invités ?

Boris sauta à bas de la voiture et attacha les rênes à un poteau.

— La maison de Babevich est derrière le coin, précisa-t-il quand le duc le rejoignit. Il vaut mieux que nous fassions le tour à pied. Je préférerais qu'on ne remarque pas la voiture.

Stefan ne protesta pas quand le Russe le guida dans une allée sombre, malgré la puanteur d'ordures pourrissantes et des commodités voisines. En vérité, il s'intéressait bien plus à ce qui l'attendait qu'à des détritus qui menaçaient le lustre de ses bottes.

Ce qui avait révulsé Boris, quoi que ce soit, ne pouvait être plaisant pour lui.

Ouvrant un portail de derrière, le serviteur posa un

doigt sur ses lèvres, comme si Stefan avait besoin qu'on lui rappelle de se taire alors qu'ils s'introduisaient dans le jardin d'un inconnu. Mais ce n'était peut-être pas surprenant. C'était Edmond qui se vouait d'ordinaire à des jeux aussi dangereux, tandis que Stefan se satisfaisait d'être un citoyen discipliné.

Même si, depuis qu'il avait rencontré Leonida, il semblait prendre l'habitude d'enfreindre toutes les conventions.

Il serait bien ironique que ce soit lui qui, finalement, échoue dans les cachots d'Alexandre Pavlovich !

Troublé par ses fantaisies ridicules, il aperçut au dernier moment les bancs en marbre qui parsemaient le jardin et sur lesquels il faillit se briser le genou. Ses culottes s'en sortirent moins bien quand il dut les décrocher plus d'une fois des rosiers emmêlés. Visiblement, Babevich ne s'était pas soucié d'engager un jardinier depuis plusieurs mois.

Il ne s'était pas soucié non plus de faire réparer sa maison. Au clair de lune, Stefan remarqua des tuiles qui manquaient au toit et une gouttière qui pendait bizarrement. Nul doute qu'à la lumière du jour le délabrement serait encore plus apparent.

Ce qui, bien sûr, expliquerait pourquoi l'homme était assez désespéré pour s'allier à sir Charles. Seul un idiot ou un homme au bord de la ruine oserait faire chanter la comtesse Karkoff.

Boris ignora la porte de derrière qui donnait sur les quartiers des domestiques et tourna sur le côté de la maison. Stefan ralentit le pas quand l'obscurité fut interrompue par un carré de lumière qui tombait des portes-fenêtres.

Sapristi ! Il s'était attendu que la maison soit vide. S'introduire chez un homme alors qu'il se trouvait chez lui était une affaire dangereuse.

N'ayant apparemment pas conscience du malaise du duc, Boris gravit les marches qui conduisaient à un étroit balcon devant les portes-fenêtres, glissant la main dans sa veste pour en tirer un pistolet. Sans arme, Stefan se sentait péniblement vulnérable. Une sensation qui ne fit qu'empirer quand le Russe sauta dans la lumière qui s'étendait sur le balcon.

Avait-il perdu l'esprit ?

Beaucoup plus prudemment, Stefan s'arrêta au coin des portes-fenêtres et tordit le cou pour regarder à l'intérieur. On lui avait déjà tiré dessus une fois au cours de cette aventure, il n'avait pas envie de recevoir une autre balle.

A première vue, il ne détecta rien d'extraordinaire. Le salon était étroit, avec des meubles en mauvais état arrangés autour du tapis bon marché qui couvrait le sol usé. Les murs avaient été recouverts autrefois d'un satin vert qui avait jauni, et la lumière du lustre éclairait chichement une collection de toiles douteuses.

Babevich avait non seulement besoin d'une gouvernante, mais aussi d'une leçon sur les beaux-arts.

Se demandant pourquoi Boris scrutait si intensément la pièce apparemment vide, Stefan s'avança sur le balcon pour examiner le fond du salon.

C'est alors qu'il remarqua enfin le corps étalé sur le tapis près de la cheminée en pierre.

Son souffle se coinça dans sa gorge tandis que son regard glissait sur le visage livide de l'inconnu, entouré de cheveux bruns emmêlés, et sur son corps immobile vêtu d'un habit de soirée froissé, teinté de rouge par le sang qui coulait de la blessure au milieu de sa poitrine.

Sa crainte de recevoir une balle fut oubliée quand il saisit la poignée de la porte-fenêtre, jurant lorsqu'elle refusa de s'ouvrir.

— Allez chercher de l'aide, Boris ! dit-il, les dents serrées.

Le serviteur posa une main sur son bras.

— Il est trop tard. Il est mort.

Il fallut un moment à Stefan pour accepter la vérité. Mais comme l'homme continuait à rester inerte dans la flaque formée par son propre sang, ses yeux sans vie fixant le plafond, il poussa un soupir résigné.

— C'est Babevich ? demanda-t-il d'une voix rauque.

— Oui.

Stefan n'eut pas besoin de demander comment Boris pouvait en être aussi certain. Le serviteur accompli avait déjà dû fouiller la maison.

— Avez-vous trouvé quelque chose…

Ses mots moururent en un sifflement choqué quand son regard s'écarta de la poitrine de Babevich et qu'il remarqua tardivement le moignon ensanglanté qui sortait de sa manche. Par tous les diables ! Un scélérat malade lui avait tranché la main !

Stefan chancela, son estomac se soulevant. Pas étonnant que Boris se soit montré si lugubre.

— Bon sang !

— Exactement.

Boris resserra sa main sur l'épaule de Stefan.

— Nous devons partir avant que les autorités arrivent.

Stefan inspira profondément. Pouvait-il laisser l'homme allongé là comme un tas de détritus ? Cela paraissait… indécent.

Mais d'un autre côté, que pouvait-il faire ? Babevich était mort et la présence du duc d'Huntley chez lui ne ferait que l'impliquer dans un vilain scandale. En effet, les autorités voudraient savoir pourquoi il rôdait près de la maison. Que pourrait-il répondre ? Que le mort faisait chanter la comtesse Karkoff ?

— Oui, marmonna-t-il enfin.

Détachant son regard de la scène macabre, il suivit Boris pour retourner à la voiture.

Comme de loin, il eut conscience des rires et des bavardages qui venaient des maisons environnantes et des aboiements d'un chien qui traînait dans la rue, mais il restait trop frappé par le souvenir de la fin atroce de Babevich pour y faire attention.

Ce fut seulement lorsqu'ils se furent mis en route dans la rue obscure qu'il réussit à se défaire de son choc.

— Je n'ai jamais…

Il frissonna, la bouche sèche.

— Sir Charles ne vaut pas mieux qu'un animal.

Boris maintint les chevaux nerveux à une allure lente mais régulière, se frayant un chemin parmi la circulation qui s'accroissait.

— Je suis pleinement d'accord, mais je ne crois pas qu'il soit responsable de la mort de Babevich.

Stefan émit un grognement surpris. Il n'avait pas envisagé la possibilité que quelqu'un d'autre ait pu attaquer le complice de sir Charles.

— Qui d'autre serait aussi soucieux de le faire taire ? demanda-t-il. Et n'impliquez pas la comtesse Karkoff ou Alexandre Pavlovich. Ils ne se montreraient jamais aussi indélicats.

— Non, c'est Tipova.

— Tipova ?

— Dimitri Tipova, le Tsar des Mendiants.

Boris eut un sourire dur.

— Même si l'on vous couperait la langue si vous osiez l'appeler ainsi en sa présence.

— Un criminel ?

— Il est beaucoup plus dangereux qu'un simple criminel. Il contrôle tout ce qui se passe dans les rues de Saint-Pétersbourg. Alexandre Pavlovich est peut-être l'empereur des nobles, mais Tipova est celui des serfs.

Stefan ne fut pas particulièrement choqué. Même à Londres, un gentleman savait que dès qu'il quittait le quartier rassurant de Mayfair, il était à la merci des voleurs.

— Qu'est-ce qui vous fait le soupçonner ?

Boris hésita, presque comme s'il regrettait d'avoir fait part de ses pensées. Stefan fronça les sourcils. Avait-il quelque chose à cacher ?

Finalement, le Russe arrêta les chevaux devant un petit parc et se tourna pour rencontrer le regard curieux du duc.

— La main de Babevich a été tranchée.

Stefan frémit.

— Oui, je l'avais remarqué, bien que je fasse de mon mieux pour le chasser de mon esprit.

— C'est la façon de Tipova de faire savoir qu'il est responsable du meurtre.

— Juste ciel, il veut que les gens sachent qu'il est un sauvage ?

— Bien sûr. Un tel homme ne règne pas par la loi ou la charité. Sa seule arme est la peur et il la manie sans merci.

Stefan se sentit intrigué par l'acceptation terre à terre de son compagnon des manières brutales de Tipova. Peu d'hommes pouvaient supporter de couper des membres.

— Comment avez-vous entendu parler de cet homme ?

Boris haussa les épaules.

— Je n'ai pas toujours été employé par votre frère.

Stefan mit un moment à comprendre.

— Vous étiez un criminel vous-même ?

— Rien de plus grave que de couper quelques bourses, mais j'aurais certainement suivi cette pente sans un jeune homme qui m'a surpris en train d'essayer de voler la canne d'un gentleman.

— Tipova ?

— Lui-même.

— Qu'a-t-il fait ?

— Il m'a traîné à une exécution publique et m'a dit que je serais le prochain s'il me reprenait à voler dans les rues.

Le clair de lune éclaira sa grimace ironique.

— Puis il m'a ramené à ma mère qui m'a presque battu à mort.

Stefan comprit soudain le refus de Boris de condamner Tipova comme un scélérat impitoyable. Pour une raison quelconque, cet homme avait montré assez de compassion envers un jeune garçon pour l'empêcher de devenir un des voleurs qui grouillaient dans les quartiers les plus pauvres de la ville.

Certes, certains pouvaient considérer que son emploi au service de lord Summerville ne valait guère mieux que d'être un vulgaire malfaiteur. Dieu savait combien de lois son frère l'avait encouragé à enfreindre.

— Quel âge aviez-vous ?

— Dix ans.

— Et Tipova ?

— Il commençait à peine à se raser.

Stefan haussa les sourcils.

— Et il coupait déjà des mains ?

— Un jeune homme précoce, avec de l'ambition.

— Un peu plus que précoce, marmonna Stefan. Je pensais que rien ne pouvait être plus dangereux que la politique russe.

— Un homme sage évite ceux qui convoitent le pouvoir, qu'ils soient riches ou pauvres.

Deux nobles ivres titubaient à travers le parc, rappelant brusquement à Stefan qu'il se faisait tard.

— Je veux bien accepter que Tipova soit responsable du meurtre de Babevich, mais quelle relation y a-t-il entre eux ?

— Il devait probablement de l'argent à Tipova. Ou a été assez imprudent pour l'insulter.

Stefan regarda devant lui d'un air sombre. Chaque fois qu'il croyait être plus près de capturer sir Charles, il découvrait que ses espoirs étaient anéantis.

— Sapristi ! Vous n'avez rien trouvé dans la maison qui pourrait révéler où se cache sir Charles ?

— Non.

— Ainsi, nous sommes au point mort.

Il eut un petit rire sans humour.

— Littéralement parlant.

Boris secoua les rênes, faisant avancer les chevaux.

— Sir Charles n'est pas un gentleman capable de

discrétion. S'il est à Saint-Pétersbourg, il révélera bientôt sa présence.

— Jusque-là, il reste une menace pour Leonida.

Après avoir abandonné Stefan sur la terrasse, Leonida n'avait d'autre envie que de trouver Sophy et de rentrer chez elle. Déjà qu'en temps normal elle n'appréciait pas ces cérémonies, aujourd'hui cela lui paraissait une vraie torture.

Heureusement, elle possédait trop de fierté pour céder à cette lâche impulsion et, affichant un sourire éclatant, elle retourna se mêler à la foule des invités, déterminée à ce que personne, et surtout pas Stefan, ne soupçonne qu'elle avait le cœur brisé.

Pourquoi lui donnerait-elle la satisfaction de savoir qu'il l'avait blessée ? Il ne la considérait que comme une maîtresse temporaire qu'il ne tarderait pas à rejeter.

Elle garda cette pensée bien ancrée dans son esprit en dansant avec plusieurs invités entreprenants. Mais tandis que la soirée se prolongeait et que le duc restait très visiblement absent, sa colère commença à se changer en perplexité.

Pourquoi quitterait-il le palais sans prendre congé d'elle ?

Etait-il trop furieux pour lui parler ? Ou avait-il enfin accepté qu'elle ne se satisferait jamais de ce qu'il lui offrait et décidé de quitter la Russie ?

Cette pensée lui serra le cœur d'une douleur poignante.

Mon Dieu… Qu'avait-elle fait ?

Se glissant à la lisière de la foule, elle commença à se diriger vers les portes du fond. Elle en avait assez supporté. Elle ne pouvait continuer sa comédie plus longtemps.

— Leonida.

Concentrée sur son désir de s'échapper, elle mit un moment à s'aviser que la foule s'était brusquement séparée en deux pour révéler l'empereur.

Son regard surpris balaya l'élégant uniforme d'Alexandre Pavlovich et la croix de Saint-Georges qui étincelait glorieusement sur sa poitrine, avant de retourner à son sourire bienveillant.

— Sire, murmura-t-elle, en plongeant dans une profonde révérence.

Attendant qu'elle se redresse, le tsar lui tendit son bras.

— Voulez-vous m'accompagner ?

— Bien sûr.

Vivement consciente des regards avides qui suivaient leur lente progression dans la pièce, Leonida regarda à la dérobée le profil de son père. Ce n'était pas souvent qu'il la distinguait dans un cadre aussi public.

— C'est une charmante réunion, murmura-t-elle enfin.

Alexandre Pavlovich contempla ses invités avec un sourire aigri.

— Des vautours. Ils sourient et font des ronds de jambe tout en complotant de voler ma couronne. Il n'y en a pas un à qui je fasse confiance.

Il se tourna pour rencontrer son regard étonné.

— Hormis vous, ma petite.

— Je suis toujours votre loyale servante.

— Vous avez si bon cœur !

Il tapota la main qu'elle posait sur son bras.

— Je me demande si Huntley en est digne ?

Leonida trébucha, puis se ressaisit. Pourquoi devrait-elle être surprise ? Alexandre Pavlovich pouvait paraître indifférent au monde qui l'entourait, mais peu de choses lui échappaient.

Et même si Stefan n'avait pas causé de scène tapageuse, il n'avait pas été précisément subtil dans l'attention incessante qu'il lui portait.

— Qu'il le soit ou non n'importe pas, répondit-elle, gardant soigneusement sa voix dénuée d'émotion. Il ne s'intéresse pas à mon cœur.

— Désirez-vous que je débarrasse Saint-Pétersbourg de sa présence ?

C'était ce qu'elle *devrait* désirer. A la place, son cœur sombra au fond de son estomac.

— Ce n'est pas la peine. Il se sentira bientôt obligé de rentrer en Angleterre.

Le tsar poussa un soupir mélancolique.

— J'ai oublié ce que c'est que d'être aussi jeune et aussi candide.

Les lèvres de Leonida frémirent tandis qu'elle repensait aux dernières semaines. Que dirait l'empereur si elle lui révélait les aventures qu'elle avait vécues depuis son départ de Saint-Pétersbourg ?

— Je ne suis pas aussi naïve que certains le pensent.

D'un mouvement souple, son père la conduisit dans une petite alcôve, la faisant pivoter pour étudier son visage avec une expression curieuse.

— J'ai vu comment le duc vous regarde. Il est ensorcelé.

— Une passade.

— Et qu'en est-il de vous ?

Une rougeur ridicule lui monta aux joues.

— De moi ?

— L'aimez-vous ? demanda doucement le tsar.

— Je…

Le mensonge mourut sur ses lèvres. Le ferme regard bleu exigeait la vérité.

— Oui.

Elle poussa un gros soupir.

— Je suis si sotte !

— Il n'y a rien de sot à aimer quelqu'un. La sottise réside seulement dans les décisions que l'on prend au sujet de cet amour.

Leonida fronça les sourcils. Ce n'était pas de l'empereur de lui parler aussi intimement. Alors pourquoi maintenant ?

Herrick en avait-il révélé plus qu'il ne l'aurait dû ?

— Avez-vous l'intention de me mettre en garde contre le duc ?

Au lieu de répondre à sa question, le tsar l'entraîna plus loin dans l'alcôve, désignant le canapé à rayures ivoire et or.

— Asseyez-vous. Nous pouvons parler en privé, ici.

Leonida se percha sur le bord du siège, se tenant très raide quand son père s'assit à côté d'elle. Ils n'étaient qu'à quelques pas de la salle de bal, mais le brouhaha paraissait lointain et supportable.

— Je sens que je vais avoir droit à un sermon.

— Pas à un sermon, seulement à l'inquiétude naturelle d'un père.

Il sourit légèrement lorsqu'elle sursauta, surprise par sa reconnaissance de sa paternité. C'était une chose établie, mais dont on ne parlait jamais à voix haute.

— Je n'ai aucun désir de vous voir malheureuse.

Stupéfaite, elle choisit ses mots avec précaution. Alexandre Pavlovich lui parlait peut-être comme un père, mais il restait l'empereur de toutes les Russies. S'il concluait que le duc d'Huntley l'avait blessée ou insultée, il pourrait très bien se sentir obligé de lui rendre justice.

C'était la dernière chose qu'elle souhaitait.

— Ne craignez rien.

Elle parvint à sourire faiblement.

— Je ne suis pas le genre de femme à me morfondre pour ce que je ne peux pas avoir.

Il lui prit la main.

— Je crains surtout que vous ne laissiez vos émotions vous entraîner dans une affaire que vous ne pourrez que regretter.

— Sire…

— Laissez-moi finir, ma petite, l'interrompit-il. Je n'ai aucune intention de fouiner dans votre intimité, mais je désire que vous considériez votre avenir avec soin.

— Mon avenir ?

— Vous avez peut-être hérité de la beauté de votre mère et de son charme indubitable, mais vous avez peu de choses en commun avec elle.

— Très peu, confirma sèchement Leonida.

— Cela se comprend, certes, reprit-il, la mine pensive. L'enfance de Nadia a été emplie d'une solitude si morne qu'elle était vouée à rechercher l'excitation et l'affection dont elle a été privée.

Leonida fit une grimace. Combien de fois, au fil des années, avait-elle réprouvé le besoin insatiable de sa mère de choquer la haute société ? Au point parfois de se cacher dans l'ombre quand Nadia se comportait de la manière la plus outrageuse.

Elle s'avisait maintenant seulement que la fébrile joie de vivre de sa mère était pour elle le moyen de dénier son sinistre passé.

— Elle ne m'a jamais parlé de son enfance jusqu'à…

Leonida se reprit avant de révéler les derniers ennuis de sa mère.

— … récemment. Cela explique qu'elle aime tant attirer l'attention.

L'expression d'Alexandre Pavlovich s'adoucit.

— Ah oui, elle empêche la société de devenir terriblement fade. C'est son dédain pour les conventions qui m'a toujours fasciné, et la raison pour laquelle nos relations ont continué à travers les années.

— Maman vous est très dévouée.

— Oui, je crois qu'elle a été satisfaite de ce que je pouvais lui offrir, dit-il, une lueur de regret dans les yeux.

Tous deux savaient qu'alors que Nadia pouvait prétendre à une partie de son cœur, l'empereur n'avait jamais été un amant fidèle.

— Mais vous avez des besoins très différents de ceux de Nadia. Vous ne seriez jamais satisfaite d'un homme qui ne pourrait vous procurer qu'une belle maison et une position enviable dans le monde.

Elle baissa les yeux pour regarder ses doigts forts qui couvraient sa main, le cœur soudain lourd. Il avait raison, bien sûr. Il pouvait y avoir une partie d'elle-même prête à sacrifier ce qu'il fallait pour garder Stefan dans sa vie, mais quelque chose en elle se fanerait et mourrait.

— Non.

Il lui pressa gentiment les doigts.

— Il y a quelque part un gentleman qui vous attend pour vous aimer de tout son cœur. Ne vous contentez pas de moins.

— Merci, dit-elle doucement.

Une ombre tomba sur l'entrée de l'alcôve et ils se tournèrent pour voir entrer un valet en livrée qui s'inclina profondément.

— Ah…

Avec un soupir las, le tsar porta les doigts de sa fille à ses lèvres.

— Le devoir montre de nouveau sa vilaine tête. Prenez soin de vous, ma petite.

Leonida se leva, redressant les épaules.

— C'est promis.

Si elle ne prenait pas soin d'elle-même, qui le ferait ?

26

Stefan s'éveilla après une nuit agitée. En vérité, c'était un miracle s'il avait réussi à fermer l'œil. Tomber sur des cadavres n'était pas précisément le meilleur moyen de faire de doux rêves.

Et le fait que, lorsqu'il était enfin retourné au palais, Leonida était déjà partie n'avait rien arrangé.

Bonté divine ! Combien de temps encore devraient-ils jouer à ce jeu frustrant ?

Si elle était sous son toit, elle ne pourrait plus se cacher de lui. Ce qui était la raison pour laquelle il devait réussir à la convaincre de retourner en Angleterre.

Et le plus tôt serait le mieux.

Un bain chaud aida à détendre ses muscles noués, mais il était toujours hanté par un étrange pressentiment quand il revêtit un gilet ivoire et une redingote rouille qu'il assortit à des culottes marron et à de hautes bottes lustrées. Il piqua une épingle montée d'une émeraude dans les plis complexes de son écharpe, son seul ornement à part sa lourde chevalière.

Lorsqu'il quitta sa suite, il se dirigea à travers la grande maison pour découvrir Vanya dans son intime salle à manger du matin, décorée de soie damassée verte et de jolis vases de Chine.

Son hôtesse était assise à une petite table, remarquablement jolie avec sa robe de soie de Berlin et ses pendants d'oreilles en perles.

— Bonjour, Stefan.

Elle désigna de la main le buffet chargé de plateaux en argent.

— Voulez-vous vous joindre à moi pour le petit déjeuner ?

— J'en serais ravi.

L'estomac de Stefan gargouilla quand il alla emplir son assiette de jambon cuit et d'œufs brouillés, avant de rejoindre Vanya à la table.

Buvant son thé, elle l'observa par-dessus le bord de sa tasse.

— Vous semblez pâle. N'avez-vous pas bien dormi ?

Il fit une grimace.

— La soirée a été… pénible.

— J'espère que vous n'avez pas été assez sot pour vous disputer avec Alexandre Pavlovich ?

— J'ai jusqu'à présent évité ce sort avec lui, mais je ne peux en dire autant d'autres personnes.

Les lèvres de la belle Russe s'incurvèrent tandis qu'elle le regardait dévorer son jambon.

— Je présume que vous parlez de Leonida ?

— Je ne comprendrai jamais les femmes.

— Nous n'y comptons pas.

Elle battit des cils.

— Cela nous priverait de notre irrésistible voile de mystère.

Stefan se versa une tasse de café, pas amusé du tout.

— Dans ce cas, comment un homme peut-il savoir ce que veut une femme, par tous les diables ?

— La question n'est pas qu'un homme sache ce qu'une femme veut, mais de savoir s'il est prêt à lui offrir ce dont elle a *besoin*.

Il fronça les sourcils, tentant d'ignorer la légère inquiétude qui lui picotait le cœur. Ce dont Leonida avait besoin, c'était de lui. Rien d'autre.

— Vous vous exprimez par énigmes.

— Ou vous choisissez simplement de ne pas comprendre.

Il repoussa son assiette, sa faim subitement disparue. Pourquoi fallait-il toujours que les femmes compliquent les choses ? Leonida appréciait sa maison, elle le désirait, et quand elle oubliait de le traiter comme un ennemi, elle prenait plaisir à sa compagnie. C'était seulement à cause de sa mère qu'elle était si réticente à devenir sa maîtresse.

— Il est trop tôt pour que je suive votre logique déroutante, Vanya.

— Vous êtes vraiment aussi difficile que votre frère.

Elle secoua la tête.

— Songez seulement à ce qu'aurait été la vie d'Edmond s'il avait été assez sot pour laisser Brianna lui glisser entre les doigts.

Stefan baissa les yeux sur ses propres doigts, serrés autour de la tasse de café. Perdre Brianna aurait très probablement détruit son frère. Mais Edmond pouvait se permettre de tomber follement amoureux. Lui n'aurait jamais ce luxe.

— Je ne suis pas Edmond. En outre, vous n'êtes guère en position de jeter la pierre à quiconque.

Il leva la tête pour fusiller sa compagne du regard. Même s'il ne passait pas beaucoup de temps en Russie, il savait très bien que Vanya avait une liaison de longue date avec un Anglais du nom de M. Richard Monroe.

— Pendant combien de temps avez-vous refusé de faire de Monroe un honnête gentleman ?

— Trop longtemps, reconnut promptement Vanya, un doux sourire sur les lèvres. C'est pourquoi nous nous marierons l'été prochain.

— Vous allez vous marier ?

Elle gloussa au choc de Stefan.

— J'avais projeté le mariage pour Noël, mais comme je veux que Brianna soit là, j'ai retardé la cérémonie jusqu'à ce qu'elle et le bébé puissent voyager.

Stefan se leva abruptement. Cette étrange crispation dans son cœur n'était pas de l'envie. C'était… de l'incrédulité.

Pourquoi Vanya se marierait-elle après des années d'une liaison parfaite ?

— Toute cette ville est devenue folle.

Vanya haussa les épaules, pas troublée par son ton acerbe.

— Peut-être.

Il marcha jusqu'à la fenêtre, remarquant distraitement que la pluie du matin était devenue une simple bruine. Leonida serait contente. Elle n'aimait pas la pluie. Mais en ce qui le concernait, les nuages gris correspondaient à son humeur.

Il n'appréciait pas la sensation de poursuivre sans fin Leonida, en restant toujours un pas en arrière.

Si elle lui échappait ?

Non. Il ne laisserait jamais arriver une chose pareille. Il l'aurait quel qu'en soit le prix.

Le bruit de la porte qui s'ouvrait le fit se retourner pour voir entrer un jeune valet portant un petit plateau d'argent à la main.

Vanya se leva à son tour.

— Oui, Anton ?

— Un message est arrivé pour lord Huntley.

Un picotement d'excitation lui parcourut l'échine tandis qu'il traversait la pièce. Cela devait être de Leonida. Qui d'autre pourrait lui écrire à Saint-Pétersbourg ?

Avait-elle enfin retrouvé la raison ?

— Merci, dit-il en prenant le pli sur le plateau.

Le domestique sortit à reculons de la pièce, laissant Stefan debout au milieu du parquet, son excitation fondant alors qu'il reconnaissait l'écriture sur la lettre.

— Est-ce de Leonida ? demanda Vanya.

— Non.

Il brisa le cachet.

— C'est d'Edmond.

Son hôtesse fit une petite révérence.

— Alors, je vais vous laisser savourer votre courrier en privé.

— Ne vous donnez pas cette peine. On peut à peine forcer Edmond à s'asseoir assez longtemps pour tailler une plume. Je serais surpris qu'il ait réussi à griffonner plus de quelques mots.

Dépliant le parchemin, Stefan découvrit que son frère, de fait, était parvenu à remplir une demi-page. Bien sûr, déchiffrer son écriture illisible demandait un effort considérable. Un moment passa avant qu'il ne froisse brusquement la lettre et la jette.

— Sapristi !

Vanya s'empressa de le rejoindre, pâle d'inquiétude.

— Est-ce Brianna ?

— Non, c'est mon intendant, la rassura-t-il. Il nettoyait le champ nord et un arbre lui est tombé dessus.

Elle resta inquiète même si elle était visiblement soulagée de savoir que Brianna allait bien.

— A-t-il été blessé ?

— Les deux jambes cassées, mais d'après Edmond le docteur a assuré que Riddle s'en remettra complètement.

— Dieu soit loué.

— Oui, il a eu beaucoup de chance.

Stefan était grandement soulagé que les blessures n'aient pas été pires. Riddle était son intendant depuis la mort de son père et Meadowland avait prospéré grâce à son dévouement. Il serait impossible à remplacer, à la fois comme intendant et comme l'un de ses meilleurs amis.

— Néanmoins, il devra rester allongé pendant plusieurs semaines, sinon des mois.

— Puis-je vous aider ?

La voix de Vanya s'immisça dans ses pensées.

— Je crains que non. Je dois rentrer.

— Bien sûr. Voulez-vous une voiture ?

Stefan secoua la tête.

— Non, je voyagerai par bateau, ce sera beaucoup plus rapide. Je vais envoyer Boris aux quais pour vérifier les départs.

— Dans combien de temps pensez-vous partir ?

Son devoir demandait qu'il parte immédiatement. Sans Riddle, il n'y avait personne pour superviser les fermiers ou prendre en charge les problèmes inévitables qui se posaient dans un si grand domaine. On ne pouvait demander à Edmond de consacrer toutes ses journées à Meadowland quand il devait s'occuper de sa propre propriété et de sa famille.

Il serra les mâchoires. Au diable le devoir !

Il retournerait à Meadowland. Mais pas avant d'avoir Leonida à bord avec lui.

— Dès que j'aurai conclu mon affaire inachevée.

Se rendant à peine compte qu'il se déplaçait, il avait presque atteint la porte quand la voix de Vanya l'arrêta.

— Stefan.

Il regarda impatiemment par-dessus son épaule.

— Oui ?

— Leonida n'est pas une fille de village. Vous ne pouvez la forcer à quitter sa famille.

Il sourit avec une sombre détermination.

— Vous sous-estimez mes pouvoirs de persuasion.

— Elle ne veut pas de votre persuasion.

— Elle me veut moi. Et, fichtre, je vais le lui faire admettre !

Après une matinée de pluie incessante, le soleil perça enfin entre les nuages gris et répandit sa chaleur sur Saint-Pétersbourg.

Ce fut un changement bienvenu pour Leonida quand elle écarta le rideau de la portière et laissa entrer les rayons chauds dans la voiture. Les matins qu'elle passait à l'orphelinat étaient toujours éprouvants. Elle faisait ce qu'elle pouvait pour alléger les souffrances des enfants, mais ce n'était jamais assez. Sa seule consolation était son espoir de convaincre son père de fournir l'éducation dont ces orphelins avaient tant besoin.

La voiture s'arrêta devant la maison de sa mère et la portière fut ouverte par l'omniprésent Piotr. Elle était descendue sur le trottoir mouillé, quand un mouvement dans la roseraie, sur le côté de la maison, accrocha son attention.

— Mon Dieu ! dit-elle dans un souffle, son regard se posant sur Stefan qui arpentait le jardin d'un bout à l'autre, le corps tendu d'impatience.

— Voulez-vous continuer à rouler ? lui chuchota Piotr à l'oreille. Il finira par s'en aller.

— C'est ce que je me répète, mais il ne cesse de revenir.

— Comme une mauvaise urticaire.

Elle sourit avec réticence.

— Exactement.

— Vous n'êtes pas obligée de le rencontrer. Cela ne m'ennuierait pas d'envoyer promener le duc.

Leonida souhaita brièvement que cela puisse être aussi simple.

C'était lâche, mais la pensée d'éviter la confrontation avec Stefan était tentante. Particulièrement quand elle n'était pas aussi certaine qu'elle aurait dû l'être qu'elle pourrait rester ferme dans sa décision de mettre un terme à leur ridicule liaison.

Elle avait passé des heures la veille au soir à arpenter sa chambre en se sermonnant sur toutes les raisons pour lesquelles elle était une sotte de continuer sa relation avec Stefan.

Elles étaient nombreuses. Et sensées.

Et il était indispensable d'en tenir compte.

Seul problème : sa détermination vacillait dès qu'elle se retrouvait seule avec lui…

Combien de fois avait-elle décidé de le faire sortir de sa vie, pour se laisser pousser ensuite à continuer leur liaison en étant cajolée, bousculée et séduite ?

Consciente du regard soucieux de Piotr, elle haussa le menton et lissa sa robe de mousseline fleurie, garnie de gaze blanche, qu'elle avait assortie à une ceinture vert émeraude.

— J'apprécie votre offre, Piotr, mais je suis capable de traiter avec Sa Grâce, se força-t-elle à dire.

— Vous en êtes sûre ?

Non. Absolument pas.

Elle afficha un sourire.

— Naturellement.

Le cocher poussa un soupir résigné.

— Je ne serai pas loin.

Leonida lui tapota le bras pour lui montrer qu'elle appréciait sa sollicitude, puis elle alla au petit portail et pénétra dans la roseraie.

Son cœur bondit familièrement quand Stefan l'aperçut et vint vers elle à grands pas, ses traits élégants crispés en une expression de forte impatience.

— Enfin ! grommela-t-il quand ils s'arrêtèrent près de la fontaine de marbre.

Il serrait les poings comme s'il résistait à l'envie de l'attraper et de la secouer.

— Où étiez-vous ?

Elle rencontra son regard noir avec un calme serein. Du moins en surface. A l'intérieur, son sang s'emballait et son estomac se serrait sous l'effet d'une attirance douce-amère.

Il était si beau que c'en était irritant.

— Non que cela vous regarde, mais j'étais à l'orphelinat pour m'assurer que les chaussures que j'ai achetées étaient bien distribuées aux enfants, répondit-elle d'un ton coupant, attisant les braises de sa colère pour tenter d'ignorer les picotements d'excitation qui la parcouraient. Il est choquant de voir comment les marchands essaient de flouer les enfants si je ne suis pas là pour veiller à leur honnêteté.

Stefan pinça les lèvres.

— Je suppose qu'il est inutile de faire observer le danger qu'il y a à visiter un tel endroit ?

— Absolument inutile.

— Pourquoi ne suis-je pas surpris ?

Elle plissa les paupières en remarquant tardivement les cernes sous ses yeux magnifiques, et la tension qui tirait ses traits élégants.

— Quelque chose vous tracasse. Qu'est-ce que c'est ?

Il se raidit, comme s'il était pris de court par sa perspicacité. Puis ses lèvres s'incurvèrent en un amusement réticent.

— Vous me connaissez si bien.

— Allez-vous me dire ce qui s'est passé ?

Le regard pensif de Stefan glissa sur son visage, s'arrêtant un instant troublant sur ses lèvres avant de revenir à ses yeux méfiants.

— Edmond m'a écrit que mon intendant a été blessé dans un accident.

Leonida porta une main à sa bouche. Même si elle n'était restée que peu de temps à Meadowland, elle avait connu et apprécié les serviteurs dévoués de Stefan. En particulier l'intendant qui avait toujours un mot aimable pour elle quand elle le rencontrait.

— M. Riddle ?

— Oui.

— Est-il gravement blessé ?

— Il a les deux jambes cassées.

— Oh, non ! Le pauvre homme.

Son inquiétude grandit devant la mine sombre de Stefan.

— Remarchera-t-il ?

— D'après Edmond, il devrait se remettre complètement.

— Le ciel soit loué !

Il hocha la tête, paraissant distrait. Leonida noua ses bras autour de sa taille, commençant à pressentir que sa présence dans le jardin ne visait pas seulement à lui apprendre l'accident de son intendant.

— Je dois rentrer à Meadowland.

Même en sachant que ce moment devait arriver, elle fut choquée par la vive douleur que ces mots lui causèrent. Ne plus jamais voir son beau visage. Ne plus jamais entendre sa voix grave et séduisante murmurer à son oreille. Ne plus jamais sentir ses baisers brûlants et affamés exigeant une réponse.

Elle se tourna brusquement pour fixer sans la voir l'eau qui jaillissait de la nymphe de marbre au milieu de la fontaine.

— Je vois.

Il la prit par les épaules, la chaleur de son corps traversant le dos de sa robe de mousseline.

— Leonida, je n'ai pas le choix.

— Quand partez-vous ?

— Dès que possible.

Elle serra les poings, ses ongles s'enfonçant dans ses paumes à les faire saigner. Elle ne pleurerait pas. Pas encore. Que lui restait-il hormis sa fierté ?

— Bien sûr.

Elle garda sa voix basse, soigneusement contrôlée.

— J'espère que vous transmettrez mes salutations à lord et lady Summerville.

— C'est tout ce que vous avez à dire ?

— Je vous souhaite un bon voyage.

Il resserra les doigts sur ses épaules et, d'un geste brusque, la fit pivoter pour rencontrer son regard brûlant.

— Bon sang, Leonida !

— A quoi vous attendiez-vous ?

Elle secoua farouchement la tête.

— A des larmes ? Que je vous supplie de rester ?

— Vous savez ce que j'attends.

Elle crispa les paupières, incapable de soutenir la demande de ses yeux.

— Non, Stefan.

— Leonida, je n'ai pas le temps de jouer à ces petits

jeux, dit-il d'une voix rauque, en l'attirant rudement contre lui. Je compte être sur le premier bateau en partance pour l'Angleterre. Et vous y serez avec moi.

— Ce n'est pas un jeu.

Elle se débattit quand il l'enveloppa de ses bras. Un effort inutile.

— Je vous ai dit et répété que je ne serais pas votre maîtresse. Pourquoi n'acceptez-vous pas ma décision ?

Il courba la tête pour lui murmurer à l'oreille :

— Peut-être parce que vous *êtes* ma maîtresse.

— Non.

— Dois-je vous emporter dans votre chambre et vous prouver le contraire ?

Elle se raidit pour ne pas frissonner, mais le plaisir et le désir qu'elle éprouvait étaient indéniables. Il allait partir et son corps brûlait d'être uni à lui une dernière fois.

— Stefan…

Il enfouit son visage au creux de son cou.

— Vous me rendez fou.

— Alors, vous devriez être content de me laisser derrière vous.

— Jamais.

Ce fut la certitude absolue de sa voix qui la fit se dégager de son étreinte. Il était insupportable.

— Vous ne pouvez me forcer à vous accompagner.

Leurs regards se joignirent et s'affrontèrent.

— Est-ce un défi ? demanda-t-il, les dents serrées.

— C'est la vérité.

Elle haussa le menton, refusant de se laisser intimider.

— Comme vous le savez parfaitement.

— Ce que je sais, c'est que vous avez besoin de moi, que vous vouliez ou non l'admettre.

Leonida ignora la douleur poignante dans son cœur.

— Vous ne voulez sûrement pas insinuer que je ne peux pas vivre sans vous ? Je vous assure que je me suis très bien débrouillée jusqu'ici.

— Vraiment ? la provoqua-t-il.

— Oui.

Les yeux de Stefan s'obscurcirent d'une solitude qui faisait profondément écho en elle.

— Non, ma colombe, vous vous êtes cachée de votre vie, feignant de faire partie du monde tout en vous tenant toujours à l'écart.

Elle se détourna vivement pour dissimuler son expression à son regard pénétrant.

— C'est absurde !

— Je vous ai observée, insista-t-il. J'ai vu comment vous souriez et prononcez les mots convenables, mais prenez soin de tenir les autres à distance.

Leonida tressaillit. Comment parvenait-il toujours à trouver son point le plus vulnérable ?

— Ce n'est pas parce que je n'aime guère la société que je n'ai pas une vie pleine et heureuse.

— Heureuse ?

— Je suis…

Le mensonge ne put franchir ses lèvres.

— Satisfaite.

— Vous êtes seule.

— J'ai ma famille.

— Votre famille ? persifla-t-il. Vos proches sont sans doute la raison pour laquelle vous repoussez tout le monde.

Elle pirouetta pour le transpercer d'un regard furieux.

— Qu'est-ce que cela est censé signifier ?

Il prit son menton dans sa main, son expression dure malgré la douceur surprenante de son toucher.

— Vous avez été déçue trop souvent. Vous craignez de laisser quelqu'un entrer dans votre cœur, de peur qu'il n'utilise votre amour à son avantage égoïste.

Le rire sec de Leonida résonna dans le jardin.

— Une crainte bien fondée en ce qui concerne la plupart des gentlemen !

Une légère rougeur teinta les pommettes de Stefan tandis que sa flèche portait.

— Je veux seulement prendre soin de vous.

— Non, vous désirez jouir de mon corps jusqu'à ce que vous vous en lassiez.

Son regard bleu plein de force descendit sur elle, s'attardant sur la douce courbe de sa poitrine avant de remonter vers son visage échauffé.

— Vous oubliez qu'en retour je vous offre l'usage plein et entier du mien. Vous pouvez profiter de moi où et quand vous voulez.

Sa voix s'épaissit.

— C'est sûrement un marché honnête ?

Une chaleur intense s'accumula dans le ventre de Leonida, menaçant de miner sa détermination. Elle recula instinctivement d'un pas.

— Pas pour moi.

Ses paroles rompirent le fragile contrôle de Stefan, dont les yeux étincelèrent de frustration.

— Bonté divine, que faudra-t-il pour que vous admettiez que vous désirez cette liaison autant que moi ?

— Encore une fois, je désire plus que ce que vous pouvez offrir.

— C'est ce que vous ne cessez de répéter. Comment diable pouvez-vous le savoir si vous ne me dites même pas ce que vous désirez ?

Elle entoura sa taille de ses bras. Que dirait-il si elle lui avouait qu'elle ne voulait rien de moins que son cœur ?

Une vive douleur la transperça. Elle connaissait la réponse sans avoir à lui poser la question.

C'était la seule chose qu'il ne lui offrirait jamais.

— Vous affirmez que je vis dans la solitude, mais vous n'êtes pas différent, accusa-t-elle, avide de détourner son attention d'elle. Quand êtes-vous allé pour la dernière fois dans le monde, à Londres, ou quand avez-vous reçu des invités à Meadowland ?

— Mes devoirs…

— Oh, oui, vos précieux devoirs !

Elle se montra railleuse à son tour.

— Vous vous cachez derrière eux pour ne pas avoir à scruter votre âme et vous rendre compte à quel point elle est vide.

27

Au prix d'un effort, Stefan maîtrisa son irritation.

Sapristi ! Pourquoi laissait-il cette femme attiser sa colère avec une telle facilité ? Pourtant, il n'était pas d'une nature emportée d'habitude. Tout au contraire. Mais dès qu'il était en compagnie de Leonida, il se retrouvait subitement à la merci d'émotions dont il ne se savait même pas capable.

Pas étonnant qu'il perde trop souvent le dessus en ferraillant avec cette femme exaspérante.

D'un air maussade, il étudia son beau visage d'albâtre. Bien qu'elle garde une expression entêtée, les larmes qui brillaient dans ses yeux ne lui échappèrent pas. Elle n'était visiblement pas insensible à l'idée de son départ. Alors, pourquoi diable continuait-elle à s'opposer à lui ?

— Avez-vous l'intention de me faire partir en m'irritant ? demanda-t-il abruptement. Est-ce votre dernière défense quand quelqu'un devient trop proche de vous ?

Elle ceignit de nouveau sa taille de ses bras en un geste protecteur.

— Vous ne m'êtes pas proche.

Il rit à ses paroles ridicules.

— Je dirais que nous avons été aussi proches que deux personnes peuvent l'être.

— L'intimité physique peut exister entre deux complets étrangers. Cela ne veut rien dire.

— Si vous le croyiez vraiment, vous auriez eu une douzaine d'amants.

Ses entrailles se crispèrent de fureur à la seule pensée de Leonida dans les bras d'un autre homme. Il tuerait probablement ce scélérat.

— Or vous ne vous êtes donnée qu'à moi.

— Alors que vous avez eu sans nul doute d'innombrables maîtresses, rétorqua-t-elle d'un ton mordant.

Il sourit, farouchement satisfait de la pointe de jalousie qui perçait dans sa voix.

— Je n'aurai personne d'autre tant que nous serons ensemble.

— Ne vous privez pas pour moi.

Elle soupira, feignant une indifférence à laquelle il ne crut pas un instant.

— Vous êtes libre de prendre autant de maîtresses que vous le voulez.

— Je n'ai besoin que d'une seule. Rentrez avec moi à Meadowland et je vous prouverai combien ce besoin peut être insatiable.

Lorsqu'il s'avança pour la reprendre dans ses bras, elle se mit hors de sa portée d'un mouvement leste. Cette maudite femme s'attendait-elle qu'il la pourchasse à travers le jardin ?

— Assez, Stefan.

Sa voix mal affermie était âpre.

— Je n'irai pas en Angleterre, point final.

Final ? Il secoua la tête. Elle pouvait être obstinée, mais elle ne pouvait nier le désir implacable qui les liait.

— Vous me laisserez vraiment partir sans une trace de regret ?

Ses yeux s'obscurcirent.

— C'est pour le mieux.

— Menteuse.

— Stefan, s'il vous plaît… Allez-vous-en.

Durant un moment insensé, sa colère et sa frustration menacèrent de dominer son esprit rationnel. Elle le désirait. Il le savait sans le moindre doute. Et si elle était trop entêtée pour le reconnaître, alors, par Dieu, il la jetterait dans sa voiture et l'emmènerait de force au bateau s'il le fallait.

Ce fut le souvenir des paroles de Vanya qui l'arrêta.

« La question n'est pas qu'un homme sache ce qu'une femme veut, mais de savoir s'il est prêt à lui offrir ce dont elle a besoin… »

Sa mâchoire se contracta. Bien sûr ! Comment avait-il pu être aveugle aussi longtemps ?

Leonida Karkoff était peut-être une combinaison fascinante de douce innocence et de courage intrépide, mais au fond c'était une femme comme n'importe quelle autre.

Il tourna brusquement sur ses talons pour marcher jusqu'à la fontaine.

— Vous voulez me forcer la main, n'est-ce pas ? demanda-t-il d'un ton âpre.

— Qu'insinuez-vous, maintenant ?

— Comme toujours, j'ai été péniblement sot en ce qui vous concerne.

Il pivota pour rencontrer son regard perplexe.

— Etrange, étant donné que quantité de femmes ont visé à devenir mon épouse depuis que j'ai hérité de mon titre.

Malgré son intelligence indéniable, il fallut un long moment à Leonida pour comprendre ce qu'il voulait dire.

— Mon Dieu ! dit-elle dans un souffle, comme si elle était choquée par son accusation. Vous pensez… Vous croyez sincèrement que je…

— Qu'en échange de la continuation de notre délicieuse liaison, vous espérez que je fasse de vous la prochaine duchesse d'Huntley, acheva-t-il d'un ton lisse.

Sans prévenir, elle se jeta en avant, frappant son torse de ses poings avec colère.

— Vaurien que vous êtes !

Surpris, Stefan lui saisit les poignets et regarda d'un air dur son visage échauffé.

Qu'est-ce qui n'allait pas, encore ?

Ne faisait-il pas l'ultime sacrifice ? Comment osait-elle se conduire comme s'il venait de l'insulter ?

— Si j'étais un vaurien, nous ne serions pas dans cette situation, pour commencer, grommela-t-il. Nul ne pourrait s'attendre que miss Leonida Karkoff épouse un vaurien.

— Votre arrogance est sans limites, dit-elle d'une voix sifflante.

— Il n'y a pas d'arrogance à connaître la valeur de ma position.

— Les Anglaises sont peut-être aveuglées par votre grandiose duché, Votre Grâce, mais j'ai passé toute ma vie entourée par la royauté !

Ses yeux étincelaient tels des saphirs au soleil.

— Si je convoitais un titre, j'aurais pu épouser deux comtes, trois barons, un duc français et une demi-douzaine de princes.

Il serra la mâchoire.

— Tous aussi pauvres que des miséreux, sans doute, laids et probablement assez âgés pour être votre père.

— Ah.

Un sourire crispé et furieux se peignit sur ses lèvres.

— Ainsi, vous n'êtes pas seulement un duc, mais un homme riche, beau et dans la fleur de l'âge, également. Comment pourrais-je résister ?

— Je ne compte pas que vous le fassiez.

Les yeux de Leonida foncèrent d'une émotion qui était dangereusement proche de la douleur tandis qu'elle se dégageait brusquement.

— Est-ce que vous…

Elle dut s'arrêter pour s'éclaircir la voix.

— Me demandez-vous vraiment de vous épouser ?

Le faisait-il ? se demanda Stefan.

Ridiculement, sa bouche était sèche et son cœur tambourinait dans sa poitrine.

Pendant des années, il avait refusé de considérer l'idée d'installer une nouvelle duchesse à Meadowland. Oh, il avait brièvement envisagé d'épouser Brianna. Après tout, elle faisait partie de sa vie depuis des lustres et elle aimait le domaine autant que lui. Surtout, il savait que ses parents auraient approuvé son choix.

Maintenant, toutefois, il ne pouvait prétendre que son besoin de Leonida avait quoi que ce soit à voir avec Meadowland. Ou avec l'avenir de la lignée Huntley.

C'était du désir pur et égoïste.

— Je vous ai dit que je ne rentrerais pas en Angleterre sans vous, dit-il d'une voix rauque. Si je dois vous épouser pour cela, qu'il en soit ainsi.

Un silence énervant emplit le jardin tandis qu'il guettait la réponse de Leonida. Il ne s'attendait pas qu'elle défaille. Ni même qu'elle pleure de joie. Elle possédait trop de fierté pour se livrer à de telles démonstrations d'émotion.

Mais il avait supposé que son visage exprimerait au moins une certaine satisfaction. Elle avait ce qu'elle voulait, après tout.

A la place, son expression se durcit, un éclat déterminé chassant la blessure qui s'attardait dans ses yeux.

— Qu'il en soit ainsi ?

Elle lui renvoya ses mots à la figure.

— Quelle proposition romanesque ! J'en suis renversée.

Stefan se raidit sous l'outrage.

— Si vous escomptez que je me mette à genoux, vous vous trompez. Je n'ai pas besoin de supplier pour qu'on m'épouse.

Elle haussa le menton.

— Je ne puis imaginer comment Edmond a réussi à gagner Brianna s'il manque autant que vous de sentiments élevés.

— Il l'a enlevée, dit Stefan entre ses dents.

— Mon Dieu ! Tous les Anglais sont-ils aussi barbares ?

— Quand il s'agit de femmes exagérément obstinées.

Elle recula d'instinct, comme si elle percevait sa violence réprimée. C'était sage. En cet instant, la colère incandescente qui l'habitait mettait à rude épreuve son calme habituel.

— Je peux seulement espérer que vous plaisantez, marmonna-t-elle.

— Vous avez demandé que je vous donne plus. Si ce n'est pas pour devenir ma femme, que voulez-vous, par tous les diables ?

— Le fait que vous posiez la question prouve que vous êtes incapable de me donner ce dont j'ai besoin.

Il enfouit les doigts dans ses cheveux. Cette femme était destinée à l'envoyer prématurément dans la tombe. Ou plus probablement à l'asile de Bedlam.

— Je vous ai offert tout ce que je possède.

— Oui, je suppose.

Sa voix était basse, résignée.

— Adieu, Stefan.

Incrédule et choqué, le duc la regarda s'éloigner vers la maison avec une raide dignité.

Bon sang ! Elle s'en allait.

Restant immobile un long moment, il ignora sa terrible envie de la suivre. Il lui avait offert sur un plateau son nom et sa fierté, et elle les lui avait renvoyés à la figure.

Il en avait assez de danser sur l'air de miss Leonida Karkoff.

Il tourna les talons et sortit en trombe du jardin pour reprendre sa voiture rangée derrière la maison. Si cette maudite femme pensait qu'elle pouvait le manipuler avec ses jeux ridicules, elle allait avoir un réveil brutal ! Les jours où il la poursuivait comme un chien en rut étaient terminés.

Malgré la circulation dense, il rejoignit la demeure de Vanya à une vitesse remarquable. Certes, il avait laissé derrière lui plusieurs piétons russes furieux qui avaient crié des injures quand il les avait presque renversés, et un certain nombre de cochers forcés de déporter leur véhicule pour éviter une collision avec lui. Mais il était arrivé à bon port.

Dès qu'il s'arrêta, il jeta les rênes à un valet qui attendait et monta les marches quatre à quatre. Durant le bref trajet, il avait soigneusement entretenu un sentiment brûlant de trahison devant le rejet de Leonida. Il voulait être en fureur.

La colère était certainement préférable au fait de reconnaître sa cruelle sensation de perte.

Ignorant le majordome qui ouvrit la porte à son approche, il traversa le vestibule avec l'intention de se rendre tout de suite dans ses appartements. Plus vite il quitterait la Russie, mieux ce serait.

Bien sûr, cela ne pouvait pas être aussi simple.

Il avait juste atteint l'escalier arrondi quand Vanya sortit d'un salon.

— Stefan.

Elle s'arrêta brusquement en apercevant son apparence désordonnée.

— Je suppose à votre expression que votre entretien avec Leonida ne s'est pas bien passé ?

— Cette femme est…

Il ferma vivement la bouche. Il s'était sûrement assez ridiculisé pour aujourd'hui.

— Cela n'a plus d'importance. Boris est-il rentré ?

— Oui. Il a dit qu'il vous attendrait dans votre suite.

Stefan avança vers l'escalier.

— Merci.

— Stefan.

Ce fut l'inquiétude qui perçait dans la voix de son hôtesse qui l'arrêta. Il se détourna et la regarda en fronçant les sourcils d'un air impatient.

— Je suis pressé, Vanya.

— Dites-moi ce qui est arrivé entre Leonida et vous.

— Je lui ai demandé de m'accompagner en Angleterre et elle a refusé.

Elle tressaillit à son ton âpre.

— Lui avez-vous parlé de vos sentiments ?

Le rire sec du duc résonna dans le vestibule.

— Je lui ai demandé d'être ma femme, bon sang !

Vanya secoua la tête d'un air résigné.

— Mais lui avez-vous parlé d'amour ?

Une flèche d'alarme lui transperça le cœur. Il n'allait pas discuter de ses émotions confuses envers Leonida. Il les avait ignorées pendant des semaines. Il avait l'intention de continuer ainsi.

— J'apprécie votre sollicitude, Vanya, mais je dois m'occuper de mes bagages. Avec un peu de chance, je serai bientôt sur un bateau pour rentrer en Angleterre.

Il eut un sourire ironique.

— Et je retrouverai mon domaine.

— Stefan…

Il fit la sourde oreille à la supplication de la belle Russe tandis qu'il gravissait sombrement l'escalier pour se diriger vers ses appartements. Il ne perdrait pas un moment de plus avec Leonida Karkoff.

Elle était une erreur qu'il comptait bien effacer de ses souvenirs.

Poussant la porte, il entra dans son salon privé. Lorsqu'il franchit le seuil, Boris était assis sur un canapé près de la fenêtre, buvant à une flasque. Avec une grimace le Russe se leva et lui tendit la fiole.

— Vous semblez avoir besoin de boire un coup.

Sans hésiter, Stefan avala une longue goulée. La vodka lui brûla la gorge et lui frappa l'estomac en une explosion de feu.

— Bonté divine ! dit-il d'une voix rauque en rendant la flasque au serviteur.

Quelques gorgées de plus, et Boris devrait le porter sur le bateau.

— Avez-vous les dates et heures de départ ?

Son compagnon hocha la tête.

— Il y a un bateau qui part dans deux heures.

— Pouvons-nous avoir une place à bord ?

Boris grimaça de nouveau.

— Pour le prix approprié.

C'était ce que Stefan avait pensé. Quel capitaine au long cours n'amassait pas une pelote en acceptant d'être soudoyé ? En principe, Stefan désapprouvait cette conduite. C'étaient toujours les passagers les plus pauvres qui en faisaient les frais. Ce jour-là, cependant, il aurait acheté le bateau entier et jeté tout le monde par-dessus bord pour se débarrasser de ce pays dément.

— Le prix n'a pas d'importance.

Boris mit la flasque dans sa poche et croisa les bras sur sa large poitrine.

— Alors, je suppose que la seule question est de savoir combien de billets je dois acheter ?

Stefan crispa les mâchoires à cette question délibérément provocante.

— Je vais passer un marché avec vous, Boris.

— J'écoute.

— Je vous achèterai autant de tonnelets de vodka que vous désirerez pour le voyage, à partir du moment où je n'aurai plus jamais à entendre le nom de Leonida Karkoff.

Boris sourit lentement.

— Je n'ai jamais entendu parler d'elle.

Attendant que la voiture de Stefan soit sortie en trombe du terrain, Leonida revint au jardin.

Elle serait damnée si elle laissait n'importe quel domestique la voir pleurer pour le duc d'Huntley.

En outre, elle ne pouvait supporter l'idée d'être enfermée dans la maison. Pas en ce moment. Elle avait besoin de sentir sur sa peau la brise et le soleil d'été. Comment, sinon, ferait-elle fondre la douleur glacée qui l'habitait ?

Choisissant un banc en marbre au fond du jardin, elle laissa couler ses larmes. Cette tristesse poignante passerait, se dit-elle. Cela prendrait peut-être quelques jours. Ou quelques semaines.

Ou des mois.

Mais finalement, elle avait fait le bon choix.

Juste ciel ! Elle ne souhaitait rien davantage que d'être la femme de Stefan. Cela n'avait rien à voir avec le fait de devenir la duchesse d'Huntley. Ou de prétendre à une position prestigieuse dans la haute société anglaise. C'était simplement le désir d'une femme qui aimait un homme au-delà du supportable.

Mais Alexandre Pavlovich avait raison.

Même si Stefan était décidé à lui donner son nom pour satisfaire sa passion, combien de temps se passerait-il avant qu'elle ne commence à aspirer à une affection qu'il ne pourrait ressentir ? Ou, pire, combien de temps avant qu'il ne regrette d'avoir une épouse qu'il ne pouvait aimer ?

Cela la détruirait.

Et finalement cela détruirait Stefan, aussi.

Elle perdit la notion du temps tandis que ses larmes se tarissaient lentement et qu'elle se morfondait dans son malheur. Bientôt, elle se ressaisirait et rentrerait à la maison. Après tout, la vie ne s'était pas arrêtée parce que le duc d'Huntley quittait la Russie.

Sa mère était toujours en danger, et tant qu'ils ne trouveraient pas le moyen de savoir qui avait les lettres, la comtesse ne se sentirait pas en sécurité. Et, bien sûr, il restait sir Charles. Tant qu'il ne serait pas capturé, les rues de Saint-Pétersbourg ne seraient pas sûres pour elle.

Elle était sur le point de retourner à la maison, quand le bruit du portail du fond qui s'ouvrait la fit bondir sur ses pieds.

— Piotr ? appela-t-elle, se détournant instinctivement pour voir qui entrait dans le jardin. Qu'est-ce que…

Elle s'arrêta brusquement, son cœur se serrant de terreur quand elle reconnut l'homme mince à la joue balafrée.

Comment aurait-elle pu l'oublier ? Il avait aidé sir Charles à la retenir captive.

— Non !

Ouvrant la bouche, elle se prépara à hurler. Au moins un de ses serviteurs devait être assez près pour l'entendre. Mais avant qu'elle puisse émettre un son, le petit homme plaqua une main sur ses lèvres et leva le pistolet qu'il tenait dans son autre main.

— Pardonnez-moi, mademoiselle Karkoff, mais je ne peux vous laisser attirer l'attention sur ma présence.

Un sourire glaçant se peignit sur ses lèvres.

— Je vais ôter ma main, mais sachez que je n'hésiterai pas à tirer si vous essayez de donner l'alarme.

Tremblant de peur, Leonida attendit qu'il la libère. Même s'il s'était rasé et changé depuis la dernière fois où elle l'avait vu, Josef paraissait toujours aussi menaçant. Et elle ne doutait pas un instant qu'il presserait sur la détente.

— Que faites-vous ici ? demanda-t-elle d'une voix altérée.

— Mon maître veut vous voir.

D'un signe de tête, il désigna la petite voiture rangée au bout du terrain. Leonida avait été si perdue dans ses pensées qu'elle ne l'avait pas entendue approcher.

— Si vous m'accompagnez sans protester, je vous assure qu'aucun mal ne vous sera fait.

— Jamais.

Son affirmation vibra de sincérité.

— J'aimerais mieux que vous m'abattiez maintenant plutôt que de retomber entre les mains de sir Charles.

Etonnamment, le visage mince de Josef se tordit de dégoût.

— Sir Charles. Pouah ! Je ne travaillerais jamais pour un couard aussi dépravé.

— Me prenez-vous pour une sotte ? Je n'ai pas oublié un seul moment abject en votre compagnie.

— Ce n'était que de la comédie.

Il haussa les épaules.

— Mon véritable employeur était anxieux de tenir sir Charles à l'œil. Il n'aurait pas été acceptable qu'il disparaisse avant d'être traduit en justice.

De la comédie ? Traduire sir Charles en justice ? Leonida secoua la tête, la colère et la perplexité commençant à dominer sa peur. Ceci devait être une sorte de ruse.

— Et cela ne vous a pas gêné qu'il enlève une femme innocente et lui tranche presque la gorge ?

— J'ai fait de mon mieux pour vous garder en vie.

Il soutint son regard.

— Vous devriez l'admettre.

Elle pinça les lèvres. Elle n'allait pas reconnaître ce genre de chose. Pas quand il pointait un pistolet sur son cœur.

— Tout ce que je sais, c'est que vous voyagiez avec sir Charles et l'avez sauvé avant qu'il puisse être mis en terre, où est sa place.

— Vous aviez le droit d'avoir votre part de chair fraîche, mais sa vie était due à un autre.

Leonida sursauta de surprise.

— Il est mort ?

Josef secoua la tête, comme s'il en avait dit plus que ce qu'il voulait.

— Vous aurez les réponses à vos questions si vous voulez bien monter dans cette voiture.

Elle frissonna.

— Je ne vous fais pas confiance.

— Très sage, mais en cette occasion on m'a ordonné de vous traiter avec soin. En présumant toujours que vous coopériez.

— Que voulez-vous de moi ?

Remarquant le coup d'œil instinctif qu'elle lançait vers la maison, Josef la saisit par le bras et commença à l'entraîner vers le portail ouvert.

— J'admire votre tentative de me distraire assez longtemps pour qu'un de vos domestiques vous aperçoive, mais je dois vraiment insister pour vous faire monter dans la voiture.

Le pistolet pressé sur son côté, Leonida n'eut d'autre choix que d'obéir. Et puis, même si elle avait pu appeler à l'aide avant que le scélérat ne puisse lui tirer dessus, elle n'aurait jamais mis ses domestiques en danger.

Ils atteignirent la voiture et elle n'eut qu'un aperçu du grand cocher assis sur le banc avant d'être poussée dans l'habitacle obscur. Hélas, ce bref coup d'œil avait suffi à lui indiquer que l'homme avait l'expression dure et détachée d'un soldat aguerri. Elle n'obtiendrait pas de pitié de lui.

Se blottissant sur le siège en cuir étonnamment propre, Leonida garda son regard méfiant fixé sur Josef tandis qu'il s'asseyait face à elle, tenant toujours son pistolet à la main mais ne le pointant plus sur elle. Non qu'elle soit dupe. Un mouvement de travers et il tirerait.

Ils roulèrent en silence, le seul bruit étant le claquement des sabots dans la rue pavée. Leonida était trop terrifiée par la menace d'être livrée à sir Charles pour parler, et son compagnon n'était visiblement pas porté aux politesses mondaines.

Ce fut le constat qu'ils franchissaient un pont menant aux îles extérieures qui la tira enfin de sa torpeur.

— Avez-vous l'intention de me dire où nous allons ?

— Non.

Elle serra les poings, sa colère s'embrasant. L'emmenait-on dans un endroit isolé pour que personne ne puisse l'entendre crier ? Où il serait plus commode de jeter son corps à la mer lorsqu'elle aurait la gorge tranchée ?

Aucune de ces possibilités n'atténua sa panique.

— Cela n'a pas vraiment d'importance.

Elle força les mots à franchir ses lèvres.

— Dès que l'on s'apercevra que j'ai disparu, toute l'armée russe fouillera la ville pour me retrouver. Votre mystérieux employeur et vous apprendrez ce qui arrive à ceux qui provoquent le courroux du tsar.

De manière inattendue, Josef sourit.

— Vous avez du tempérament, pour une jolie fille.

Elle fit une grimace.

— Je suis surtout stupide.

— Non, j'ai vu votre courage.

Même dans l'ombre, Leonida put distinguer une trace d'admiration dans ses yeux.

— Peu de femmes auraient survécu à sir Charles.

Plus perturbée que flattée par ses paroles, Leonida racla sa gorge nouée.

— Vos flatteries ne vous éviteront pas d'être exécuté.

— Vous serez ramenée chez vous bien avant qu'Alexandre Pavlovich ne rassemble ses forces.

— Nous verrons, marmonna-t-elle, loin d'être rassurée.

De nouveau, un silence tendu emplit la voiture qui cahotait. Leonida serra les dents. Elle devait faire appel à toute sa volonté pour ne pas céder à la panique qui grondait en elle.

Elle ne s'abaisserait pas à se montrer hystérique.

Après ce qui sembla durer une éternité, la voiture s'arrêta enfin et Josef ouvrit la portière pour sortir. Leonida le suivit de mauvais gré, parcourant rapidement du regard l'entrepôt de deux étages en pierre grise situé le long d'un quai en mauvais état.

A première vue, l'endroit semblait abandonné. Le terrain était jonché de mauvaises herbes et des ordures étaient empilées sur le côté du bâtiment. Mais Leonida ne s'y trompa pas. Même à distance, elle pouvait distinguer plusieurs silhouettes massives se dessiner derrière les nombreuses fenêtres.

Des gardes qui surveillaient.

— Quel est cet endroit ? demanda-t-elle en résistant à l'envie de lutter quand Josef la prit par le bras et l'emmena fermement vers une porte latérale.

— Suivez-moi.

Comme si elle avait le choix.

Se concentrant pour ne pas trébucher sur son ourlet, Leonida faillit ne pas faire attention aux sons qui commençaient à emplir l'air. Surprise, elle se tourna pour regarder le dur profil de Josef.

— Est-ce que ce sont des enfants ?

Il sourit légèrement.

— Pensiez-vous que seuls les nobles pouvaient avoir des rejetons ?

Elle fronça les sourcils. Les bruits venaient de derrière l'entrepôt, comme si les enfants jouaient au soleil.

— Pourquoi ne sont-ils pas à l'orphelinat ?

— Nous nous occupons des nôtres quand nous le pouvons.

Nous ? Rien ne pouvait lui faire croire que sir Charles s'intéressait à prendre soin d'enfants. Il était un monstre au cœur froid. Alors, de qui Josef voulait-il parler ? Cet endroit était-il une sorte de repaire secret de criminels ?

— En les entraînant à devenir des voleurs ?

Curieusement, il parut offensé par son commentaire.

— En leur fournissant un toit au-dessus de leurs têtes, de la nourriture dans leurs assiettes et la chance d'apprendre à lire. Ce qui est plus que ce que votre orphelinat peut offrir.

Leonida ne se soucia pas de cacher son incrédulité.

— Vous leur apprenez à lire ?

— Et à compter.

— Même aux filles ? demanda-t-elle, pouvant reconnaître des rires aigus qui n'appartenaient manifestement pas à des garçons.

— Bien sûr.

Atteignant la porte, Josef l'ouvrit et désigna l'intérieur sombre de la main.

— Après vous.

Souhaitant désespérément détourner son esprit du monstre qui pouvait être tapi dans l'obscurité, Leonida se concentra sur Josef en franchissant le seuil.

— Qui est responsable des enfants ?

— En l'absence d'un chaperon approprié, je me charge d'eux, répondit une voix suave qui sortait des profondeurs d'une vaste pièce caverneuse.

Elle s'arrêta, pressant une main sur son cœur emballé.

— Et vous êtes ?

L'homme émergea dans la lumière d'une fenêtre voisine, paraissant absurdement déplacé dans ce décor sinistre.

Juste ciel ! Il était très franchement l'un des plus beaux gentlemen qu'elle avait jamais vus.

Grand et mince, il avait des cheveux noirs attachés en catogan sur sa nuque, ce qui dégageait son visage élégant et hâlé. Ses yeux étaient d'un doré étonnant qui contrastait avec sa redingote de velours noir, et ses lèvres étaient incurvées en un sourire de pure tentation. Dans le rayon de soleil, un diamant épinglé dans les plis de son écharpe bien nouée étincelait.

Il aurait dû se tenir dans le décor solennel du palais d'Eté, pas dans un entrepôt abandonné.

Comme s'il percevait sa stupeur, il s'avança pour lui prendre la main, la portant à ses lèvres.

— Dimitri Tipova, murmura-t-il, laissant sa bouche s'attarder bien plus longtemps que les convenances ne le voulaient. C'est un grand plaisir pour moi de vous rencontrer enfin, mademoiselle Karkoff.

Cet homme était l'infâme Tsar des Mendiants ?

Trop troublée par cette rencontre inattendue pour être aussi effrayée qu'elle aurait dû l'être, Leonida fronça les sourcils.

— Vous me semblez familier. Nous sommes-nous déjà rencontrés ?

L'amusement brilla dans ses prunelles dorées.

— Je ne fréquente pas votre cercle élevé, mais vous avez sans doute croisé mon père.

Le rose monta aux joues de Leonida.

— Oh !

— Tous les bâtards ne sont pas aussi bien accueillis que vous, ma belle.

Il jeta un regard vers les fenêtres du fond.

— C'est pourquoi j'ai ouvert ma petite école.

Libérant sa main de sa chaude étreinte, elle étudia le beau criminel avec une perplexité méfiante.

— Pourquoi m'avez-vous fait amener ici ?

Ses yeux descendirent avec chaleur le long de la silhouette de Leonida.

— En partie parce que je désirais vous connaître.

— Pourquoi ?

Il gloussa à son air soupçonneux.

— Vous êtes une sorte de sainte parmi les serfs.

— Une sainte ?

— Votre bonté pour ceux qui sont dans le besoin ne passe pas inaperçue.

Leonida jeta un coup d'œil nerveux par-dessus son épaule, découvrant Josef qui se tenait patiemment à côté de la porte. S'était-elle endormie dans le jardin ? Ceci ressemblait certainement plus à un cauchemar qu'à la réalité !

— Et c'est pour cela que vous m'avez fait enlever ?

— Un inconvénient que, je l'espère, vous me pardonnerez. Hélas, il y a une assez grosse rançon sur ma tête. Il ne semblait pas sage de vous rendre visite chez vous.

Il parcourut de nouveau son corps du regard.

— Bien sûr, si j'avais su que votre beauté était encore plus grande qu'on le dit, j'aurais pu considérer que le risque en valait la peine.

— Monsieur…

— Dimitri, coupa-t-il d'une voix lisse. Je ne suis pas un gentleman.

— Que voulez-vous de moi ?

— Nous allons en discuter dans un moment, ma belle.

Il leva une main fine pour replacer une boucle blonde derrière son oreille. Etrangement, Leonida ne fut pas effrayée par ce geste intime. Ni même offensée. A la place, elle ne pouvait nier une curiosité croissante pour cet homme complexe et mystérieux.

— D'abord, j'ai des informations qui vous intéresseront, je crois.

Son ton coupant fit passer un frisson dans le dos de Leonida.

— Ont-elles quelque chose à voir avec sir Charles ?

— Aussi intelligente que belle, une fort charmante combinaison.

Lui prenant la main, Dimitri Tipova la plaça sur son bras et se tourna pour la conduire vers une porte au fond de la salle.

— Venez, j'ai du thé qui attend. Nous parlerons de la triste fin de sir Charles en savourant un morceau de pain d'épice tout chaud.

28

Malheureusement au fait des périls d'un voyage en mer, Stefan resta assis le plus longtemps possible dans la voiture de Vanya, loin de la foule des passagers et de la puanteur désagréable qui enveloppait tous les quais du monde.

Il connaissait peu de choses pires que l'odeur de poisson pourri et des corps mal lavés.

Par la petite vitre du coupé, il pouvait distinguer le grand navire qui le ramènerait bientôt en Angleterre. Grâce à Dieu ! Pour la première fois depuis sa folle équipée, il mesura combien sa grande vieille maison et ses champs bien entretenus lui manquaient. Il avait été un sot de partir.

Lorsqu'il serait de retour à Meadowland, entouré par le cercle familier de sa famille et de ses fermiers, Leonida ne tarderait pas à devenir un souvenir fané.

Il se raccrocha sombrement à cette pensée, comme si elle pouvait tenir écarté le vide criant qui emplissait son âme.

Regardant l'équipage aller et venir sur le pont du bateau, Stefan poussa un soupir de soulagement quand Boris ouvrit la portière. Il voulait quitter cet endroit.

Etre loin de la tentation de Leonida Karkoff.

— Il est temps d'embarquer.

Stefan descendit de la voiture et grimaça aux odeurs fortes qui assaillaient ses narines.

— Vous vous êtes occupé des bagages ?

— Ils sont à bord, avec vos domestiques.

Après s'être coiffé de son chapeau en castor, Stefan tira d'un geste irrité sur les manchettes de sa redingote vert mousse.

— J'ai été un imbécile de venir en Russie.

— Non.

Boris abattit une main réconfortante sur son épaule.

— Vous auriez regretté de la laisser partir sans vous battre.

— Et je l'ai quand même perdue.

Le Russe fronça les sourcils au ton âpre du duc.

— Peut-être qu'avec le temps elle reprendra ses esprits et comprendra qu'elle ne peut pas vivre sans vous.

Le souvenir de l'expression butée de Leonida quand elle l'avait quitté emplit Stefan de tristesse.

— Peut-être, marmonna-t-il, sachant alors même que le mot franchissait ses lèvres que cela n'arriverait jamais.

Cette certitude était comme une blessure infectée au centre de son cœur.

En reculant, Boris fit un signe de main vers le quai qui était maintenant pratiquement vide.

— Nous devons y aller.

— Oui.

Commandant à ses pieds réticents de le porter en avant, Stefan se retourna brusquement en entendant un bruit de sabots gronder dans sa direction. Le souffle lui manqua quand il reconnut le cavalier.

— Par tous les diables !

Boris vint se placer à son côté.

— Qu'y a-t-il ?

— Piotr.

Boris lui saisit le bras.

— Nous n'avons pas de temps à perdre.

Il marmonna un juron quand Stefan se dégagea pour se diriger vers le cocher russe qui descendait de son cheval essoufflé.

— Votre Grâce !

Ignorant la tentative de son compagnon de le retenir, le duc rejoignit Piotr à grands pas.

— Que faites-vous ici ?

— Leonida est-elle avec vous ? demanda le domestique, sans se soucier de cacher son inquiétude.

Stefan fronça les sourcils. Pourquoi diable cet homme penserait-il que Leonida était avec lui ? Est-ce que…

Elle avait disparu.

Une peur sauvage lui étreignit le cœur.

— Non.

— J'espérais…

Le cocher secoua la tête, se tournant déjà vers son cheval.

— Rien. Bon voyage, Votre Grâce.

Stefan l'attrapa par le dos de sa veste, le faisant pivoter face à son regard fulminant.

— Bon sang, Piotr, dites-moi ce qui est arrivé à Leonida !

— Je ne sais pas, admit le cocher de mauvais gré. Elle était dans le jardin, manifestement bouleversée par votre visite. J'ai vérifié plusieurs fois qu'elle était toujours là, mais quand je suis revenu un peu plus tard avec un plateau de thé, elle était partie.

Le cœur de Stefan refusait de battre. Il connaissait trop bien Leonida pour croire qu'elle s'en irait d'elle-même sans prévenir Piotr de sa destination. Pas quand elle savait pertinemment que son fidèle serviteur paniquerait en découvrant son absence.

Sapristi ! Sir Charles avait manifestement survécu à ses blessures. Et maintenant il avait Leonida.

— Pourquoi diable l'avez-vous laissée seule ? demanda-t-il rudement.

Piotr tenta de déguiser sa culpabilité sous un farouche froncement de sourcils.

— Il était évident qu'elle souhaitait être tranquille. En outre, j'étais assez près pour l'entendre si elle appelait.

— Et vous imaginez vraiment qu'un fou la laisserait appeler à l'aide ?

Le cocher se pencha en avant, transperçant Stefan d'un regard accusateur.

— Ce n'est pas moi qui l'ai laissée en train de pleurer dans le jardin.

Stefan serra les poings, tandis qu'un remords cuisant le traversait. Il n'avait pas besoin que Piotr fasse remarquer ce qui était évident.

Il n'aurait jamais dû la quitter. Pas quand il savait qu'il y avait une possibilité que sir Charles soit encore en vie et d'humeur à se venger.

Bonté divine ! Il n'aurait pas dû la laisser — même sans ce scélérat.

C'était sa fierté blessée qui l'avait fait sortir en trombe du jardin. Il avait offert à Leonida tout ce qu'il possédait et elle l'avait platement repoussé. Ou, du moins, c'était ce qu'il s'était dit.

« Vous voulez me forcer la main… »

Il tressaillit en se rappelant ses mots railleurs. Juste ciel ! Pas étonnant qu'elle ait essayé de le gifler.

Edmond rirait bien s'il savait comment il avait raté sa première demande en mariage. En particulier quand Stefan lui permettait rarement d'oublier sa poursuite maladroite de Brianna.

En y repensant, il songea qu'il avait eu l'impression désagréable d'être manipulé et poussé à faire une déclaration contre son gré. Maintenant seulement, il pouvait accepter le fait qu'il avait simplement été… terrifié. La réponse à sa proposition avait beaucoup trop compté, alors il avait fait comme si elle n'avait aucune importance.

Et il avait obtenu exactement ce qu'il méritait.

Vanya avait essayé de le prévenir.

Leonida n'était pas femme à échanger son corps contre une position sociale ou du pouvoir. Et elle ne se contenterait certainement jamais d'un homme qui n'offrait rien de plus qu'une passion transitoire.

Pour l'amour du ciel, elle le lui avait dit !

« Je ne suis pas ma mère… »

Brusquement, Boris fut près de lui, le faisant sortir avec une secousse de ses mornes pensées.

— Votre Grâce, nous devons embarquer ! s'écria-t-il, regardant le bateau par-dessus son épaule. Le capitaine clame qu'il va partir sans vous. Comme si je n'avais pas payé à ce gros pirate trois fois le prix des billets !

— Leonida a disparu, dit Stefan, sa voix sans timbre révélant la profondeur de sa peur.

— Sacrebleu !

Boris fit une pause, puis se racla la gorge.

— Je croyais qu'elle n'était plus votre problème ?

— Il a raison, Votre Grâce, renchérit Piotr. Montez sur votre bateau. Je retrouverai ma maîtresse.

— Vous n'auriez pas dû la perdre, pour commencer, lança Stefan d'un ton coupant.

Boris le regarda en fronçant les sourcils, se demandant sans doute s'il avait cédé à la folie.

— Votre Grâce ?

— Bon sang !

Stefan inspira pour se calmer. Il devait penser clairement. La vie de Leonida pouvait dépendre de lui.

— Rentrez en Angleterre, Boris. Dites à Edmond que je vous suivrai le plus vite possible.

Le Russe leva les mains en l'air.

— Je savais que cette femme réussirait à vous garder ici !

Piotr plissa les paupières.

— Insinuez-vous que c'est une manigance pour…

— Je n'insinue rien du tout, Piotr, coupa Boris, se servant de sa silhouette massive pour dominer le cocher plus petit. Si je pensais que miss Karkoff essayait de jouer un mauvais tour, je le dirais.

— Assez ! dit sèchement Stefan, son contrôle ne tenant qu'à un fil.

Il fusilla du regard le Russe belliqueux.

— Savez-vous quoi que ce soit à part que Leonida a disparu ?

Piotr haussa les épaules.

— Une des soubrettes a dit qu'elle avait vu une voiture noire partir du bout du terrain et un…

Stefan s'avança quand les mots du cocher moururent sur ses lèvres.

— Un quoi ?

— Elle a dit qu'il y avait un petit homme avec une tête de fouine.

— Cela ne décrit guère sir Charles.

— Non, mais cela décrit son serviteur dévoué.

Stefan comprit subitement.

— Josef.

— Oui.

Pivotant, le duc abattit son poing sur un mur de brique voisin, indifférent à la vive douleur qui lui remonta dans le bras. Ses pensées étaient consumées par l'horreur de savoir Leonida dans les griffes de ce fou meurtrier.

Boris lui prit le bras, comme s'il craignait qu'il ne puisse se faire plus de mal.

— Nous allons la retrouver.

— Comment ?

Stefan se retourna brusquement, une peur violente faisant frissonner tout son corps.

— Nous ne savons même pas par où commencer les recherches. Sir Charles a pu l'emmener n'importe où.

— Je vais rentrer et interroger les voisins, décida Piotr. Peut-être que l'un d'eux a remarqué quelque chose qui pourra nous aider.

Stefan hocha distraitement la tête. Connaissant la curiosité de la plupart des voisins, cela valait la peine d'essayer.

— Très bien.

Sautant en selle, Piotr baissa les yeux sur lui.

— Qu'avez-vous l'intention de faire ?

Le duc grimaça. Avait-il vraiment le choix ? Il n'allait

pas partir à l'aveuglette, en espérant tomber par hasard sur Leonida. Non. Il avait besoin d'aide, et il n'existait qu'un seul homme capable de la lui fournir.

— Je vais voir Gerhardt.

Le visage du cocher s'éclaircit d'espoir.

— Vous pensez qu'il sait où sir Charles se cache ?

— S'il ne le sait pas, il a au moins la capacité de rassembler assez de soldats pour fouiller la ville. Maison par maison, s'il le faut.

Perchée sur le bord du canapé, Leonida but son thé dans une tasse en porcelaine de Wedgwood et laissa courir son regard sur l'élégant salon.

Elle sentait que Dimitri Tipova l'observait avec un intérêt constant, mais elle essayait encore de réconcilier le décor sophistiqué qui l'entourait avec l'extérieur délabré de l'entrepôt. Qui pourrait jamais suspecter qu'un tel endroit pouvait contenir des Rembrandt hors de prix et une collection de figurines de jade qui ferait défaillir sa mère de plaisir ? Et les livres… Même à distance, elle pouvait dire qu'ils avaient été lus et relus, et n'étaient pas là que pour être exposés.

Dimitri Tipova s'avérait être un homme incroyablement complexe.

Et dangereux, murmura une voix à l'arrière de son esprit. Elle serait une sotte de laisser son charme lisse la bercer d'un sentiment de confort. Elle pressentait qu'il pouvait être aussi impitoyable et froid que sir Charles, à sa façon.

— Reprenez-vous du thé ?

Posant sa tasse, Leonida ramena son attention méfiante sur l'homme négligemment affalé dans un fauteuil en face d'elle.

— Non, merci.

Elle passa ses mains moites sur sa jupe. Il n'y avait aucun moyen de cacher sa peur.

— S'il vous plaît, voulez-vous me dire pourquoi vous m'avez fait amener ici ?

— Bien sûr, ma belle, murmura-t-il, en jetant un coup d'œil à la porte qui menait à ses pièces privées. Ce sera tout, Josef.

Le serviteur balafré haussa un sourcil.

— Vous en êtes sûr ? Elle est petite, mais rusée.

Dimitri gloussa, apparemment amusé de voir ses ordres contestés. Une qualité rare chez la plupart des chefs.

De fait, le seul autre homme qu'elle avait vu traiter ses domestiques avec un tel respect était Stefan.

Leonida chassa la pensée du duc dès qu'elle traversa douloureusement son esprit. Elle ne pouvait se laisser distraire. Pas maintenant.

Cette fois, elle ne pouvait compter sur personne à part elle-même pour survivre à cette rencontre. Stefan ne viendrait pas à son secours.

— J'ai espoir que nous parviendrons rapidement à un accord, déclara Dimitri d'un ton traînant, en interrompant ses pensées futiles. Surveillez la route de près. Je préfère ne pas être encerclé par la garde de l'empereur sans être prévenu.

— Très bien.

Josef fit une courbette.

— Mademoiselle Karkoff.

Attendant que le serviteur se soit retiré et ait fermé la porte derrière lui, Dimitri pointa un doigt mince vers une petite boîte ornée d'un ruban posée sur la table en ébène marqueté qui se trouvait devant Leonida.

— J'ai un présent pour vous.

Elle humecta ses lèvres sèches.

— Qu'est-ce que c'est ?

— Ouvrez et vous verrez.

Avec raideur et réticence, elle prit la boîte et tira sur le ruban argenté. Otant le couvercle, elle se prépara au pire.

La surprise la traversa quand elle vit le diamant sans tache qui étincelait sur la doublure de velours noir.

— Une épingle à cravate ? marmonna-t-elle, perplexe.

Puis, tout à coup, elle s'avisa qu'elle avait déjà vu ce diamant.

— Mon Dieu ! Ceci appartient à sir Charles.

— Oui. Il n'en a plus besoin.

Leonida releva brusquement la tête et vit la satisfaction cruelle qui brillait dans les yeux dorés de son hôte.

— Il est mort ?

— Et bien mort.

Un frisson de soulagement la parcourut.

— Dieu soit loué !

Dimitri inclina la tête.

— Je me doutais que vous seriez contente.

— Je le suis, répondit-elle vivement, en tendant la boîte comme si elle contenait la peste. Mais je ne veux aucun souvenir de ce monstre.

Le beau criminel se pencha en avant et referma doucement ses doigts sur l'écrin.

— Alors, vendez-le et donnez l'argent à l'orphelinat. Cela semble une fin appropriée pour ce scélérat.

Sous la force de son regard sombre, Leonida réprima sa répulsion instinctive. Il avait raison. La souillure de sir Charles avait disparu du monde et le gros diamant valait beaucoup d'argent. Elle pourrait acheter quantité de choses pour les enfants.

— Oui. Merci.

Dimitri se radossa à son fauteuil.

— C'est avec le plus grand plaisir, je vous assure.

Leonida s'arrêta, étudiant son visage mince et dangereux avec une curiosité qu'elle ne pouvait plus réprimer.

— Pourquoi l'avez-vous tué ?

— Sir Charles était un animal enragé qui devait être supprimé.

Elle fronça les sourcils, pas surprise par cette description. Elle s'en doutait. Mais comment cet homme avait-il entendu parler de sir Charles ?

— Il a fait du mal à quelqu'un à qui vous teniez ?

— Je tiens à tous ceux qui ne sont pas considérés comme dignes d'être protégés par Alexandre Pavlovich et ses gardes.

Sa voix prit un ton coupant.

— Sir Charles a torturé et assassiné des femmes pour son plaisir pervers. Cela ne pouvait être toléré.

Leonida fut assez sage pour ne pas protester devant l'irrespect de Tipova pour son empereur. Après tout, elle ne pouvait guère nier le manque de sollicitude de son père vis-à-vis de la tragédie des serfs.

A la place, elle se concentra sur le fait que sir Charles était bel et bien mort.

— A-t-il souffert ?

Un sourire féroce détendit les lèvres du bandit.

— Beaucoup.

— Tant mieux.

Comme s'il était surpris par sa réponse farouche, Dimitri renversa la tête en arrière pour rire gaiement.

— Vous possédez l'âme d'une guerrière et le cœur d'une sainte.

Les yeux dorés l'étudièrent avec une intensité troublante.

— Dommage que je ne puisse vous garder.

D'un mouvement vif, Leonida se leva. Elle n'était pas complètement sûre qu'il plaisantait.

— Si c'est tout…

— Non, ce n'est pas tout.

Sa voix contenait une trace d'avertissement.

— Je vous en prie, rasseyez-vous.

Le cœur de Leonida tambourina, mais elle se força à reprendre sa place sur le canapé. Elle ne pouvait pas s'échapper, de toute façon.

Pas avant que Dimitri Tipova ne soit prêt à la laisser partir.

S'il avait l'intention de le faire.

— De quoi d'autre pouvons-nous avoir à discuter ?

— Selon mes sources, sir Charles n'était pas seul à essayer de faire chanter votre mère.

Sa bouffée de peur fut oubliée, et elle élargit les yeux sous l'effet du choc.

— Comment savez-vous…

— Il se passe peu de choses à Saint-Pétersbourg qui ne me viennent pas aux oreilles.

Il ignora son incrédulité, l'expression indéchiffrable.

— Et Nikolas Babevich n'a jamais été discret.

Elle frémit. Y avait-il un secret que cet homme n'avait pas élucidé ? Cela donnait la chair de poule.

— Ma mère ne lui versera jamais l'argent qu'il a demandé, dit-elle, sur la défensive.

— Ne craignez rien, mademoiselle Karkoff. Babevich a joyeusement rejoint sir Charles en enfer, lâcha-t-il d'un ton traînant. Enfin, peut-être pas joyeusement. Autant que je m'en souvienne, il y a eu pas mal de hurlements.

De la sueur coula dans le dos de Leonida. Combien de sang cet homme avait-il sur les mains, au juste ?

— Qu'avait-il fait ?

— Il a été assez imprudent pour devoir beaucoup d'argent à mes établissements de jeu.

— Je… je vois.

Il rit face à son malaise.

— Ne regrettez pas sa mort, ma belle. C'était un menteur et un voleur qui complotait d'assassiner sa propre sœur pour s'emparer de son héritage.

Leonida se raidit. Elle n'était pas troublée par la pensée que Nikolas Babevich était mort. Après tout, il avait fait de son mieux pour obliger sa mère à lui verser une énorme somme d'argent en la terrifiant. Et tout homme qui s'associerait avec quelqu'un comme sir Charles devait avoir sa part de mal.

Non, elle était beaucoup plus troublée par la façon dont son compagnon écartait le meurtre aussi légèrement. Ce n'était guère rassurant pour une femme qu'il venait de faire enlever.

— Je suis surprise que vous n'ayez pas souhaité qu'il obtienne cet héritage, s'il vous devait de l'argent, marmonna-t-elle.

— Mon empoisonnante conscience domine parfois mon sens des affaires, admit-il, en se levant souplement pour aller à la cheminée de marbre. Comme maintenant.

— Maintenant ?

Ouvrant une boîte en émail posée sur le manteau de la cheminée, Dimitri en sortit un paquet de lettres attachées par un ruban usé. Il se tourna, souriant à la vue de ses yeux élargis.

— Je crois que ces lettres appartiennent à votre mère ?

Leonida se leva lentement, son cœur refusant de battre.

Les lettres. Ainsi, Josef les avait bien volées dans son sac. Comment, sinon, Dimitri Tipova aurait-il mis la main dessus ?

A présent, la question était de savoir ce qu'il comptait en faire.

Elle se força à croiser son regard sombre et ferme.

— Que demandez-vous pour les rendre ?

Il haussa les sourcils avec une arrogance innée.

— Je ne marchande pas comme un vulgaire maquignon, mademoiselle Karkoff. Je vous offre ces lettres avec mes compliments.

Leonida serait la première à concéder qu'elle ne connaissait rien aux façons des criminels, mais elle n'était pas stupide.

— Vous ne m'auriez pas fait amener ici si vous ne vouliez pas quelque chose en retour.

Son rire doux passa sur Leonida quand il se déplaça avec la grâce d'une panthère pour venir se placer devant elle.

— Ah, une si intelligente petite maligne. J'admets

que lorsque je fais une bonne action pour quelqu'un, je compte que la faveur soit retournée.

— Et quelle faveur demanderiez-vous ?

Il haussa les épaules.

— Qui sait ?

— J'ai peu d'influence sur Alexandre Pavlovich.

— Ne vous inquiétez pas. Ce ne sera rien qui dépasse vos pouvoirs.

Leonida était loin d'être aussi confiante. Jusqu'ici, Dimitri Tipova avait joué le rôle de l'hôte charmant, mais elle n'avait pas oublié qu'il avait reconnu de bon gré avoir cruellement tué deux hommes.

Voulait-elle vraiment avoir une dette envers cet homme ? Même si cela signifiait remettre la main sur ces maudites lettres ?

— Je…

Elle ferma vivement la bouche quand la porte des pièces privées s'ouvrit sur Josef.

— Des hommes approchent, annonça-t-il.

Dimitri fut aussitôt en alerte, mais son expression était plus amusée que terrifiée.

Il pensait visiblement qu'il était plus que capable de traiter avec le danger qui approchait, quel qu'il soit.

Et Leonida suspectait que son assurance avait été durement gagnée.

— Des gardes ? demanda-t-il.

— Une poignée. Avec Gerhardt.

Le regard de Josef glissa vers Leonida. Il avait une expression provocante.

— Et le duc d'Huntley.

— Stefan ?

Leonida émit un son incrédule et bouleversé. Le serviteur devait se tromper. Stefan était à bord d'un bateau pour l'Angleterre. Et même s'il ne l'était pas, il avait établi clairement et douloureusement qu'il se lavait les mains de son sort.

Pourquoi prendrait-il des risques pour essayer de la sauver ?

— Ah ! Il semblerait que votre escorte soit arrivée. Assurez-vous de leur transmettre mes chaleureuses salutations, dit Dimitri, lui mettant les lettres dans les mains avant de faire signe à son serviteur d'avancer. S'il vous plaît, Josef, raccompagnez Mlle Karkoff.

Avant que Leonida puisse protester, le petit homme balafré lui avait déjà pris le bras et l'entraînait vers la porte.

— Venez avec moi, mademoiselle Karkoff.

Incapable de se défendre contre la ferme poigne de Josef, Leonida jeta un coup d'œil désespéré par-dessus son épaule. Dimitri se tenait au milieu du tapis de prix, les bras croisés sur la poitrine.

— La faveur ? demanda-t-elle.

Il eut un sourire finaud.

— Le jour où j'aurai besoin de votre aide, je vous le ferai savoir.

— Ce n'est pas particulièrement rassurant.

Son rire sombre la suivit tandis que Josef lui faisait franchir la porte et la tirait dans l'escalier.

— Au revoir, ma belle.

29

La lutte commença dès l'instant où Stefan apparut sur le seuil d'Herrick Gerhardt et se poursuivit après que le vieil homme eut pris son cheval et plusieurs soldats à la mine sinistre pour les conduire hors de la ville, dans l'île du nord.

Il fallait s'y attendre, bien sûr.

Les deux hommes étaient des chefs-nés et éprouvaient une farouche possessivité masculine envers Leonida. Avec leur tempérament mis à vif par la peur que leur causait sa disparition, les étincelles étaient vouées à voler. Seul leur besoin tout-puissant de retrouver la jeune femme les empêchait d'en venir aux mains.

Ils chevauchaient devant Boris et les autres gardes, qui se maintenaient sagement à distance pour éviter le tir croisé, tous deux observant avec attention les entrepôts croulants qui parsemaient le paysage peu avenant.

— Je vous ai averti, Votre Grâce, que je ne vous laisserais pas vous mêler d'affaires russes, déclara Herrick, les dents serrées, en dirigeant son cheval vers le chemin qui menait directement au quai.

Les doigts de Stefan se resserrèrent sur le pistolet chargé qu'il tenait à la main.

— Et je vous ai prévenu que je ne laisserais pas Leonida être utilisée comme un pion dans vos troubles jeux. Vous auriez dû me dire que Dimitri Tipova était impliqué.

Les yeux noirs du conseiller allèrent vivement à lui.

— Tout comme vous auriez dû me parler de l'assassinat de Nikolas Babevich, rétorqua-t-il.

Stefan n'avait admis qu'avec réticence qu'il était tombé sur le cadavre quand il avait été évident que Gerhardt allait leur faire perdre leur temps en cherchant sir Charles et Leonida chez Babevich. Bien sûr, quand il avait décrit la mort atroce de ce dernier, cela avait forcé à son tour le vieil homme à avouer l'intérêt de Tipova pour sir Charles et la possibilité que le Tsar des Mendiants puisse savoir quelque chose sur la disparition de Leonida.

— En outre, pourquoi devrais-je vous parler de Leonida ? Ne vous préparez-vous pas à quitter Saint-Pétersbourg ? Elle n'est plus votre problème.

Une émotion brûlante parcourut le corps du duc à la provocation d'Herrick. Pour une fois, il ne fit aucun effort pour ignorer ou écarter ces sensations troublantes. Il avait fini de feindre.

Vis-à-vis de lui-même et d'autrui.

— Leonida sera mon problème jusqu'à ma mort.

Sa voix grave et altérée vibrait de sincérité.

— Nul doute qu'elle continuera à me hanter jusque dans ma tombe.

Le visage émacié du conseiller resta sévère, mais ses yeux noirs brillèrent de compréhension au serment de Stefan. Qu'il approuve ou non était impossible à savoir.

— Et votre retour en Angleterre ?

Stefan haussa les épaules.

— Il sera retardé jusqu'à ce que j'aie épousé ma future duchesse.

— Si elle veut de vous.

Une douleur sombre et impitoyable lui transperça le cœur, mais il refusa de céder au désespoir. Il ne voulait pas croire qu'il avait ruiné toute chance avec elle. C'était… insupportable.

— Jusqu'à ce que je rencontre Leonida, je me considérais comme très intelligent, dit-il. Maintenant, tout ce que je revendique est ma capacité à apprendre de mes erreurs. Elle voudra de moi, même si je dois consacrer le reste de mes jours à gagner son cœur.

Herrick haussa les sourcils.

— Son cœur ?

— Oui.

— Vous n'êtes peut-être pas aussi sot que je le supposais, marmonna le vieil homme.

Stefan ignora l'insulte, plissant les paupières quand il s'avisa qu'ils avaient dépassé la plupart des bâtiments et qu'il ne restait plus qu'un édifice délabré à proximité du quai.

— C'est l'entrepôt ?

— Oui.

— Alors, pourquoi traînons-nous ?

— Huntley, attendez !

Herrick tendit la main pour lui saisir le bras.

— Cela pourrait être un piège.

— Je m'en moque.

Se dégageant, Stefan talonna sa monture pour la faire galoper sur le chemin qui menait à l'entrepôt. Il n'avait pas menti. Si Dimitri Tipova savait quoi que ce soit sur la disparition de Leonida, il risquerait n'importe quel piège pour découvrir la vérité. Quel sens avait sa vie sans la femme qu'il aimait ?

Il franchit le portail en ruine et chargeait à travers la cour pavée quand la porte de l'entrepôt s'ouvrit. Une petite femme aux cheveux d'or émergea dans la lumière qui baissait.

— Leonida !

Sans attendre que son cheval s'arrête, Stefan sauta à bas de sa selle, courant vers la jeune femme dès que ses pieds touchèrent le sol. Il nota distraitement que la porte de l'entrepôt s'était refermée derrière Leonida et qu'Herrick et ses gardes s'étaient déployés pour s'assurer que personne ne puisse approcher par surprise. Une sage précaution qu'il était ravi de laisser entre les mains capables du conseiller. Son seul souci était la femme magnifique qui marchait vers lui avec une expression incertaine.

— Stefan ?

Atteignant enfin son côté, Stefan passa désespérément les mains sur son corps, anxieux de s'assurer qu'elle n'était pas blessée.

— Vous n'avez rien ?

— Je vais bien.

Il la prit par les épaules, son regard angoissé scrutant son visage levé.

— Vous en êtes sûre ?

— Tout à fait.

L'étau qui lui serrait la poitrine se relâcha un peu lorsqu'il accepta enfin qu'elle était saine et sauve.

— Que s'est-il passé ? demanda-t-il d'une voix rauque. Comment êtes-vous arrivée ici ?

— Josef est apparu dans le jardin et m'a forcée à monter dans sa voiture.

Elle fit une grimace, mais c'était plus un geste d'irritation que de peur.

— J'aimerais bien que l'on cesse d'agir ainsi avec moi.

Les doigts de Stefan se resserrèrent instinctivement sur ses épaules et il tourna les yeux vers l'entrepôt.

— Je vais tuer le scélérat.

Elle leva les mains pour les presser sur son torse, une vraie crainte brillant dans ses beaux yeux.

— Non, Stefan. C'est trop dangereux.

Il fronça les sourcils. Ne comprenait-elle pas son besoin primitif de punir tout homme assez imprudent pour la menacer ?

— On ne peut le laisser s'échapper, gronda-t-il.

— Je parierais toute ma fortune qu'il a disparu depuis longtemps. En outre, je vous ai assuré qu'il ne m'a pas fait de mal.

— Il vous a enlevée.

— Seulement pour m'amener ici afin que je rencontre Dimitri Tipova, dit-elle, comme si cela excusait le gredin. J'admets que j'ai été effrayée, mais il ne m'a rien fait.

Stefan fronça de nouveau les sourcils.

— Pourquoi Dimitri Tipova aurait-il voulu vous voir ?

— Il voulait que je sache que sir Charles est mort.

Stefan inspira vivement. Durant le long et pénible après-midi, il avait été ravagé par la pensée de Leonida entre les mains de ce fou.

A présent, un soulagement aigu le traversait.

Il ne pouvait supporter l'idée de Leonida endurant plus d'angoisses.

— Tipova l'a tué ?

— Oui.

Elle frissonna, resserrant instinctivement les bras autour d'elle pour se protéger.

— Je n'étais pas la seule femme à qui il avait fait du mal. Il devait être arrêté.

— Cela n'explique pas pourquoi ce bandit vous a fait enlever.

— Il voulait me donner ceci.

Elle leva la main, et pour la première fois Stefan remarqua qu'elle tenait une petite boîte et un paquet de lettres attachées par un ruban. Il ne fallait pas être très intelligent pour comprendre ce que c'était.

— Les lettres de ma mère.

Il captura son regard réservé.

— Tipova les avait ?

— Oui.

— Comment ?

Elle plissa le nez.

— Josef les avait volées comme nous le suspections, mais il n'a jamais travaillé pour sir Charles. C'était un espion de Dimitri Tipova.

Stefan n'avait guère d'intérêt pour Josef ou ses loyautés. Il était plus concerné par le Tsar des Mendiants et la raison pour laquelle le chef des bas-fonds s'était senti obligé d'enlever Leonida pour lui remettre une poignée de lettres.

Un tel homme n'agissait pas par bonté de cœur.

— Et qu'a-t-il demandé en échange ?

— Je n'en suis pas très sûre.

— Leonida…

— Stefan.

Avant qu'il ait pu deviner son intention, elle leva la main et la posa sur sa bouche, le faisant taire.

— Je veux savoir ce que vous faites ici.

Ce ne furent pas ses doigts qui l'empêchèrent de demander ce que Tipova avait précisément exigé d'elle. Ce fut l'incertitude qui brillait dans ses yeux.

Il ne voulait plus jamais qu'elle doute de lui.

Il saisit doucement son poignet, écartant sa main de sa bouche pour la presser contre sa joue.

— Je pense qu'il est évident que je vous cherchais.

— Vous êtes censé avoir embarqué sur un bateau pour l'Angleterre.

— Je l'étais.

Il secoua la tête. Sapristi ! Il avait été si près de détruire son propre avenir !

— Grâce au ciel, Piotr est venu me prévenir de votre disparition. J'aurais pu être loin en mer avant de reprendre mes esprits. Boris ne m'aurait jamais pardonné si je l'avais obligé à nager sur des milles pour revenir à Saint-Pétersbourg.

Elle gardait une expression réservée, comme si elle craignait qu'il ne lui joue un tour cruel. Le voir le fit tressaillir de regret.

— Avez-vous pris un coup sur la tête ? demanda-t-elle.

— Le coup, ma colombe, a été porté à mon cœur.

Il baisa légèrement ses doigts avant de les placer au centre de sa poitrine.

— Un coup que je méritais amplement, sans doute, mais j'espère que vous le guérirez.

— Stefan ?

Indifférent aux nombreux regards qui les observaient avec une curiosité avide, il enlaça brusquement sa taille fine et enfouit son visage au creux de son cou. Il avait besoin de sentir sa chaleur faire fondre la peur glacée qui l'avait étreint ces dernières heures.

Elle était saine et sauve.

Maintenant, il devait la convaincre de prendre un autre risque.

— Bonté divine, j'ai été un tel sot !

Elle trembla mais, grâce au ciel, elle n'essaya pas de s'écarter.

— Je n'ai pas l'intention de dire le contraire, marmonna-t-elle.

— Non, je le suppose bien.

Il inspira profondément, savourant le doux parfum de jasmin qui emplissait ses sens. Comment avait-il pu croire qu'il pourrait survivre sans cette femme ?

— J'ai su dès l'instant où vous avez croisé mon chemin que je vous voulais. Pas étonnant. Vous êtes d'une beauté renversante. Mais je ne parvenais pas à comprendre pourquoi vous me fasciniez plus qu'aucune femme ne m'avait jamais fasciné.

La boîte et les lettres tombèrent par terre quand elle leva les mains pour les poser avec hésitation sur son torse.

— Parce que vous me preniez pour une menteuse et une voleuse.

Il s'écarta, voulant qu'elle voie la sincérité inscrite sur son visage.

— C'est vrai, mais même lorsque je vous suspectais d'être chez moi sous de faux prétextes, je ne pouvais réprimer mon obsession de vous faire mienne.

Il sourit d'un air piteux.

— J'aurais dû savoir à ce moment-là que vous menaciez bien plus que ma raison…

— Alors, vous avez décidé de faire de moi votre maîtresse ?

Il fit une grimace au rappel de son arrogance aveugle. Non qu'il n'ait pas payé un prix pénible pour sa vanité. Cette femme l'avait entraîné dans une folle poursuite d'Angleterre en Russie en passant par Paris.

— C'était le seul moyen d'avoir ce que je désirais sans m'avouer la vérité.

Elle fronça les sourcils.

— Quelle vérité ?

— Que j'étais terrifié.

Elle battit des cils, visiblement déconcertée par sa brutale honnêteté.

— Par moi ?

— Non. De reconnaître les sentiments que vous suscitiez en moi, admit-il sans hésitation.

Le temps de feindre était passé depuis longtemps.

Une blessure persistante assombrit les yeux de Leonida.

— Parce que je ne suis pas la duchesse que vous imaginiez pour vous ?

Il réprima un rire incrédule. Cette femme magnifique, intelligente, courageuse, était encore plus merveilleuse que ce qu'il avait jamais espéré trouver en une épouse. Au lieu de le lui dire, il se concentra sur le besoin d'apaiser ses doutes douloureux.

— Parce que vous aimer me forçait à envisager l'avenir au lieu de me raccrocher au passé.

— M'aimer ? chuchota-t-elle.

Les derniers rayons du soleil caressaient son visage, faisant briller ses beaux cheveux dorés. Il resserra les bras autour d'elle tandis que son sang s'échauffait et que son corps se durcissait de désir.

Elle était tellement belle !

— C'était ironique, vraiment, dit-il d'une voix rauque. J'ai passé des années à me préoccuper de la culpabilité d'Edmond par rapport à la mort de mes parents, tout en ignorant aveuglément mes propres fantômes. C'est seulement quand vous êtes arrivée à Meadowland et l'avez empli de votre lumière dorée que j'ai mesuré à quel point il était devenu sombre.

L'expression de Leonida s'adoucit.

— Vous étiez en deuil de vos parents.

Il secoua la tête. Il n'était pas aussi indulgent sur ses années de duperie volontaire.

— Je me cachais derrière mes devoirs pour ne pas avoir à accepter leur perte. Ils auraient été très déçus par mon attitude.

Elle leva la main pour toucher gentiment son visage.

— Je refuse de croire que vous puissiez jamais les décevoir.

— C'est la vérité, insista-t-il, s'appuyant contre sa main.

Il aspirait à son contact avec une force déchirante.

— Comme vous l'avez dit, Meadowland n'est pas seulement une maison. C'est un foyer fait pour être empli d'une famille.

Il marqua une pause.

— *Notre* famille.

Il la sentit se raidir sous ses mains, un espoir méfiant s'allumant dans ses yeux.

— Est-ce une demande en mariage, Votre Grâce ?

— Je vous offre mon nom, toutes mes possessions et mon cœur, miss Karkoff.

Il courba la tête pour murmurer contre ses lèvres :

— Je promets de toujours vous tenir au chaud, aussi froid que soit le temps. Je promets que vous aurez toujours des livres et des soirées tranquilles, et je promets que vous serez toujours la première dans ma vie. Je vous aime. Maintenant et pour toujours.

Avec un cri sourd, Leonida jeta ses bras autour de son cou et pressa son visage sur sa poitrine, juste au-dessus de son cœur qui tambourinait.

— Je vous aime aussi.

Le bonheur explosa en lui à ces simples mots.

— Alors, voulez-vous être ma duchesse ?

Sa brève bouffée de bonheur fut remplacée par un élan de panique quand elle s'écarta pour le regarder avec une expression indéchiffrable.

— Il y a quelque chose que vous avez oublié de m'offrir.

— Leonida ?

— Quand nous étions dans le jardin, vous…

— Non, ma colombe, grogna-t-il, pressant ses lèvres sur sa bouche en un prompt baiser pour la faire taire. De grâce, ne me le rappelez pas. Je ne peux supporter de me souvenir de ma conduite. J'ai été infect.

Il releva la tête et vit qu'elle le regardait d'un air malicieux.

— Oui, mais vous m'avez offert l'usage plein et entier de votre personne.

Elle leva les mains pour enfiler ses doigts dans ses cheveux décoiffés.

— Cela n'est-il plus inclus dans votre proposition ?

— Seigneur !

Il poussa un soupir soulagé et appuya son front sur le sien.

— Taquinez-moi encore ainsi et je vous jetterai sur mon épaule pour vous conduire au prêtre le plus proche.

Le rire coquin de Leonida contracta ses muscles d'un plaisir tout aussi coquin.

— Vous n'avez pas répondu à ma question.

Bougeant pour s'assurer que son corps la protège du regard des hommes, il saisit ses hanches et la pressa durement contre son excitation.

— Avez-vous besoin d'une autre preuve ? demanda-t-il d'une voix rauque.

Une vive rougeur envahit les joues de Leonida, assurant à Stefan qu'il n'était pas le seul à souffrir d'une faim inassouvie.

Parfait.

Il n'était pas juste qu'il soit le seul à endurer ce besoin. En outre, il pouvait toujours espérer que son désir pour lui l'inciterait à se marier rapidement.

Très rapidement.

— Peut-être quand nous aurons un peu plus d'intimité, répondit-elle.

Il grogna à sa douce promesse.

— Cela signifie-t-il que vous acceptez d'être mon épouse ?

Tel le soleil perçant les nuages, un lent sourire éclaira le visage de Leonida.

— Ai-je jamais eu le choix ?

Le rire de Stefan emplit l'air.

— Jamais.

Épilogue

Le mariage du duc d'Huntley et de Leonida Karkoff fut une cérémonie simple et tranquille à laquelle n'assistèrent que la comtesse, l'empereur et Herrick Gerhardt.

Il y aurait bien sûr un autre mariage lorsqu'ils arriveraient dans le Surrey, pour satisfaire aux exigences de l'Eglise d'Angleterre, mais aucune des personnes présentes ne put douter que même l'événement le plus grandiose n'aurait pu dépasser la beauté solennelle des vœux de Stefan et Leonida.

Deux jeunes mariés s'étaient-ils jamais regardés avec un tel amour ?

Finalement, le petit groupe se rendit au bateau qui attendait pour emmener le couple en Angleterre. Après des adieux pleins de larmes, le tsar retourna au palais d'Eté, tandis que la comtesse remontait dans sa voiture et s'éloignait du quai.

Enfourchant son cheval, Herrick se dirigea vers chez lui, puis s'arrêta abruptement à quelques pâtés de maisons de là. Il avait espéré pouvoir chasser le souci qui l'avait taraudé tout le matin. A la place, il ne faisait que devenir plus insistant.

Même si Nadia avait paru sincèrement ravie de voir sa fille devenir la nouvelle duchesse d'Huntley, il y avait eu dans ses yeux sombres une tristesse qui le poursuivait.

Il ne pourrait pas se calmer avant de savoir ce qui perturbait la comtesse.

Reconnaissant avec une ironie désabusée qu'il était pire qu'une vieille femme se mêlant de tout, il changea de direction, s'arrêtant enfin devant la belle maison de Nadia. Puis il gravit le perron et laissa le majordome l'introduire dans un salon du fond.

Lorsqu'il franchit le seuil, il trouva la comtesse debout près du feu qui crépitait dans la cheminée de marbre, paraissant beaucoup plus jeune que son âge dans une robe bleu clair portée sur une sous-jupe argentée, avec une rangée de petites roses assorties semées le long de ses épaules et de son profond décolleté dans le dos. Il n'était pas étonnant que l'empereur ait vu en elle une tentation irrésistible.

Elle leva les yeux à son entrée, une trace de curiosité dans le regard.

— Herrick. Je vous en prie, venez me rejoindre.

Avec un sourire, le conseiller alla se placer près d'elle, s'appuyant au manteau de la cheminée et croisant les bras sur sa poitrine.

— Une charmante cérémonie.

— Oui, en effet.

Il plissa les paupières.

— Et, bien sûr, Leonida était une splendide jeune mariée.

Un sourire nostalgique toucha les lèvres de Nadia.

— Toutes les jeunes mariées sont splendides quand elles aiment leur mari comme Leonida aime Stefan.

Un malaise s'immisça en Herrick. Qu'est-ce qui la tracassait donc ?

Elle ne pouvait sûrement pas être déçue par ce mariage ? Même si le duc d'Huntley était plus anglais que russe, il possédait une position élevée et une fortune suffisante pour faire défaillir de joie n'importe quelle mère.

— Grâce à Dieu, Stefan paraît tout aussi attaché à elle.

— Plus qu'attaché. Il est fou d'elle.

L'expression du conseiller s'adoucit, tandis qu'il s'avisait que ce n'était pas de la déception qu'il percevait.

— Des regrets, Nadia ? demanda-t-il doucement.

— Pas pour moi-même.

Elle joua distraitement avec une boîte laquée posée sur le manteau de la cheminée, le regard lointain et teinté de culpabilité.

— J'ai fait les choix qui m'ont rendue heureuse, mais oui, je regrette de ne pas avoir compris que ma fille ne pourrait jamais se satisfaire d'un mariage mondain.

Herrick fit une grimace. Ils avaient tous été égoïstes à propos de la douce et trop docile enfant, chacun l'utilisant pour remplir un vide dans sa vie et lui donnant très peu en retour.

— Non, Leonida a toujours eu besoin d'amour, admit-il.

Nadia soupira.

— Je n'ai pas été à la hauteur.

— Sottises, nia-t-il fermement.

La dangereuse humeur maussade du tsar s'était allégée dès que la comtesse Karkoff avait fait son éclatant retour dans le monde. Herrick ne la laisserait pas se retirer de nouveau dans ses appartements pour se morfondre dans sa culpabilité.

— Leonida est devenue une jeune femme très belle, intelligente et sûre d'elle qui rendrait fière n'importe quelle mère. Que pourriez-vous souhaiter de plus ?

— Je souhaite être sûre qu'elle sera toujours en sécurité.

Les yeux du conseiller s'élargirent lorsqu'elle sortit la liasse de lettres qui avait été la source d'ennuis sans fin au cours des mois précédents. Il les avait seulement aperçues quand il avait ramené Leonida de l'entrepôt de Dimitri Tipova, mais il reconnut aisément le ruban effiloché.

— Nadia ?

Elle rit avec un amusement moqueur devant son inquiétude puis, d'un geste détaché, elle jeta le paquet dans le feu.

— Ne vous inquiétez pas, Herrick. J'ai retenu la leçon.

Les sourcils froncés, il s'écarta des flammes tandis qu'elles consumaient rapidement le vieux parchemin. La dernière chose à laquelle il se serait attendu était que la comtesse détruise les lettres. Pas après que Leonida avait failli perdre la vie pour les récupérer.

— Je pensais que vous considériez ces lettres comme un moyen de protéger votre avenir ?

Elle secoua la tête, la mine sombre.

— J'ai placé mon sort de mon plein gré entre les mains d'Alexandre Pavlovich. Je resterai à son côté quoi que l'avenir réserve.

Herrick cacha son étonnement en allant leur servir deux verres de cognac. Malgré tout le charme de Nadia, elle avait toujours été profondément égoïste.

Se pouvait-il vraiment qu'elle ait appris à placer les autres avant elle-même ?

Haussant les épaules, il la rejoignit et lui mit un verre dans la main. Tout ce qui comptait était qu'elle continue à être loyale à l'empereur.

— Leonida n'a jamais révélé ce que Dimitri Tipova a demandé en échange de ces lettres, murmura-t-il.

Le Tsar des Mendiants avait occupé une grande part de ses pensées ces derniers jours. Il n'était pas homme à laisser un atout aussi précieux lui glisser entre les mains.

Nadia écarta la menace avec aisance.

— S'il est aussi malin que vous le dites, il n'osera pas ennuyer Leonida.

Comme trop de nobles, elle ne comprenait pas le pouvoir qu'un homme sans titre pouvait avoir.

— Pas à moins de vouloir essuyer le courroux du duc d'Huntley.

Herrick ne pouvait réfuter sa logique. Dimitri Tipova n'était pas stupide.

— C'est vrai. Stefan le tuerait sans hésiter.

Tout à coup, il gloussa, songeant à la réaction du criminel quand il lui proposerait de se mettre à son service.

— En outre, Tipova aura bientôt l'esprit occupé par d'autres questions.

Nadia plissa les paupières.

— Je pressens que vous complotez pour attirer le pauvre homme dans l'une de vos sombres manigances.

— Pas aujourd'hui.

Le conseiller leva son verre pour porter un toast.

— A Leonida.

La comtesse toucha son verre du sien.

— A Leonida.

Une fois qu'ils furent installés dans leur élégante cabine, Leonida monta sur le pont, observant Saint-Pétersbourg s'éloigner à l'horizon jusqu'à devenir un minuscule point.

Un petit sourire incurva ses lèvres lorsqu'elle se rappela la dernière fois où elle avait quitté la ville.

Qui aurait jamais pu suspecter l'aventure qui l'attendait ? Ou la joie qu'elle découvrirait ?

Réfléchissant aux étranges détours du destin, elle ignora la brise fraîche qui soulevait sa pelisse de velours vert bordée de zibeline et l'équipage qui s'affairait en passant près d'elle. Ce fut seulement lorsque des bras chauds et musclés ceignirent sa taille et l'attirèrent contre un large torse qu'elle s'arracha à ses pensées.

— Vous avez une expression assez nostalgique, ma colombe, murmura Stefan, ses lèvres frôlant son oreille. Etes-vous triste de partir de chez vous ?

Leonida frissonna, son corps fondant sous l'effet d'une chaleur familière. Les jours derniers, il avait été impossible de passer un moment seule avec Stefan. A présent, elle attendait impatiemment sa nuit de noces.

— Saint-Pétersbourg me manquera, mais je suis chez moi entre vos bras, assura-t-elle doucement.

Il la fit lentement pivoter, scrutant son visage.

— Vous serez chez *nous* à Meadowland.

— Oui.

Un sentiment de complet contentement lui réchauffa le cœur.

— En outre, nous avons promis de revenir pour le mariage de Vanya.

Abaissant la tête, Stefan lui taquina la bouche de ses lèvres.

— Vraiment ?

Les bras de Leonida se levèrent d'eux-mêmes pour enlacer son cou tandis que l'excitation du plaisir anticipé lui nouait l'estomac.

— Vous n'allez pas me distraire, l'avertit-elle.

— Non ?

— Non.

Il rit doucement quand elle annihila sa menace par un gémissement de plaisir.

— Menteuse.

S'écartant, elle le considéra avec une expression sévère.

— Vous êtes bien sûr de vous.

Les beaux traits de Stefan s'adoucirent pour former une expression qui lui toucha le cœur.

— La seule chose dont je suis sûr est mon amour pour vous.

Prenant son visage entre ses mains, elle se hissa sur la pointe des pieds pour presser ses lèvres sur sa bouche.

— Et du mien pour vous, Votre Grâce. Maintenant, nous sommes unis pour l'éternité.

— Grâce à Dieu.

Alors, sans prévenir, Stefan la souleva dans ses bras et se dirigea vers les marches qui descendaient à leur cabine.

— Je suis trop vieux pour poursuivre ma femme à travers tout un continent.

Elle gloussa.

— Mais vous y êtes si bien parvenu !

Il abaissa sur elle des yeux qui brûlaient déjà de passion.

— Ah, mais j'ai l'intention de faire encore mieux pour vous garder.

CHEZ MOSAÏC POCHE

Par ordre alphabétique d'auteur

KRISTAN HIGGINS	*L'Amour et tout ce qui va avec*
LISA JACKSON	*Ce que cachent les murs*
EMILIE RICHARDS	*Le bleu de l'été*
ROSEMARY ROGERS	*Un palais sous la neige* *L'intrigante*
KAREN ROSE	*Le silence de la peur*

La plupart de ces titres sont disponibles en numérique.

Composé et édité par les

éditions HARLEQUIN

Achevé d'imprimer en avril 2014

BRODARD & TAUPIN

La Flèche

Dépôt légal : mai 2014

Imprimé en France